Abenteuer
WINNETOU

Karl May

Der Indianerschatz

Gekürzte Fassung von
„Der Schatz im Silbersee“

KARL-MAY-VERLAG
BAMBERG · RADEBEUL

INHALT

„Der Indianerschatz"
Gekürzte Fassung von „Der Schatz im Silbersee"
von Michael Petzel und Jürgen Wehnert
Die Handlung spielt Anfang der 70er-Jahre des 19. Jahrhunderts.
Herausgegeben von Bernhard Schmid

Deckelbild: Marek Zawadzki

Druck und Bindung: FINIDR s. r. o., Český Těšín
Printed in Czech Republic
ISBN 3-7802-0480-0

1. Der schwarze Panther

Es war um die Mittagszeit eines sehr heißen Junitages, als der ‚Dogfish', einer der größten Personen- und Güterdampfer des Arkansas, mit seinen mächtigen Schaufelrädern die Fluten des Stromes peitschte. Er hatte am frühen Morgen Little Rock verlassen und sollte nun bald Lewisburg erreichen, um dort anzulegen.

Den Unterbau dieser Dampfer bildet ein großes, auffällig flachgehendes Boot. Dadurch will man angesichts der vielen Untiefen der nordamerikanischen Ströme Unfälle vermeiden. Auf diesem Boot erhebt sich ein Aufbau, der einem dreistöckigen Wohnhaus gleicht. Im Erdgeschoss, also auf dem unteren Deck, stehen die Dampfkessel und die Maschinen, die die Schaufelräder treiben, lagern die Kohlen und die Schiffsfrachten. Auch haust hier die Schiffsmannschaft nebst denjenigen Fahrgästen, die möglichst billig reisen wollen. Auf dem ersten und zweiten Deck sind die Kabinen der besser zahlenden Reisenden sowie die ‚Saloons' untergebracht.

Die große Hitze hatte die besser bemittelten Reisenden in ihre Kajüten und Kabinen getrieben, die meisten Deckfahrgäste aber lagen unten hinter Fässern, Kisten und anderen Gepäckstücken, die ihnen ein bequemes Ruhen gewährten. Für diese Fahrgäste hatte der Kapitän einen Schanktisch errichten lassen, worauf allerlei Gläser und Flaschen standen, deren scharfer Inhalt jedenfalls nicht für verwöhnte Gaumen berechnet war. Hinter diesem Schanktisch saß der Kellner mit geschlossenen Augen, von der Hitze ermüdet. Wenn er einmal die Lider hob, stahl sich ein leiser Fluch über seine Lippen. Sein Unmut galt einer Schar von etwa zwanzig Männern, die vor dem Tisch in einem Kreis auf dem Boden saßen und den Würfelbecher von Hand zu Hand gehen ließen. Es wurde um den so genannten ‚Drink' gespielt, das heißt, der Verlierer hatte am Schluss für jeden Mitspieler ein Glas Schnaps zu bezahlen. Infolgedessen blieb dem Kellner das Schläfchen, wozu er so große Lust verspürte, versagt.

Diese Männer hatten sich jedenfalls nicht erst hier auf dem Steamboat zusammengefunden, denn sie taten sehr vertraulich miteinander. Trotzdem gab es unter ihnen einen, dem eine gewisse Achtung erwiesen wurde. Man nannte ihn Cornel, eine gebräuchliche Verstümmelung des Wortes Colonel, Oberst.

Der Mann war lang und hager, sein glattrasiertes Gesicht scharf und spitz gezeichnet. Die kurzgeschorenen Kopfhaare waren fuchsrot, wie man sehen konnte, da er den alten, abgegriffenen Filzhut weit in den Nacken geschoben hatte. Sein Anzug bestand aus schweren, nägelbeschlagenen Lederschuhen, Nankinghosen und einer kurzen Joppe von gleichem Stoff. Eine Weste trug er nicht. Deren Stelle vertrat ein schmutziges Hemd, dessen Kragen weit offen stand und die nackte, sonnenverbrannte Brust sehen ließ. Um die Hüften hatte er sich ein rotes Fransentuch geschlungen, aus dem die Griffe eines Messers und zweier Pistolen blickten. Hinter ihm lag ein Gewehr.

Die anderen Männer waren ähnlich sorglos und schmutzig gekleidet, dafür aber ebenfalls sehr gut bewaffnet. Es war keiner unter ihnen, dem man beim ersten Blick hätte Vertrauen schenken können. Sie unterhielten sich in so rohen Ausdrücken, dass ein halbwegs anständiger Mensch keine Minute lang bei ihnen stehen geblieben wäre.

Der Kapitän war aufs Achterdeck zum Bootsmann gegangen, um ihm einige Weisungen zu erteilen. Dabei fragte ihn der Bootsmann: „Was meint Ihr zu den Jungens, die da vorn beim Würfeln sitzen, Captain? Mir scheint, es sind Boys, die man nicht gern an Bord kommen sieht."

„Denke es auch", nickte der Gefragte. „Haben sich zwar als Harvesters[1] ausgegeben, die nach dem Westen wollen, aber ich möchte nicht der Mann sein, bei dem sie nach Arbeit fragen."

„Well, Sir. Ich meinesteils halte sie für richtige und wirkliche Tramps[2]. Hoffentlich halten sie wenigstens hier an Bord Ruhe!"

„Wollten es ihnen nicht raten, uns über Gebühr zu belästigen.

[1] Erntearbeiter [2] Landstreicher

Wir haben Hands[1] genug an Bord, sie alle in den Arkansas zu werfen. Macht Euch übrigens zum Anlegen klar! In zehn Minuten kommt Lewisburg in Sicht."

In der Tat sah man bald die Häuser dieses Ortes, den das Schiff mit einem lang gezogenen Heulen der Dampfpfeife begrüßte.

Am Halteplatz standen nur wenige müßige Menschen. Es gab nur einige Kisten und Pakete aufzunehmen und die Zahl der an Bord steigenden neuen Fahrgäste betrug nicht mehr als drei.

Der eine von ihnen war ein Weißer von hoher, kräftiger Gestalt. Er trug einen so starken, dunklen Vollbart, dass man nur die Augen, die Nase und den oberen Teil der Wangen erkennen konnte. Auf seinem Kopf saß eine alte Bibermütze, die im Laufe der Jahre fast kahl geworden war. Der Anzug des Mannes bestand aus Hose und Jacke von starkem, grauem Leinen. In dem breiten Ledergürtel steckten zwei Revolver und ein Messer. Außerdem besaß er eine schwere Doppelbüchse, an deren Schaft ein langes Beil gebunden war.

Als er das Fahrgeld bezahlt hatte, warf er einen forschenden Blick rundum. Dabei fiel sein Auge auf die Männer, die vom Spiel aufgestanden waren, um die an Bord Gehenden zu betrachten. Er sah den Cornel. Sein Blick glitt sofort weiter, als hätte er ihn gar nicht bemerkt. Aber er brummte, während er die heruntergerutschten Schäfte seiner hohen Wasserstiefel über die mächtigen Oberschenkel heraufzog, vor sich hin:

„*Behold!* Wenn das nicht der rote Brinkley ist, so will ich geräuchert und mit der Schale aufgefressen werden! Hoffentlich kennt er mich nicht."

Der, den er meinte, hatte bei seinem Anblick gleichfalls gestutzt. Er wandte sich leise an seine Gefährten: „Seht euch einmal den schwarzen Kerl an! Kennt ihn einer von euch?"

Die Frage wurde verneint.

„Nun, ich muss ihn schon einmal gesehen haben, und zwar unter Umständen, die für mich nicht erfreulich waren. Vielleicht fällt

[1] Arbeiter, Matrosen

es mir noch ein. Oder noch besser, ich frage ihn nach seinem Namen. Machen wir also einen Drink mit ihm!“

„Wenn er mittut!“

„Etwa nicht? Das wäre eine schandbare Beleidigung, wie ihr alle wisst. Derjenige, dem ein Drink abgeschlagen wird, hat hier zu Lande das Recht, mit dem Messer oder der Pistole zu antworten.“

„Er sieht aber nicht so aus, als sei er zu etwas, was ihm nicht beliebt, zu zwingen.“

„*Pshaw!* Wettest du mit?“

„Ja, wetten, wetten!“, ertönte es im Kreise. „Der Verlierer zahlt drei Glas für jeden.“

„Mir ist’s recht“, erklärte der Cornel.

„Mir auch“, meinte der andere. „Aber es muss Gelegenheit zur Revanche sein. Drei Wetten und drei Drinks.“

„Mit wem?“

„Nun, zunächst mit dem Schwarzbart, den du zu kennen behauptest. Sodann mit einem der Gentlemen, die da nach dem Ufer gaffen. Nehmen wir den großen Kerl, der wie ein Riese unter Zwergen bei ihnen steht. Und endlich den Indsman, der mit seinem Jungen an Bord gekommen ist. Oder fürchtest du dich vor ihm?“

Ein allgemeines Gelächter erklang als Antwort, und der Cornel meinte verächtlich: „Ich mich vor dieser roten Fratze fürchten? *Pshaw!* Dann noch eher vor dem Riesen, auf den du mich hetzen willst. Also ich halte die Wette. Einen Drink mit jedem der drei. Und nun ans Werk!“

Der Rothaarige hatte die letzten Sätze so laut gerufen, dass sie von allen Fahrgästen gehört werden mussten. Jeder Amerikaner kennt die Bedeutung des Wortes Drink, besonders wenn es so laut und drohend ausgesprochen wird. Deshalb richteten sich aller Augen auf den Cornel. Man sah, dass er schon halb betrunken war, und so war ein fesselnder Auftritt zu erwarten.

Der Cornel ließ die Gläser füllen, nahm das seinige in die Hand, ging auf den Schwarzbärtigen los und sagte:

„*Good day*, Sir! Ich möchte Euch dieses Glas anbieten. Halte Euch für einen Gentleman und hoffe, dass Ihr es auf mein Wohl leeren werdet!“

Der Vollbart des Angeredeten wurde breit und zog sich wieder zusammen, woraus zu schließen war, dass ein vergnügtes Lächeln über sein Gesicht ging.

„*Well*“, entgegnete er. „Bin nicht abgeneigt, möchte aber vorher wissen, wer mir die überraschende Ehre erweist.“

„Ganz richtig, Sir! Man muss wissen, mit wem man trinkt. Ich heiße Brinkley, Cornel Brinkley, wenn's Euch beliebt. Und Ihr?“

„Mein Name ist Großer. Thomas Großer, wenn Ihr nichts dagegen habt. Also auf Euer Wohl, Cornel!“

Er leerte das Glas, wobei die andern auch austranken, und gab es zurück. Der Cornel fühlte sich als Sieger, musterte den Schwarzbärtigen beinahe beleidigend vom Kopf bis zu den Füßen und fragte: „Mir scheint, das ist ein deutscher Name. Ihr seid also ein verdammter Dutchman, he?“

„Nein, ein German, Sir“, erwiderte der Deutsche freundlich. „Euern ‚verdammten Dutchman‘ müsst Ihr anderswo unterzubringen suchen. Also Dank für den Drink und damit hallo!“

Großer wendete sich scharf auf dem Absatz um und ging davon, indem er leise zu sich selbst sagte: „Also tatsächlich dieser Brinkley! Und Cornel nennt er sich jetzt! Der Kerl hat nichts Gutes vor. Werde die Augen offen halten.“

Brinkley hatte zwar den ersten Teil der Wette gewonnen, blickte aber gar nicht sehr siegesfroh drein. So näherte er sich denn, nachdem er sich das Glas wieder hatte füllen lassen, seinem zweiten Opfer, dem Indianer.

Mit Großer waren zwei Indsmen an Bord gekommen, ein älterer und ein junger, der vielleicht fünfzehn Jahre zählen mochte. Die Ähnlichkeit ihrer Gesichtszüge ließ vermuten, dass sie Vater und Sohn seien.

Ihre Anzüge bestanden aus ledernen, an den Seiten gefransten Leggins und gelb gefärbten Mokassins. Ein Jagdhemd war nicht zu sehen, da sie den Leib von den Schultern an in bunt schillernder Zuñidecken gehüllt hatten. Das schwarze Haar war schlicht nach hinten gekämmt und fiel dort bis auf den Rücken herab. Ihre Gesichter waren voll, rund und besaßen einen gutmütigen Ausdruck. Die Gewehre, die sie in den Händen hielten, schienen zusammen keinen halben Dollar wert zu sein. Überhaupt sahen die beiden ganz und gar ungefährlich aus. Sie waren, als ob sie sich vor anderen Menschen fürchteten, scheu auf die Seite gegangen und lehnten nun an einem aus starkem Holz gefertigten, mannshohen Kasten. Selbst als der Cornel jetzt auf sie zukam, erhoben sie die Augen nicht eher, als bis er hart vor ihnen stand und sie anredete: „Heißes Wetter heut! Oder nicht, ihr roten Burschen? Da tut ein Trunk wohl. Hier, nimm, Alter!"

Der Indianer rührte kein Glied und antwortete in gebrochenem Englisch: „*Not to drink* – nicht trinken."

„Was, du willst nicht?", brauste der Rothaarige auf. „Es ist ein Drink, verstanden! Damit abgewiesen zu werden, ist für jeden echten Gentleman eine blutige Beleidigung. Wie heißt du?"

„Nintropan-hauey", antwortete der Indsman ruhig.

„Zu welchem Stamm gehörst du?"

„Tonkawa."

„Also zu den zahmen Roten, die sich vor jeder Katze fürchten. Mit dir werde ich nicht viel Federlesens machen. Also, willst du trinken?"

„Ich nicht trinken Feuerwasser."

Der Indianer sagte das trotz der Drohung, die der Cornel ausgesprochen hatte, ebenso ruhig wie vorher. Der Cornel aber holte aus und gab ihm eine schallende Ohrfeige.

„Hier dein Lohn, du roter Feigling!", rief er aus. „Ich will mich nicht anders rächen, weil so ein Kerl zu tief unter mir steht."

Kaum war der Hieb gefallen, so fuhr die Hand des Indianerknaben unter die Zuñidecke, jedenfalls nach einer Waffe, und zugleich flog sein Blick zum Gesicht seines Vaters empor, prüfend, was dieser jetzt tun und sagen werde.

Das Gesicht des Roten war so ganz anders geworden, dass ma es fast nicht wieder erkennen konnte. Seine Gestalt schien gewachsen zu sein, seine Augen leuchteten auf und über seine Züge zuckte eine plötzlich erwachte Spannkraft. Aber schnell senkten sich seine Wimpern wieder, sein Körper fiel zusammen und sein Gesicht nahm den vorherigen ergebenen Ausdruck an.

„Nun, was sagst du dazu?“, fragte der Cornel höhnisch.

„Nintropan-hauey danken.“

„Hat dir die Ohrfeige so sehr gefallen, dass du dich dafür bedankst? Nun, da hast du noch eine!“

Der Cornel holte abermals aus, schlug aber, da der Indianer den Kopf blitzschnell senkte, mit der Hand gegen den Kasten, woran die Indsmen lehnten. Es gab einen lauten, hohlen Ton. Da erscholl von innen ein kurzes, rasselndes Knurren und Fauchen, das schnell zu einem wilden, heiseren Schrei anschwoll.

Brinkley sprang jäh zurück, ließ das Glas fallen und rief erschrocken: „*Heavens!* Was ist das? Was für eine Bestie steckt in diesem Kasten? Man kann ja vor Schreck den Tod davontragen!“

Der Schreck hatte auch die anderen Fahrgäste ergriffen. Nur vier von ihnen hatten mit keiner Wimper gezuckt, nämlich der Schwarzbärtige, der jetzt ganz vorn am Bug saß, der Hüne, den der Cornel zum dritten Drink einladen wollte, und die beiden Indianer.

Das Gebrüll war auch in den Kajüten gehört worden. Mehrere Fahrgäste fragten ängstlich, was geschehen sei.

„Es ist nichts, Ladys und Gentlemen“, rief ein gut gekleideter Mann, der soeben aus seiner Kabine getreten war. „Nur ein Pantherchen, ein kleines schwarzes Pantherchen, Mesch'schurs!“

„Was? Ein schwarzer Panther?“, heulte ein kleines, bebrilltes Männlein auf, dem man es ansah, dass es mehr in zoologischen Büchern als im praktischen Verkehr mit wilden Tieren bewandert sei. „Der schwarze Panther ist ja das allergefährlichste Viehzeug! Er ist verwegener und gewandter als der Löwe und der Tiger! Er mordet oft aus reiner Blutgier. Wie alt ist er denn?“

„Nur drei Jahre, Sir.“

„Das nennt Ihr ‚nur‘? Da ist er ja vollkommen ausgewachsen! Und so eine Bestie befindet sich hier an Bord! Wer kann das verantworten?“

„Ich, Sir, ich“, versicherte der Fremde, indem er sich gegen die Damen und Herren verneigte. „Erlaubt mir, mich vorzustellen, Ladys und Gentlemen! Ich bin der Tierschaubesitzer Jonathan Boyler und befinde mich seit einiger Zeit mit meiner Truppe in Van Buren. Da dieser schwarze Panther in New Orleans für mich angekommen war, begab ich mich dorthin, um ihn abzuholen. Der Kapitän dieses guten Schiffes erteilte mir die Erlaubnis, das Tier hier zu verladen. Er machte dabei die Bedingung, dass die Fahrgäste möglichst nicht erfahren sollten, in welcher Gesellschaft sie sich befinden. Darum fütterte ich den Panther nur des Nachts und habe ihn sich stets so voll fressen lassen, dass er den ganzen Tag verschläft. Ich hoffe, dass die verehrten Damen und Herren nun die Anwesenheit des Pantherchens, das ja nicht die mindeste Störung bewirkt, nicht übel vermerken.“

„Was?“, entgegnete der mit der Brille, dessen Stimme fast überschnappte. „Keine Störung bewirkt? Ich muss schon sagen, das ist ein unerhörtes Ansinnen. Ich soll dieses Schiff mit einem schwarzen Panther bewohnen? Ich will gehenkt sein, wenn ich das fertig bringe! Werft die Bestie ins Wasser! Oder schafft den Kasten ans Ufer!“

„Aber, Sir, es ist wirklich ganz und gar keine Gefahr vorhanden“, versicherte der Tierschaubesitzer. „Bitte zu beachten, dass sich in dem Kasten erst der eiserne Käfig befindet, den selbst zehn Löwen und Panther nicht zu zertrümmern vermöchten.“

„Ist das wahr? Zeigt uns den Käfig! Ich muss mich überzeugen.“

„Ja, den Käfig zeigen! Wir müssen wissen, woran wir sind“, riefen zehn, zwanzig, dreißig Stimmen.

Der Tierbudenbesitzer war Yankee und ergriff die Gelegenheit, diesen Wunsch zu seinem Vorteil auszubeuten.

„Ganz gern!“, erwiderte er. „Aber Ladys und Gentlemen, es ist leicht einzusehen, dass man den Käfig nicht betrachten kann, ohne auch den Panther zu erblicken. Dies jedoch darf ich ohne eine gewisse Gegenleistung nicht gestatten. Um den Reiz des seltenen Schauspiels zu erhöhen, werde ich eine Fütterung des Tieres anbefehlen. Bitte Ladys und Gentlemen, einen Dollar die Person!“

Er nahm seinen Hut ab und sammelte die Dollars ein, während sein Tierbändiger, den er herbeigerufen hatte, die nötigen Vorbereitungen traf.

Die Fahrgäste waren mit der jetzigen Wendung der Angelegenheit durchaus einverstanden. Selbst der kleine Gelehrte hatte seine Angst überwunden und blickte der Schaustellung mit großer Spannung entgegen.

„Hört, Boys“, sagte der Cornel zu seinen Gefährten, „eine Wette habe ich gewonnen und die andre verloren, da der rote Halunke nicht getrunken hat! Das hebt sich auf. Die dritte machen wir nicht um drei Gläser Brandy, sondern um den Dollar Eintrittsgeld, den wir zahlen müssen. Seid ihr einverstanden?“

Die Genossen nahmen den Vorschlag an, denn der Riese sah nicht so aus, als werde er sich Angst einflößen lassen.

„Gut“, meinte der Cornel. „Passt auf, wie gern und schnell dieser Goliath mit mir trinken wird!“

Brinkley ließ sich das Glas füllen und näherte sich dem Erwähnten. Die Körperformen dieses Mannes waren allerdings gewaltig. Er war noch höher und breiter gebaut als Großer und mochte etwa vierzig Jahre zählen. Sein glattrasiertes Gesicht war von der Sonne braun gebrannt. Seine Züge besaßen einen kühnen Schnitt und seine blauen Augen hatten jenen eigentümlichen Blick von Menschen, die auf großen Flächen leben, also Seeleute, Wüstenbewohner und Prärieleute. Er trug einen feinen Reiseanzug, Waffen sah man nicht an ihm. Neben ihm stand der Kapitän, der vom Steuerhaus heruntergekommen war, um der Vorstellung mit dem Panther ebenfalls beizuwohnen.

Der Cornel stellte sich breitspurig vor sein drittes Opfer hin und sagte: „Sir, ich biete Euch einen Drink an. Hoffentlich weigert Ihr Euch nicht.“

Der Angeredete warf ihm einen erstaunten Blick zu und wandte sich ab, um seine Unterhaltung mit dem Kapitän fortzusetzen.

„Pooh!“, rief der Cornel aus. „Seid Ihr taub? Oder wollt Ihr mich nicht hören? Das möchte ich Euch nicht raten, da ich keinen Spaß verstehe, wenn mir ein Drink abgeschlagen wird. Ich gebe Euch den guten Rat, Euch ein Beispiel an dem Indsman zu nehmen!“

Der Belästigte fragte den Kapitän: „Ihr habt gehört, was dieser Bursche da zu mir sagt?“

„*Yes*, Sir, jedes Wort“, nickte der Gefragte.

„*Well*, so seid Ihr Zeuge, dass ich ihn nicht hergerufen habe.“

„Was?“, brauste der Cornel auf. „Einen Burschen nennt Ihr mich? Und den Drink weist Ihr zurück? Soll es Euch wie dem Indianer ergehen, dem ich...“

Er kam nicht weiter, denn er hatte in diesem Augenblick eine so gewaltige Ohrfeige von dem Riesen erhalten, dass er niederstürzte, eine Strecke auf dem Deck dahinschoss und sich dann sogar noch überkugelte. Da lag er einen Augenblick wie erstarrt, raffte sich jedoch schnell auf, riss das Messer heraus, hob es zum Stoß und sprang auf den Riesen ein.

Der Hüne hatte beide Hände in die Hosentaschen gesteckt und stand so gemütlich da, als drohe ihm nicht die mindeste Gefahr. Der Cornel brüllte: „Hund, mir eine Ohrfeige? Das kostet dein Blut!“

Der Kapitän wollte dazwischentreten, doch der Riese wies ihn mit einem Kopfschütteln zurück, hob, als der Cornel ihm bis auf zwei Schritt nahe gekommen war, das rechte Bein und empfing ihn mit einem solchen Fußtritt auf den Magen, dass der Angreifer abermals zu Boden flog und fortkollerte.

„Nun ist's aber gut, sonst...“, rief der Hüne drohend.

Aber der Cornel sprang wieder auf, schob das Messer in den Gürtel und zog, vor Grimm brüllend, eine der Pistolen hervor, um sie auf den Gegner zu richten. Der jedoch nahm seine rechte Hand aus der Tasche, worin er einen Revolver stecken hatte.

„Fort mit der Pistole!“, gebot er, indem er auf die rechte Hand des Gegners zielte. Ein – zwei – drei dünne, scharfe Knalle – der Cornel schrie auf und ließ die Pistole fallen.

„So, Bursche!“, sagte der Riese. „Du wirst nicht gleich wieder Ohrfeigen geben, wenn man es verschmäht, aus dem Glas zu trinken, woran du vorher dein großes Maul abgewischt hast. Und wenn du noch wissen willst, wer ich bin, so...“

„Verdammt sei dein Name!“, schäumte der Cornel. „Ich mag ihn nicht hören. Dich selbst aber will ich haben. Drauf! Auf ihn, Jungens, *go on!*“

Jetzt zeigte sich, dass diese Kerle wirklich eine Bande bildeten. Sie rissen ihre Messer aus den Gürteln und warfen sich auf den Riesen. Der aber rief: „So kommt heran, wenn ihr es wagt, mit Old Firehand anzubinden!“

Der Klang dieses Namens war von augenblicklicher Wirkung. Der Cornel, der sein Messer mit der unverletzten Linken wieder ergriffen hatte, erschrak. „Old Firehand? Zum Teufel, wer hätte das gedacht! Warum habt Ihr das nicht vorher gesagt?“

„Ist's etwa nur der Name, der einen Gentleman vor euern Unverschämtheiten schützt? Macht euch von dannen und kommt mir nicht wieder vor die Augen, sonst bringe ich euch Anstand bei!“

„*Well*, wir sprechen später weiter!“

Der Cornel drehte sich um und ging mit seiner blutenden Hand nach vorn. Die Seinen folgten ihm wie geprügelte Hunde. Sie setzten sich abseits nieder, verbanden ihrem Anführer die Hand und warfen dabei Blicke auf den berühmten Jäger, die bewiesen, welche gewaltige Scheu sie vor ihm empfanden.

Und nicht allein auf sie hatte der bekannte Name gewirkt. Es gab unter den Fahrgästen wohl keinen, der nicht schon von den gefährlichen Taten und Abenteuern dieses kühnen Mannes gehört hatte. Der Kapitän reichte ihm die Hand und sagte im liebenswürdigsten Ton: „Aber, Sir, das hätte ich wissen sollen! Ich hätte Euch meine eigene Kajüte abgetreten. Warum habt Ihr Euch anders genannt?"

„Ich habe Euch meinen wirklichen Namen gesagt. Old Firehand heiße ich bei den Westmännern, weil meine Büchse jedem Feind Verderben bringt."

„Aber Ihr hättet gegen diese Übermacht unterliegen müssen!"

„Meint Ihr?", fragte Old Firehand, indem ein Lächeln über sein Gesicht flog. „Solange mir nur solche Burschen gegenüberstehen, ist mir nicht bange. Ich hätte mich gewiss gehalten, bis Eure Leute zur Hand waren."

„An denen hätte es freilich nicht gefehlt. Aber was tue ich nun mit den Halunken? Ich bin Herr und Richter auf meinem Schiff. Soll ich sie in Ketten legen?"

„Nein, hütet Euch, die Rache dieser Menschen zu wecken! Sie sind im Stande, sich irgendwo am Ufer festzusetzen und Euch gelegentlich einen Streich zu spielen, der Euch nicht nur das Schiff, sondern auch das Leben kosten kann."

Jetzt bemerkte Old Firehand den Schwarzbärtigen, der herbeigekommen und in der Nähe stehen geblieben war. Old Firehand streckte ihm die Rechte entgegen und fragte: „Wie weit wollt Ihr mit diesem Schiff fahren?"

„Nur bis Fort Gibson, dann will ich mit dem Boot weiter. Ich fürchte, dass Ihr mich für furchtsam haltet, weil ich vorhin den Drink dieses so genannten Cornels angenommen habe."

„O nein! Ich kann Euch nur loben, dass Ihr so besonnen wart. Freilich, als er dann den Indsman schlug, nahm ich mir vor, ihm eine scharfe Lehre zu erteilen."

„Hoffentlich lässt er sie sich zur Warnung dienen. Übrigens, wenn Ihr ihm die Finger steif geschossen habt, so ist's mit ihm als Westmann aus. Von dem Indianer aber weiß ich nicht, was ich denken soll. Er hat sich wie ein Feigling betragen und erschrak doch nicht im Mindesten, als das Brüllen des Panthers erscholl. Das kann ich mir nicht zusammenreimen."

„Nun, den Reim will ich Euch machen. Kennt Ihr den Indianer?"

„Ich hörte den Namen. Es war ein Wort, bei dem die Zunge brechen kann.“

„Weil er sich seiner Muttersprache bediente. Sein Name ist Nintropan-hauey und sein Sohn heißt Nintropan-homosch; das bedeutet der Große und der Kleine Bär.“

„Ist's möglich? Von diesen beiden habe ich freilich schon oft gehört. Sie haben die Kriegslust ihrer Ahnen geerbt und streifen noch frei im Gebirge und in der Prärie umher.“

„Ja, sie sind zwei tüchtige Kerle. Seit dem Augenblick, da der Cornel den Indianer ins Gesicht schlug, ist sein Tod eine beschlossene Sache. Die beiden ‚Bären‘ werden nicht eher von seiner Fährte lassen, bis sie ihn ausgelöscht haben. Aber Ihr nanntet ihm Euren Namen, den ich als einen deutschen erkannte. Wir sind also Landsleute.“

„Wie, auch Ihr seid ein Deutscher?“, fragte Großer erstaunt.

„Allerdings. Mein eigentlicher Name ist Winter. Ich fahre noch eine gute Strecke mit diesem Schiff und da findet sich für uns beide jedenfalls Gelegenheit, uns wieder zu sprechen. Seid Ihr erst kurze Zeit im Westen?“

„Nun“, meinte der Bärtige, „etwas länger bin ich doch schon da. Ich heiße Thomas Großer. Den Familiennamen lässt man hier weg, aus dem Thomas macht man Tom und weil ich einen so gewaltigen schwarzen Bart trage, nennt man mich den Schwarzen Tom.“

„Wie?“, rief Old Firehand aus, „Ihr seid der Schwarze Tom, der bekannte Rafter[1]?“

„Tom heiße ich und Rafter bin ich. Aber, der Colonel dort soll meinen Namen nicht hören, weil er mich daran wieder erkennen würde.“

„So habt Ihr schon mit ihm zu tun gehabt?“

„Ich erzähle es Euch noch. Ihr kennt ihn nicht?“

„Ich sah ihn heute zum ersten Mal, werde ihm aber, wenn er länger an Bord bleibt, etwas schärfer auf die Finger sehen. Und

[1] Holzfäller und Flößer

Euch muss ich näher kennen lernen. Wenn Ihr Euch nicht bereits anderweit versprochen habt, könnte ich Euch brauchen."

„Nun", meinte Tom, indem er nachdenklich zu Boden blickte, „die Ehre, bei Euch sein zu können, ist mehr wert als vieles andere. Ich bin zwar einen Bund mit andern Rafters eingegangen; sie haben mich sogar zu ihrem Anführer gemacht, aber wenn Ihr mir Zeit gebt, sie zu benachrichtigen, so lässt sich das leicht lösen. – Doch seht! Mir scheint, die Vorstellung soll jetzt beginnen."

Der Schaubudenbesitzer hatte aus Kisten und Paketen mehrere Sitzreihen hergestellt und lud nun in schwülstigen Worten die Zuschauer ein, Platz zu nehmen. Dies geschah. Der Cornel kam mit seinen Leuten nicht herbei. Er hatte die Lust dazu verloren.

Die beiden Indianer waren nicht gefragt worden, ob sie teilnehmen wollten. Sie standen also von ferne und schienen weder dem Käfig noch der Zuschauergruppe irgendwelche Aufmerksamkeit zu schenken.

Nun saßen die Zuschauer vor dem noch geschlossenen Kasten. Die meisten von ihnen hatten keinen richtigen Begriff von einem schwarzen Panther. Sie erwarteten, ein nicht gerade furchtbares Raubtier zu sehen. Wie aber fühlten sie sich betroffen, als jetzt die Vorderwand des Kastens entfernt und der Panther sichtbar wurde.

Er hatte seit New Orleans im Dunkeln gelegen. Der Kasten war nur des Nachts geöffnet worden. Jetzt erblickte das Tier erstmals wieder das Tageslicht, das seine Augen blendete. Es schloss sie und blieb zunächst noch lang ausgestreckt liegen.

Dann blinzelte es. Dabei bemerkte es die vor ihm sitzenden Menschen. Im Nu war das Raubtier auf und stieß ein Fauchen aus, sodass die Mehrzahl der Zuschauer aufsprang, um zu flüchten.

Dieser Panther war ein ausgewachsenes, prächtiges Tier, gewiss über sechzig Zentimeter hoch und zwei Meter lang. Er fasste die Stäbe des eisernen Käfigs mit den Vordertatzen und schüttelte sie, dass der Kasten in Bewegung kam. Dabei zeigte er das fürchterliche Gebiss.

„Ladys und Gentlemen“, sagte der Tierbudenbesitzer erklärend, „die schwarze Abart des Leoparden oder Panthers ist auf den Sundainseln daheim, wird aber auch in Nordafrika gefunden. Diese Raubkatze ist behänder und gefährlicher als der Löwe und kann ein junges Rind im Rachen forttragen. Was ihre Zähne vermögen, werdet ihr gleich sehen, da die Fütterung beginnt.“

Der Bändiger brachte die Hälfte eines Schafes herbei und legte sie vor dem Käfig nieder. Als der Panther das Fleisch erblickte, gebärdete er sich wie unsinnig.

Ein an der Schiffsmaschine beschäftigter Schwarzer hatte der Neugierde nicht widerstehen können und sich herbeigeschlichen. Der Kapitän befahl ihm, an seine Arbeit zurückzukehren. Als der Schwarze nicht gleich gehorchte, ergriff der Kapitän ein Tauende und versetzte ihm damit einige Hiebe. Nun zog sich der Gezüchtigte schnell zurück, blieb aber in einiger Entfernung wieder stehen und schüttelte die Fäuste gegen den Kapitän. Da die Zuschauer nur auf den Panther achteten, hatten sie das nicht bemerkt. Nur der Cornel sah es und sagte zu seinen Gefährten: „Dieser Nigger ist dem Kapitän nicht hold, wie es scheint. Wollen uns an ihn machen. Einige Dollars wirken bei einem Schwarzen Wunder.“

Jetzt schob der Tierbändiger das Fleisch zwischen den Eisenstäben hindurch in den Käfig, musterte die Zuschauer mit prüfendem Blick und flüsterte dann seinem Herrn etwas zu. Der schüttelte bedenklich den Kopf. Der andere redete weiter auf ihn ein und schien seine Besorgnis zu zerstreuen, denn der Besitzer nickte endlich und erklärte laut: „Ladys und Gentlemen, ich sage euch, dass ihr ungeheures Glück habt. Ein gebändigter schwarzer Panther ist noch nie gesehen worden, wenigstens hier in den Staaten nicht. Während des dreiwöchigen Aufenthalts in New Orleans hat nun mein Bändiger den Panther in die Schule genommen und erklärt jetzt, zum ersten Mal öffentlich zu ihm in den Käfig gehen und sich neben ihm niedersetzen zu wollen, falls ihr ihm eine entsprechende Vergütung zusagt.“

Der Panther hatte sich über seine Mahlzeit hergemacht, deren

Knochen zwischen seinen Zähnen zermalmt wurden. Er schien nur auf seinen Fraß zu achten und so konnte man wohl der Ansicht sein, dass es keine große Gefahr bedeute, jetzt den Käfig zu betreten.

Ausgerechnet der vorhin so ängstliche kleine Gelehrte rief begeistert: „Das wäre herrlich, Sir! Wie viel will der Mann haben?"

„Hundert Dollar, Sir. Die Gefahr, in die er sich begibt, ist nicht gering."

„Nun, ich bin nicht reich. Fünf Dollar aber steure ich bei. Gentlemen, wer zahlt noch etwas?"

Es meldeten sich so viele, dass die Summe zusammenkommen musste.

„Sir", warnte Old Firehand den Kapitän, „seid vorsichtig! Ich bitte Euch, das Wagnis nicht zu dulden. Da der Mann des Tieres noch nicht ganz sicher ist, habt Ihr die Verpflichtung, Einspruch zu erheben."

„Einspruch?", lachte der Kapitän. „*Pshaw!* Bin ich etwa der Vater oder die Mutter des Bändigers? Hier in diesem gesegneten Land hat jedermann das Recht, seine Haut zu Markte zu tragen, wie es ihm beliebt. Wird er von dem Panther gefressen, so ist das seine und des Panthers Sache."

Der Tierbändiger holte jetzt seinen Totschläger, eine Peitsche, deren Knauf eine Explosionskugel enthielt. Griff das Tier ihn an, so bedurfte es nur eines kräftigen Hiebes, den Panther abzuwehren.

„Ich traue selbst einem Totschläger nicht", meinte Old Firehand zu dem Schwarzen Tom. „Ich will das Wagnis erst dann loben, wenn es gelungen ist."

Der Bändiger öffnete die schweren Riegel des Käfigs und schob das schmale Gitter, das die Tür bildete, zur Seite. Um einzutreten, musste er sich bücken. Dabei brauchte er beide Hände, um die Tür zu halten und sie dann, wenn er sich im Käfig befand, wieder zu schließen. Deshalb hatte er den Totschläger zwischen die Zähne genommen, war also, wenn auch nur für diesen kurzen Augenblick, wehrlos. Zwar war er schon oft bei dem Panther im Käfig gewesen, aber unter ganz anderen Umständen. Da war das Tier nicht tagelang im Dunkeln gewesen und es hatten sich nicht so viele Menschen in der Nähe befunden. Diese Umstände waren weder von dem Tierbudenbesitzer noch von dem Bändiger in Betracht gezogen worden und nun zeigten sich die Folgen.

Als der Panther das Geräusch des rasselnden Gitters hörte, blickte er auf. Soeben schob der Bändiger den gesenkten Kopf hinein – eine gedankenschnelle Bewegung des Raubtiers und es hatte den Kopf, aus dessen Mund der Totschläger herabfiel, im Rachen und zerkrachte ihn mit einem einzigen Biss zu Splittern und Brei.

Das Geschrei, das sich jetzt vor dem Käfig erhob, spottete jeder Beschreibung. Alles sprang auf und rannte zeternd davon. Nur drei blieben: der Schaubudenbesitzer, Old Firehand und der Schwarze Tom. Ersterer wollte die Tür des Käfigs zuschieben, aber das war unmöglich, da sich die Leiche halb drinnen, halb draußen befand. So wollte er den Toten bei den Beinen fassen und herausziehen.

„Um Gottes willen, das nicht!“, rief Old Firehand. „Der Panther käme hinterdrein. Schiebt den Körper vollends hinein. Es lässt sich nicht vermeiden. Dann geht die Tür zu!“

Der Panther lag vor der kopflosen Leiche. Die Knochensplitter im blutig geifernden Rachen, hielt er die funkelnden Augen auf den Schaubudenbesitzer gerichtet. Er schien dessen Absicht zu erraten, denn er fauchte zornig und kroch auf der Leiche vor. Sein Kopf war nur noch wenige Zentimeter von der Türöffnung entfernt.

„Fort, fort! Er kommt heraus!“, rief Old Firehand. „Tom, Euer Gewehr! Ein Revolver würde das Übel nur ärger machen!“

Seit dem Augenblick, da der Bändiger den Kopf in den Käfig gesteckt hatte, waren kaum zehn Sekunden vergangen. Der gesamte untere Schiffsraum bildete einen Wirrwarr von fliehenden und vor Angst schreienden Menschen.

Der Kapitän eilte zur Treppe, um Ordnung zu schaffen. Old

Firehand folgte ihm. Der Tierbudenbesitzer flüchtete nach der Hinterwand des Käfigs. Der Schwarze Tom rannte nach seinem Gewehr. Unterwegs fiel ihm ein, dass er es mit dem Beil zusammengebunden hatte, es also nicht augenblicklich gebrauchen konnte. Er riss dem alten Indsman das Gewehr aus der Hand.

„Selbst schießen", sagte der Rote, seine Hand nach der Waffe ausstreckend.

„Lass mich!", herrschte ihn der Bärtige an. „Ich schieße jedenfalls besser als du!"

Er drehte sich zu dem Panther um. Das Tier hatte den Käfig soeben verlassen, hob den Kopf und brüllte. Der Schwarze Tom legte an und drückte ab. Der Schuss krachte, aber die Kugel traf nicht. Hastig riss er nun auch dem jungen Indianer das Gewehr aus der Hand und gab die Ladung auf das Tier ab – leider mit demselben Misserfolg.

„Schlecht schießen. Gewehr nicht kennen", sagte der Große Bär ruhig.

Der Deutsche warf das Gewehr weg und eilte weiter nach vorn, wo die Gewehre der Leute des Cornel lagen. Diese Gentlemen hatten keine Lust gehabt, den Kampf mit dem Tier aufzunehmen, und hatten sich schleunigst versteckt.

Da ertönte in der Nähe der Treppe ein entsetzlicher Schrei. Eine Dame wollte sich dort hinauf retten. Der Panther sah sie. Er duckte sich und sprang in langen, weiten Sätzen auf sie zu. Sie befand sich noch unten, während Old Firehand auf der fünften oder sechsten Stufe stand. Im Nu hatte er sie erfasst, schwang sie zu sich empor und hob sie mit starken Armen über sich hinweg, wo sie der Kapitän in Empfang nahm. Das war das Werk eines Augenblicks gewesen und nun war der Panther an der Treppe. Er setzte die beiden Vordertatzen auf eine der Stufen und zog schon den Körper zusammen, um sich zu Old Firehand hinaufzuschnellen. Der versetzte ihm einen gewaltigen Fußtritt auf die Nase und feuerte ihm dann die restlichen Kugeln seines Revolvers gegen den Kopf.

Diese Art der Abwehr war eigentlich lächerlich. Mit einem Fußtritt und einigen Revolverkugeln schreckt man keinen schwarzen Panther zurück. Doch Old Firehand besaß kein wirksameres Verteidigungsmittel. Er war überzeugt, dass das Tier ihn nun packen werde. Aber das geschah nicht, sondern der Panther drehte langsam den Kopf zur Seite, als wollte er sich besinnen. Er richtete die Augen nicht mehr auf Old Firehand, sondern nach vorn, wo ein etwa dreizehnjähriges Mädchen stand, unbeweglich, wie vom Schreck gelähmt, beide Arme nach der Treppe ausgestreckt. Sein helles, weithin leuchtendes Kleid fiel dem Panther auf. Er ließ die Tatzen von der Treppe und schnellte mit langen Sätzen auf das Mädchen zu.

Alle, die den Vorgang beobachteten, schrien auf, aber niemand konnte helfen. Niemand? Doch, einer! Und zwar derjenige, dem man eine solche Kühnheit wohl am allerwenigsten zugetraut hatte, nämlich der junge Indianer.

Er stand mit seinem Vater ungefähr zehn Schritt von dem Mädchen entfernt. Als er die Gefahr bemerkte, blitzten seine Augen auf. Er sah nach rechts und links, ließ die Zuñidecke von den Schultern fallen und rief seinem Vater in der Sprache der Tonkawa zu: „Tschauál aina; schai schoyana – tritt zurück; ich werde schwimmen!“

Der Tonkawa sprang mit zwei Sätzen auf das Mädchen zu, ergriff es am Gürtel, schnellte mit ihm auf die Reling zu und schwang sich hinauf. Dort blieb er stehen, um zurückzublicken. Der Panther war hinter ihm und setzte soeben zum Sprung an. Kaum hatten die Pranken des Tieres den Boden verlassen, so flog der junge Indianer in seitlicher Richtung, um nicht in Reichweite des Tieres ins Wasser zu kommen, von der Reling in den Fluss hinab. Das Wasser schlug über ihm und seiner Last zusammen. Zugleich schoss der Panther, dessen Sprungkraft so groß war, dass er sich nicht zu halten vermochte, über das Geländer hinaus und hinunter in den Strom.

„Stopp, stopp auf der Stelle!“, befahl der Kapitän geistesgegenwärtig.

Der Maschinist gab Gegendampf. Der Steamer stoppte und lag still.

Da die Gefahr für die Fahrgäste jetzt vorüber war, eilten alle aus den verschiedenen Verstecken hervor und an das Geländer. Der Vater des Kindes aber schrie mit überlauter Stimme: „Tausend Dollar für die Rettung meiner Tochter, zweitausend, dreitausend, fünftausend Dollar!“

Niemand hörte auf ihn. Alle beugten sich über die Reling, um hinabzusehen. Da lag der Panther auf dem Wasser und spähte nach der Beute aus – vergeblich.

„Sie sind ertrunken, in die Räder gekommen!“, jammerte der Vater.

Gleich darauf tönte von der anderen Seite die schallende Stimme des alten Indianers herüber: „Nintropan-homosch klug gewesen. Unter Schiff wegschwimmen, damit Panther nicht sehen. Hier unten sein!“

Alles rannte nun nach Steuerbord und der Kapitän befahl, Taue auszuwerfen. Da unten, hart an der Schiffswand, schwamm langsam auf dem Rücken, um nicht abgetrieben zu werden, der Kleine Bär und hatte sich das bewusstlose Mädchen quer über den Leib gelegt. Taue waren schnell zur Hand; sie wurden hinabgelassen. Der Knabe befestigte eines unter den Armen des Mädchens und schwang sich selbst an einem zweiten behände an Bord.

Er wurde mit brausendem Jubel begrüßt, schritt jedoch stolz davon, ohne ein Wort zu verlieren. Aber als er an dem Cornel, der auch mit zugesehen hatte, vorüberkam, blieb er stehen und sagte so laut, dass jedermann es hörte: „Nun, fürchtet sich Tonkawa vor kleiner, räudiger Katze? Cornel bald noch mehr von Tonkawa hören!“

Die Gerettete war am Seil heraufgezogen worden und wurde in ihre Kabine getragen. Da streckte der Lotse die Hand nach Backbord aus und rief herunter: „Seht den Panther, seht das Floß!“

Jetzt sprangen alle wieder auf die andere Seite hinüber, wo sich ihnen ein neues, aufregendes Schauspiel bot. Ein kleines, aus

Strauchwerk und Schilf gefertigtes Floß, worauf zwei Gestalten saßen, hielt da vom rechten Flussufer gerade auf den Steamer zu. Die zwei arbeiteten mit Rudern, die aus Zweigen notdürftig hergestellt waren. Die eine Person war ein Knabe, die andre schien ein eigenartig gekleidetes Frauenzimmer zu sein. Man sah eine Kopfbedeckung, ähnlich einer altertümlichen Haube, und darunter ein volles, rotwangiges Gesicht mit kleinen Äuglein. Die übrige Gestalt steckte in einem weiten Sack, dessen Schnitt und Form nicht zu bestimmen war. Der Schwarze Tom stand neben Old Firehand und fragte ihn: „Sir, kennt Ihr diese Frau?"

„Nein. Ist sie so berühmt, dass ich sie kennen müsste?"

„Allerdings. Sie ist nämlich gar keine Frau, sondern ein Mann, ein Präriejäger und Fallensteller. Und da kommt der Panther! Nun werdet Ihr sehen, was eine Frau, die ein Mann ist, zu leisten vermag."

Er beugte sich über die Reling und rief hinüber: „Hallo, Tante Droll, aufgepasst! Der will Euch fressen."

Das Floß war ungefähr noch fünfzig Schritt vom Steamer entfernt. Der Panther war, nach seiner Beute suchend, immer an der Seite des Schiffes hin und her geschwommen. Jetzt sah er das Floß und hielt darauf zu. Die auf dem Fahrzeug sitzende Gestalt blickte zum Deck empor, und antwortete mit hoher Fistelstimme:

„*Good luck*, Ihr seid es, Tom? Freue mich sehr, Euch zu treffen, wenn es nötig ist! Was für ein Tier ist das?" – „Ein schwarzer Panther, der von Bord gesprungen ist. Macht Euch davon!" – „Oho! Tante Droll reißt vor niemand aus, auch nicht vor einem Panther, mag er schwarz, blau oder grün aussehen. Darf man das Vieh erschießen?" – „Natürlich! Aber Ihr bringt es wohl kaum fertig. Es gehört einem Tierbändiger, ist jedoch wieder wild geworden. Flieht auf die andre Seite des Schiffes!"

Die närrische Gestalt schien einen Spaß daran zu finden, mit dem Panther zu spielen. Sie führte das Ruder mit wahrer Meisterschaft und wusste dem Tier mit erstaunlicher Geschicklichkeit auszuweichen.

Dann zog sie das Ruder ein und griff zur Büchse, die neben ihr lag. Floß und Panther näherten sich einander schnell. Das Raubtier blickte mit weit offenen, starren Augen auf den Feind, der das Gewehr hob, kurz zielte und zweimal abdrückte. Das Gewehr weglegen, zum Ruder greifen und das Floß zurücktreiben, war das Werk eines Augenblicks. Der Panther war verschwunden. Ein Strudel bezeichnete den Ort seines Todeskampfes. Dann sah man ihn weiter abwärts wieder an der Oberfläche erscheinen, regungslos und tot, ehe er abermals in die Tiefe gezogen wurde.

„Ein Meisterschuss!“, rief Tom erfreut aus und die Fahrgäste stimmten begeistert bei, nur der Schaubudenbesitzer nicht, der den teuren Panther und seinen Tierbändiger betrauerte.

„Wohin geht dieser Steamer, wenn es nötig ist?“, fragte die abenteuerliche Gestalt vom Fluss herauf.

„So weit, wie er genug Wasser findet“, erwiderte der Kapitän. – „Wir wollen an Bord und haben uns deshalb dieses Floß gebaut. Wollt Ihr uns aufnehmen?“ – „Könnt Ihr die Fahrt zahlen, Ma'am[1] oder Sir? Ich weiß wirklich nicht, ob ich Euch als Mann oder als Frau heraufbefördern soll.“ – „Als Tante, Sir. Ich bin nämlich Tante Droll, wenn es nötig ist. Und was den Fahrpreis betrifft, so pflege ich mit gutem Geld oder auch mit Nuggets zu bezahlen.“ – „So kommt an Bord! Wir müssen machen, dass wir von dieser unglückseligen Stelle fortkommen.“

Ein Matrose reichte seinen Arm zum Floß hinüber. Der Knabe, der gleichfalls mit einer Büchse bewaffnet war, erfasste ihn und schwang sich an Bord. Dann warf der andere sein Gewehr über, erhob sich, ergriff ebenfalls die dargebotene Hand, stieß das Floß unter sich fort und turnte an Deck, wo er mit erstaunten Blicken empfangen wurde.

[1] Abkürzung für Madam

2. Die Tramps

Als im Osten der Vereinigten Staaten in den sechziger Jahren des 19. Jahrhunderts ein schwerer Druck auf Handel und Wandel lag, Tausende von Fabriken stillstanden und Zehntausende von Arbeitern beschäftigungslos wurden, gingen die Arbeitslosen auf Wanderung, vorzugsweise in westlicher Richtung. Die Staaten jenseits des Mississippi wurden von ihnen förmlich überschwemmt. Und hier trat bald eine reinliche Scheidung ein, indem die Ehrlichen unter ihnen Arbeit nahmen, wo sie Arbeit fanden. Sie verdingten sich meist auf Farmen, um bei der Ernte zu helfen, und wurden deshalb gewöhnlich Harvesters genannt.

Die Arbeitsscheuen aber vereinigten sich zu Banden, die von Raub, Mord und Brand ihr Leben fristeten. Sie sanken schnell auf die tiefste Stufe der Verkommenheit herab und wurden von Männern angeführt, nach denen die Hüter des Strafgesetzes fahndeten.

Diese Tramps erschienen gewöhnlich in größeren Haufen, zuweilen bis dreihundert Köpfe stark. Sie überfielen nicht nur Farmen, sondern selbst kleinere Städte, um sie auszurauben. Sie bemächtigten sich sogar der Eisenbahnen, überwältigten die Beamten und bedienten sich dann der Züge, um schnell in ein anderes Gebiet zu gelangen und dort die gleichen Verbrechen zu wiederholen. Dieses Unwesen nahm so überhand, dass in einigen Staaten die Gouverneure gezwungen waren, die Miliz einzuberufen, um den Strolchen regelrechte Schlachten zu liefern.

Für solche Tramps hielten Kapitän und Bootsmann des ‚Dogfish' auch Cornel Brinkley und seine Leute. Vorsicht und Aufmerksamkeit durften deshalb keineswegs als überflüssig gelten.

Der Cornel hatte wie alle anderen sein Augenmerk auf die wunderliche Gestalt gerichtet, die so sorglos das mächtige Raubtier erlegt hatte. Er hatte gelacht, als Tom den sonderbaren Namen Tante Droll aussprach. Jetzt aber, als er den Fremden das Deck betreten sah, zogen sich seine Brauen zusammen und er flüsterte seinen Leuten zu: „Dieser Kerl ist gar nicht so lächerlich, wie er scheinen will. Ich sage euch, dass wir uns vor ihm in Acht nehmen müssen. Dieser Mensch ist in Wirklichkeit ein Sonderling, dabei aber einer der gefährlichsten Polizeispitzel, die es geben kann."

„*Pshaw!* Tante Droll und Polizeispitzel!"

„Und doch ist er es. Dieser Dicke ist ein Detektiv, wie er im Buche steht. Ich bin ihm droben in Dakota in Fort Sully am Missouri begegnet, wo er einen Kameraden mitten aus unserer Gesellschaft holte und an den Strick lieferte, er allein, und wir waren über vierzig Mann."

„Das ist unmöglich. Ihr konntet ihm doch wenigstens vierzig Löcher in den Leib stechen!"

„Nein, das konnten wir nicht. Droll arbeitet mehr mit Verschlagenheit als mit Gewalt. Seht euch nur einmal seine kleinen, listigen Maulwurfsäuglein an! Denen entgeht keine Ameise im Gras. Er macht sich mit unwiderstehlicher Freundlichkeit an sein Opfer und klappt die Falle zu."

„Kennt er dich?"

„Das halte ich für unmöglich. Er hat mich damals kaum beachtet. Zudem ist das alles eine lange Zeit her und ich habe mich inzwischen sehr verändert. Dennoch bin ich der Meinung, dass es geraten ist, seine Aufmerksamkeit nicht unnütz zu erregen. Hoffe, dass wir hier einen guten Streich ausführen können, und möchte nicht, dass er uns dabei im Wege steht."

Gefährlich sah Droll freilich nicht aus, vielmehr mussten sich die Anwesenden alle Mühe geben, bei seinem Erscheinen nicht in ein verletzendes Gelächter auszubrechen. Seine Kopfbedeckung war weder Hut noch Mütze noch Haube und doch konnte man sie mit jedem dieser Wörter bezeichnen. Sie bestand aus fünf verschieden geformten Lederstücken. Das mittlere Stück, das auf dem Kopf saß, hatte die Gestalt eines umgestülpten Napfes. Das hintere beschattete den Nacken, das vordere die Stirn. Es sollte jedenfalls eine Art Schirm oder Krempe sein. Das vierte und fünfte waren breite Klappen für die Ohren.

Der Rock war sehr lang und weit. Er war aus lauter ledernen Flicken und Flecken zusammengesetzt, einer immer auf und über den andern genäht. Vorn waren die Ränder dieses Rockes mit kurzen Riemen versehen, die zusammengebunden wurden und die Knöpfe ersetzten. Da die große Länge und Weite dieses Kleidungsstückes das Gehen erschwerte, hatte es der Mann hinten vom unteren Saum bis an den Leib aufgeschnitten und sich die beiden Hälften derart um die Beine gebunden, dass sie eine Pumphose bildeten, was den Bewegungen der Tante Droll ein geradezu lächerliches Aussehen verlieh. Ein Paar Lederschuhe vervollständigten nach unten den Anzug. Die Ärmel des Rockes waren gleichfalls ungewöhnlich weit und viel zu lang. Tante Droll hatte sie vorn zugenäht und weiter oben zwei Löcher für die Hände angebracht. In dieser Weise bildeten die Ärmel nun zwei herabhängende Ledertaschen, in denen allerhand untergebracht werden konnte.

Geradezu die Lachlust herausfordernd wirkte außerdem das volle, rotwangige, freundliche Gesicht, dessen Äuglein fortgesetzt in Bewegung waren, damit ihnen ja nichts entgehe.

Dergleichen Erscheinungen sind im Westen nicht selten. Wer sich jahrelang in der Wildnis aufhält, kann seine Kleidungsstücke eben nur durch das ersetzen, was ihm gerade an die Hand gegeben wird, und man trifft da häufig auf berühmte Leute, deren Anzug so seltsam ist, dass anderwärts die Kinder lachend hinterherlaufen würden.

In der Hand hatte der Mann ein doppelläufiges Gewehr, das jedenfalls ein sehr ehrwürdiges Alter besaß. Ob er außerdem noch Waffen bei sich hatte, war höchstens zu vermuten, da der Rock die Gestalt wie ein zugebundener Sack umschloss.

Der Knabe, der sich in Gesellschaft dieses Sonderlings befand, mochte sechzehn Jahre zählen. Er war blond, starkknochig und schaute ernst, ja trotzig drein, wie einer, der seinen Weg schon selbst zu gehen weiß. Sein Anzug bestand aus Hut, Jagdhemd, Hose, Strümpfen und Schuhen, alles aus Leder gefertigt. Außer dem Gewehr war er noch mit einem Messer und einem Revolver bewaffnet.

Als Tante Droll das Schiff betrat, streckte er dem Schwarzen Tom die Hand entgegen und rief mit seiner hohen, dünnen Fistelstimme: „*Welcome,* alter Tom! Welch eine Überraschung! Woher des Wegs und wohin?“

Sie schüttelten sich herzlich die Hände, wobei Tom entgegnete: „Vom Mississippi herauf. Will nach Kansas hinein, wo ich meine Rafters in den Wäldern habe.“

„*Well,* so ist alles richtig. Will mit dem Boy Fred Engel auch dorthin und gar noch weiter. Können also noch einige Zeit beisammen sein. – Doch vor allen Dingen das Fahrgeld, Sir! Was haben wir zu zahlen, nämlich ich und dieser kleine Mann, wenn's nötig ist?“

Diese Worte waren an den Kapitän gerichtet.

„Es fragt sich, wie weit ihr mitfahren wollt“, lautete die Antwort.

„Sagen wir einstweilen bis Fort Gibson. Können den Lasso ja zu jeder Zeit länger machen. Nehmt Ihr Nuggets?“

„Ja, sehr gern.“

„Aber, wie steht's da mit der Goldwaage? Seid Ihr ehrlich?“

Diese Frage kam so drollig heraus und die beiden Äuglein zwinkerten dabei so eigenartig, dass sie gar nicht übel genommen werden konnte.

„Na“, brummte der Kapitän, „gegen Damen muss man höflich sein, und da Ihr eine Tante seid, so gehört Ihr ja zum schönen Geschlecht. Ich will also Eure Frage nicht so scharf nehmen. Übrigens hat es mit dem Zahlen keine große Eile.“

„Nein, ich borge nicht, keine Minute lang. Das ist so mein Grundsatz, wenn's nötig ist.“

„*Well!* Kommt also mit zum Office!“

Die beiden entfernten sich und die andern tauschten gegenseitig ihre Ansichten über den sonderbaren Menschen aus. Der Kapitän kehrte schneller zurück als Droll. Erstaunt berichtete er:

„Mesch'schurs, die Nuggets hättet ihr sehen sollen! Er fuhr mit der einen Hand in seinen Ärmel und als er sie wieder hervorzog, hatte er sie voller Goldkörner, erbsengroß, haselnussgroß und sogar noch größer. Dieser Mann muss eine Bonanza, eine reiche Erzader, entdeckt haben."

Droll sah sich indessen in der Nähe um. Er erblickte zunächst die Leute des Cornel. Langsam schlenderte er dem Vorderdeck zu und sah sich die Männer an. Sein Auge ruhte für einige Augenblicke auf dem Cornel, dann fragte er ihn: „Verzeihung, Sir, haben wir uns nicht schon einmal getroffen?"

„Nicht dass ich wüsste", erwiderte Brinkley.

„Doch mir ist es so. Wart Ihr vielleicht schon einmal oben am Missouri?" – „Nein." – „Auch nicht in Fort Sully?" – „Kenne es gar nicht." – „Hm! Darf ich vielleicht Euren Namen erfahren?" – „Wozu?" – „Weil Ihr mir gefallt, Sir. Und sobald ich an einem Menschen mein Wohlgefallen habe, lässt es mir nicht eher Ruhe, als bis ich erfahre, wie er heißt."

„Was das betrifft, so gefallt Ihr mir auch", entgegnete der Cornel scharf. „Trotzdem aber möchte ich nicht so unhöflich sein, Euch nach Eurem Namen zu fragen."

„Warum nicht? Ich halte das nicht für eine Unhöflichkeit. Nur wer kein ganz reines Gewissen hat, verschweigt, wie er heißt." – „Das soll wohl eine Beleidigung sein, Sir?" – „Durchaus nicht. Ich beleidige niemals ein Menschenkind, wenn's nötig ist. Lebt wohl, Sir, und behaltet Euern Namen für Euch!"

Droll drehte sich um und ging von dannen.

„Mir das!", knirschte der Rote. „Und ich muss es so hinnehmen!"

„Warum?", lachte einer seiner Leute. „Ich hätte diesem Ledersack mit der Faust geantwortet."

„Und den Kürzeren gezogen!" – „*Pshaw!* Diese Kröte sah nicht nach großer Körperstärke aus." – „Mag sein. Aber ein Mann, der einem schwarzen Panther so kaltblütig die Ladung gibt, als hätte er ein Präriehuhn vor sich, der ist nicht zu missachten. Übrigens handelt es sich nicht um ihn allein. Ich hätte sofort noch andre gegen mich gehabt, und wir müssen jedes Aufsehen vermeiden."

Droll war wieder zur Treppe gegangen und stieß unterwegs auf die beiden Indianer. Er hemmte seinen Schritt, ging dann eilig auf sie zu und rief aus: „Siehe da, der Große Bär und der Kleine Bär!"

„Welche Überraschung, die Tante Droll!", entgegnete der alte Indsman.

„Was tut Ihr hier im Osten und auf diesem Schiff?", fragte Droll, indem er beiden die Hand reichte.

„Wir waren in New Orleans und befinden uns auf dem Heimweg. Es sind viele Monde vergangen, seit wir das Angesicht der Tante Droll gesehen haben." – „Ja, der Kleine Bär ist indessen doppelt so groß geworden, wie er damals war. Leben meine roten Brüder mit ihren Nachbarn in Frieden?" – „Sie haben ihre Kriegsbeile in die Erde gelegt und wünschen nicht, sie ausgraben zu müssen." – „Wann werdet ihr zu den Eurigen kommen?" – „Das wissen wir nicht. Der Große Bär kann nicht eher heimkehren, als bis er sein Messer in das Blut des Beleidigers getaucht hat." – „Wer ist das?" – „Der weiße Hund dort mit dem roten Haar. Er hat den Großen Bär mit der Hand ins Gesicht geschlagen." – „Ist dieser Kerl bei Sinnen gewesen? Er muss doch wissen, was es heißt, einen Indianer zu schlagen, zumal den Großen Bären." – „Er weiß nicht, wer ich bin. Ich habe meinen Namen in der Sprache meines Volkes gesagt und bitte meinen weißen Bruder zu schweigen." – „Sei ohne Sorge! Aber ich will jetzt zu den anderen, die gern mit mir reden wollen; werde aber noch oft zu euch kommen."

Droll setzte seinen Gang nach oben fort. Dort war jetzt der Vater des geretteten Mädchens aus der Kabine gekommen, um zu melden, dass seine Tochter aus ihrer Ohnmacht erwacht sei. Dann eilte er hinunter zu den Indianern, um dem mutigen Knaben Dank für die verwegene Tat zu sagen. Droll hatte seine Worte gehört und erkundigte sich nach dem, was geschehen war. Als Tom es ihm erzählt hatte, sagte er: „Ja, das traue ich diesem Knaben zu. Er ist bereits ein ganzer Mann."

„Kennt Ihr ihn und seinen Vater? Wir sahen, dass Ihr mit ihm spracht.“ – „Ich bin Ihnen einige Mal begegnet.“ – „Begegnet? Er nannte sich einen Tonkawa und dieser fast ausgestorbene Stamm ist auf seinen elenden Reservationen in Texas sesshaft.“

„Der Große Bär ist nicht sesshaft geworden. Er streift umher, gerade wie der Apatschenhäuptling Winnetou. Seinen Wohnsitz hält er geheim. Er spricht zuweilen von ‚den Seinigen‘, aber wer und wo sie sind, habe ich nie erfahren. Er wollte auch jetzt zu ihnen, sieht sich aber durch die Rache aufgehalten, die er gegen den Cornel hat. Der Cornel ist in meinen Augen ein verlorener Mann.“

„Das habe ich auch schon gesagt“, meinte Old Firehand. „Wie ich die Indianer kenne, ließ sich der Große Bär den Hieb nicht aus Feigheit gefallen.“

„So?“, fragte Droll, indem er den Riesen musterte. „Ihr habt die Indsmen auch kennen gelernt, wenn's nötig ist? Ihr seht mir aber gar nicht danach aus. Ich denke, Ihr passt viel besser in den Salon als in die Prärie.“

„O weh, Tante Droll!“, lachte Tom. „Da habt Ihr einen gewaltigen Pudel geschossen. Dieser Gentleman gehört zu unsern berühmtesten Westmännern.“ – „So? Nicht zu den berühmten, sondern den berühmtesten?“ – „Ja.“

„Von dieser Sorte gibt es nach meiner Ansicht nur zwei.“ Droll machte eine Pause, zwinkerte Old Firehand an, ließ ein kurzes Lachen hören, das wie ein auf der Klarinette geblasenes ‚Hihihihi‘ klang, und fuhr dann fort: „Die beiden sind Old Shatterhand und Old Firehand. Da ich den Ersten kenne, wenn's nötig ist, so könnte dieser Sir demnach nur Old Firehand sein. Ist's erraten?“

„Ja, ich bin es“, nickte der Westmann.

„Egad?“, fragte Droll, indem er zwei Schritte zurücktrat und den Hünen nochmals betrachtete. „Ihr seid es wirklich? Die Gestalt ist freilich ganz so, wie er beschrieben wird, aber – vielleicht macht Ihr doch nur Spaß!“

„Nun, ist das auch Spaß?“, fragte Old Firehand, indem er Droll mit der Rechten am Kragen seines Rockes packte, ihn emporhob, dreimal rundum schwenkte und dann wieder hinstellte.

Drolls Gesicht war dunkelrot geworden. Er schnappte nach Atem und rief: „*Zounds*, Sir, haltet Ihr mich für ein Pendel oder eine Wetterfahne? Aber die Probe war gut, Sir. Ich sehe, dass Ihr wirklich Old Firehand seid. Hier ist meine Hand und wenn Ihr mich nicht kränken wollt, so weist sie nicht zurück! Und nun schlage ich vor, auf diese Bekanntschaft einen Trunk zu tun. Ich bin nicht auf diesen Steamer gekommen, um zu verdursten. Gehen wir also in den Speiseraum!“

Man folgte dieser Aufforderung. Als die Männer verschwunden waren, kam der Farbige, der den Panther nicht mit hatte ansehen dürfen, gemächlich von der Maschine. Er war von einem anderen Arbeiter abgelöst worden und suchte sich nun ein Plätzchen für den Mittagsschlaf. Sein Gesicht zeigte, dass er sich in missmutiger Stimmung befand. Das merkte der Cornel. Er winkte ihm, näher zu kommen.

„Was soll's sein, Sir?“, fragte der Schwarze. „Habt Ihr einen Auftrag, so wendet Euch an den Steward! Ich bin nicht für die Fahrgäste da.“

„Das kann ich mir denken“, erwiderte der Cornel. „Ich wollte Euch nur fragen, ob es Euch beliebt, ein Glas Brandy mit uns zu trinken.“ – „Wenn's das ist, so bin ich Euer Mann. An der Feuerung trocknen Gurgel und Leber aus.“ – „Hier habt Ihr einen Dollar. Holt, was Euch beliebt, dort am Board, und bringt es her!“

Der Farbige brachte eiligst zwei volle Flaschen nebst einigen Gläsern und setzte alles vor den Cornel hin. Der Rothaarige schenkte ein. Rasch und gierig leerte der Schwarze stehend zwei Gläser und meinte dann: „Das ist eine Erquickung, Sir, die sich unsereiner nicht oft leisten kann. Aber wie kommt Ihr auf den Gedanken, mich einzuladen? Ihr Weißen seid doch sonst nicht so.“

„Bei mir und meinen Freunden ist ein Neger auch ein Mensch. Ich habe bemerkt, dass Ihr beim Kessel angestellt seid. Das macht durstig, und ich denke mir, dass der Kapitän Euch nicht mit

Hundertdollarnoten bezahlen wird. Ich bin bereit, Euch noch einige Dollar zu geben, wenn Ihr mir dafür einen Gefallen tut." – „Einige Dollar? *Huzza!* Dafür bekäme ich mehrere Flaschen voll! Nur heraus mit Eurem Wunsch, Sir! Wenn's gilt, einen Brandy zu verdienen, so bin ich stets der richtige Mann." – „Möglich. Aber es muss schlau angefangen werden. Ihr sollt nur ein wenig lauschen, ein wenig horchen." – „Wo?" – „Im Speiseraum."

„Warum denn, Sir?"

„Weil – nun, ich will aufrichtig mit Euch sein." – Der Cornel reichte ihm ein volles Glas hin und fuhr vertraulich fort: „Da ist ein riesenhaft gebauter Mann, den sie Old Firehand nennen, ferner ein dunkelbärtiger Kerl, der Tom heißt, und endlich eine Fastnachtsmaske in einem langen Lederrock, die auf den Namen Tante Droll hört. Dieser Old Firehand ist ein reicher Farmer und die beiden andern sind seine Gäste und Begleiter. Zufälligerweise wollen auch wir nach dieser Farm, um dort Arbeit zu nehmen. Und da möchten wir gern erfahren, was für Leute es sind, mit denen wir es zu tun haben werden. Ihr seht, dass ich nichts Unrechtes von Euch verlange."

„Ganz recht, Sir. Kein Mensch hat mir verboten, zuzuhören, wenn andre sprechen. Die nächsten vier Stunden gehören mir."

„Aber wie wollt Ihr es anfangen? Gibt es eine Arbeit, womit Ihr Euch länger drinnen beschäftigen könnt?" – „Nein – oder doch! Die Fenster sind schmutzig. Ich könnte sie putzen." – „Wird das nicht auffallen?" – „Nein. Ich sage dem Steward, dass ich Durst habe und an seiner Stelle für ein Glas Brandy die Fenster putzen will. Ihr braucht keine Sorge zu haben, Sir; ich werde es gewiss ermöglichen. Also, wie viel Dollar versprecht Ihr mir?" – „Ich zahle nach dem Wert der Nachricht, die Ihr mir bringt, wenigstens aber drei Stück." – „*All right*, wird gemacht!"

Als sich der Schwarze entfernt hatte, wurde der Cornel gefragt, was er mit dem Auftrag bezwecke. „Wir haben hier Fahrgeld zahlen müssen und so will ich wenigstens den Versuch machen, dieses Geld auf irgendeine Weise wiederzubekommen. Für den weiten

Marsch, den wir vorhaben, müssen wir Vorbereitungen treffen und ihr wisst, dass unsere Beutel leer sind."

„Wir wollen sie ja aus der Eisenbahnkasse füllen!"

„Wisst ihr, dass uns dieser Plan gelingen wird? Wenn wir schon hier Geld machen können, so wäre es die größte Torheit, die Gelegenheit ungenutzt vorübergehen zu lassen."

„Diebstahl hier an Bord? Das ist gefährlich. Wenn der Betreffende den Verlust entdeckt, so gibt es ganz sicher ein schauderhaftes Hallo. Gerade wir werden die Ersten sein, auf die der Verdacht fällt."

„Du bist der größte Kindskopf, der mir vorgekommen ist. Eine solche Sache ist gefährlich und auch nicht, je nachdem, wie sie angefasst wird. Wenn ihr mir in allem folgt, so muss uns alles, auch später der letzte große Streich, gelingen."

„Der droben am Silbersee? Wenn man dir da nur nicht einen Bären aufgebunden hat."

„*Pshaw!* Ich weiß, was ich weiß. Es kann mir nicht einfallen, euch jetzt schon einen ausführlichen Bericht zu geben. Wenn wir an Ort und Stelle sind, werde ich euch unterrichten. Bis dahin müsst ihr mir Vertrauen schenken und mir glauben, wenn ich euch sage, dass es da droben Reichtümer gibt, die für uns alle lebenslang ausreichen. Jetzt aber wollen wir jedes unnötige Geschwätz vermeiden und abwarten, was für einen Bericht uns der dumme Nigger bringt."

Der ‚dumme Nigger' schien seiner Aufgabe doch gewachsen zu sein. Er war erst in den Bedienungsraum gegangen, wohl um mit dem Steward zu sprechen, und dann im Eingang zum Speiseraum verschwunden. Es verstrich weit über eine Stunde, bis er wieder unten bei den Tramps erschien, ohne die vier Augen zu bemerken, von denen er und die Tramps scharf beobachtet wurden. Diese vier Augen gehörten den beiden Indianern.

„Nun?", fragte der Cornel gespannt.

Der Neger meinte missgestimmt: „Ich habe mir alle Mühe gegeben, glaube aber nicht, dass ich für das, was ich gehört habe, mehr als die drei Dollar bekommen werde. Ihr habt Euch nämlich geirrt, Sir." – „Worin?" – „Der Riese heißt allerdings Old Firehand, ist aber gar nicht Farmer."

„Das wäre!", fuhr der Cornel auf, indem er Enttäuschung heuchelte.

„Ja, es ist so", bekräftigte der Neger. „Der Riese ist ein berühmter Jäger und will weit hinauf ins Gebirge." – „Wohin?" – „Das sagte er nicht, und es ist mir kein Wort des Gesprächs entgangen. Die drei Männer saßen mit dem Vater des Mädchens, das der Panther fressen wollte, abseits von den Übrigen. Dieser Vater heißt Patterson und ist Ingenieur. Auch er will mit." – „Ein Ingenieur? Was werden die Männer in den Bergen wollen?" – „Sie wollen erst den Schwager Pattersons aufsuchen, der in Kansas eine Farm besitzt. Dieser Schwager, namens Butler, muss ein sehr reicher Mann sein. Er hat Vieh und Getreide nach New Orleans geliefert und der Ingenieur bringt jetzt das Geld dafür mit."

Das Auge des Cornels leuchtete auf, verriet aber durch kein Wort, wie wichtig ihm diese Mitteilung war.

„Ja, in Kansas gibt es steinreiche Farmer", bemerkte er gleichgültig. „Dieser Ingenieur aber ist ein unvorsichtiger Mensch. Ist die Summe groß?" – „Er flüsterte von neuntausend Dollar in Papier." — „So eine Summe trägt man doch nicht mit sich herum. Wenn er den Tramps in die Hände fällt, ist das Geld verloren." – „Nein. Sie würden es nicht finden. Da, wo er es hat, werden sie gewiss nicht suchen." – „So kennt Ihr das Versteck?" – „Ja. Er zeigte es den andern. Er tat zwar heimlich dabei, aber ich sah es doch. Der Ingenieur hat ein altes Bowiemesser mit einem hohlen Griff, worin die Noten stecken. Übrigens hat nicht nur der Ingenieur so viel Geld bei sich. Der Schwarzbärtige sprach auch von einer bedeutenden Summe, die er erhalten habe und an seine Kameraden, die Rafters sind, verteilen müsse." – „Wo stecken denn die?"– „Sie fällen ihre Bäume am Black Bear-Fluss, den ich freilich nicht kenne." – „Ich kenne ihn. Er mündet unterhalb Tuley in den Arkansas. Ist die Gesellschaft zahlreich?"

„Gegen zwanzig tüchtige Boys, sagte er. Und der lustige Kerl in dem ledernen Schlafrock hat sogar eine Menge Nuggets bei sich. Auch er will nach dem Westen. Möchte wissen, wozu er das Geld mitnimmt.“ – „Auch im Westen hat der Mensch Bedürfnisse. Da gibt es Forts und herumziehende Händler, bei denen man genug Geld loswerden kann. Doch, diese Leute sind mir nun gleichgültig. Ich begreife nur nicht, dass dieser Ingenieur ins Felsengebirge will und ein junges Mädchen bei sich hat.“

„Er hat nur dieses eine Kind. Da er beabsichtigt, lange Zeit in den Bergen zu bleiben, wozu es sogar notwendig sein wird, Blockhäuser zu bauen, hat er sich entschlossen, die Tochter mitzunehmen.“ – „Blockhäuser? Es steht also zu vermuten, dass sie nicht allein sein werden. Ich möchte wissen, welchen Zweck sie verfolgen.“ – „Das wollte auch der Schwarzbärtige wissen, aber Old Firehand sagte ihm, das werde er später erfahren.“ – „Also will er es geheim halten. Es muss sich wahrscheinlich um eine Bonanza handeln, die man heimlich untersuchen und günstigenfalls ausbeuten will. Möchte doch den Ort kennen, wohin sie wollen!“

„Der wurde nicht genannt. Wie es scheint, wollen sie den Schwarzbärtigen und auch die Tante Droll mitnehmen. Sie haben Gefallen aneinander gefunden und schlafen sogar in nebeneinander liegenden Kabinen auf dem Deck über uns. In Nummer eins schläft der Ingenieur, Nummer zwei hat Old Firehand, Nummer drei Tom, Nummer vier die Tante Droll, und Nummer fünf hat der kleine Fred.“ – „Wer ist das?“ – „Der Boy, den die Tante mitgebracht hat.“ – „Ist der Drolls Sohn?“ – „Nein, so viel ich erraten habe.“ – „Wie ist sein Familienname und weshalb reist er mit Droll?“ – „Darüber wurde kein Wort gesprochen.“ – „Liegen die Kabinen eins bis fünf rechts oder links?“ – „Auf der Steuerbordseite, von hier aus also links. Die Tochter des Ingenieurs schläft in einer Damenkabine.“ – „Da ich mich in diesen Leuten geirrt habe, kann mir das gleichgültig sein. Ich beneide sie übrigens nicht um ihre engen Kabinen, während wir hier unten viel frische Luft haben.“

„*Well!* Aber gute Luft haben auch die Kajütenbewohner, da die

Fenster durch Gazeflächen ersetzt werden. Schlimm sind wir dran. Wir müssen eigentlich bei den Kohlen schlafen und es ist nur eine besondere Gunst, wenn der Maschinist erlaubt, dass wir uns zu den Fahrgästen legen. Wie aber steht es nun mit meinem Geld?" – „Hier sind die drei Dollar. Mehr könnt Ihr nicht verlangen, da Eure Gefälligkeit uns keinen Nutzen gebracht hat." – „Ich bin vollauf zufrieden, Sir. Ihr seid ein Gentleman. Habt Ihr wieder einen Wunsch, so wendet Euch nur an mich. Ihr könnt auf mich rechnen."

Der Schwarze trank noch ein volles Glas aus und ging dann, um sich hinter einem großen Ballen niederzulegen.

Die Tramps sahen ihren Anführer neugierig an. Einige seiner Fragen konnten sie noch nicht in den richtigen Zusammenhang bringen.

„Da schaut ihr mich nun an", sagte der Cornel. „Neuntausend Dollar in Banknoten, also bares Geld und nicht etwa Schecks oder Wechsel! Das ist eine Summe, die uns willkommen sein wird." „Und wie bekommen wir sie? Wie wollen wir das Messer in unsern Besitz bringen?" – „Ich hole es aus der Schlafkabine." – „Und wenn man dich erwischt?" – „Das ist unmöglich. Mein Plan ist fertig und er wird gelingen." – „Wenn's wahr ist, soll es mir lieb sein. Aber der Ingenieur wird sein Messer beim Erwachen vermissen. Dann geht der Teufel los!" – „Ja, dann geht freilich der Teufel los! Aber wir sind fort." – „Wohin?" – „Welche Frage! Ans Ufer natürlich." – „Sollen wir etwa hinüberschwimmen?" – „Du bist ein Kindskopf! Schau dich um! Was steht dort neben der Ankertaurolle?" – „Scheint ein Werkzeugkasten zu sein." – „Erraten! Ich habe gesehen, dass er Hammer, Feilen und mehrere Bohrer enthält, darunter einen, dessen Gewinde einen Durchmesser von vier Zentimeter hat."

„*By Jove!* Willst du etwa das Schiff anbohren?", fuhr der andere auf.

„Allerdings will ich das. Wenn das Schiff Wasser zieht, fährt man ans Ufer, um das Schiff zu untersuchen." – „Aber wenn man das Leck zu spät bemerkt!" – „Sei nicht so ängstlich! Wenn das Schiff sinkt, so steigt die Wasserlinie außen. Das muss dem Offizier oder Lotsen auffallen, wenn er nicht blind ist. Es wird einen solchen Lärm geben, dass der Ingenieur gar nicht an sein Messer denkt. Wenn er dann den Verlust entdeckt, sind wir längst fort." – „Und wenn man doch an das Messer denkt, und am Ufer anlegt, aber keinen Menschen aussteigen lässt?" – „So wird man doch nichts finden. Wir binden das Messer an eine Schnur, lassen es daran ins Wasser hinab und befestigen das andre Ende draußen am Schiff. Wer es da aufspürt, muss geradezu allwissend sein." – „Dieser Gedanke ist nicht übel. Was aber dann, wenn wir vom Schiff sind?" – „Ich denke, dass wir bald eine Farm oder ein Indianerlager treffen, wo wir uns Pferde kaufen können, ohne sie zu bezahlen." – „Und dann reiten wir wohin?" – „Zunächst nach dem Black Bear-Fluss, zu den Rafters, von denen der Nigger sprach. Es wird leicht sein, ihr Lager auszukundschaften. Dort lauern wir dem Schwarzbärtigen auf, um auch ihm sein Geld abzunehmen. Dann haben wir genug, um uns für unsern weiten Ritt ausrüsten zu können." – „Auf die Eisenbahnkasse wollen wir also verzichten?" – „Keineswegs. Sie wird viele Tausende enthalten und wir werden uns dieses Geld holen. Nun wisst ihr, woran ihr seid. Heute Abend gibt's zu tun und an Schlaf ist nicht zu denken. Darum legt euch jetzt aufs Ohr!"

Dieser Weisung wurde Folge geleistet. Es herrschte überhaupt infolge der großen Hitze auf dem Schiff eine ganz ungewöhnliche Ruhe.

Erst gegen Abend, als die Sonne sich dem westlichen Himmelsrand näherte, entstand wieder Bewegung an Deck. Die Fahrgäste kamen aus ihren Kabinen, auch Patterson befand sich unter ihnen. Er hatte seine Tochter mit, die sich von ihrem Schrecken und dem unfreiwilligen Bad völlig erholt hatte. Die zwei suchten die Indianer auf, da die Tochter den beiden noch nicht gedankt hatte.

Der Kleine und der Große Bär hatten den ganzen Nachmittag mit echt indianischer Ruhe und Unbeweglichkeit auf der Kiste zugebracht, auf der sie schon gesessen hatten, als sie von Tante Droll begrüßt worden waren. „Hé, – elbakh schä-bakh ko-ta neschekh-omeon – jetzt werden sie uns Geld geben", sagte der Vater in der Tonkawasprache zu seinem Sohn, als er den Ingenieur mit seiner Tochter kommen sah.

Sein Gesicht verfinsterte sich, da gemünzter Dank für einen Indianer eine Beleidigung ist. Der Sohn hielt die rechte Hand, mit dem Rücken nach oben gerichtet, vor sich hin und ließ sie dann rasch sinken, was andeutete, dass er anderer Ansicht sei. Da kam auch schon das Mädchen, das er gerettet hatte, mit raschen Schritten auf ihn zu, drückte seine Hand herzlich und sagte: „Du bist ein mutiger Knabe. Schade, dass wir nicht nahe beieinander wohnen; ich würde dich gern haben."

Er sah ihr ernst ins Gesicht und entgegnete: „Mein Leben würde dir gehören. Der Große Geist diese Worte hören; er wissen, dass sie wahr sind."

„So will ich dir wenigstens ein Andenken geben, damit du dich meiner erinnerst."

Sie zog einen dünnen Goldring von ihrem Finger und steckte ihn dem jungen Retter an die linke Hand. Er blickte auf den Ring und dann auf sie, griff unter seine Zuñidecke, nestelte etwas vom Halse los und reichte es ihr. Es war ein kleines, viereckiges Lederstück. Einige Zeichen waren darauf eingepresst.

„Tonkawa dir auch geben Andenken", sagte er. „Es ist Totem von Nintropan-homosch, nur Leder, kein Gold. Aber wenn du kommen in Gefahr bei Indianern und es vorzeigen, dann Gefahr zu Ende. Alle Indianer kennen Nintropan-homosch und achten sein Totem."

Sie ahnte nicht, was ein Totem zu bedeuten hat. Sie wusste nur, dass er ihr für den Ring ein Stück Leder als Gegengabe schenkte, und sie war damit zufrieden. Darum band sie sich das Totem um den Hals und erwiderte: „Ich danke dir. Nun besitze ich etwas von dir und du hast etwas von mir. Das erfreut uns beide, obgleich wir uns auch ohne diese Gaben nicht vergessen würden."

Dann sagte Patterson: „Wie soll nun ich die Tat des Kleinen Bären belohnen? Ich bin nicht arm, aber alles, was ich habe, wäre zu wenig für das, was er mir erhalten hat. Nur ein Andenken kann ich ihm geben, womit er sich gegen seine Feinde schützen kann. Wird er diese Waffen nehmen? Ich bitte ihn darum."

Er zog zwei neue, gut gearbeitete Revolver aus der Tasche und hielt sie ihm entgegen. Der junge Indianer trat einen Schritt zurück, richtete sich kerzengerade auf und sagte: „Der weiße Mann bietet mir Waffen. Das große Ehre für mich, denn nur Männer erhalten Waffen. Nintropan-homosch nehmen sie an. Howgh!"

Damit steckte er die Revolver in seinen Gürtel. Jetzt konnte sein Vater sich nicht länger halten. Man sah es seinem Gesicht an, dass freudiger Stolz ihn erfüllte. „Auch Nintropan-hauey danken", sagte er. „Wir stets Freunde des weißen Mannes und seiner Tochter. Er gut bewahren Totem von Kleinem Bär; es sein auch das meinige. Der große Geist ihm stets schicken Sonne und Freude!"

Der Danksagungsbesuch war zu Ende. Man reichte sich nochmals die Hände und trennte sich dann. Die beiden Indianer setzten sich wieder auf ihre Kiste.

„Enokh-schákinbakh-en – gute Leute!", sagte der Vater.

„Enokh-akh-schákinbakh-en – sehr gute Leute!", stimmte der Sohn bei. Das waren die einzigen Herzensergüsse, die ihre indianische Schweigsamkeit ihnen nun noch gestattete.

Dass der Dank des Ingenieurs nach indianischen Begriffen zart ausgefallen war, hatte seinen Grund nicht in ihm selbst. Er war mit den Ansichten und Gebräuchen der Roten zu wenig vertraut, um wissen zu können, wie er sich verhalten musste. Darum hatte er Old Firehand um Rat gefragt und war von ihm unterrichtet worden. Jetzt kehrte er zu dem Jäger, der mit Tom und Droll oben auf dem Sonnendeck saß, zurück und erzählte ihm von der Aufnahme, die seine Geschenke gefunden hatten. Als er das Totem erwähnte, konnte man aus seinem Ton hören, dass auch er dessen Bedeutung nicht ganz zu schätzen wusste. Deshalb erkundigte sich Old Firehand: „Ihr wisst, was ein Totem ist, Sir?"

„Ja. Es ist das Handzeichen eines Indianers, etwa wie bei uns das Siegel.“

„Diese Erklärung ist richtig, aber nicht gründlich. Nicht jeder Indianer darf ein Totem führen, sondern nur Häuptlinge haben es. Dass dieser Knabe schon eins besitzt, ist ein Beweis, dass er bereits Taten hinter sich hat, die selbst von den roten Männern für ungewöhnlich gehalten werden. Sodann sind die Totems je nach ihrem Zweck verschieden. Diejenige Art, die für uns Bleichgesichter die wichtigste ist, gilt als eine Empfehlung dessen, der es erhalten hat. Die Empfehlung kann je nach dem Grad ihrer Wärme verschieden sein. Lasst mich doch einmal das Leder sehen!“

Das Mädchen gab es ihm und er betrachtete es sorgfältig. Endlich erklärte er:

„Dieses Totem ist so wertvoll, wie selten eins verschenkt wird. Es bedeutet in Worte übertragen: ‚Sein Schatten ist mein Schatten und sein Blut ist mein Blut; er ist mein älterer Bruder.‘ Und darunter steht das Namenszeichen des Kleinen Bären. Das ist eine Empfehlung, wie sie wärmer nicht gedacht werden kann. Wer ihrem Besitzer etwas zuleide tut, hat die Rache des Großen und Kleinen Bären und aller ihrer Freunde zu erwarten. Wickelt das Totem gut ein, Sir, damit sich die rote Farbe der Zeichen erhält! An diesem kleinen Lederstück kann das Leben vieler Menschen hängen.“ –

Das Steamboat hatte während des Nachmittags Ozark, Van Buren und Fort Smith passiert. Der Kapitän hatte verkündet, dass man ungefähr zwei Stunden nach Mitternacht Fort Gibson erreichen werde. Um bei der Ankunft dort munter zu sein, legten sich die meisten Reisenden zeitig schlafen. Die Decks leerten sich gänzlich von den Kajütenreisenden und auch im Aufenthaltsraum blieben nur wenige Personen. In dem anstoßenden Rauchzimmer saßen nur Old Firehand, Tom und Droll, die sich über ihre Erlebnisse unterhielten. Der hünenhafte Jäger hatte bisher über die Verhältnisse und nächsten Absichten der Tante Droll noch nichts Genaues erfahren können. Jetzt erkundigte er sich, wie Droll zu der sonderbaren Bezeichnung Tante gekommen sei, und der Befragte antwortete: „Ihr kennt ja die Gewohnheit der Westmänner, jedem einen Spitznamen zu geben. Ich sehe in meinem *sleeping-gown* einem Frauenzimmer ähnlich, wozu auch meine hohe Stimme passt. Da ich nun die Gewohnheit habe, mich eines jeden braven Kerls wie eine Tante anzunehmen, hat man mir den Namen Tante Droll gegeben.“

„Ist Droll Euer Familienname?“ – „Ja.“ – „Der Name klingt deutsch. Ihr seid wohl auch von deutscher Abstammung wie der Schwarze Tom und ich?“ – „Ja.“

„Also ein geborener Deutscher, ein Landsmann?“, rief Old Firehand in deutscher Sprache.

„Das ham Sie sich nich denken könne? Und ich habe gemeent, mer sieht mersch sofort an, dass ich als Urenkel der alten Germanen geboren bin. Können Se vielleicht errate, wo ich meine erschten Kinderstiefel abgeloofe habe?“

„Natürlich! Ihre Mundart sagt es mir. Im schönen Herzogtum Altenburg, wo die besten Quarkkäse gemacht werden.“

Es hatte den Anschein, als wolle sich nun eine lebhafte Unterhaltung entwickeln, leider aber war das nicht der Fall, denn einige der im Aufenthaltsraum sitzenden Herren kamen herein, um noch eine Zigarre zu rauchen. Sie verwickelten die Anwesenden in ein Gespräch, so dass diese ihre Plaudereien aufgeben mussten. Als man sich später trennte, um schlafen zu gehen, verabschiedete sich Droll von Old Firehand mit den Worten: „Das war jammerschade, dass mer nich weiter rede konnte. Gute Nacht, Herr Landsmann! Schlafe Se wohl und e bisschen rasch, denn nach Mitternacht müsse mer schon wieder off!“

Jetzt waren alle Kabinen besetzt und die Lichter verlöschten. Es brannten nur die beiden vorgeschriebenen Laternen, die eine vorn am Bug, die andre achtern. Die vordere beleuchtete den Fluss, so dass ein am Ausguck stehender Matrose im Wasser liegende Hindernisse noch rechtzeitig sehen und melden konnte. Dieser Mann, der Lotse und der Bootsmann waren die einzigen Menschen, die neben der Bedienung der Maschine wach zu sein schienen.

Auch die Tramps taten, als ob sie schliefen. Der Cornel hatte seine Leute schlauerweise rund um eine nach unten führende Luke gelagert, sodass niemand ungesehen dorthin konnte. „Eine verteufelte Geschichte!“, flüsterte er seinem Nebenmann zu. „Ich habe nicht daran gedacht, dass des Nachts hier vorn ein Mann steht, um das Fahrwasser zu beobachten. Der Kerl ist uns im Wege.“

„Nicht so, wie du denkst. In dieser Dunkelheit kann er nicht weit sehen. Überdies muss er scharf in den Lichtkreis der Laterne blicken und ist geblendet, wenn er sich umdreht. Wann beginnen wir?“

„Sofort. Vor Fort Gibson müssen wir fertig sein. Den Bohrer habe ich schon. Ich gehe jetzt ans Werk. Solltest du mich warnen müssen, so rufe mich vorsichtig.“

Brinkley schob sich an die Luke zum Ballastraum, und setzte die Füße auf die schmale Treppe. Die zehn Stufen waren schnell zurückgelegt. Nun strich er ein Zündholz an und leuchtete um sich. Hohe Berge von Gepäckstücken lagen da umher.

Der Cornel trat an die Backbordseite und setzte den Bohrer unter der Wasserlinie an die Schiffswand. Unter dem kräftigen Druck seiner Hand griff das Werkzeug und fraß schnell in dem Holz weiter. Dann gab es einen harten Widerstand – das Blech, womit der unter Wasser stehende Teil des Schiffes bekleidet war. Es musste mit dem Bohrer durchschlagen werden. Aber zur schnelleren Füllung des Raumes waren wenigstens zwei Löcher nötig. Der Cornel bohrte also zunächst möglichst weit unten ein zweites. Dann hob er einen der Steine auf, die als Ballast dalagen, und schlug damit so lange auf den Griff des Bohrers, bis die Spitze durch das Blech gedrungen war. Als er den Bohrer mit einiger Anstrengung zurückgezogen hatte, traf ihn ein so starker Wasserstrahl, dass er schnell weichen musste. Das Klopfen war bei dem Geräusch der Schiffsmaschine unhörbar geblieben. Nun schlug er auch das Blech des ersten Loches durch und kehrte auf Deck zurück. Er hatte den Bohrer in der Hand behalten und warf ihn oben an der Treppe weg.

Von den Seinen wurde er leise gefragt, ob es gelungen sei. Er antwortete bejahend und erklärte, er wolle nun zur Kabine Nummer eins schleichen.

Die Außenwände der Kabinen waren mit großen Fenstern versehen, die jetzt nur mit Gaze verschlossen waren. Vor den Kabinenfenstern lief ein schmaler Sims, von der Treppe aus erreichbar, rund um den ganzen Schiffsaufbau.

Nach dem Sims rechter Hand wendete sich der Cornel, sobald er die Treppe hinaufgehuscht war. Die Kabine Nummer eins war die erste, lag somit an der Ecke. Er erreichte sein Ziel glücklich. Es brannte Licht in der Kabine. Sollte Patterson noch wach sein? Vielleicht lesen?

Der Cornel zog sein Messer und zerschnitt die Gaze geräuschlos von oben bis unten. Ein Vorhang hinderte ihn, in die Kabine zu blicken. Er schob ihn leise zur Seite und hätte vor Freude über das, was er sah, laut aufjubeln mögen.

An der linken Wand hing über dem Bett ein Nachtlämpchen, das nach unten verhüllt war, um den Schläfer nicht zu stören. Darunter schlummerte, mit dem Gesicht nach der Wand gekehrt, der Ingenieur. Auf einem Stuhl lagen seine Kleidungsstücke, an der rechten Wand auf einem Klapptisch die Uhr, die Börse und – das Messer des Schläfers.

Der Tramp steckte das Messer in den Gürtel und kroch wieder zu seinen Leuten zurück. Er kam glücklich auf dem unteren Deck an. Wenige Meter weiter fiel sein Blick nach links. Da war es ihm, als sehe er zwei phosphoreszierende Punkte. Das waren Augen; er wusste es. Flink schnellte er sich mit einer kräftigen Bewegung, aber unhörbar, vorwärts und rollte sich dann ebenso rasch zur Seite. Richtig! Von der Stelle her, wo er die Augen gesehen hatte, erscholl ein Geräusch, wie wenn sich jemand auf einen anderen werfen will. Der auf und ab wandernde Bootsmann hatte es gehört und trat hinzu. „Wer ist da?“, fragte er.

„Hier Nintropan-hauey“, antwortete es. – „Ach, der Indianer! Schlaf doch!“ – „Ein Mann kam geschlichen. Hat etwas Böses getan. Ich ihn gesehen, er aber schnell fort.“ – „Wohin?“ – „Nach vorn, wo Cornel liegen. Er vielleicht selbst gewesen." – „*Pshaw!* Wozu sollte er oder ein andrer hier schleichen!"

Der Bootsmann horchte trotzdem vorsichtshalber nach vorn und da sich dort nichts hören ließ, war er überzeugt, dass der Rote sich geirrt habe.

Nach einiger Zeit wurde er von dem Ausguck zum Bug gerufen. „Sir", sagte der Mann, „ich weiß nicht, woran es liegen mag, aber das Wasser kommt schnell höher. Das Schiff sinkt."

Der Bootsmann blickte hinab, und eilte zur Kajüte des Kapitäns. Nach zwei Minuten kam er mit dem Kapitän wieder. Sie stiegen in die Luke, um den Kielraum zu untersuchen. Die Tramps hatten sich dort entfernt. Nach kurzer Zeit schon kam erst der Bootsmann, dann der Kapitän wieder. Mit eiligen Schritten begaben sie sich zum Lotsen.

„Man will nicht Lärm schlagen", flüsterte der Cornel. „Aber passt auf, der Steamer wird ans Ufer gehen!"

Brinkley hatte Recht. Die Matrosen wurden heimlich geweckt und das Schiff änderte seinen Kurs. Ohne einige Unruhe konnte das nicht geschehen. Mehrere Fahrgäste kamen aus ihren Kabinen.

„Es ist nichts, Mesch'schurs, es hat keine Gefahr!", rief ihnen der Kapitän zu. „Wir haben etwas Wasser im Raum und müssen es auspumpen. Deshalb legen wir an."

Er wollte beruhigend wirken, erreichte aber das Gegenteil. Man schrie, man rief nach Rettungsgürteln, die Kabinen leerten sich. Da fiel der Schein der Vorderlaterne auf das hohe Ufer. Das Schiff machte eine Wendung, dass es längs daneben zu liegen kam, und ließ den Anker fallen. Die beiden Landebrücken wurden ausgelegt und die Ängstlichen drängten an Land. Allen voran waren die Tramps, die schnell im Dunkel der Nacht verschwanden.

An Bord geblieben waren außer den Schiffsleuten nur Old Firehand, Tom, Droll und der Große Bär. Der hünenhafte Jäger war in den Raum gestiegen, um den Wasserstand zu prüfen. Mit dem Bohrer kam er wieder herauf und fragte den Kapitän:

„Wo hat dieser Bohrer seinen Platz?"

„Dort im Werkzeugkasten“, erklärte ein Matrose. „Er lag am Nachmittag noch drin.“

„Jetzt fand ich ihn an der Treppe. Die Spitze ist verbogen. Ich wette, dass das Schiff angebohrt worden ist.“

Der Eindruck, den diese Worte hervorbrachten, wurde durch eine weitere Entdeckung verstärkt. Patterson hatte seine Tochter ans Ufer gebracht und war auf das Schiff zurückgekehrt, um seinen Anzug zu vervollständigen. Jetzt kam er aus seiner Kabine und rief: „Ich bin bestohlen! Neuntausend Dollar! Man hat das Gazefenster zerschnitten und sie mir vom Tisch genommen!“

Sogleich rief der Große Bär noch lauter: „Cornel hat gestohlen und Schiff angebohrt. Nintropan-hauey ihn sehen. Aber Bootsmann nicht glauben. Fragen schwarzen Feuermann! Er trinken mit Cornel; er gehen fort in Speiseraum und putzen Fenster; er kommen und trinken wieder; er sagen müssen alles.“

Da ertönte vom Land, unterhalb der Stelle, wo das Schiff lag, ein Schrei.

„Das sein Kleiner Bär“, erklärte der Indianer. „Nintropan-hauey ihn nachgeschickt dem Cornel, der schnell an Land. Er sagen wird, wo Cornel sein.“

Schon kam der Kleine Bär im eiligen Lauf über die Landebrücke gesprungen und rief, auf den Fluss deutend, der von vielen inzwischen angebrannten Lichtern weit hinaus erleuchtet wurde: „Dort rudern hinaus! Cornel haben abgeschnitten großes Boot und hinüber ans andre Ufer.“

Man sah das entfliehende Boot. Die Tramps jubelten und schrien höhnisch herüber. Die Schiffsleute antworteten ihnen wütend. In der allgemeinen Aufregung achtete man nicht auf die Indianer, die plötzlich verschwanden. Endlich gelang es der mächtigen Stimme Old Firehands, die Ruhe herzustellen, und da hörte man auch eine andere Stimme vom Wasser herauf: „Der Große Bär kleines Boot geborgt. Er hinter dem Cornel her, um zu rächen. Roter Mann kleines Boot drüben lassen und anbinden. Kapitän es finden. Großer Bär und Kleiner Bär müssen haben sein Blut. Howgh!“

Der Kapitän fluchte und schimpfte gewaltig. Während die Deckhands mit dem Auspumpen des Schiffes und dem Abdichten der Lecks begannen, wurde der schwarze Feuermann verhört. Old Firehand trieb ihn so in die Enge, dass er alles gestand. Daraus erklärte sich nun alles. Der Cornel war der Dieb und hatte das Schiff angebohrt, um noch vor der Entdeckung des Diebstahls mit seinen Leuten entkommen zu können. Der Schwarze wurde angebunden, um am Morgen die ihm vom Kapitän zugedachten Hiebe zu erhalten.

Es stellte sich bald heraus, dass die Pumpen das Wasser leicht bewältigten und das Schiff in kurzer Zeit die Fahrt fortsetzen konnte. Die Reisenden kehrten also an Bord zurück und machten es sich bequem. Viele freuten sich sogar über die spannende Unterbrechung der langweiligen Reise.

Die geringste Freude konnte freilich der Ingenieur dieser Unterbrechung abgewinnen. Er war dabei um eine bedeutende Summe gekommen. Old Firehand tröstete ihn: „Noch ist Hoffnung vorhanden, das Geld wiederzuerhalten. Fahrt in Gottes Namen mit Eurer Tochter weiter! Ich treffe bei Eurem Schwager wieder mit Euch zusammen." – „Wie? Ihr wollt fort?" – „Ja, ich will diesem Cornel nach, um ihm seinen Raub abzujagen." – „Aber das ist gefährlich!" – „*Pshaw!* Old Firehand ist nicht der Mann, der sich vor diesen Strolchen fürchtet. Es handelt sich nicht nur um Eure neuntausend Dollar. Die Tramps haben durch den Feuermann erfahren, dass auch Tom Geld bei sich hat und von seinen Gefährten am Black Bear-Fluss erwartet wird. Ich täusche mich gewiss nicht, wenn ich meine, dass sie sich dorthin wenden, um ein neues Verbrechen auszuführen. Die beiden Tonkawa sind wie gute Schweißhunde hinter ihnen her und beim Anbruch des Tages folgen wir ihrer Fährte, nämlich Tom, Droll, der Knabe Fred und ich. Nicht wahr, Mesch'schurs?"

„Ja", bestätigte Tom einfach und ernst.

„Jawohl", stimmte auch Droll bei. „Der Cornel muss unser werden. Erwischen wir ihn, dann gnade ihm, wenn's nötig ist!"

3. Nächtliche Kämpfe

Am hohen Ufer des Black Bear-Flusses brannte ein großes Feuer vor einer Art Blockhaus. Zwar stand der Mond am Himmel, aber sein Licht vermochte nicht die dichten Wipfel der Bäume zu durchdringen. Um das Feuer saßen gegen zwanzig wilde Gestalten, denen anzusehen war, dass sie längere Zeit nicht mit der Zivilisation in Berührung gekommen waren. Ihre Anzüge waren abgerissen und ihre Gesichter von Sonne, Wind und Wetter gebräunt. Außer den Messern hatten sie keine Waffen bei sich; die mochten im Innern des Blockhauses liegen.

Über dem Feuer hing von einem starken Baumast herab ein großer eiserner Kessel, worin mächtige Fleischstücke kochten. Neben dem Feuer standen zwei Riesenkürbisse mit gegorenem Honigwasser. Wer Lust hatte, schöpfte sich einen solchen Trunk oder nahm sich einen Becher Fleischbrühe aus dem Kessel.

Dabei wurde eine lebhafte Unterhaltung geführt. Die Gesellschaft schien sich sehr sicher zu fühlen. An der Wand des Hauses lehnten Äxte, Sägen und anderes Handwerkszeug, woraus sich erraten ließ, dass man hier eine Gesellschaft von Rafters vor sich hatte.

Diese Rafters sind eine eigene Sorte von Hinterwäldlern. Sie haben ein freies, fast unabhängiges Dasein. Der Rafter streift aus einem Staat in den andern. Menschen und menschliche Wohnungen sucht er nicht gern auf, weil sein Gewerbe eigentlich ungesetzlich ist. Das Land, auf dem er Holz schlägt, ist nicht sein Eigentum. Er sucht sich die besten Bäume aus, fällt und bearbeitet die Stämme und flößt sie dann stromab, um das Holz irgendwo zu verkaufen.

Dennoch bleibt der Rafter meist unbelästigt, denn er ist ein kräftiger und kühner Geselle, mit dem nicht so leicht jemand anzubinden wagt. Allein kann er natürlich nicht arbeiten, sondern es tun sich stets mehrere, meist bis zu acht oder zehn zusammen. Dann fühlt sich der Rafter doppelt sicher, denn mit einer solchen Schar wird kein Farmer einen Streit beginnen.

Freilich führen die Rafters ein sehr hartes, anstrengendes und entbehrungsreiches Leben. Während die andern arbeiten, sorgt ein Kamerad oder sogar zwei für die Ernährung. Das sind die Jäger, die oft auch während der Nacht umherstreifen, um ‚Fleisch zu machen‘.

Die Gesellschaft nun, die hier am Schwarzen Bärenfluss ihr Wesen trieb, schien, wie der volle Kessel bewies, keine Not zu leiden. Darum waren alle guter Laune und man erzählte sich heitere oder sonst wie fesselnde Erlebnisse.

„Da solltet ihr einen kennen, den ich da oben mal in Fort Niobrara getroffen habe“, sagte ein alter Graubart. „Der Mann war ein Mann und wurde doch nur Tante genannt.“

„Meinst du etwa Tante Droll?“, fragte ein andrer.

„Ja, gerade den meine ich. Droll liebt einen Spaß und hat nichts dagegen, wenn man über ihn lacht. Aber über eine gewisse Grenze hinaus darf man nicht gehen, sonst zeigt er die Zähne. Übrigens würde ich selbst jeden, der ihn ernstlich beleidigen wollte, niederschlagen.“

„Du, Blenter? Warum?“

„Weil ich ihm mein Leben verdanke. Ich war mit ihm bei den Sioux gefangen und ich sage euch, dass ich ohne seine Hilfe von ihnen in die ewigen Jagdgründe geschickt worden wäre. Bin nicht der Mann, der sich vor ein paar Indianern fürchtet. Damals war keine Hoffnung mehr und ich wusste keinen Ausweg. Dieser Droll jedoch hat die Roten so eingeseift, dass sie nicht mehr aus den Augen sehen konnten.“

„Wie war das? Erzähle doch!“

„Wenn es euch recht ist, werde ich lieber den Mund halten. Genug, dass ich euch sage, wenn ich mir heute hier den Rehbock schmecken lassen kann, so habe ich das der Tante Droll zu danken.“

„Dann muss die Tinte, in der du saßest, sehr tief gewesen sein. Der alte Missouri-Blenter ist doch als ein Westmann bekannt, der gewiss die Tür findet, wenn überhaupt eine vorhanden ist.“

„Damals aber habe ich sie nicht gefunden. Ich stand fast schon am Marterpfahl.“

„Eine verteufelte Erfindung, dieser Marterpfahl! Ich hasse die roten Burschen doppelt, wenn ich an dieses Wort denke.“

„So weißt du nicht, was du tust und was du sagst. Wer die Indsmen hasst, der beurteilt sie falsch, der hat nicht darüber nachgedacht, was alles die Roten erduldet haben. Ich will sie nicht verteidigen, denn ich habe nichts davon. Aber ich habe bei ihnen mindestens ebenso viele gute Menschen getroffen wie bei den Weißen. Wem habe denn gerade ich es zu verdanken, dass ich nicht mehr mein schönes Heim und meine Familie besitze, sondern als alter, grauer Kerl im Wilden Westen herumirren muss? Den Roten oder den Weißen?“

„Das kann ich doch nicht wissen. Du hast nie davon gesprochen.“

„Weil ein richtiger Mann solche Sachen lieber in sich vergräbt, als dass er davon redet. Ich brauche nur noch einen, den Letzten, der mir entkam und der von der Bande übrig geblieben ist, den Anführer, den Allerschlimmsten!“

Das erhöhte die Aufmerksamkeit der andern. Sie rückten näher zusammen und sahen ihn auffordernd an. Er starrte eine Weile ins Feuer und fuhr fort, als spräche er nur zu sich selbst. „Ich habe sie nicht erschossen, sondern totgepeitscht, einen nach dem andern. Lebendig musste ich sie haben, damit sie genauso starben, wie meine Familie sterben musste, mein Weib und meine beiden Söhne. Fünf habe ich in kurzer Zeit ausgelöscht. Der Sechste entkam. Aber er lebt noch, denn er war jünger als ich, viel jünger, und so denke ich, dass meine alten Augen ihn noch einmal erblicken, ehe ich sie für immer schließe.“

Es trat eine tiefe Stille ein. Erst nach einer langen Pause wagte einer zu fragen: „Blenter, wer war der Mann?“

Der Alte fuhr auf: „Wer er war? Ein Weißer, ein Scheusal, wie es bei den Roten keines gibt. Ja, Männer, ich will euch sogar sagen, dass er das war, was ihr alle seid und was auch ich jetzt bin, nämlich ein Rafter.“

„Wie? Rafters haben deine Familie getötet?"

„Ja, Rafters! Ihr habt gar keine Veranlassung, stolz auf euer Gewerbe zu sein. So, wie wir hier sitzen, sind wir alle Diebe und Spitzbuben. Dieser Fluss, an dem wir uns befinden, dieser Wald, dessen Bäume wir schlagen und verkaufen, sind nicht unser Eigentum. Wir würden jeden niederschießen, selbst den rechtmäßigen Besitzer, wenn er uns von hier vertreiben wollte. Ist das nicht Raub? Und mit solchen Räubern bekam ich es damals zu tun. Ich war von Missouri herübergekommen, mit dem Kaufbrief in der Hand. Mein Weib und meine Söhne waren bei mir. Wir hatten Rinder, einige Pferde, Schweine und einen großen Wagen voll Hausgerät. Einen Ansiedler gab es nicht in der Nähe und wir brauchten auch niemand, denn unsre acht Arme waren kräftig genug. In kurzer Zeit stand das Blockhaus da. Wir rodeten ein Stück Ackerland aus und begannen zu säen. Eines Tages fehlte mir eine Kuh und ich ging in den Wald, sie zu suchen. Da hörte ich Axtschläge und ging dem Schall nach. Dort fand ich sechs Rafters, die meine Bäume umschlugen. Bei ihnen lag die Kuh. Sie hatten das Tier erschossen, um es zu verzehren. Ich sprach ruhig zu den Leuten und verlangte von ihnen nur, meinen Grund und Boden zu verlassen und mir die Kuh zu bezahlen. Sie lachten mich aus. Und am andern Tage fehlte mir auch die zweite Kuh. Die Rafters hatten auch sie geholt. Ich drohte, von meinem Recht Gebrauch zu machen, und verlangte Schadenersatz. Der Anführer der Rafters erhob sein Gewehr gegen mich. Ich zerschmetterte es ihm mit meiner Kugel. Dann eilte ich zurück, um meine Söhne zu holen. Wir drei fürchteten uns keineswegs vor diesen sechs. Doch als wir an Ort und Stelle kamen, waren sie schon fort. Jetzt war Vorsicht geboten und wir streiften mehrere Tage lang nicht über die nächste Umgebung der Blockhütte hinaus. Am vierten Morgen waren die Vorräte knapp geworden und ich ging mit dem ältesten Sohn, um Fleisch zu machen. Als wir uns leise durch den Wald pirschten, vielleicht zwanzig Schritt voneinander entfernt, sah ich plötzlich jenen Anführer hinter einem Baum stehen. Er erblickte meinen Sohn John und legte das Gewehr auf ihn an. Es ist nie meine Art gewesen, ohne Not ein Menschenkind zu töten, und so sprang ich nur schnell hinzu, riss ihm das Gewehr aus der Hand und gab ihm einen Hieb ins Gesicht, dass er zu Boden stürzte. Er verlor seine Geistesgegenwart keinen Augenblick. Im Nu hatte er sich aufgerafft und sprang davon, ehe ich nur eine Hand nach ihm ausstrecken konnte."

„*Heavens!* Diese Dummheit hast du nachher büßen müssen!", rief einer.

„Ja, er hat ihn gerächt", nickte der Alte. Die Erinnerung regte ihn auf. Dann fuhr er fort: „Wir hatten Glück und machten eine gute Jagd. Als wir heimkehrten, ging ich hinter das Haus, um dort die Beute abzulegen. Es war mir, als hörte ich einen Ruf Johns, aber ich achtete nicht darauf. Beim Eintritt in die Stube sah ich meine Leute gebunden und geknebelt am Herd liegen und zu gleicher Zeit wurde ich niedergerissen. Die Rafters waren während unserer Abwesenheit zur Farm gekommen, hatten meine Frau und den jüngeren Sohn Nic überwältigt und warteten nun auf uns. Als John auftauchte, hatten sie sich so schnell über ihn gemacht, dass ihm kaum Zeit zu dem erwähnten Warnruf geblieben war. Mir erging es nicht besser als den andern. Es kam alles so überraschend, dass ich gebunden war, bevor ich an Gegenwehr denken konnte. Was nun folgt, kann mit Worten nicht geschildert werden. Die Halunken hatten sich über meinen Brandy hergemacht und tranken sich einen solchen Rausch an, dass sie nichts Menschenähnliches mehr an sich hatten. Sie beschlossen, uns sterben zu lassen. Als Sonderstrafe für den Schlag, den der Anführer von mir erhalten hatte, verlangte er, dass wir totgepeitscht werden sollten. Wir wurden hinaus geschafft. Die Frau kam zuerst daran. Man band sie fest und schlug mit Knütteln auf sie los. Einer fühlte doch eine Art von Mitleid mit ihr und gab ihr eine Kugel in den Kopf. Den Söhnen erging es schlimmer als ihr. Sie wurden buchstäblich totgeprügelt. Ich musste es mit ansehen, denn ich sollte der Letzte sein. Endlich kam ich an die Reihe. Die Schläge, die ich erhielt, habe ich nicht gefühlt. Meine Seele befand sich in einem Zustand, der sie gegen körperliche Schmerzen unempfindlich machte. Ich weiß nur, dass plötzlich ein lauter Ruf erscholl und dass, als dieser Ruf von den Rafters nicht beachtet wurde, ein Schuss fiel. Ich war ohnmächtig geworden."

„Es kamen Leute, die dich retteten?"

„Nein, es war nur einer. Aus der Haltung meines Kopfes hatte er schon von weitem gesehen, dass mein Leben keinen Cent wert sei, wenn er nicht schon aus der Ferne Einhalt tat. Als er dann rasch herbeikam, erkannte ihn einer der Kerle und rief erschrocken seinen Namen. Sie rannten davon, indem sie das Haus als Deckung benutzten, um in den Wald zu entkommen."

„Da muss der Ankömmling ein berühmter Westmann gewesen sein!"

„*Pshaw!* Ein Indianer war's. Ja, Leute, ich sage euch, dass ein Roter mich rettete! Es war Winnetou!"

„Winnetou, der Apatsche? *Good luck!* Ja, dann ist's allerdings zu glauben! Und er hat die Kerle entwischen lassen?"

„Einstweilen, ja. Aus ihrer Flucht erkannte er zwar, dass sie ein böses Gewissen hatten, doch die eigentlichen Umstände wusste er noch nicht. Dann erst entdeckte er die Leichen. Aber er konnte den Fliehenden nicht nach, weil er sich meiner annehmen musste. Als ich erwachte, kniete er neben mir. Er hatte mich von den Fesseln befreit. Ich fühlte wahrhaftig keine Schmerzen und wollte fort, um mich zu rächen. Er gab das nicht zu, schaffte mich ins Haus und ritt dann zum nächsten Nachbarn, um eine pflegende und helfende Hand zu holen. Dann verließ er mich, um die Spuren der Mörder zu verfolgen. Er blieb über eine Woche aus. Ich hatte indessen meine Toten begraben und dem Nachbar Auftrag gegeben, meinen Besitz zu verkaufen. Meine zerschlagenen Glieder waren noch nicht heil und ich hatte mit wahren Schmerzen auf die Rückkehr des Apatschen gewartet. Er war den Rafters gefolgt, hatte sie belauscht und gehört, dass sie zum Fort Smoky-Hill wollten. Gezeigt hatte er sich ihnen nicht, ihnen auch nichts getan, da die Rache meine Sache war. Als er sich von mir verabschiedet hatte, nahm ich die Büchse, stieg auf mein Pferd und ritt fort. Das Übrige wisst ihr bereits."

„Wir wissen es nicht. Erzähle weiter!"

„Ihr könnt euch denken, dass mir das kein Vergnügen bereitet. Fünf sind ausgelöscht, einer nach dem andern. Der Sechste und Schlimmste ist mir entkommen. Er war, wie ich schon sagte, Rafter. Deshalb bin auch ich Rafter geworden, weil ich denke, dass ich ihn bei diesem Handwerk am sichersten einmal treffe. Und nun – *behold!* Was für Leute sind denn das?"

Er sprang auf und die andern folgten seinem Beispiel, denn soeben waren zwei Gestalten aus dem Dunkel des Waldes in den Lichtkreis des Feuers getreten. Es waren Indianer, ein alter und ein junger. Der alte hob beruhigend die Hand und sagte: „Nicht Sorge haben, wir nicht Feinde! Arbeiten hier Rafters, die Schwarzen Tom kennen?"

„Ja, den kennen wir", bestätigte Blenter.

„Er für euch fort, um zu holen Geld?"

„Ja, er soll kassieren und kann in einer Woche wieder bei uns sein."

„Wir also bei Rafters, die wir suchen. Feuer klein machen, sonst weit sehen. Und auch leise sprechen, sonst weit gehört werden."

Der Rote trat ans Feuer, riss die Brände auseinander und ließ nur einige weiterbrennen. Als das geschehen war, setzte er sich nieder und sagte: „Uns Stück Fleisch geben, denn wir weit geritten und nichts gegessen."

Sein selbständiges Beginnen erregte natürlich das Erstaunen der Rafters. Der Missourier fragte verwundert: „Mann, was fällt dir ein! Wagst dich zu uns heran, als ob dieser Platz dir gehörte!"

„Wir nichts wagen", lautete die Antwort. „Roter Mann sein guter Mann. Bleichgesicht wird das erfahren."

„Aber wer bist du denn?"

„Bin Tonkawahäuptling, heiße Großer Bär und dies ist mein Sohn."

„Ja, das ist etwas andres", riefen mehrere Rafter überrascht. „Die beiden Tonkawabären sind überall willkommen. Nehmt euch Fleisch und Met und bleibt bei uns, solange es euch gefällt! Was führt euch in diese Gegend?

„Wir kommen, um Rafters warnen."

„Warum? Gibt es für uns eine Gefahr?"

„Große Gefahr."

„Wieso? Erzähle!"

„Tonkawa erst essen und Pferde holen, dann reden."

Als der Alte sein Mahl beendet hatte, schob er das Messer in den Gürtel und begann von neuem: „Nun Tonkawa sprechen und Rafters dann wohl mit ihm Friedenspfeife rauchen. Der Schwarze Tom hat viel Geld. Tramps kommen, ihm aufzulauern und es ihm abzunehmen."

„Tramps? Hier am Schwarzen Bärenfluss? Da wirst du dich wohl irren."

„Tonkawa nicht irren, sondern genau wissen."

Der Indianer berichtete in seinem gebrochenen Englisch das Erlebnis auf dem Steamer. Er erzählte auch, was nach der Flucht der Tramps geschehen war. Er hatte kurz nach ihnen mit seinem Sohn im kleinen Boot das Ufer des Arkansas erreicht und war dort bis zum Tagesgrauen liegen geblieben, da er nachts der Fährte nicht zu folgen vermochte. Die Spur war dann sehr deutlich gewesen und hatte zwischen dem Red Fork des Arkansas und dem North Fork des Canadian nach Westen geführt, um endlich wieder nach Norden einzulenken. Während einer der nächsten Nächte hatten die Tramps ein Lager der Creek-Indianer überfallen, um sich Pferde zu verschaffen. Am Mittag des nächsten Tages waren die beiden Tonkawa wandernden Choctawkriegern begegnet, von denen sie sich zwei Pferde gekauft hatten. Die Tramps waren dann über den Red Fork gegangen und über die offene Prärie nach dem Schwarzen Bärenfluss geritten. Nun lagerten sie auf einer Lichtung am Flussufer und die Tonkawas hatten zunächst die Rafters aufgesucht, um sie zu benachrichtigen.

Die Wirkung dieser Erzählung ließ nicht auf sich warten. Man sprach nun nur noch leise und löschte das Feuer ganz aus.

„Wie weit ist der Lagerplatz dieser Tramps von hier entfernt?“, fragte der alte Missourier.

„Was die Bleichgesichter eine halbe Stunde nennen.“

„*By Jove!* Da können sie zwar unser Feuer nicht gesehen, aber doch den Rauch gerochen haben. Und seit wann liegen sie dort?“

„Eine ganze Stunde vor Abend.“

„Dann haben sie gewiss auch nach uns gesucht. Weißt du nichts darüber?“

„Tonkawa nicht dürfen beobachten Tramps, weil noch heller Tag.“

Er hielt inne und lauschte. Dann fuhr er noch viel leiser fort: „Großer Bär etwas sehen, eine Bewegung an Ecke von Haus. Tonkawa fortkriechen und nachforschen.“

Schon legte er sich auf den Boden und kroch dem Haus zu. Es vergingen wohl zehn Minuten, dann ertönte ein schriller, kurzer Schrei, den jeder Westmann kennt – der Todesschrei eines Menschen. Nach kurzer Zeit kehrte der Häuptling zurück.

„Ein Kundschafter der Tramps“, erklärte er leise. „Tonkawa ihm das Messer gegeben. Aber vielleicht noch ein zweiter da. Wird fortlaufen und melden. Darum schnell machen, wenn weiße Männer wollen vielleicht belauschen Tramps.“

„Das ist wahr“, stimmte der Missourier flüsternd zu. „Ich werde mitgehen und du wirst mich führen, da du den Ort kennst, wo sie lagern. Jetzt haben sie noch keine Ahnung davon, dass wir von ihrer Gegenwart wissen. Sie fühlen sich also sicher und werden über ihr Vorhaben sprechen.“

„Ja, aber leise und heimlich, damit, wenn etwa noch zweiter Kundschafter da, er nicht sehen, dass wir gehen. Und nicht Gewehr mitnehmen, sondern nur Messer.“

Die Rafters nahmen ihr Handwerkszeug und den Fleischkessel und begaben sich in die Blockhütte, wo sie nicht beobachtet werden konnten. Der Missourier aber schlich mit dem Häuptling fort.

Als etwa eine Viertelstunde vergangen war, gelangten die beiden in ein Wellental, das den Lauf des Flusses kreuzte. Es wurde durch einen leise murmelnden Bach bewässert. In der Nähe der Stelle, wo er sich in den Fluss ergoss, gab es einen baumfreien Platz, auf dem nur einige Büsche standen. Dort hatten die Tramps ein Feuer angebrannt, dessen Schein den beiden Männern schon auffiel, als sie sich noch unter dem Wipfeldach des Waldes befanden.

„Tramps ebenso unvorsichtig wie Rafters", flüsterte der Tonkawahäuptling seinem Gefährten zu. „Wir da leicht hinkommen und es so machen können, dass uns nicht sehen."

Sie gingen bis an die letzten Bäume vor und sahen nun das Feuer und die ringsum lagernden Leute genauer. Seitwärts standen die Pferde. Man sah sie nicht, aber man hörte sie stampfen.

Nun legten sich die beiden Späher auf die Erde nieder und krochen zum Feuer hin. Dabei benutzten sie als Deckung die Büsche, die auf der Lichtung standen. Die Tramps saßen nahe am Bach, dessen Ufer mit dichtem Schilf bewachsen war, das bis an das Lager hinreichte und die beste Deckung bot.

So näherten sie sich dem Feuer und blieben erst liegen, als sie so nahe bei den Tramps waren, dass sie deren Gespräch verstehen konnten. Blenter musterte die vor ihm sitzenden Gestalten und fragte den Häuptling leise: „Welcher ist denn der Cornel?"

„Cornel nicht da, er fort", entgegnete der Indianer flüsternd.

„Vermutlich, um uns zu suchen."

„Großer Bär das glauben."

„So ist er vielleicht gar derjenige, den du erstochen hast?"

„Nein, er es nicht sein. Indianer sehen auch mit Händen. Meine Finger hätten Cornel gewiss erkannt."

„Dann war er in Begleitung eines andern und diesen andern hast du erstochen."

„Das richtig. Nun hier warten, bis Cornel zurückkehren."

Die Tramps unterhielten sich sehr lebhaft. Einer sagte: „Möchte wissen, ob der Cornel recht vermutet hat. Es wäre ärgerlich, wenn sich die Rafters nicht mehr hier befänden."

„Sie sind noch da, und zwar ganz nahe“, meinte ein anderer. „Die Axtspäne, die das Wasser hier angeschwemmt hat, sind noch ganz frisch.“

„Wenn das richtig ist, dann müssen wir wieder zurück, weil wir den Kerlen hier so nahe sind, dass sie uns bemerken werden. Mit ihnen haben wir nichts zu schaffen. Wir wollen nur den Schwarzen Tom und sein Geld abfangen.“

„Und werden es nicht bekommen“, fiel ein dritter ein. „Wir lassen hier Spuren zurück, die gar nicht zu vertilgen sind. Und ist unsere Anwesenheit verraten, so ist es aus mit unserm Plan.“

„Durchaus nicht! Wir schießen die Kerle nieder!“

„Werden sich gerade hinstellen und ruhig auf sich schießen lassen! Ich habe dem Cornel den besten Rat gegeben, wurde aber leider von ihm abgewiesen. Ich bin überzeugt, dass man uns wenigstens eine Strecke weit verfolgt hat. Und wer ist es, der sich auf unsere Fährte setzte? Jedenfalls nur diejenigen unter den Fahrgästen des Dampfers, die sich auf so etwas verstehen, also Old Firehand, der Schwarze Tom und höchstens noch diese sonderbare Tante Droll. Wir hätten auf sie warten sollen und es wäre uns leicht gewesen, Tom sein Geld abzunehmen. Stattdessen haben wir diesen wilden Ritt gemacht und sitzen nun hier am Bärenfluss. Und dass der Cornel jetzt bei Nacht im Wald herumläuft, um die Rafters zu suchen, ist ebenso dumm.“

Der Sprecher hielt in seinem Tadel inne, denn der Mann, von dem er sprach, kam in diesem Augenblick unter den Bäumen hervor. Er sah die Blicke seiner Leute neugierig auf sich gerichtet, nahm den Hut vom Kopf, warf ihn zu Boden und sagte: „Bringe keine gute Nachricht, Leute. Habe Unglück gehabt.“

„Unglück?“, fragte es rundum. „Wo ist Bruns? Warum kommt er nicht mit?“

„Bruns?“, erwiderte der Cornel, indem er sich niedersetzte. „Der kommt überhaupt nicht wieder. Er ist tot.“

Diese Nachricht brachte begreiflicherweise Aufregung hervor. Vor lauter Fragen konnte der Cornel nicht zur Antwort kommen.

Darum gebot er Ruhe. Als es still geworden war, berichtete er: „Bruns und ich vermuteten die Rafters flussaufwärts und schlugen also diese Richtung ein. Bruns meinte, wir würden die Rafters riechen, da sie wegen der Stechfliegen ein Feuer haben müssten. Diese Ansicht bewahrheitete sich auch, denn es roch endlich nach Rauch und auf der Höhe des Ufers gab es einen leichten Schein. Wir kletterten hinauf und hatten nun das Feuer vor uns. Es brannte vor einem Blockhaus und um die Flamme saßen die Rafters. Wir schlichen näher. Ich blieb unter einem Baum liegen und Bruns machte sich hinter das Haus. Wir hatten noch gar nicht Zeit gefunden, auf das Gespräch zu achten, als plötzlich zwei Fremde kamen. Es waren die beiden Indianer vom ‚Dogfish'."

Die Tramps zeigten sich über diese Nachricht erstaunt. Geradezu betroffen aber waren sie, als sie erfuhren, was der Häuptling den Rafters erzählt hatte. Dann fuhr der Cornel fort: „Ich sah, dass der Rote das Feuer löschte, und fortan wurde so leise gesprochen, dass ich nichts mehr verstehen konnte. Nun wollte ich gern fort, musste aber auf Bruns warten. Plötzlich hörte ich einen Schrei. Er kam von der Blockhütte her, hinter der Bruns steckte. Ich schlich mich also um das Lager zur Hütte. Dabei stieß ich mit der Hand an einen menschlichen Körper, der in einer Blutlache lag. Ich fühlte an der Kleidung, dass es Bruns war. Er hatte im Rücken einen Stich, der ins Herz gedrungen sein muss. Was konnte ich tun? Ich leerte seine Taschen und ließ ihn liegen. Dann machte ich mich sogleich aus dem Staube. – Und nun haben wir keine Zeit zu verlieren, denn wir müssen fort." – „Warum?", wurde er gefragt.

„Habt ihr nicht gehört, dass diese Roten unsern Lagerplatz kennen? Natürlich werden sie uns überfallen wollen. Da sie sich aber sagen müssen, dass wir den Toten vermissen und infolgedessen Verdacht schöpfen werden, ist es möglich, dass sie schon bald kommen. Es ist das Klügste und..."

Brinkley hielt inne.

„Was hast du?", fragte ihn einer. „Sprich doch weiter!"

Der Cornel stand auf, ohne zu antworten. Er hatte nahe der Stelle gesessen, wo die beiden Lauscher lagen, und der eine von ihnen hatte sich zu weit vorgewagt. Als nämlich das Auge des alten Missouriers auf den Cornel gefallen war, hatte sich seiner eine ganz ungewöhnliche Aufregung bemächtigt. Er blieb nicht ruhig liegen, sondern schob sich immer weiter im Schilf vor. Seine Augen glühten und es schien, als wollten sie aus ihren Höhlen treten.

„Nicht sehen lassen!", raunte ihm der Häuptling zu.

Aber es war schon zu spät, denn der Cornel hatte den Kopf erspäht. Darum stand er rasch auf, um den Lauscher unschädlich zu machen. Er verfuhr dabei mit großer Schlauheit, indem er sagte: „Es fiel mir eben ein, dass ich dort bei den Pferden noch – doch, kommt ihr beide einmal mit!"

Er winkte den zwei Männern, die zu seiner Rechten und Linken gesessen hatten. Sie erhoben sich und er flüsterte ihnen zu: „Hinter uns liegt jemand, jedenfalls ein Rafter, im Schilf. Sobald ich mich auf ihn werfe, packt auch ihr ihn sofort! Also – vorwärts!"

Blitzschnell drehte er sich um und tat einen Sprung auf die Stelle zu, wo er den Kopf erspäht hatte.

Der Tonkawa war ein vorsichtiger, erfahrener und scharfsinniger Mann. Er sah den Cornel aufstehen und mit den beiden flüstern. Dem Großen Bär verriet das genug. Er berührte den Alten mit der Hand und raunte ihm zu: „Schnell fort! Cornel dich gesehen. Komm!"

Zugleich drehte er sich um und schnellte sich hinter den nächsten Busch. Schon ertönte hinter ihm das ‚Vorwärts' des Cornel und als er zurückblickte, sah er, wie sich die drei Tramps auf den Missourier stürzten.

Der alte Blenter wurde trotz seiner gerühmten Geistesgegenwart überrumpelt. Die andern sprangen vom Feuer auf und kamen rasch herbei. Der Indianer musste einsehen, dass er gegen diese Übermacht nichts auszurichten vermochte. Er konnte nur beobachten, was mit dem Missourier geschah. Er kroch von dem in das Schilf geschnittenen Weg fort, weit weg zur Seite, wo er sich hinter einem Busch verbarg.

Die Tramps wollten, als sie den Gefangenen erblickten, laut werden, doch der Cornel gebot ihnen Schweigen: „Still! Wir wissen nicht, ob noch andre da sind. Ich werde nachsehen.“

Er ging die Umgebung des Feuers ab und bemerkte zu seiner Beruhigung keinen Menschen. Während vier Mann den Gefangenen am Boden festhielten, beugte sich der Cornel nieder, um ihm ins Gesicht zu sehen. Dann sagte er: „Kerl, dich müsste ich kennen! Wo habe ich dich schon gesehen?“

Der Alte hütete sich wohl, es ihm zu sagen, und gab sich Mühe, ein möglichst gleichgültiges Gesicht zu zeigen.

„Ja, ich muss dich kennen“, wiederholte der Cornel. „Gehörst du zu den Rafters, die da oberhalb arbeiten?“

„Ja“, erwiderte der Gefangene.

„Was hast du hier herumzuschleichen?“

„Sonderbare Frage! Ist es hier im Westen etwa verboten, sich die Leute anzusehen, auf die man trifft?“

„Du hast gehört, was wir sprachen, und wirst wissen, wer wir sind.“

„Nichts habe ich gehört. Ich fand gar nicht die Zeit dazu, denn ich war zu unvorsichtig und wurde von euch sofort erwischt.“

„Wie heißt du?“

„Adams“, log der Missourier.

„Adams!“, wiederholte der Cornel nachdenklich. „Habe niemals einen Adams gekannt, der dein Gesicht gehabt hätte. Und doch ist es mir, als seien wir einander schon begegnet.“

„Nein“, behauptete der Alte. „Nun aber gebt mich los! Ich habe euch nichts getan und hoffe, dass ihr ehrliche Westmänner seid, die andre ehrliche Leute in Ruhe lassen.“

„Ja, wir sind allerdings ehrliche Männer, Männer, die auf Recht und Gesetz halten“, lachte Brinkley. „Ihr habt vorhin einen von uns erstochen und nach den Gesetzen des Westens schreit das nach Rache. Magst du sein, wer du willst, es ist aus mit dir!“

„Wie? Ihr wollt mich ermorden?“

„Ja, geradeso, wie ihr unsern Kameraden ermordet habt. Es handelt sich nur darum, ob du durch das Messer stirbst, oder ob wir dich im Fluss ersäufen. Wir haben keine Zeit zu verlieren. Stimmen wir schnell ab! Wer von euch dafür ist, dass wir ihn ins Wasser werfen, der hebe den Arm!"

Diese Aufforderung war an die Tramps gerichtet und die Mehrzahl gab sofort das verlangte Zeichen.

„Also ersäufen!", meinte der Cornel. „Bindet ihm Arme und Beine fest zusammen! Dann schnell ins Wasser mit ihm und fort von hier, bevor seine Leute kommen!"

Der alte Missourier war während des Verhörs festgehalten worden. Jetzt sollte ihm zunächst der Mund zugebunden werden. Er wehrte sich mit Aufbietung aller seiner Kräfte und schrie um Hilfe. Der Ruf drang weit in die Stille der Nacht hinaus.

„Hell and Damnation!", zürnte der Cornel. „Wenn ihr nicht mit ihm fertig werdet, so will ich selbst ihn still machen."

Er ergriff sein Gewehr und holte aus, um dem Alten einen Kolbenhieb zu versetzen. In diesem Augenblick löste sich ein riesenhafter Schatten aus dem Dickicht. Ein gewaltiger Schlag sauste auf den Cornel nieder und streckte ihn zu Boden.

Kurz vor Abend waren vier Reiter der Fährte der Tramps flussaufwärts gefolgt, nämlich Old Firehand, der Schwarze Tom und Tante Droll mit dem Knaben Fred. Die Spur war leidlich zu erkennen, aber schwer nach ihrem Alter zu bestimmen. Als sie über eine mit Gras bewachsene lichte Stelle ging, stieg Old Firehand vom Pferd. Nachdem er die Eindrücke genau betrachtet hatte, meinte er: „Die Tramps sind eine gute Meile vor uns, denn die Fährte wurde vor einer halben Stunde getreten. Wir müssen unsre Pferde also besser ausgreifen lassen."

„Warum?", fragte Tom.

„Um noch vor Nacht so nahe an die Tramps zu kommen, dass wir ihren Lagerplatz erfahren."

„Ist das nicht gefährlich für uns? Wir müssen gewärtig sein, ihnen gerade in die Arme zu reiten."

„Das befürchte ich nicht. Wir können sie vor der Dämmerung nicht erreichen. Ich schließe aus verschiedenen Anzeichen, dass wir in der Nähe der Rafters sind, die wir warnen wollen. Da ist es vorteilhaft, den Ort zu kennen, wo die Tramps lagern. Und dazu eben ist Eile nötig."

Da die Bäume nicht eng standen, konnten sie die Tiere ausgreifen lassen. Doch hatten auch die Tramps das Tageslicht ausgenützt und erst Halt gemacht, als sie durch die Dunkelheit dazu gezwungen wurden.

Als es so dunkel wurde, dass die Hufeindrücke nicht mehr zu erkennen waren, blieben die vier halten und stiegen ab.

„Was nun?", fragte Tom. „Wir sind fast gezwungen hier zu bleiben."

„Nee", wehrte Droll. „Mer bleibe nich, sondern mer loofe hübsch weiter, bis mer se finde."

„Ja, ich bin ganz Ihrer Meinung", bestätigte Old Firehand. „Die Vorsicht verbietet uns allerdings, die Richtung der Fährte beizubehalten. Wenden wir uns mehr nach rechts, vom Fluss ab. Dann müssen wir ihr Feuer bemerken, ohne dass sie uns gewahren."

Er schritt, sein Pferd am Zügel führend, voran und die andern folgten hintereinander. Da spürte er plötzlich den Geruch des Rauches und blieb stehen. Hinter ihm schnupperte Droll in der Luft und meinte: „Das is Rooch. Er kommt von da drüben rüber. Mer scheint's, als ob's dort heller werde wolle. Das kann nur vom Feuer sein."

Er wollte den Fuß weiter setzen, hielt aber inne, denn sein scharfes Ohr vernahm nahende Schritte. Old Firehand hörte sie auch. Er ließ den Zügel seines Pferdes los und trat einige Schritte vor. Im Dunkel der Nacht, selbst dem Auge des geübten Jägers kaum erkennbar, tauchte vor ihm eine Gestalt auf. Old Firehand griff mit beiden Händen zu.

„Halt!", gebot er mit unterdrückter Stimme. „Wer bist du?"

„Schai nek-enokh, schai kopeia – ich weiß es nicht, niemand", antwortete der Gefragte, indem er sich loszureißen versuchte.

Firehand verstand die Worte und sagte überrascht: „Das ist Tonkawa! Solltest du – sag, wer bist du?"

Der Mann hatte die Stimme des Jägers erkannt und entgegnete hastig: „Hier Nintropan-hauey; du Old Firehand. Das sehr gut! Noch mehr Männer bei dir?“

„Also der Große Bär! Das ist ein glückliches Zusammentreffen. Ja, ich bin Old Firehand. Es sind noch drei Personen bei mir. Was treibst du hier? Die Tramps sind in der Nähe. Nimm dich in Acht!“

„Habe sie sehen. Tramps gefangen nehmen alt Missouri-Blenter. Wollen ihn töten. Nintropan-hauey laufen zu Rafters um Hilfe. Da mich Old Firehand festhalten.“

„Sie wollen einen Rafter töten? Wo sind sie?“

„Dort hinter mir, wo zwischen den Bäumen hell werden.“

„Ist der rote Cornel bei ihnen?“

„Ja, der dort sein.“

„Wo haben sie ihre Pferde?“

„Wenn Old Firehand zu ihnen, dann Pferde stehen rechts, ehe an Feuer kommen.“

„Und wo befinden sich die Rafters?“

„Oben auf Berg.“

Der Tonkawa erzählte in fliegender Eile, was geschehen war, worauf Old Firehand erklärte: „Wenn ein Tramp getötet worden ist, so werden sie dafür den Missourier ermorden wollen. Wir vier werden unsre Pferde hier anbinden und uns beeilen, den Mord zu verhindern. Du aber lauf zu den Rafters, um sie rasch herbeizuholen!“

Der Indianer rannte fort. Die vier schritten so schnell wie möglich dem Lager der Tramps zu. Bald sahen sie das Feuer zwischen den Stämmen der Bäume leuchten. Rechts erblickten sie die Tiere der Tramps.

Nun legten sie sich nieder und näherten sich dem Feuer kriechend. Da ertönte vor ihnen ein lauter, durchdringender Schrei. Es war der Hilferuf des alten Missouriers.

„Sie morden ihn!“, rief Old Firehand. „Mitten unter sie hinein! Keine Schonung gegen den, der sich wehrt!“

Der Jäger erhob sich und sprang dem Feuer zu. Drei, vier Tramps warf er zur Seite, um zu dem Rothaarigen zu gelangen, der soeben zum Schlag ausholte. Er kam gerade noch zur rechten Zeit und hieb den Cornel mit dem Kolben nieder. Dann zog er, das noch geladene Gewehr wegwerfend, die Revolver und feuerte auf die übrigen Feinde. Dabei kam kein Laut über die Lippen des hünenhaften Kämpfers.

Desto lauter waren die andern. Der Schwarze Tom war wie ein Wetter unter die Tramps gefahren und schlug sie mit dem Kolben nieder, wobei er ihnen die kräftigsten Schimpf-, Spott- und Drohnamen zurief. Am lautesten ließ sich die kreischende Fistelstimme der Tante Droll hören. Der wundersame Jäger tobte und wetterte für ein Dutzend. Seine Bewegungen waren so schnell, dass keiner der Feinde mit Sicherheit auf ihn zu zielen vermocht hätte. Die Tramps waren über den unerwarteten Überfall so verblüfft, dass sie zunächst gar nicht an Widerstand dachten, und als sie zu sich kamen, sahen die Unverletzten so viele ihrer Kameraden tot, verwundet oder betäubt am Boden liegen, dass sie es für das Klügste hielten, die Flucht zu ergreifen.

„Ihnen nach!", rief Old Firehand. „Ich halte den Platz. Lasst sie nicht zu den Pferden!"

Tom, Droll und Fred rannten unter großem Geschrei dorthin, wo sie die Tiere gesehen hatten. Diejenigen Tramps, die geflohen waren, um sich in den Sattel zu retten, kamen nicht dazu. Sie stürmten weiter in den Wald hinein.

Indessen hatten die Rafters auf die Rückkehr der beiden Kundschafter gewartet. Als sie die Schüsse unten am Fluss hörten, glaubten sie die beiden in Gefahr. Sie griffen zu den Waffen und rannten, so gut die Finsternis es ihnen gestattete, der Gegend zu, wo die Schüsse gefallen waren. Ihnen voran lief der Kleine Bär, um die Rafters in der rechten Richtung zu halten. Sie hatten kaum die Hälfte des Weges zurückgelegt, als vor ihnen eine andere Stimme ertönte, nämlich die des Großen Bären.

„Rasch kommen!", rief er. „Old Firehand da sein und auf Tramps schießen. Er nur drei Mann mit. Ihm helfen!"

4. Der Vergeltung entronnen

Als die Rafters am Fluss erschienen, saßen Old Firehand, Tom, Droll, Blenter und Fred so ruhig am Feuer der Tramps, als sei es für sie angebrannt. Auf der einen Seite lagen die toten und auf der anderen die verwundeten und gefangenen Tramps.

„Alle Wetter!“, rief der erste der Ankommenden dem Missourier zu. „Wir glaubten dich in Gefahr und da sitzt du gesund und vergnügt!“

„Ja“, schmunzelte der Alte. „Sollte freilich ins Jenseits befördert werden. Da kamen diese vier Gentlemen und arbeiteten mich heraus. Könnt was von ihnen lernen, Boys!“

„Und – ist Old Firehand wirklich dabei?“

„Ja, da sitzt er! Seht ihn euch an und drückt ihm die Hand! Er hat es verdient.“

Blenter war bei diesen Worten aufgestanden. Auch die andern erhoben sich. Die Rafters hatten die Blicke auf die Riesengestalt Old Firehands gerichtet. Er forderte sie auf, näher zu kommen, und drückte jedem Einzelnen die Hand. Die beiden Tonkawas bewillkommte er, indem er zu ihnen sagte: „Meine roten Brüder haben in der Verfolgung der Tramps ein Meisterstück geliefert, das es mir leicht gemacht hat, nachzukommen.“

„Das Lob meines weißen Bruders mehr ehren, als verdienen“, wehrte der Große Bär bescheiden ab. „Aber wo sein Cornel? Er auch tot?“

„Nein, er lebt. Mein Kolbenhieb hat ihn nur betäubt. Nun ist er wieder zu sich gekommen und wir haben ihn gebunden. Da ist er.“

Der Tonkawa ging zu dem Gezeigten hin, zog das Messer und sagte: „Wenn Bleichgesicht nicht gestorben von Hieb, dann sterben von Messer. Hat Nintropan-hauey geschlagen, nun er nehmen sein Blut!“

„Halt!“, rief da der alte Missourier. „Dieser Mann ist mein.“

Der Große Bär blickte dem Sprecher fragend ins Gesicht: „Du auch Rache gegen den?“

„Ja, und was für eine!“ – „Blut?“ – „Blut und Leben.“ – „Seit wann?“ – „Seit vielen Jahren. Er hat mein Weib und meine beiden Söhne totpeitschen lassen.“

„Du dich nicht irren?“, fragte der Indianer.

„Nein, ich habe ihn sofort erkannt.“ – „Du ihn also töten?“ – „Ja, ohne Gnade und Barmherzigkeit.“ – „Dann Nintropan-hauey zurücktreten, aber nicht ganz. Cornel ihm geben Blut und dir geben Leben.“

Der Häuptling kniete neben dem Cornel nieder. Als der Verbrecher das sah, zeterte er: „Was fällt euch ein, Mesch'schurs! Was habe ich euch getan, dass ihr diesem roten Burschen erlaubt, sich an mir zu vergreifen?“

„Von dem, was du mir getan hast, werden wir nachher reden“, entgegnete der Missourier kalt. „Und was wir andern dir vorzuwerfen haben, werde ich dir gleich jetzt zeigen“, fügte Old Firehand hinzu.

Er gab Droll einen Wink und der leerte die Taschen des Gefangenen. Als die Brieftasche des Tramp geöffnet wurde, erwies es sich, dass sie noch die volle Summe, die dem Ingenieur gestohlen worden war, in Banknoten enthielt.

„Ah, du hast noch nicht mit deinen Leuten geteilt!“, lächelte Old Firehand. „Du bist ein Dieb und wahrscheinlich noch mehr als das. Du verdienst keine Gnade.“

Im selben Augenblick schrie der Cornel vor Entsetzen laut auf. Der Tonkawa hatte ihn beim Schopf gefasst und ihm mit zwei schnellen Schnitten die beiden Ohrmuscheln losgetrennt, die er dann in den Fluss warf.

„So“, sagte der Indianer. „Tonkawa sich nun gerächt, jetzt fortreiten.“

Old Firehand war dazwischengesprungen, um den Großen Bär an seiner raschen Tat zu hindern. Aber der Indianer war flinker gewesen und nun ließ sich Geschehenes nicht ungeschehen machen.

Der Tonkawa erhob sich, wischte das blutige Messer ab und

schob es in den Gürtel. Dann schulterte er sein Gewehr und schritt davon. Sein Sohn warf ebenfalls die Büchse über die Schulter und folgte ihm.

Die Zurückbleibenden sahen ihnen schweigend nach.

„Wo haben sie denn ihre Pferde?“, erkundigte sich Old Firehand.

„Droben an unserm Blockhaus“, erwiderte der Missourier.

„Lassen wir sie gehen“, erklärte der Jäger gleichmütig, „und wenden wir uns unsern eigenen Angelegenheiten zu! Was soll mit den Toten und den Gefangenen werden?“

„Die Toten werden wir begraben und über die andern halten wir nach altem Brauch Gericht.“

Der Cornel lag bei seinen gefangenen Tramps und wimmerte vor Schmerzen. Old Firehand ließ die zurückgelassenen Pferde holen, dann konnte das Savannengericht beginnen.

Zunächst wurde über die Genossen des Cornel verhandelt. Es war ihnen nicht nachzuweisen, dass einer von ihnen einem der Anwesenden ein Leid zugefügt habe. Für das, was sie beabsichtigt hatten, wurden ihnen ihre Wunden und der Verlust ihrer Pferde und Waffen als Strafe angerechnet. Über Nacht sollten sie bewacht und dann am Morgen entlassen werden.

Nun kam die Reihe an den Cornel. Er hatte bisher im Schatten gelegen und wurde nahe ans Feuer gebracht. Kaum fiel der Schein der Flamme auf sein Gesicht, da stieß der Knabe Fred einen lauten Schrei aus, sprang auf ihn zu, betrachtete ihn und rief dann zur Tante Droll gewandt: „Er ist's! Der Mörder! Ich erkenne ihn. Wir haben ihn!“

Droll eilte herbei und fragte: „Irrst du dich auch nicht?“ – „Doch, er ist's gewiss!“, behauptete der Knabe. „Schau die Augen an! Liegt darin nicht die Angst des Todes? Er sieht sich entdeckt und ahnt, was ihm bevorsteht.“ – „Aber du hast mir den Täter als schwarz und lockenhaarig beschrieben, der Cornel hier aber hat straffes, kurzes und rotes Haar.“ – „Das ist allerdings wahr. Sein Gesicht ist's ganz, aber das Haar ist anders.“ – „Es wird eine Verwechslung sein, Fred. Menschen sehen einander ähnlich. Schwarzes Haar aber kann nicht rot werden." – „Das zwar nicht", fiel der alte Missourier ein. „Aber man kann sich dunkle Haare abrasieren und dann eine rote Perücke tragen."

Er war fest überzeugt, dass der Cornel falsches Haar trage. Er ergriff ihn beim Schopf und zog daran, um die vermeintliche Perücke vom Kopf zu reißen. Zu seinem größten Erstaunen jedoch wollte das nicht gelingen.

„*Go to hell*, der Halunke hat wirklich Haar auf seiner Glatze!", rief er erstaunt aus und machte ein bestürztes Gesicht.

Der Cornel setzte ein Grinsen auf und höhnte gehässig: „Nun, du Verleumder, wo ist denn die Perücke? Es ist leicht, einen Menschen wegen einer Ähnlichkeit, die er mit einem andern hat, anzuschuldigen. Beweise doch, dass ich der bin, für den du mich ausgeben willst!"

Der alte Missourier blickte bald auf Brinkley, bald auf Old Firehand und bat schließlich ratlos: „Sagt mir doch, Sir, was Ihr davon denkt! Der, den ich meine, war wirklich schwarz und lockig, dieser ist rot und straffhaarig. Und dennoch will ich tausend Eide schwören, dass er jener Mordbube ist."

„Ihr könnt Euch dennoch irren", meinte der Jäger. „Wie es scheint, gibt es hier eine Ähnlichkeit, die Euch täuscht."

„Dann soll ich wohl meinen alten Augen nicht mehr trauen? – Aber er kennt mich doch! Er hat es mir vorhin selbst gesagt."

„Muss ich, wenn ich dich einmal gesehen habe, der Mann sein, den du meinst?", höhnte der Cornel. „Auch der Knabe da irrt sich. Ich kenne den jungen Boy nicht und..."

Er hielt plötzlich inne, fasste sich aber augenblicklich und fuhr im gleichen Ton fort: „...und bin ihm niemals begegnet. Nun klagt mich meinetwegen an, aber bringt Beweise! Wenn ihr mich einer zufälligen Ähnlichkeit wegen lynchen wollt, so seid ihr einfach Mörder!"

Dass sich der Cornel mitten im Satz unterbrach, hatte einen triftigen Grund. Er saß dicht vor den Leichen. Als ihn der Missourier zum Sitzen aufrichtete, hatte der steife Körper einer Leiche eine leichte, rollende Bewegung gemacht, die keinem Menschen auffallen konnte. Nun lag sie hart hinter ihm. Aber dieser Mann war keineswegs tot, er gehörte zu denen, die Old Firehand mit dem Kolben niedergeschlagen hatte. Das Blut seiner getöteten Kameraden hatte ihn bespritzt und ihm das Aussehen gegeben, als sei er selbst getroffen. Als er wieder zu sich gekommen war, hatte der Tramp mit vorsichtig geöffnetem Auge alles beobachtet. Er war als vermeintlicher Toter nicht gefesselt worden, konnte also im geeigneten Augenblick aufspringen und davonlaufen. Da legte man den Cornel neben ihn und sofort kam ihm der Gedanke, diesen zu befreien. Während der Cornel sprach und aller Aufmerksamkeit auf ihn gerichtet war, zog der Tramp sein Messer aus dem Ärmel und zerschnitt dem Gefangenen mit einer vorsichtigen Bewegung die Fessel, worauf er ihm den Messergriff in die rechte Hand schob, damit er sich mit einer schnellen Bewegung auch der Fußbande entledigen könne. Der Rothaarige war über die heimliche Befreiung so erstaunt, dass er für einen Augenblick in der Rede innehielt. Dann sprach er weiter und niemand merkte, was hinter dem Rücken des Angeklagten geschehen war. Old Firehand antwortete ihm: „Wo ich mit dreinzureden habe, da findet kein Mord statt. Aber ebenso gewiss ist, dass ich mich durch die Röte deines Haares nicht irremachen lasse. Es kann gefärbt sein."

Er trat zu den Gegenständen, die den Gefangenen abgenommen worden waren, hob den Lederbeutel auf, der am Gürtel des Cornel gehangen hatte, und meinte, indem er ihn öffnete: „Ich habe diesen Beutel schon vorhin untersucht und darin einige Dinge gefunden, deren Zweck mir unklar war. Jetzt aber geht mir eine Ahnung auf."

Der Jäger zog ein zugestöpseltes Fläschchen, eine Raspel und ein Aststückchen, woran sich noch die Rinde befand, hervor, und fragte den Rothaarigen: „Wozu schleppst du diese Sachen mit dir herum?"

Das Gesicht des Gefangenen wurde um einige Töne blasser,

doch entgegnete er sofort zuversichtlich: „Das Fläschchen enthielt eine Medizin, die Raspel ist für jeden Westmann ein unentbehrliches Ding und das Stück Holz kam ganz zufällig in den Beutel. Seid Ihr nun zufrieden, Sir?“

Dabei warf er einen höhnischen, aber doch ängstlich forschenden Blick in das Gesicht des Jägers. Old Firehand erwiderte: „Ja, ich bin befriedigt, freilich nicht durch deine Worte, sondern durch meine Folgerungen. Dieses Fläschchen enthält Raspelspäne in Spiritus und dieses Stück Holz ist, wie ich nach der Rinde beurteile, vom Ast eines Zürgelbaumes[1]. Nun aber weiß ich genau, dass man mit geraspeltem Zürgelholz, das in Spiritus gestanden hat, selbst das dunkelste Haar rot zu färben vermag. Folglich – nun, was sagst du dazu?“ – „Dass ich kein Wort verstehe“, entgegnete der Cornel zornig. „Möchte doch den Menschen sehen, dem es einfallen könnte, sein schwarzes Haar fuchsrot zu färben. Der Kerl hätte einen wunderlichen Geschmack!“

„Der Geschmack ist hier gleichgültig. Ich bin überzeugt, dass du der Gesuchte bist, und werde, wenn es hell geworden ist, dein Haar genau untersuchen.“

„So lange brauchen wir nicht zu warten“, fiel Fred ein. „Es gibt ein Erkennungszeichen. Als mich jener Mörder niederwarf und mit Füßen trat, stach ich ihn mit dem Messer in die rechte Wade. Der Angeklagte mag den Unterschenkel entblößen. Ist er der Richtige, so muss die Narbe noch zu sehen sein.“

Nichts konnte dem Rothaarigen gelegener kommen. So brauchte er sich die Fußfessel nicht selbst zu durchschneiden. Darum war er schnell bereit. „*Well*, mein sehr kluger Boy. In diesem Fall wirst du dich überzeugen, dass ihr euch alle irrt!“

Der Eifer trieb den Knaben zu dem Gefangenen hin. Als der Knoten um die Beine geöffnet war, wollte er die Nankinghose emporstreifen, erhielt aber von dem Rothaarigen einen solchen Stoß mit den Füßen, dass er weit fortflog. Im nächsten Augenblick schnellte der Cornel auf.

[1] Celtis occidentalis L.

„*Good bye*, Mesch'schurs! Wir sehen uns wieder!“, rief er und schoss über die Lichtung hinweg den Bäumen zu.

Die Flucht des Mannes kam den Anwesenden so unerwartet, dass sie wie angenagelt standen. Nur Old Firehand und Tante Droll besaßen eine Geistesgegenwart, die selbst in der ungewöhnlichsten Lage nicht versagte.

Sobald der Rothaarige aus seiner sitzenden Lage auffuhr, hatte Old Firehand auch schon zum Sprung ausgeholt, um ihn festzuhalten. Aber er traf auf ein unerwartetes Hindernis. Der für tot gehaltene Tramp nämlich hielt seine Zeit für gekommen. Er sprang ebenfalls auf und schnellte an dem Feuer vorüber, um den Kreis der Rafters zu durchbrechen. Im selben Augenblick kam Old Firehand über die Flamme herübergeflogen und stieß mit dem Tramp zusammen. Ihn packen und niederschmettern war für ihn das Werk von nur zwei Sekunden.

„Bindet diesen Kerl, der sich tot gestellt hat!“, rief er, drehte sich zum Cornel um, riss das Gewehr hoch und legte auf ihn an, um ihn durch eine Kugel niederzuwerfen.

Allein Old Firehand erkannte die Unmöglichkeit, diesen Vorsatz auszuführen, denn Droll war hart hinter dem Flüchtling her und verdeckte mit seiner Gestalt dessen Körper.

Der Rothaarige rannte um sein Leben. Droll stürmte, was er konnte, hinter ihm her. Er hätte ihn gewiss ereilt, wenn er seinen berühmten ledernen *sleeping-gown* nicht angehabt hätte. Darum ließ Old Firehand sein Gewehr fallen und setzte mit pantherartigen Sätzen hinter den beiden her. „Stehen bleiben, Droll!“, rief er dabei seinem Vorläufer zu.

Droll aber achtete nicht darauf und rannte weiter. Jetzt hatte der Cornel den Lichtkreis des Feuers hinter sich und verschwand im Dunkel der Bäume.

„Stehen bleiben, Droll!“, schrie Old Firehand voller Zorn abermals.

„Muss ihn haben, muss ihn haben!“, entgegnete die erregte Tante im Fistelton und schoss auch zwischen die Bäume hinein.

Da hielt Old Firehand mitten im eiligsten Lauf inne, drehte um und kehrte langsam, als sei nichts geschehen, zum Feuer zurück.

„Ihr kommt ja allein!", rief der alte Missourier Old Firehand entgegen. – „Wie Ihr seht", meinte der Jäger achselzuckend. – „War er denn nicht zu fassen?" – „Sehr leicht sogar, wenn mir nicht dieser verteufelte Tramp und dann auch noch Droll dazwischen gekommen wären."

Bald kam auch Droll kleinlaut und zögernd über die Lichtung zurück. Er war, wie er glaubte, dem Flüchtling im Wald nachgelaufen, hatte einige Bäume angerannt, und hatte, als nicht das geringste Geräusch zu hören war, den Rückweg angetreten.

Old Firehand hatte den sonderbaren Mann lieb gewonnen und wollte ihn nicht bloßstellen. Darum fragte er ihn in deutscher Sprache: „Aber, Droll, haben Sie denn nicht gehört, was ich Ihnen mehrmals zurief?"

„Was Se gerufe habe, ja, das hab'ch wohl gehört", erwiderte der Dicke. – „Und warum haben Sie nicht danach gehandelt?" – „Weil ich den Kerl hab fange wolle." – „Und da rennen Sie hinter ihm her in den Wald hinein?" – „Wie hätt ich's denn sonst mache solle? Hat er vielleicht hinter mir dreinloofe solle?"

„Freilich nicht", lachte Old Firehand. „Aber um einen Menschen im Wald zu ergreifen, muss man ihn sehen oder wenigstens hören. Ich wette, er ist nur ein kleines Stück in den Wald hineingeflohen und hat sich dann hinter einen Baum gesteckt, um Sie in aller Gemütlichkeit an sich vorübersausen zu lassen." – „Wenn ich darüber nachdenke, so will mer's scheine, als ob Se Recht hätte. Ich bin da e bissel sehr dumm gewese. Aber vielleicht bringe mersch wieder ein. Meene Se nich?"

„Möglich ist es wohl, den Fehler wieder gutzumachen, aber leicht wird es uns nicht werden. Wir müssen morgen früh die Spur des Flüchtlings suchen. Folgen wir dann seiner Fährte, so holen wir ihn höchstwahrscheinlich ein."

Der alte Missourier erklärte: „Sir, ich reite mit. Pferde haben wir genug erbeutet. Dieser rote Cornel ist der Mann, den ich seit langen Jahren suche. Meine Kameraden werden es mir nicht übel nehmen, dass ich sie verlasse."

„Das ist mir lieb", nickte Old Firehand. „Ich möchte übrigens euch allen nachher einen Vorschlag machen. Doch jetzt wollen wir erst zu euerm Blockhaus hinauf."

Der scharfsinnige Jäger hatte den roten Cornel ganz richtig beurteilt. Der Flüchtling hatte sich im Wald hinter einem Baum versteckt. Er hörte Droll an sich vorüberlaufen und sah, dass Old Firehand zum Feuer zurückkehrte. Da kam ihm der Gedanke, welchen Vorteil ihm die Blockhütte biete. Gewiss barg sie einen Teil des Eigentums der Rafters. Er konnte sich an ihnen rächen. Darum beschleunigte er seine Schritte, so weit die Dunkelheit dies zuließ.

Oben auf der Anhöhe blieb er zunächst lauschend stehen. Da alles still blieb, näherte er sich dem Blockhaus und tastete sich zur Tür. Da wurde er plötzlich bei der Kehle gepackt und niedergerissen wurde. Mehrere Männer knieten auf ihm.

„Da haben wir wenigsten einen und der soll es büßen!", sagte jemand. Der Rote erkannte diese Stimme. Er machte eine gewaltige Anstrengung, die Kehle freizubekommen: „Woodward, bist du des Teufels? Lass doch los!"

Woodward hieß der Unteranführer der Tramps. Er erkannte die Stimme Brinkleys, ließ los und rief: „Der Cornel! Wo kommst du her? Wir glaubten dich gefangen."

„War es auch", keuchte Brinkley, indem er sich aufrichtete, „bin aber entkommen, allerdings unter Verlust meiner Ohrmuscheln. Doch davon später! Konntet ihr nicht vorsichtiger sein? Habt mich mit euren Fäusten beinahe umgebracht! Was tut ihr hier?" – „Wir sahen, dass die Rafters am Feuer blieben, und kamen auf den Gedanken, uns hierher zu machen und ihnen einen Streich zu spielen." – „Der gleiche Gedanke hat auch mich hierher geführt. Ich möchte ihnen diese Bude wegbrennen." – „Das wollten wir auch, doch nicht ohne vorher nachgesehen zu haben, was die Hütte enthält." – „So macht schnell, ehe die Kerle auf den Gedanken verfallen, wieder heraufzukommen!"

Woodward schob den Riegel zurück und sie traten ein. Nachdem er die Tür hinter sich zugezogen hatte, machte er Licht und leuchtete in dem Raum umher.

Es gab da einige Gewehre, gefüllte Pulverhörner, Äxte, Beile, Sägen, Messer, Pulver, Schachteln mit Patronen, Fleisch und andere Vorräte. Jeder Tramp nahm, was er brauchte und was ihm gefiel. Dem Cornel kam besonders das Verbandszeug der Rafters gelegen. Er ließ sich in aller Eile einen Notverband anlegen. Dann wurden die brennenden Lichter in das Schilfrohr der Lagerstätten gesteckt. Diese fingen im Nu Feuer und die Brandstifter eilten hinaus.

„Was nun?“, fragte Woodward. – „Fort natürlich“, erklärte der Cornel. – „Aber wohin?“ – „Man wird morgen früh unsre Spur suchen und ihr folgen. Wir dürfen also keine Fährte machen.“ – „Das ist unmöglich, außer im Wasser.“ – „So fahren wir. Jede Raftergesellschaft hat ein oder mehrere Boote. Ich wette, sie liegen unten am Floßplatz.“

Soeben schlug die Flamme durch das Dach und erleuchtete den ganzen Platz. Am Rande des Waldes, nach dem Fluss zu, war eine Lücke zwischen den Bäumen zu bemerken. Die Tramps eilten dorthin.

Als sie unten am Flussufer ankamen, hörten sie von fern ein Geschrei, das sich dem Blockhaus näherte. „Sie kommen“, sagte der Cornel. „Nun schnell, dass wir ein Boot finden!“

Die Tramps brauchten nicht lange zu suchen, denn gerade da, wo sie standen, lagen drei Kanus angebunden.

„Hängt die beiden, die wir nicht brauchen, hinten an!“, gebot der Rothaarige. „Wir müssen sie mitnehmen und später vernichten.“

Man gehorchte ihm. Dann stiegen die vier in das erste Kanu, griffen zu den darin liegenden Rudern und arbeiteten sich vom Ufer ab.

„Wir fahren abwärts.“, erklärte der Anführer. – „Aber wir wollen doch weiter nach Kansas hinein, zum großen Tramp-Meeting!“, meinte der Mann. – „Allerdings. Doch das wird dieser Old Firehand erfahren, denn er presst es sicher aus den Gefangenen heraus. Wir müssen deshalb abwärts, um ihn irrezuführen. Wir fahren bis zur nächsten Prärie, die wir am Morgen erreichen. Dort versenken wir die Boote und stehlen uns Pferde bei den erstbesten Indianern. So holen wir die Verspätung in einem Tag wieder ein."

Inzwischen erreichten die Rafters mit den Pferden und Gefangenen die brennende Hütte. Die Männer fluchten und verwünschten die Brandstifter. Old Firehand beruhigte die Erregten, indem er ihnen sagte: „Ich habe es mir gedacht, dass der Cornel so etwas anstiften werde. Leider sind wir zu spät gekommen. Aber wenn ihr den Vorschlag, den ich euch machen will, annehmt, werdet ihr bald Ersatz für das Verlorene erhalten."

Da ließ man sich beim Schein des Feuers bei Old Firehand nieder. Die Gefangenen waren abseits untergebracht, sodass sie nichts hören konnten.

„Zunächst, Mesch'schurs", begann der Jäger, „gebt mir euer Ehrenwort, dass ihr das, was ich euch sage, nicht verraten wollt! Ich weiß, ihr alle seid Gentlemen, auf deren Wort ich mich verlassen kann."

Er erhielt das verlangte Versprechen und fuhr fort: „Kennt jemand von euch das große Felsenwasser im Gebirge, das man den Silbersee nennt?" – „Ich", antwortete ein Einziger, nämlich die Tante Droll. – „*Well!* Ich weiß, dass es da oben überaus ertragreiche Minen gibt, alte Erzgänge und Erzlager. Ich will jetzt mit einem tüchtigen Bergbau-Ingenieur hinauf, damit wir uns die Sache prüfen, ob sie im Großen betrieben werden kann. Dieses Unternehmen ist nicht ungefährlich und deshalb brauche ich erfahrene Westmänner, die uns begleiten. Lasst also eure Arbeit einstweilen hier ruhen und reitet mit mir zu diesem See, Mesch'schurs! Ich werde euch gut bezahlen!" – „Das ist ein Wort!", rief der alte Missourier ganz begeistert. „Ich würde auf der Stelle dabei sein, aber ich kann nicht, weil ich diesen Cornel haben muss."

Über das Gesicht Old Firehands ging ein feines Lächeln, als er entgegnete: „Ihr habt da einen Wunsch, der Euch vielleicht gerade dann, wenn Ihr bei mir bleibt, am sichersten erfüllt wird. Als wir unten das Feuer verließen, mussten wir die gefesselten Tramps führen. Ich griff mir den jüngsten von ihnen. Er wagte es, mich anzureden, und ich hörte, dass er sich den Tramps nur aus Rücksicht auf seinen Bruder angeschlossen hat, der jetzt unten bei den Toten liegt. Er stellte mir Aufklärung über die Absichten des Cornels in Aussicht und ich möchte ihn nicht von mir weisen. Darf ich den Mann holen?“

Die andern stimmten bei und Old Firehand erhob sich, um den Tramp zu bringen. Der Bursche war nicht viel über zwanzig Jahre alt, von klugem Aussehen und kräftiger Gestalt. Old Firehand ließ ihn sich niedersetzen. „Nun“, wendete er sich an ihn, „wenn du mir in die Hand versprichst, von jetzt an ein braver Mensch zu sein, gebe ich dich frei. Wie heißt du?“

„Nolley heiße ich, Sir“, entgegnete der Gefragte, indem er Old Firehand zögernd die Hand gab. „Vergebt mir, dass Ihr mich in so schlechter Gesellschaft gefunden habt, und erlaubt mir, morgen früh meinen erschossenen Bruder zu begraben!“

„Diese Wünsche sind erfüllt! Von jetzt an bist du ein freier Mann. Nun aber beantworte mir einige Fragen! Du hast von den Absichten des Cornel gesprochen. Kennst du sie?“

„Ja. Gestern teilte er uns alles mit. Er will zu dem großen Tramp-Meeting, das nächstens abgehalten werden soll.“

„Heigh-day!“, rief da Droll. „Also war ich nicht falsch unterrichtet, als ich hörte, dass sich diese Vagabunden ungefähr hinter Harper zu Hunderten zusammenfinden wollen. Kennst du den Treffpunkt?“ – „Ja“, bestätigte Nolley. „Er liegt allerdings von hier aus hinter Harper und wird Osage Nook genannt.“ – „Habe von diesem Nook noch nichts gehört. Sonderbar! Nun, so reiten wir dem Cornel nach, nicht wahr, Mr. Blenter?“ – „Ja“, nickte der Alte. „Freilich müssen wir da auf Mr. Firehand verzichten.“ – „Das ist keineswegs der Fall“, erklärte der Jäger. „Mein nächstes Ziel liegt dort in der Nähe, nämlich Butlers Farm, die dem Schwager des Ingenieurs, der mich dort erwartet, gehört. Hat der Cornel noch weitere Absichten?“ – „Allerdings“, erwiderte der Tramp.

„Nach dem Meeting will er zum Eagle Tail, um dort die Bahnbeamten zu überfallen und ihnen die Kasse abzunehmen." – „Gut, dass wir das erfahren! Fangen wir ihn beim Meeting nicht, so finden wir ihn dann umso sicherer am Eagle Tail." – „Und entgeht er euch auch da", fuhr Nolley fort, „so könnt ihr ihn später am Silbersee ergreifen."

Diese Worte brachten eine allgemeine Überraschung hervor. Old Firehand fragte: „Am Silbersee? Was weiß denn der Cornel von diesem Ort und was will er da?" – „Ja, es sollen ungeheure Reichtümer dort vergraben oder versenkt sein, von alten Völkern und Zeiten her. Der Cornel hat einen genauen Plan der Stelle, wo man suchen muss." – „Aber wir haben ihn doch durchsucht und ihm alles abgenommen, ohne den Plan bei ihm zu finden!" – „Brinkley hat ihn jedenfalls gut versteckt. Ich glaube sogar, dass er ihn gar nicht bei sich trägt. Aus einer seiner Bemerkungen war zu schließen, dass er ihn irgendwo vergraben hat." – Droll starrte den Tramp mit weit geöffneten Augen an und Fred rief, als der Erzähler geendet hatte: „Der Cornel ist's wahrhaftig! Dieser Plan hat meinem Vater gehört!"

Die Blicke aller richteten sich auf den Knaben. Man bestürmte ihn mit Fragen, doch Droll wehrte heftig ab: „Jetzt nichts davon, Mesch'schurs! Die Hauptsache ist, dass ich nunmehr erklären kann: Ich stehe mit Fred auf alle Fälle Old Firehand zu Diensten."

„Ich auch!", stimmte der alte Missourier bei. „Ihr geht doch auch alle mit, Kameraden?"

„Ja, ja, natürlich!", ertönte es rund im Kreis der Rafters. Wobei sich nur einer ausschloss, der Schwarze Tom. Er erklärte, das zerstörte Blockhaus wieder aufbauen zu wollen. Und Nolley, der gewesene Tramp, bot sich ihm als Helfer an.

„*Well!*", sagte zum Schluss Old Firehand. „So wird morgen früh aufgebrochen. Wir brauchen uns um die Fährte des Cornel nicht zu kümmern, da wir wissen, wo er zu treffen ist. Er wird gejagt durch die Wälder und Prärien und, wenn es sein muss, bis hinauf zum Silbersee. Lasst uns gute Kameraden sein, Mesch'schurs!"

5. Indianisches Meisterstück

Die Rolling Prairie lag im Mittagssonnenglanz. Hügel auf Hügel, bewachsen mit dichtem Gras, war sie wie ein Smaragdsee, dessen Wellen plötzlich erstarren mussten. Wer sich hier nicht nach dem Kompass oder dem Stand der Sonne richtete, der musste sich verirren, wie sich der Laie im kleinen Boot auf der weiten See verirrt.

In dieser grünen Einöde schien es kein Lebewesen zu geben. Nur hoch in den Lüften zogen zwei schwarze Hühnergeier ihre Kreise. Sollten sie die einzigen Geschöpfe sein, die es hier gab? Nein, denn soeben ließ sich ein kräftiges Schnauben vernehmen und hinter einem der Wellenberge kam ein Reiter hervor.

Der Mann trug lange Hose, Weste und eine kurze Jacke, die aus wasserdichtem Gummistoff gefertigt war. Auf dem Kopf saß ein Korkhut mit Nackentuch, wie ihn die Europäer in Indien zu tragen pflegen.

Die Haltung des Mannes verriet den geübten Reiter. Sein Gesicht war sehr sonderbar. Sein Ausdruck wirkte geradezu einfältig, und zwar nicht etwa ausschließlich durch die Nase, die zwei ganz verschiedene Seiten hatte. Von links gesehen war sie weiß, von rechts gesehen von einer Farbe, die man weder rot noch grün noch blau nennen konnte. Eingerahmt wurde dieses Gesicht von einem Kehlbart, dessen lange dünne Haare vom Hals aus bis über das Kinn hervorstarrten.

An die Steigbügelriemen war rechts und links je ein Gewehr geschnallt. Quer vor dem Sattel hing eine lange Blechrolle, die ein besonders großes Fernrohr barg. Auf dem Rücken trug der Mann einen Lederranzen und darauf einige blecherne Gefäße und sonderbar geformte Eisendrähte. Der Gürtel war breit. Von ihm hingen mehrere Beutel herab. Vorn blickten die Griffe eines Messers und mehrerer Revolver heraus.

Der Reiter schien anzunehmen, dass sein Pferd mehr Prärieverstand besitze als er. Er ließ es laufen, wie es ihm beliebte. Es schritt durch einige Wellentäler, kletterte dann einen Hügel hinauf, trollte drüben wieder hinab, kurz, der Mann mit dem Korkhelm schien kein bestimmtes Ziel, aber viel Zeit zu haben.

Plötzlich blieb das Pferd stehen. Der Reiter schrak leicht zusammen, denn vor ihm ließ sich eine befehlende Stimme hören: „Stopp, oder ich schieße! Wer seid Ihr, Sir?"

Der Reiter blickte auf. Es war kein Mensch zu sehen. Dann musterte er gelassen den Himmel, bis die gleiche Stimme sich lachend vernehmen ließ: „Was fällt Euch ein! Ich sitze nicht auf dem Mond, sondern hier unten auf der alten Mutter Erde. Und nun sagt mir, woher Ihr kommt!"

Der Reiter deutete gelassen hinter sich und entgegnete: „Von da her!"

„Das sehe ich, *old Boy!* Und wo wollt Ihr hin?"

„Dorthin!", sagte der Gefragte, indem er mit der Hand vorwärts zeigte.

„Ihr seid ein sonderbarer Kauz!", lachte der noch immer unsichtbare Frager. „Es treibt sich hier viel fragwürdiges Gesindel herum, dass ein ehrlicher Mann gezwungen ist, jede Begegnung genau zu nehmen. Wollt Ihr vorwärts, so müsst Ihr uns Rede und Antwort stehen! Also heraus damit! Woher kommt Ihr?"

„Von Schloss Castlepool", erwiderte der Fremde.

„Das kenne ich nicht. Wo ist dieser Ort zu finden?"

„Auf der Landkarte von Schottland", erklärte der Reiter.

„Gott segne Euren Verstand, Sir! Was geht mich Schottland an! Und wohin reitet Ihr?" – „Nach Kalkutta." – „*Lack-a-day!* So wollt Ihr wohl an diesem sonnigen Nachmittag von Schottland über die Vereinigten Staaten nach Ostindien reiten?" – „Heute nicht ganz." – „Ihr seid wohl ein *Englishman?*" – „*Yes*." – Von welchem Stand?" – „Lord." – „Aha! dachte mir's doch. Euch muss man sich genauer besehen. Komm, Uncle, der Mann wird uns wohl nicht beißen. Ich habe Lust, seinen Worten Glauben zu schenken. Er scheint ein wenig übergeschnappt zu sein. Das stimmt zu einem Lord mit fünf Pfund Spleen."

Jetzt wurden auf der Höhe des nächsten Wellenhügels zwei Gestalten sichtbar, die dort im Gras gelegen hatten, eine lange und eine sehr kleine. Beide waren ganz gleich gekleidet, wie richtige Westmänner. Die Gestalt des Langen stand steif wie ein Pfahl auf dem Hügel. Der Kleine war bucklig und hatte eine Habichtsnase. Ihre Gewehre waren alte, lange Rifles. Der kleine Bucklige schien der Sprecher der beiden zu sein und fuhr jetzt fort: „Bleibt noch halten, Sir! Wir sind noch nicht miteinander fertig."

Dann kam er mit schnellen Schritten herab und der Lange folgte ihm in kerzengerader Haltung, als habe er eine Bohnenstange im Körper. Unten im Wellental nahmen sie den seltsamen Präriegast in Augenschein.

„Well", nickte der Lord. „Nun gestattet ein paar Fragen meinerseits! Wie heißt Ihr und wer seid Ihr?"

Diese Fragen waren an den Kleinen gerichtet.

„Ihr seid hier fremd. Darum fragt Ihr so. Sonst kennt man uns vom Mississippi bis hinüber nach Frisco[1] als ehrliche Jäger und Fallensteller. Unsere eigentlichen Namen können Euch nichts nützen. Mich nennt man den Humply-Bill, weil ich leider bucklig bin, und mein Kamerad hier ist als Gunstick-Uncle bekannt, weil er so steif in der Welt herumläuft, als hätte er einen Ladestock verschluckt. So, nun kennt Ihr uns und werdet auch uns die Wahrheit sagen, ohne dumme Witze zu machen. Was wollt Ihr in der Prärie?"

„Was ich hier will? Die Prärie und das Felsengebirge kennen lernen. War schon überall in der Welt, nur in den Vereinigten Staaten noch nicht. Doch kommt jetzt zu euern Pferden! Ich meine nämlich, dass ihr Pferde habt, obgleich ich sie noch nicht gesehen habe."

„Freilich haben wir welche. Sie stehen da hinter dem Hügel."

Der Fremde stieg vom Pferd und schritt den beiden voran. Hinter dem Wellenberg grasten zwei Tiere von der Art, die man im Volksmund Klepper, Ziegenbock oder Kracke zu nennen pflegt.

[1] San Francisco

Sein Tier war ihm dabei wie ein Hund nachgelaufen. Die beiden Gäule wollten sich ihm nähern. Es wieherte aber zornig und schlug gegen sie aus, um sie von sich zu treiben.

„Eine giftige Kröte!“, meinte Humply-Bill. „Scheint ungesellig zu sein.“

„O nein!“, meinte der Lord. „Das Tier weiß nur, dass ich noch nicht näher bekannt mit euch bin, und will deshalb von euren Pferden einstweilen noch im Abstand bleiben.“

Dann setzte sich Castlepool gemächlich ins Gras, wo sie vorher gesessen hatten. Dort lag eine angeschnittene, gebratene Rehkeule. Er zog sein Messer, schnitt sich ein tüchtiges Stück herunter und begann zu essen, als gehöre das Fleisch ihm.

„So ist's recht!“, meinte der Bucklige. „Nur keine Umstände machen in der Prärie.“

„Mache ich auch nicht“, erklärte er. „Habt gestern ihr Fleisch für euch und mich geschossen, so tue ich es heute oder morgen ebenso.“

„So? Meint Ihr denn, dass wir morgen noch beisammen sein werden?“

„Setzt euch her zu mir! Will es euch erklären.“

Sie ließen sich ihm gegenüber nieder. Er musterte sie und sagte dann: „Bin den Arkansas heraufgekommen und in Mulvane ausgestiegen. Wollte dort einen Führer mieten oder zwei; fand aber keinen, der mir gefiel. Bin also fortgeritten, weil ich mir sagte, dass echte Präriemänner wohl nur in der Prärie zu finden sind. Treffe jetzt euch und ihr gefallt mir. Wollt ihr mit nach Frisco hinüber?“

„Hm, ja. Aber wir sind nicht so reich, wie Ihr zu sein scheint. Wir leben von der Jagd und können keinen monatelangen Abstecher nach Frisco machen.“ – „Ich bezahle euch!“ – „So? Na, dann ließe sich über die Sache sprechen.“ – „Könnt ihr schießen?“ – Es war ein fast mitleidiger Blick, den der Bucklige auf den Lord warf, als er antwortete: „Ob ein Präriejäger schießen kann! Das ist fast noch schlimmer, als wenn Ihr fragt, ob ein Bär fressen kann. Beides ist so selbstverständlich wie mein Buckel.“

„Möchte aber doch eine Probe sehen. Könnt ihr die Geier von da oben herunterholen?"

Der Humply-Bill maß die Höhe, wo die beiden Vögel schwebten, mit den Augen und erwiderte: „Warum nicht?"

„So schießt!"

Der Kleine stand auf, legte sein Gewehr an, zielte kurz und drückte ab. Man sah, dass der eine der Geier einen Stoß erhielt. Er schlug flatternd mit den Flügeln und suchte sich zu halten, doch vergebens. Er musste nieder, erst langsam, dann schneller. Endlich zog er die Flügel an den Leib und fiel wie ein schwerer Klumpen senkrecht zur Erde nieder.

„Nun, Sir, was sagt Ihr dazu?", fragte der Schütze.

„Nicht übel", lautete die Antwort. „ Und nun der zweite!", nickte der Lord dem langen Jäger zu. Der Gunstick-Uncle erhob sich steif vom Boden und zog den Mund bis an das rechte Ohr. Dann hob er seine Rifle, zielte, drückte ab, alles in einem einzigen kurzen Augenblick, und ließ das Gewehr wieder sinken. Der Vogel war getroffen, und zwar gut, denn er fiel mit zunehmender Schnelligkeit in einer sich verengenden Schneckenlinie zur Erde nieder.

„*Wonderful!*", rief Humply-Bill begeistert aus.

Der famose Ladestock-Onkel warf sich abermals in Pose, mit beiden Händen fuchtelnd. „Getroffen ist der Geier – der Schuss war ungeheuer – ich will auf Ruhm verzichten..."

„...und höre auf zu dichten!", fiel ihm der Engländer in die Rede. „Wozu diese Reime und das Geschrei? Ich wollte wissen, was für Schützen ihr seid. *Well*, die Sache ist in Ordnung. Also, ihr geht mit mir und ich bezahle euch die Reise. Einverstanden?"

Beide blickten einander an, nickten sich zu und antworteten mit einem Ja.

„*Well!* Und wie viel verlangt ihr?" – „Ja, Sir, mit dieser Frage bringt Ihr mich in Verlegenheit. Wir gehen da mit Euch eine Kameradschaft ein, unter Umständen auf Leben und Tod. Meint Ihr, das ließe sich so alles mit Geld abmachen?" – „*Allright!* Ihr habt euern Stolz. Es kann also nur von einem Ehrensold die Rede sein.

Ich bin hierher gekommen, um etwas zu erleben, um berühmte Jäger zu sehen, und mache euch folgendes Anerbieten: Ich zahle euch für jedes Abenteuer, das wir erleben, fünfzig Dollar."

„Sir", lachte Humply-Bill, „da werden wir reiche Leute, denn an Abenteuern gibt's hier keinen Mangel. Erleben tut man sie, ja, ob aber überleben, das ist eine Frage" – „Ich will sie aber haben! Ist meine Sache. Auch will ich mit berühmten Jägern oder Häuptlingen zusammentreffen, von denen ich gehört habe, z. B. Old Shatterhand, Old Firehand und Winnetou. Für jeden von diesen dreien, dem wir begegnen, zahle ich euch hundert Dollar. Ihr bekommt euern Sold in Frisco bei meinem Bankier. Seid ihr damit zufrieden?" – „Ja. Hier unsre Hände darauf!"

Beide reichten ihm die Rechte. Dann öffnete er seine Tasche und nahm ein Buch heraus.

„Auf diese Blätter wird eingetragen, was ich euch nach und nach schulde", erklärte er ihnen. „Verunglücke ich, so nehmt ihr das Buch mit nach Frisco und zeigt es dem Bankier, dessen Namen ich hierher schreibe! Er wird euch die vermerkte Summe sofort auszahlen."

„Das ist ja eine prächtige Einrichtung!", meinte Humply-Bill. „Wir wollen zwar nicht wünschen, dass – *behold,* Uncle, sieh einmal unsre Pferde an! Sie wedeln mit den Ohren und öffnen die Nüstern. Es muss etwas Fremdes in der Nähe sein. Will doch einmal hinaufklettern."

„Ich gehe mit", meinte der Lord.

Die beiden stiegen aus dem Wellental zur Kuppe des Hügels empor. Als sie die Höhe beinahe erreicht hatten, legten sie sich nieder und krochen vorsichtig vollends hinauf.

„Hm, Ihr fangt die Sache für einen Neuling gar nicht so übel an, Sir", lobte Humply-Bill. „Aber sehr Ihr dort den Mann auf dem zweiten Wellenhügel, geradeaus von uns?"

„*Yes!* Ein Indianer, wie es scheint?"

„Ja, es ist ein Roter. Ah, Sir, lauft doch einmal hinab und holt Euer Fernrohr, damit ich das Gesicht des Mannes erkennen kann!"

Castlepool folgte dieser Aufforderung.

Er brachte sein Rohr und reichte es dem Buckligen hin. Eben als Humply-Bill den Indianer vor das Glas bekam, sah dieser für einen Augenblick nach rückwärts, sodass sein Gesicht zu erkennen war. Sofort sprang Humply-Bill auf, hielt die Hände an den Mund und rief mit lauter Stimme: „Menaka tanka, Menaka tanka! Mein Bruder mag zu seinem weißen Freund kommen!"

Der Indianer fuhr herum, erkannte die bucklige Gestalt und glitt augenblicklich von der Kuppe des Hügels herab.

„Jetzt, Sir, werdet Ihr wohl bald die ersten fünfzig Dollar einschreiben müssen", sagte Humply-Bill zu dem Engländer.

„Wird es ein Abenteuer geben?" – „Sehr wahrscheinlich, denn der Häuptling blickte jedenfalls nach Feinden aus." – „Ein Häuptling ist er?"

„Ja, ein Osagenhäuptling. Der Uncle und ich haben mit ihm die Pfeife der Freundschaft geraucht und sind verpflichtet, ihm beizustehen." – „*Well,* so wünsche ich, dass er nicht nur einen, sondern möglichst viele Gegner erwartet!" – „Malt den Teufel nicht an die Wand! Derartige Wünsche gehen nur allzu leicht in Erfüllung." – „Wie nanntet ihr den Roten?" – „Menaka tanka; das heißt Gute Sonne. Er ist ein tapferer und erfahrener Krieger und kein ausgesprochener Feind der Weißen, obgleich die Osagen zu den Völkerschaften der Sioux gehören."

Unten fanden sie den Uncle, der alles gehört hatte. Nach kurzer Zeit begannen die Pferde zu schnauben und gleich darauf sah man den Indianer kommen. Er befand sich in den besten Mannesjahren und trug die allgemein übliche indianische Lederkleidung, die an einigen Stellen mit frischem Blut befleckt war. Waffen hatte er keine. An seinen beiden Handgelenken war die Haut aufgeschunden; er musste gebunden gewesen sein. Jedenfalls befand er sich auf der Flucht und wurde verfolgt.

Trotz der Gefahr, die dem Indianer drohte, kam er langsam herbei, erhob die Hand zum Gruß und sagte zu den beiden Jägern, ohne zunächst den Engländer zu beachten: „Menaka tanka hat die

Stimme und Gestalt seines Bruders und Freundes sogleich erkannt und freut sich, euch begrüßen zu können."

„Wir freuen uns ebenfalls. Das wirst du uns glauben", entgegnete Humply-Bill. Dann deutete er auf Castlepool und sagte zu dem Osagen: „Dieses Bleichgesicht ist ein neuer Gefährte von uns. Ich empfehle ihn dir und deinem Stamm."

Der Rote senkte den Kopf. „Menaka tanka ist der Freund eines jeden guten und ehrlichen Weißen. Die Diebe, Mörder und Leichenschänder aber sollen vom Tomahawk gefressen werden!"

„Bist du schlimmen Leuten begegnet?", erkundigte sich Humply-Bill.

„Ja. Meine Brüder mögen ihre Gewehre bereithalten, denn diejenigen, die dem Häuptling nachjagen, können jeden Augenblick hier sein. Sie werden zu Pferd sitzen und Menaka tanka musste laufen. Die Feinde trachten nach seinem Leben. Es sind mehrere hundert schlechte Leute, die von den Bleichgesichtern Tramps genannt werden." – „Tramps? Wo befinden sie sich?"

„In dem Winkel des Waldes, den man Osage Nook nennt, den aber wir die Ecke des Mordes heißen, weil unser berühmtester Häuptling dort hinterlistig umgebracht wurde. Alle Jahre besuchen Abgesandte unsres Stammes diesen Ort. So verließ auch Menaka tanka in diesem Jahr mit zwölf Kriegern unsre Weidegründe, um sich nach dem Osage Nook zu begeben. Wir kamen vorgestern dort an und schlugen unser Lager bei den Gräbern auf. Wir hatten zwei Wachen ausgestellt. Dennoch war es weißen Männern gelungen, sich unbemerkt in unsre Nähe zu schleichen. Sie fielen so plötzlich über uns her, dass wir kaum Zeit zum Widerstand fanden. Wir töteten einige von ihnen; sie erschossen acht von uns. Menaka tanka wurde mit den übrigen vier überwältigt. Wir erfuhren, dass wir heute Abend am Feuer gemartert werden sollten. Sie trennten den Häuptling von seinen Kriegern, damit er nicht mit ihnen sprechen könne. Man band ihn an einen Baum und stellte einen weißen Wächter dazu. Aber der Riemen, der ihn hielt, war zu schwach. Menaka tanka zerriss ihn. Er benutzte den

Augenblick, als der Wächter einmal fortging, sich davonzuschleichen, und beschloss, nach Butlers Farm zu eilen, deren Besitzer sein Freund ist, und von dort Hilfe für die Gefährten zu holen."

Humply-Bill schüttelte den Kopf: „Vom Osage Nook bis zu Butlers Farm sind gute sechs Stunden zu reiten. Wie kannst du da bis zum Abend, an dem deine Gefährten sterben sollen, zurück sein? Gut, dass du uns getroffen hast. Wir werden mit dir gehen, um deine Gefährten zu befreien."

„Will mein weißer Bruder das wirklich tun?", fragte der Indianer freudig.

„Gewiss. Vier listige Köpfe können es schon wagen, sich an eine Horde Tramps zu schleichen, um einige Gefangene herauszuholen. Was sagst du dazu, alter Uncle?"

Der Steifnackige schloss entzückt die Augen und rief: „Ich reite gern und mit Vergnügen hin!"

„Schön. Und Ihr, Sir?"

„Natürlich reite ich mit. Es ist ja ein Abenteuer!", erklärte der Lord.

„Aber ein sehr gefährliches, Sir!"

„Umso besser! Da zahle ich zehn Dollar mehr, also sechzig. Aber wir müssen ein Pferd für die Gute Sonne besorgen!"

„Woher würdet denn Ihr eins nehmen, he?"

„Einfach von seinen Verfolgern, die wahrscheinlich nahe genug hinter ihm sind."

„Richtig, ganz richtig! Ihr seid kein unebener Westmann, Sir. Nun ist es nur noch wünschenswert, dass unser roter Freund eine Waffe besitzt."

„Ich trete ihm eins von meinen beiden Gewehren ab. Hier ist's! Und nun dürfen wir keine Zeit versäumen, sondern müssen uns so aufstellen, dass die Verfolger, wenn sie hier ankommen, von allen Seiten eingeschlossen sind."

„Ihr redet wirklich wie ein Buch, Sir! Sagt aufrichtig, seid Ihr wirklich zum ersten Mal in der Prärie?"

„Allerdings. Aber ich habe mich vorher an andern Orten befunden, wo man nicht weniger vorsichtig sein muss als hier."

„*Well!* Ich sehe, dass wir mit Euch nicht viel Ärger haben werden. Ich gestehe, dass ich den gleichen Vorschlag machen wollte. Bist du einverstanden, alter Uncle?"

Der Steife machte eine theatralische Armbewegung und erwiderte: „Jawohl, sie werden eingeschlossen und miteinander totgeschossen!"

„Gut, so bleibe ich hier, um sie, sobald sie kommen, anzureden. Der Lord geht nach rechts, du wendest dich links und der Häuptling begibt sich auf den vorstehenden Hügel. Auf diese Weise bekommen wir sie zwischen uns. Ich werde so laut mit ihnen reden, dass auch ihr es versteht. Dann wisst ihr, was zu tun ist. Schieße ich einen über den Haufen, so ist das ein Zeichen, dass ihr auf die anderen schießen sollt. Entkommen darf keiner. Schont aber die Pferde! Wir brauchen sie. Und nun vorwärts, Mesch'schurs!"

Der Humply-Bill stieg den nächsten Wellenberg hinauf und legte sich ins Gras. Die drei andern verschwanden zu beiden Seiten in den Wellentälern. Castlepool hatte sein Fernrohr mitgenommen.

So verging wohl eine Viertelstunde. Dann war von dem Hügel, auf dem sich der Engländer befand, der Ruf zu hören: „Aufgepasst, sie kommen!"

„Wo?"

„Geradeaus nach Ost. Habe durch das Rohr zwei Kerle gesehen, die auf einem Hügel standen und ausschauten, vermutlich nach dem Häuptling."

Es verging wieder einige Zeit, dann hörte man den Hufschlag nahender Tiere. Im Wellental, das vor dem Buckligen lag, wurden zwei Reiter sichtbar. Sie waren gut bewaffnet und hielten die Augen auf die Fährte des Häuptlings gerichtet. Gleich hinter ihnen erschienen noch zwei und dann noch einer. Als sie die Mitte des Wellentales erreicht hatten, rief Bill ihnen zu: „Stopp, Mesch'schurs! Keinen Schritt weiter, oder ihr hört meine Büchse reden!"

Sie hielten überrascht an und schauten hinauf, ohne jemand zu erblicken, da der Bucklige im tiefen Gras lag. Doch gehorchten sie seinem Befehl und der Vorderste antwortete: „Zum Teufel! Was steckt denn da für ein Wegelagerer? Seid Ihr ein ehrlicher Kerl, so lasst Euch blicken!"

Die fünf Tramps sahen keineswegs friedlich aus, dennoch erhob sich der Kleine. „Da habt ihr mich!"

„Zounds!", rief einer der Tramps. „Irre ich mich nicht, dann ist das der Humply-Bill!"

„So werde ich allerdings genannt." – „Dann ist auch der Gunstick-Uncle in der Nähe; denn die beiden trennen sich nie. Boys, dieser Kerl ist uns im Wege! Ich glaube gar, er hat mit dem Roten gemeinschaftliche Sache gemacht. Holen wir ihn von da oben herunter!"

Der Tramp zielte auf den Kleinen und drückte ab. Bill sank, wie von der Kugel getroffen, ins Gras.

„*Heigh-day*, das war fein gezielt!", rief der Mann. „Nun ist nur noch der Gun..."

Er konnte den Satz nicht vollenden. Bill hatte sich niedergeworfen, um nicht getroffen zu werden. Jetzt blitzte es rasch aus seinen beiden Läufen auf und gleich darauf krachten auch die Gewehre der drei andern. Die Tramps stürzten von ihren Pferden. Die Sieger kamen von den Hügeln in das Tal, um die Pferde an der Flucht zu hindern. Die Tramps wurden untersucht.

„Nicht schlecht gemacht", meinte Bill. „Kein einziger Fehlschuss."

Den Toten wurden alle verwendbaren Gegenstände abgenommen. Als man ihre Taschen durchsuchte, meinte Bill: „Wer weiß, wie viele Schandtaten wir dadurch, dass sie unsre Kugeln bekamen, verhütet haben. Nun kann sich der Häuptling beritten machen und es bleiben noch vier Pferde übrig, gerade ausreichend für die Osagen, die wir herausholen wollen."

„Reiten wir jetzt zu den Tramps?", fragte der Engländer.

„Gewiss. Ich kenne diese Gegend und weiß, dass wir nicht vor Abend am Osage Nook ankommen können, da wir nicht die gerade Richtung einschlagen dürfen."

„Und die Leichen?"

„Lassen wir liegen. Mögen die Geier und die Kojoten sie begraben!"

Das war eine harte Rede, aber der Wilde Westen hat nun einmal seine eigene Art.

Man koppelte die ledigen Pferde zusammen, stieg auf und ritt davon, zunächst gerade nordwärts, um dann nach Osten abzubiegen. Der Häuptling machte den Führer.

Als die Sonne sich neigen wollte, erblickte man in der Ferne einen dunklen Waldstreifen und der Osage erklärte: „Das ist die hintere Seite des Waldes. Die vordere biegt sich nach innen; dort liegen die Gräber unsrer Erschlagenen. Haben wir den Wald betreten, so müssen wir eine Viertelstunde gehen, um an das Lager der Tramps zu gelangen."

Da hielt Bill sein Pferd an, stieg ab und setzte sich ins Gras.

„Wir müssen hier warten, bis es dunkel geworden ist. Dann haben sich die Kerle alle nach dem Lager verzogen und wir können unbemerkt den Wald erreichen."

Die Sonne verschwand und die Schatten der Dämmerung stiegen höher und hüllten endlich die ganze Landschaft ein. Auch der Himmel war dunkel und sternenleer.

Nun wurde aufgebrochen. Aber man ritt nicht bis ganz an den Wald heran. Die Vorsicht gebot, die Tiere im Freien zu lassen. Man band die Tiere an mitgeführten Holzpflöcken an und wandte sich dann im Gänsemarsch dem Wald zu.

Der Rote schritt voran. Sein Fuß berührte den Boden so leise, dass das Ohr nichts davon zu vernehmen vermochte. Endlich blieb der Häuptling stehen und warnte gedämpft: „Meine Brüder mögen lauschen! Gute Sonne hat die Stimmen der Tramps vernommen."

Man hörte sprechen, wenn auch aus weiter Ferne. Nach wenigen Schritten gewahrte man einen leisen Dämmerschein.

„Meine Brüder mögen hier warten, bis Menaka tanka zurückkehrt!", flüsterte der Osage. Dann huschte er auch schon fort. Als er zurückkehrte, war wohl über eine halbe Stunde vergangen.

„Nun?", fragte Bill. „Was hast du uns zu melden?" – „Dass noch mehr Tramps gekommen sind, noch viel mehr." – „*Behold!* Ob diese Kerle vielleicht hier ein Meeting abzuhalten gedenken? Hast du gehört, was gesprochen wurde?" – „Es brannten mehrere Feuer. Die Tramps hatten einen Kreis gebildet, worin ein Bleichgesicht mit roten Haaren stand und eine lange Rede hielt. Dem Häuptling fiel auf, dass dem weißen Mann die Ohrmuscheln fehlten." – „Was sagte er?" – „Er meinte, Reichtum sei Raub an den Armen. Man müsse von den Reichen alles nehmen. Er behauptete, der Staat dürfe von dem Untertan keine Steuer erheben. Man müsse ihm also alles Geld wieder wegnehmen. Er sagte ferner, dass die Tramps alle Brüder seien und schnell reich werden könnten, wenn sie seinen Vorschlägen folgen wollten." – „Weiter! Was noch?" – „Er sprach noch von einer großen, vollen Eisenbahnkasse, die leer gemacht werden müsse. Dann aber hat Menaka tanka nichts mehr gehört, denn er entdeckte den Ort, wo sich seine roten Brüder befinden." – „Wo ist das?" – „In der Nähe eines kleinen Feuers. Dort standen sie, an Baumstämme gebunden, und bei jedem von ihnen saß ein Tramp. Menaka tanka hätte sie wohl losschneiden können, wollte aber erst seine weißen Brüder holen." – „Diese Tramps sind keine Westmänner. Es ist eine ungeheure Dummheit, die Gefangenen nicht in die Mitte zu nehmen. Führe uns an den Ort!"

Der Häuptling voran, huschten die vier von Baum zu Baum. Sie näherten sich schnell dem Lagerplatz, auf dem sie acht Feuer zählen konnten. Das kleinste brannte nahe bei den Bäumen, und dorthin waren die Schritte des Häuptlings gerichtet. Er blieb einmal für einige Augenblicke stehen und raunte den Weißen zu: „Jetzt sitzen mehrere Bleichgesichter an diesem Feuer. Vorhin saß niemand dabei. Diese Leute scheinen die Anführer zu sein. Seht ihr wenige Schritte davon meine Krieger an den Bäumen?"

„Ja", flüsterte der Humply-Bill. „Die Rede des Rothaarigen ist zu Ende und nun sitzen die Anführer abgesondert von den Übrigen. Es kann wichtig sein, zu erfahren, was sie vorhaben. Ich werde einmal hinkriechen, um zu hören, wovon gesprochen wird."

Bill gab seinen Gefährten die Büchse, legte sich auf die Erde nieder und kroch dem Feuer zu. Die Tramps sprachen so laut, dass er fast auf halbem Weg liegen bleiben und alles hören konnte.

Die vier Männer am Feuer waren in der Tat die Anführer der Tramps. Der Rothaarige war Cornel Brinkley, der sich mit seinen wenigen den Rafters entkommenen Begleitern gegen Abend hier eingestellt hatte. Humply-Bill hörte ihn sagen: „Ich kann euch also einen großen Erfolg versprechen, denn dort ist die Hauptkasse. Ihr seid doch einverstanden?“

„Ja, ja, ja“, stimmten die drei andern zu.

„Und wie ist's mit Butlers Farm? Wollt ihr sie auch mitnehmen? Oder soll ich das auf eigene Faust ausführen?“

„Wir machen natürlich mit!“, erklärte einer. „Sehe nicht ein, warum wir das Geld dir allein in die Tasche fallen lassen sollen! Es fragt sich nur, ob es schon da ist.“

„Noch nicht. Die Rafters haben nicht sofort Pferde gehabt, während ich gleich am nächsten Morgen einen guten Klepper fand. Sie können also noch nicht auf der Farm sein. Aber Butler ist auch ohnedies reich genug. Wir überfallen die Farm und erwarten dann ruhig die Ankunft der Rafters und der Halunken, von denen sie befehligt werden.“ – „Weißt du denn genau, dass sie dorthin kommen werden?“ – „Ganz genau. Dieser Old Firehand muss eines Ingenieurs wegen hin, der sich jedenfalls schon jetzt dort befindet.“ – „Aufrichtig gestanden, möchte ich mit diesem Old Firehand lieber nichts zu tun haben.“ – „Unsinn! Was sollte er uns anhaben können? Bedenke, dass wir vierhundert Männer beisammen haben, die es mit dem Teufel aufnehmen würden!“ – „Hm, das ist richtig. Und wann brechen wir auf?“

„Morgen Nachmittag, sodass wir die Farm am Abend erreichen.“

Der Humply-Bill hatte genug gehört. Er kroch zurück zu den Gefährten und forderte sie auf, sich nun an die Befreiung der Osagen zu machen. Aber der Häuptling fiel ihm in die Rede: „Was jetzt geschehen muss, ist nicht Sache der weißen Männer. Menaka tanka geht allein.“

Der Osage schlich sich wie eine Schlange auf dem Boden fort.

„Was hat er vor?“, fragte der Engländer leise.

„Ein Meisterstück“, entgegnete Bill. „Schaut nur scharf dorthin, wo die Gefangenen stehen!“

Der Lord folgte der Aufforderung. Das Feuer, an dem die Anführer der Tramps saßen, war vielleicht zehn Schritt vom Waldrand entfernt. Dort standen die Bäume, woran die Gefangenen in aufrechter Stellung gebunden waren. Neben jedem Osagen saß ein bewaffneter Wächter. Der Engländer strengte seine Augen an, den Häuptling zu erspähen, doch vergebens. Er sah nur, dass einer der Wächter sich umlegte. Auch die andern drei sanken einer nach dem andern um und sonderbarerweise so, dass ihre Köpfe in den Schatten der betreffenden Bäume zu liegen kamen.

Es verging noch eine kleine Weile und dann gewahrte der Lord plötzlich den Häuptling wieder zwischen sich und Bill.

„Deine Osagen sind ja noch gefesselt!“, flüsterte der Lord ihm zu.

„Nein. Sie sind nur stehen geblieben, bis Menaka tanka mit euch gesprochen hat. Sein Messer traf die Wächter mitten ins Herz und dann hat er ihnen die Skalpe genommen. Jetzt pirscht sich der Häuptling wieder hin, um mit seinen roten Brüdern zu den Pferden der Tramps zu schleichen, bei denen sich auch die unsrigen befinden.“

„Warum euch noch in diese Gefahr begeben?“, warnte Bill.

„Es ist jetzt keine Gefahr mehr vorhanden. Sobald ihr die Osagen von ihren Bäumen verschwinden seht, könnt ihr euch in Sicherheit bringen. Bald werdet ihr das Stampfen der Pferde hören und das Geschrei der Tramps, die dort wachen. Dann kommen wir zu der Stelle, wo wir vorhin abgestiegen sind. Howgh!“

Dann war der Osage plötzlich nicht mehr zu sehen. Der Lord beobachtete die Gefangenen. Sie lehnten steif aufgerichtet an ihren Bäumen, dann waren sie in einem Nu fort, wie in die Erde hinein verschwunden.

„*Wonderful!*“, flüsterte er dem Buckligen begeistert zu. „Wollen wir fort?“

„Noch nicht. Ich möchte die Gesichter der Kerle sehen, wenn die Geschichte losgeht. Wartet noch einige Augenblicke!“

Es verging keine lange Zeit, da vernahm man von jenseits des Lagers einen lauten Schreckensruf; ein zweiter antwortete. Darauf folgten mehrere schrille Schreie, denen man es anhörte, dass sie aus Indianerkehlen kamen – und nun ein Schnauben und Stampfen, ein Wiehern und Dröhnen, dass die Erde zu zittern schien.

Die Tramps waren aufgesprungen. Jeder rief, schrie und fragte, was geschehen sei. Da ertönte die Stimme des roten Cornel: „Die Osagen sind fort! Alle Teufel, wer hat sie...“

Brinkley hielt mitten in der Rede inne. Er war, während er sprach, zu den Wächtern gesprungen und hatte den einen gepackt, um ihn emporzuzerren. Da sah er die verglasten Augen und den haarlosen, blutigen Schädel. Er riss den zweiten, dritten und vierten in den Schein des Feuers und schrie dann entsetzt: „Tot! Skalpiert, alle vier! Und die Roten sind fort!“

„Indianer, Indianer!“, rief es in diesem Augenblick von der Seite her, wo die Pferde gestanden hatten.

„Zu den Waffen, zu den Pferden!“, brüllte der rote Cornel. „Wir sind überfallen!“

Es gab eine unbeschreibliche Verwirrung. Alles rannte durcheinander, aber es war kein Feind zu sehen und erst als man sich nach längerer Zeit einigermaßen beruhigt hatte, stellte es sich heraus, dass nur die erbeuteten Indianerpferde fehlten. Nun durchsuchte man die Umgebung des Lagers, doch ohne jeden Erfolg. Man kam zu der Meinung, dass noch andre Osagen im Wald gewesen seien und sich herbeigeschlichen hätten, um ihre Kameraden zu befreien.

Als dann die Anführer wieder an ihrem Feuer beisammensaßen, sagte der Cornel: „Dieses Ereignis zwingt uns zur Änderung unsres Planes für morgen. Wir müssen schon frühzeitig von hier aufbrechen.“

„Warum?“, wurde er gefragt.

„Weil die Osagen gehört haben, was wir vereinbarten. Ein wahres Glück ist es, dass sie von unsrer Absicht auf den Eagle Tail nichts wissen, denn davon sprachen wir vorher drüben beim andern Feuer. Doch das, was wir mit Butlers Farm vorhaben, wissen sie." – „Sollten diese Osagen mit Butler befreundet sein?" – „Befreundet oder nicht! Sie werden es ihm melden, um sich an uns zu rächen und uns einen warmen Empfang zu bereiten." – „Da ist es allerdings geraten, uns so viel wie möglich zu sputen. Möchte nur wissen, wo die fünf Männer bleiben, die dem flüchtigen Häuptling nach sind!" – „Mir auch unbegreiflich. Er hatte kein Pferd. Da müssen sie ihn doch erwischt haben." – „Jedenfalls. Sie sind wohl auf dem Rückweg von der Nacht überrascht worden und stoßen morgen früh zu uns. Jedenfalls werden wir ihre Fährte treffen, denn sie nahmen genau die Richtung, die wir einhalten müssen."

Da allerdings befand sich der Sprecher in einem Irrtum. Der Himmel sorgte dafür, dass sämtliche Spuren vernichtet wurden, denn es stellte sich später ein mehrere Stunden anhaltender Regen ein, der alle Huf- und Fußeindrücke verwischte.

6. Ein Gewaltritt im Finstern

Bill, der Uncle und der Engländer waren, so schnell es die Finsternis gestattete, durch den Wald und zu ihren Pferden geeilt. Sie machten die Tiere los, stiegen auf und nahmen die ledigen am Zügel fest.

Kaum war das geschehen, da hörten sie die fünf Indianer kommen. „Diese Tramps sind blind und taub", sagte die Gute Sonne. „Es werden ihrer viele in die ewigen Jagdgründe wandern."

„Du willst dich rächen?", fragte Bill.

„Sind nicht heute acht Osagen gefallen, deren Tod gerächt werden muss? Wir werden in die Wigwams der Osagen reiten, um viele Krieger zu holen. Dann folgen wir der Fährte dieser Bleichgesichter, um ihrer so viele auszulöschen, wie Wakonda[1] in unsre Hände gibt." – „In welcher Richtung weiden jetzt die Herden der Osagen?" – „Gegen Westen." – „So müsst ihr an Butlers Farm vorüber?" – „Ja." – „Das ist gut. Wir werden uns beeilen müssen, um Butlers Farm zu retten." – „Was sagt mein Bruder? Butler ist ein Freund der Osagen. Droht ihm ein Unglück?" – „Ja. Doch wir müssen zunächst fort, um aus der Nähe der Tramps zu kommen. Sie wollen morgen die Farm überfallen." – „Uff! Meine roten Brüder mögen die ledigen Pferde führen, damit die weißen Brüder mir leichter folgen können!"

Seine Leute gehorchten, indem sie zu den ihrigen auch noch die erbeuteten ledigen Pferde nahmen. Dann ging es im Galopp zwischen die niedrigen Hügel hinein, und zwar in der Richtung, die der Häuptling und seine Verfolger am Nachmittag genommen hatten. Sie führte schnurgerade in die Gegend, wo Butlers Farm lag, die der Osage hatte aufsuchen wollen.

Im Galopp! Und in dieser Finsternis! Schon am Tage war es nur dem Kundigen möglich, sich in dieser Rolling Prairie zurechtzufinden. Sich hier aber bei Nacht nicht zu verirren, das konnte fast als ein Wunder gelten. Als der Engländer dem kleinen Bill, neben

[1] Wakonda = Ausdruck für Manitou

dem er ritt, eine diesbezügliche Bemerkung machte, meinte Bill: „Ja, Sir, Ihr werdet hier noch manches sehen und erleben, was Ihr vorher nicht für möglich hieltet. Es ist wahrscheinlich, dass wir morgen oder übermorgen Old Firehand begegnen. Er will nämlich auch nach Butlers Farm kommen."

„Was?", rief der Engländer erfreut. „Das ist ja herrlich!"

Der voranreitende Häuptling hatte diese Worte gehört. Er drehte sich, ohne den Lauf seines Pferdes zu mäßigen, um und fragte: „Old Firehand, dieses berühmte Bleichgesicht, will kommen?"

„Ja. Der rote Cornel sagte es."

„Der rothaarige Mann, der die lange Rede hielt? Woher weiß er es?"

Bill erzählte im Vorwärtsjagen, was er gehört hatte.

„Uff!", rief der Häuptling. „Dann ist die Farm gerettet, denn der Beistand dieses Bleichgesichts ist mehr wert als die Waffen von hundert Tramps. – Doch sieh da! Fühlst du, dass es zu regnen beginnt? Das ist gut, denn der Regen gibt dem niedergetretenen Gras die Kraft, sich wieder aufzurichten! Die Tramps werden also morgen früh unsre Fährte nicht entdecken."

Der Weg bot keine Schwierigkeiten. Kein Stein, kein Graben hemmte den Schritt. Zuweilen ließen die Reiter ihre Pferde im Schritt gehen, um sie nicht allzu sehr zu ermüden; meist aber wurde im Trab oder gar im Galopp geritten. Als einige Stunden vergangen waren, fiel das Pferd des Häuptlings plötzlich aus dem Galopp in einen langsamen Schritt, blieb dann sogar stehen und ließ ein leises Schnauben hören.

„Uff!", meinte der Rote gedämpft. „Es müssen Menschen vor uns sein."

Der Trupp hielt an und man beobachtete den Häuptling.

„Ein Feuer!", flüsterte er.

„Man merkt ja nichts davon!", meinte Bill.

„Fällt dir nicht der leichte Schimmer vor uns auf? Der kommt bestimmt von einem abgeschirmten Feuer, das hinter dem nächsten Hügel glimmt. Mein Bruder mag absteigen und mit mir auf den Hügel gehen."

Die beiden huschten zu dem Wellenberg hin. Noch waren sie nicht zehn Schritte weit gekommen, da legten sich zwei Hände mit gewaltigem Druck um den Hals des Indianers, der zur Erde niedergedrückt wurde, ohne dass es ihm möglich war, einen Laut von sich zu geben. Zu gleicher Zeit ergriffen zwei andre Hände den Buckligen bei der Kehle und zogen ihn ebenso zu Boden.

„Haben Sie ihn fest?“, fragte derjenige, der den Indianer gepackt hielt, flüsternd in deutscher Sprache.

„Ja, ich habe ihn so fest ergriffen, dass er nich reden kann“, lautete die Antwort.

„Dann schnell fort, hinter den Hügel! Wir müssen wissen, wen wir vor uns haben. Oder wird er Ihnen zu schwer?“

„Kann mir gar nich einfalle! Der Kerl is ja leichter wie ne Fliege. Herrje, er scheint hinten en Buckel zu habe! Es wird doch nich etwa...?“

„Was?“

„Nich etwa mein guter Freund Humply-Bill sein?“

„Das werden wir am Feuer erfahren.“

Alles war so blitzschnell und geräuschlos vor sich gegangen, dass die Begleiter der beiden Überrumpelten keine Ahnung davon hatten. Old Firehand – einer der Angreifer – nahm seinen Gefangenen auf die Arme und Droll zog den seinigen hinter sich her. Jenseits des Hügels brannte ein kleines Feuer und bei seinem Schein konnte man über zwanzig Gestalten sehen, die mit angelegten Gewehren bereitstanden, einen Feind nötigenfalls mit ihren Kugeln zu begrüßen.

„Zounds!“, meinte Old Firehand, als er seinen Gefangenen zum Feuer getragen hatte. „Das ist ja Menaka tanka, der Häuptling der Osagen! Von dem haben wir nichts zu befürchten.“

„Sapperlot!“, stimmte Droll ein. „Es ist wirklich Bill, der Humply-Bill! Kerl, Freund, geliebtes Menschenkind, konntste mer denn das nich sage, als ich der an die Gurgel ging?“

Der Gewürgte lag mit geschlossenen Augen da und schnappte nach Luft. Endlich öffnete er die Lider, warf einen langen, immer bewusster werdenden Blick auf den über ihn gebeugten Droll und fragte mit heiserer Stimme: „*Behold,* die Tante Droll?"

„Natürlich bin ich es", lachte die Tante, nunmehr in englischer Sprache.

„Ich wurde so schnell gepackt, dass ich – Himmel, Old Firehand!"

Er sah den Jäger stehen und das gab ihm seine Bewegungsfähigkeit zurück. Der Druck von Firehands Fäusten war weit kräftiger gewesen als der von Tante Droll. Der Häuptling lag bewegungslos am Boden.

„Ist er tot?", fragte Bill.

„Nein", lachte der Riese, indem er dem Kleinen die Hand reichte. „Er wird bald zu sich kommen. Willkommen, Bill! Wer ist bei Euch? Vermutlich Indianer vom Stamm des Häuptlings?"

„Ja, vier Mann."

„Nur? So habt Ihr ledige Pferde bei Euch?"

„Allerdings. Außerdem befinden sich der Gunstick-Uncle und ein Lord bei uns."

„Ein Lord? Hm. Vornehme Begegnung also! Holt die Leute herbei!"

Bill lief fort. Doch nicht weit. Dann rief er freudig: „Uncle, reitet getrost vorwärts! Wir sind bei Freunden. Old Firehand und Tante Droll sind da."

Die Angerufenen gehorchten diesen Worten. Die Rafters erhoben sich aus dem Gras, um die Ankömmlinge zu bewillkommnen. Die Osagen standen, als sie von ihren Pferden gestiegen waren, von fern und betrachteten stumm den berühmten Jäger. Der Lord machte große Augen und näherte sich ihm mit langsamen Schritten. Old Firehand begrüßte ihn kurz und fragte: „Willkommen, Sir! Ihr seid in der Türkei, in Indien, vielleicht auch in Afrika gewesen?"

„Woher wisst Ihr das, Sir?", staunte der Engländer.

„Ich vermute es, da Ihr noch jetzt den Rest des *Bouton d'Alep*[1] an Eurer Nase tragt..."

[1] Aleppobeule

In diesem Augenblick kam der Häuptling zu sich. Die Augen öffnen, tief Atem holen, aufspringen und das Messer ziehen war bei ihm eins. Da aber fiel sein Blick auf den Jäger. Er rief: „Old Firehand! Warst du es, der Menaka tanka ergriff?“

„Ja. Es war so dunkel, dass ich meinen roten Bruder nicht erkennen konnte.“ – „So ist Gute Sonne froh. Von Old Firehand besiegt zu sein, ist keine Schande. Mein weißer Bruder will nach Butlers Farm?“ – „Ja. Woher weißt du es?“ – „Bleichgesichter sagten es.“ – „Zur Farm will ich später. Jetzt liegt mein Ziel am Osage Nook.“ – „Wen sucht mein berühmter Bruder dort?“ – „Einen Weißen, der sich Cornel Brinkley nennt.“ – „So kann mein Bruder getrost mit uns zur Farm reiten, denn der Rothaarige kommt morgen hin, um sie zu überfallen.“ – „Woher weißt du das?“ – „Er selbst hat es gesagt und Bill hörte es. Die Tramps haben heute den Häuptling und seine Krieger überfallen, acht von ihnen getötet und ihn selbst mit den Übrigen gefangen genommen. Gute Sonne entkam und traf Bill und den Uncle, die ihm mit diesem Engländer seine roten Brüder befreien halfen.“ – „Du wurdest von fünf Tramps bis hierher verfolgt?“ – „Ja.“ – „Bill und der Uncle lagerten hier?“ – „So ist es.“ – „Und der Engländer war kurz vorher auf diese beiden getroffen?“ – „Du sagst es. Aber woher weißt du wieder das?“ – „Wir sind am Schwarzen Bärenfluss aufwärts geritten und haben ihn heute früh verlassen, um an den Osage Nook zu kommen. Wir fanden hier die Leichen von fünf Tramps und untersuchten sie.“

„Warum überfiel uns mein weißer Bruder?“, fragte der Häuptling.

„Weil ich euch für Tramps halten musste. Ich wusste, dass sich am Osage Nook viele Tramps versammeln. Fünf von ihnen wurden hier erschossen, kehrten also nicht zurück. Das musste die Besorgnis der Übrigen erregen und es lag im Bereich der Möglichkeit, dass man nach ihnen suchen werde. Da der Wind vom Osage Nook her wehte, konnten wir euer Kommen früher bemerken. Ich ließ meine Leute zu den Waffen greifen und schlich euch mit Droll entgegen. Zwei von euch stiegen ab, um uns zu beschleichen. Das Übrige wisst ihr.“

„Und was gedenkt mein Bruder jetzt zu tun? Sind die Tramps seine persönlichen Feinde?“

„Ja. Ich verfolge den Rothaarigen, um mich seiner zu bemächtigen. Doch was ich tun werde, kann ich erst wissen, wenn ich erfahren habe, wie es am Osage Nook steht und was dort geschehen ist. Wollt Ihr es mir erzählen, Bill?“

Der Humply-Bill erstattete ausführlichen Bericht und schloss mit den Worten: „Ihr seht also ein, Sir, dass wir schnell handeln müssen. Ihr werdet wohl sofort mit uns zur Farm reiten.“

„Kann mir nicht einfallen. Ich bleibe hier, obgleich ich weiß, dass die Gefahr noch viel größer ist, als Ihr denkt. Ihr meint, dass die Tramps erst nachmittags aufbrechen?“ – „Ja.“ – „Der Cornel wird sich inzwischen anders besonnen haben, Bill. Wo waren die gefangenen Osagen angebunden?“ – „In der Nähe des Feuers, an dem der Cornel saß.“ – „Haben sie gehört, dass Butlers Farm überfallen werden soll?“ – „Ja.“ – „Nun, und jetzt sind sie entflohen. Muss da der Cornel nicht notwendigerweise auf den Gedanken kommen, dass sie zu Butler eilen werden? Ich wette, dass sie schon jetzt entschlossen sind, mit Tagesgrauen zu Pferd zu steigen.“

„Ich begreife nicht, warum Ihr hier bleiben und nicht sofort zur Farm reiten wollt.“, erkundigte sich der Lord.

„Habe meinen guten Grund dazu.“

„Will mir mein weißer Bruder diesen Grund nennen?“, fragte der Osage.

„Ja. Es genügt, wenn du nach der Farm reitest und Butler benachrichtigst. Ich bleibe mit meinen Rafters hier und halte die Tramps in Schach, dass sie nicht eher bei der Farm anlangen, als bis man dort zu ihrem Empfang bereit ist.“

„Mein Bruder hat den richtigen Gedanken. Aber Butler ist nicht in seinem Wigwam.“

„Nicht?“, fragte Old Firehand überrascht.

„Nein. Als Menaka tanka zum Osage Nook ritt, kam er an der

Farm vorüber, aber traf Butler nicht an. Er hatte den Besuch seines Schwagers samt Tochter erhalten und war mit ihnen zum Fort Dodge geritten, um Kleider für die Tochter einzukaufen."

„Dann muss ich allerdings hin", rief Old Firehand aufspringend. „Wie lange währt es, bis du deine Osagen zur Hilfe herbeischaffen kannst?"

„Wenn der Osage sofort reitet, sind wir um die nächste Mitternacht an der Farm."

„Das ist zu spät. Sind die Osagen jetzt mit den Cheyennes und Arapahoes befreundet?"

„Ja. Wir haben die Kriegsbeile in die Erde gegraben."

„Diese beiden Stämme wohnen jenseits des Flusses und sind von hier aus in vier Stunden zu erreichen. Will ihnen mein Bruder eine Botschaft von mir überbringen?"

Der Häuptling sagte kein Wort. Er trat zu seinem Pferd und stieg in den Sattel.

„Reite hin", fuhr Old Firehand fort, „und sage den beiden Häuptlingen, dass ich sie bitte, so schnell wie möglich mit je hundert Mann nach Butlers Farm zu kommen!"

Der Osage gab seinem Pferd die Fersen und war einen Augenblick später im Dunkel der Nacht verschwunden. Auch der Jäger saß bereits im Sattel.

„Mesch'schurs, wir dürfen keine Minute verlieren", sagte er. „Unsre Pferde sind zwar übermüdet, aber bis zur Farm müssen sie es noch aushalten. Vorwärts!"

Im Nu bildete sich der Zug. Das Feuer wurde verlöscht und die Reiter setzten sich in Bewegung.

Old Firehand ritt wie der Teufel voran und die andern hetzten wohl oder übel mit gleicher Schnelligkeit hinter ihm drein. Der Lord war ein leidenschaftlicher Rennreiter; ein Ritt aber wie der gegenwärtige war ihm noch nicht vorgekommen. Rings herrschte dichte Finsternis, wie in einem unerleuchteten Tunnel. Und doch gab es keinen Fehltritt und kein Straucheln! Ein Pferd folgte genau dem andern und alles kam nur auf Old Firehand an.

So ging es fort, ein halbe Stunde, eine ganze und noch eine, nur mit kurzen Unterbrechungen, in denen sich die Pferde verschnaufen durften. Dann hörte man Old Firehand rufen: „Aufgepasst! Es geht abwärts und dann durch eine Furt. Doch reicht das Wasser den Pferden nur bis an den Leib."

Es wurde langsamer geritten. Man hörte das Rauschen eines Flusses und man sah trotz der Finsternis die phosphoreszierende Oberfläche des Wassers. Die Füße der Reiter badeten sich in der Flut. Dann erreichte man das jenseitige Ufer. Noch ein kurzer Ritt von einer Minute, es wurde angehalten und der Engländer vernahm das scharfe Läuten einer Glocke.

„Wer läutet und wo sind wir?", fragte er den Humply-Bill. – „Am Tor von Butlers Farm", entgegnete Bill. – Hunde bellten. Dann ertönte eine fragende Stimme: „Wer läutet?" – „Ist Mister Butler schon zurück?", fragte Old Firehand. – „Nein." – „So holt den Schlüssel von der Lady und sagt, dass Old Firehand hier ist!"

„Old Firehand? *Well*, Sir, soll schnell besorgt werden. Die Ma'am schläft nicht und auch jedes andre Auge ist offen. Der Osage war im Vorüberreiten hier und hat gemeldet, dass Ihr kommen werdet."

‚Was für Menschen sind das hier!', dachte der Lord. ‚Der Häuptling ist also noch viel schneller geritten als wir!'

Nach einiger Zeit hörte man Befehle, wodurch die Hunde zurückgescheucht wurden. Dann klirrte ein Schlüssel im Schloss, hölzerne Riegel schrien und nun sah der Lord mehrere Laternen. Herbeieilende Knechte nahmen den Reitern die Pferde ab und die Gäste wurden in ein hohes Haus geführt. Eine Magd bat Old Firehand, hinauf zu Ma'am zu kommen. Für die andern wurde im Erdgeschoss ein großes, rauchgeschwärztes Gemach geöffnet. Da standen einige Tafeln und Tische mit Bänken und Stühlen. Auf den Tischen gab es allerlei Esswaren, Flaschen und Gläser.

Die Ankömmlinge ließen sich an zwei langen Tafeln nieder und griffen sofort wacker zu. Der Mann in Wildwest macht nicht gern unnötige Redensarten.

Später kam Old Firehand mit der Frau des Hauses, die ihre Gäste freundlich willkommen hieß. Old Firehand erklärte, die Kameraden sollten sich heute Nacht ausruhen, um morgen frisch auf dem Platz sein zu können.

Erstaunt betrachtete der Engländer die äußere Erscheinung des berühmten Jägers, der inzwischen ein Jägergewand angelegt hatte. Er trug ausgefranste Leggins, deren Säume in den weit heraufgezogenen Aufschlagstiefeln steckten, eine Weste von weißgegerbtem Rehleder, eine hirschlederne Jagdjacke und darüber einen starken Rock von Büffelbauch. Um die kräftigen Hüften hatte er einen Ledergürtel geschnallt, worin die kurzen Waffen steckten, und auf dem Kopf saß ein Biberhut mit breiter Krempe. Um seinen Hals war eine Kette geschlungen, die aus den Zähnen des grauen Bären bestand, und an ihr war die Friedenspfeife mit einem meisterhaft aus dem heiligen Ton geschnittenen Kopf befestigt. Die Nähte des Rockes waren mit Grizzlykrallen verbrämt und da ein Mann wie Old Firehand sicherlich nicht fremde Beute trug, so konnte man aus diesem Schmuck ersehen, wie viele dieser furchtbaren Tiere seiner sicheren Kugel zum Opfer gefallen waren. Als er sich dann mit der Hausfrau entfernt hatte, meinte der Engländer zu den andern: „Nun glaube ich gern, was man von ihm erzählt. Dieser Mann ist ja wahrhaftig ein Riese!“

„Pshaw!“, erwiderte Droll. „Nicht nach der Gestalt allein will ein Westmann beurteilt sein; der Geist hat weit höheren Wert. Es ist selten, dass solche Riesen auch entsprechenden Mut besitzen. Bei ihm ist freilich beides beisammen. Old Shatterhand ist nicht so lang und breit, und Winnetou, der Apatsche, ist noch weit schmächtiger; aber beide stehen ihm in jeder Beziehung gleich.“

„Auch in Bezug auf Körperstärke?“ – „Ja. Die Muskeln des Westmanns werden nach und nach wie Eisen und die Flechsen wie Stahl, auch wenn er nicht die Gestalt eines Riesen besitzt.“ – „So seid wohl auch Ihr von Stahl und Eisen, Mr. Droll?“ – Es klang etwas wie Hohn im Ton dieser Frage, doch der Dicke lächelte freundlich: „Wollt Ihr das genau wissen, Sir?“ – „*Yes,* gern.“ – „Es scheint, Ihr zweifelt daran?" – „Allerdings! Eine Tante und stählerne Muskeln und Flechsen!"

Da stand Droll trotz der Unbeholfenheit seiner Kleidung mit einem einzigen Sprung auf dem Tisch und ergriff den Lord bei den Achseln. Der Engländer flog empor, hoch über den Tisch hinauf und hing einen Augenblick später mit dem Gürtel an einem in die Decke eingeschraubten Eisenhaken.

Castlepool schlug mit Armen und Beinen um sich und rief: „Himmel, wo bin ich? *Woe to me!* An der Decke! Nehmt mich herab! Wenn der Haken nachgibt, breche ich den Hals!"

Droll stieg wieder auf den Tisch, ergriff den Engländer mit beiden Händen an den Hüften, hob ihn empor, dass der Gürtel aus dem Haken kam, und schwenkte ihn erst neben sich auf den Tisch und dann hinab auf den Fußboden. Als er nachgesprungen war, legte er ihm die Hand auf die Schulter und fragte: „Nun, Sir, wie gefällt Euch die Tante?"

„*Much, how much, too much* – sehr, wie sehr, allzu sehr", meinte der Engländer kleinlaut.

Der Lord setzte sich wieder, betastete seine Arme, Beine und Hüften, um zu sehen, ob da vielleicht eine Schraube locker geworden sei, und als er sich überzeugt hatte, dass alles in Ordnung war, gab er der Tante die Hand und sagte vergnügt: „Herrlich! Nicht wahr? Sind doch prächtige Kerle, diese Westmänner! Man muss sie nur richtig behandeln!"

„Nun, ich denke, dass im Gegenteil ich es bin, der Euch behandelt hat, Sir!"

„Auch richtig! Ihr seid ein wackerer Mann, Tante. Gefallt mir."

Jetzt kam Old Firehand zurück, um darauf aufmerksam zu machen, dass es geraten sei, zur Ruhe zu gehen, da man sehr früh schon wieder wach sein müsse. Man gehorchte dieser Aufforderung mit löblicher Bereitwilligkeit und begab sich in einen Raum, wo auf Holzrahmen gespannte Häute hingen, die als Schlafstätten dienten. In diesen echt westlichen Bettstellen schliefen die Männer prächtig.

7. Im Kampf um Butlers Farm

In früher Morgenstunde wurden die Verteidiger der Farm geweckt. Der Tag schien sonnig und heiß werden zu wollen und im freundlichen Morgenlicht nahm sich das Gebäude ganz anders aus. Es war für viele Bewohner eingerichtet, aus Backsteinen gebaut und bestand aus dem Erdgeschoss und einem oberen Stockwerk mit plattem Dach. Die Fenster waren hoch, doch so schmal, dass ein Mensch nicht hindurchkriechen konnte. Ebenso vorsorglich gebaut war auch der weite Hofraum, der von einer hohen, mit Schießscharten versehenen Mauer umgeben war.

Unweit des Hauses rauschte der Fluss vorüber, durch dessen Furt man gestern gekommen war. Sie konnte von der Mauer aus bequem mit Büchsenkugeln bestrichen werden und war während der Nacht auf Befehl Old Firehands durch Verhaue ungangbar gemacht worden. Sodann war ein Bote in die Gegend von Fort Dodge gesandt worden, um Butler nebst Schwager und dessen Tochter vor den Tramps zu warnen, falls sie sich etwa bereits auf dem Heimweg befinden sollten.

Old Firehand führte die Gefährten auf das Dach des Hauses, von wo aus man eine weite Fernsicht hatte.

„Die erwarteten Indianer könnten nun bald eintreffen“, überlegte Old Firehand.

„Darauf rechne ich nicht“, meinte Droll. „Die Roten treten einen Kriegszug niemals an, bevor ihren alten Gebräuchen Genüge geschehen ist. Wir wollen froh sein, wenn sie zur Mittagszeit hier sind. Dann aber können sich die Tramps schon in der Nähe befinden. Ich traue diesen Cheyennes und Arapahoes nicht zu viel.“

„Ich auch nicht“, stimmte Bill bei. „Beide Stämme sind nur klein und haben seit langer Zeit kein Kriegsbeil in den Händen gehabt. Starke Nachbarn gibt es auch nicht und so können wir uns auf eine lange Belagerung gefasst machen.“

„Die ist nicht zu fürchten, denn die Keller bergen große Vorräte“, warf Old Firehand ein.

„Aber Wasser, was doch die Hauptsache ist!“, meinte Droll. „Wenn die Tramps draußen stehen, können wir nicht zum Fluss!“ – „Ist nicht nötig. In einem der Keller ist ein Brunnenloch, das gutes Trinkwasser für die Menschen liefert, und für die Tiere ist durch den Kanal gesorgt.“ – „Gibt es denn einen Kanal?“ – „Ja. Hinter dem Haus könnt Ihr eine hölzerne Falltür bemerken. Öffnet man sie, so sieht man Treppenstufen, die zum überwölbten Kanal führen, der draußen mit dem Fluss in Verbindung steht.“ – „Und die Mündung in den Fluss ist offen?“ – „O nein! Der Feind darf sie nicht bemerken, weshalb die betreffende Stelle des Ufers dicht mit Büschen und Schlinggewächs bepflanzt wurde.“

Es war eigentlich keine bewusste Absicht, die Droll veranlasste, sich nach dem Kanal zu erkundigen, doch sollte ihm diese Kenntnis noch sehr zustatten kommen.

Später saß Old Firehand mit Mrs. Butler auf der Plattform des Hauses und schaute nach Süden aus, woher die Indianer kommen mussten. Gegen Mittag näherte sich eine lange Reihe roter Gestalten. Es waren die Erwarteten und der Häuptling befand sich zu Pferd an ihrer Spitze.

Als sie durch das Tor einzogen, zählte Old Firehand über zweihundert Mann. Leider waren nur wenige gut bewaffnet. Die meisten besaßen nicht einmal Pferde. Infolgedessen hatten auch alle anderen ihre Tiere daheim gelassen.

Old Firehand teilte diese einst so stolzen Roten in zwei Trupps. Der kleinere Teil sollte auf der Farm bleiben und die Übrigen sich unter Anführung des Osagenhäuptlings an der Grenze gegen den Nachbar aufstellen. Diese Männer hatten die Aufgabe, einen etwaigen Versuch der Tramps, dort einzufallen, zurückzuweisen.

Innerhalb der Mauer der Farm befanden sich nun mehr als fünfzig Indianer, zwanzig Rafters und die vier Westmänner nebst Fred und dem Engländer. Der Schar der Tramps gegenüber war das gewiss nicht viel. Aber ein Jäger oder Rafter wog gewiss mehrere Tramps auf. Ein großes Glück war es, dass Mrs. Butler der Gefahr mit Ruhe entgegenblickte. Sie ließ die Knechte zu sich kommen und verhieß ihnen für ein mutiges Verhalten eine entsprechende Belohnung. Das waren auch gegen zwanzig Männer, die ihre Waffen zu gebrauchen verstanden.

Als alle Vorbereitungen getroffen waren, saß der Westmann mit der Hausfrau und dem Engländer wieder oben auf der Plattform. Mit dem Riesenfernrohr des Lords entdeckte er endlich drei Gestalten, die sich auf die Farm zu bewegten. „Vielleicht sind es Kundschafter“, mutmaßte Old Firehand, „die Einlass begehren sollen. Sie kommen unter irgendeinem Vorwand herein. Wer kann ihnen da etwas anhaben? Gehen wir hinab in den oberen Stock! Wir aber können sie vom Fenster aus durchs Fernrohr betrachten.“

Auch sämtliche Verteidiger mussten sich verstecken. Die drei Tramps sollten, falls sie in den Hof kamen, der Ansicht werden, das Haus sei ohne hinreichende Bewachung.

Sie hatten die durch Verhaue zerstörte Furt mit offenbarer Verwunderung durchquert und kamen langsam näher. Old Firehand bemerkte, dass einer den andern hob, damit jener durch eine Schießscharte in den Hof blicken könne. Der Jäger begab sich rasch hinab. Es wurde an der Glocke gezogen und er ging zum Tor und fragte nach dem Begehr.

„Ist der Farmer daheim?“, fragte eine Stimme. – „Nein, er ist verreist“, erwiderte der Jäger. – „Wir möchten um einen Imbiss bitten. Wir kommen von weit her und haben Hunger. Bitte, lasst uns ein!“

Das wurde in einem sehr kläglichen Ton vorgebracht. Es gibt nun im ganzen Westen keinen Farmer, der einen Hungrigen von sich weist. Die Leute wurden also eingelassen und, nachdem das Tor wieder verriegelt worden war, zu den Sitzen gewiesen, die sich an der Seite des Hauses befanden. Sie gaben sich zwar den Anschein der Unbefangenheit, doch konnte es nicht entgehen, dass sie das Haus mit scharf forschenden Blicken betrachteten und sich dann gegenseitig bezeichnend anschauten. Der eine von ihnen sagte: „Wir sind arme Leute, die nicht lästig fallen wollen. Erlaubt, dass wir hier am Tor bleiben! Wir werden uns einen Tisch holen."

Dieser Wunsch wurde ihnen erfüllt, obgleich er heimtückisch war, denn sie wollten am Tor bleiben, um es ihren Genossen zu öffnen. Sie trugen sich den Tisch herbei und dann wurde ihnen ein reichlicher Imbiss vorgesetzt. Nun war auf dieser Seite des Hofes kein Mensch zu sehen, da alle sich zurückgezogen hatten. Die Besucher waren über diesen Umstand sehr befriedigt, wie Old Firehands scharfes Auge aus ihren Mienen und Gesten erkannte. Nach einiger Zeit stand der eine von ihnen auf und ging scheinbar harmlos zu der nächsten Schießscharte - ein sicheres Zeichen, dass die Strolche die Ankunft ihrer Gefährten bald erwarteten.

Old Firehand stand wieder oben am Fenster und beobachtete die Gegend, aus der die Tramps kommen mussten. Und wirklich, da tauchte in der Ferne ein gewaltiger Trupp von Reitern auf, der sich im Galopp der Farm näherte. Als sie die Furt erreichten und versperrt fanden, hielten sie an. Jetzt war die Zeit zum Handeln für Old Firehand gekommen. Er ging hinab zum Tor. Soeben stand wieder der eine Tramp vor der Schießscharte und lugte hinaus. Er erschrak sichtlich, als er sich bemerkt sah, und trat rasch zurück.

„Was tust du hier?", fragte ihn Old Firehand barsch.

Der Tramp blickte verlegen an dem riesigen Mann hoch und stotterte: „Ich – ich wollte sehen, wo wir nun hingehen."

„Gib dir keine Mühe, dich zu verstellen! Ihr gehört zu den Tramps vom Osage Nook, die uns überfallen wollen, und seid von ihnen abgeschickt, um das Tor zu öffnen. Deshalb habt ihr euch so nahe an den Eingang gesetzt."

„Sir!", brauste der Mann auf, indem er in die Tasche griff. Aber Old Firehand hatte bereits seinen Revolver in der Hand und drohte: „Lasst eure Waffen stecken, sonst drücke ich los! Aber ihr seid so wenig zu fürchten, dass ich euch laufen lasse. Geht hinaus und sagt dem Gesindel, dass wir jedem, der den Fluss überschreitet, eine Kugel geben werden!"

Er öffnete das Tor. Als die Leute draußen waren, lachten sie höhnisch auf: „Dummkopf! Warum lässt du uns laufen, wenn wir Tramps sind? Wir werden mit deinen paar Leuten wenig Umstände machen. In einer Viertelstunde seid ihr alle aufgehängt."

Nunmehr gab Old Firehand das verabredete Zeichen, worauf die bisher unsichtbaren Verteidiger hinter dem Haus hervorkamen und sich an den Schießscharten aufstellten.

Die abgewiesenen Kundschafter hatten das Ufer des Flusses erreicht und riefen Worte hinüber, die man von der Mauer aus nicht verstehen konnte. Daraufhin ritten die Tramps ein kleines Stück am Wasser hin, um schwimmend herüberzugelangen. Sie trieben ihre Pferde in den Fluss.

Jetzt erreichte der erste Reiter das diesseitige Ufer; der zweite folgte ihm. An der Stelle, wo sie landeten, standen die drei Kundschafter. Old Firehand rief. Fünf Schüsse krachten fast zu gleicher Zeit, die beiden Reiter flogen von ihren Pferden und die Kundschafter lagen auf der Erde. Die Tramps erhoben ein wütendes Geheul und drängten vorwärts, um ans Ufer zu gelangen. Einer schob dabei den andern dem Verderben entgegen, denn sobald ein Pferd landete, wurde der Reiter durch eine Kugel aus dem Sattel geholt. In kaum zwei Minuten gab es zwanzig bis dreißig ledige Pferde.

Einen solch heißen Empfang hatten die Tramps nicht erwartet. Das Wutgeheul wurde zum ängstlichen Schreien. Endlich ertönte eine befehlende Stimme, worauf alle im Wasser befindlichen Reiter ihre Pferde wendeten, um an das jenseitige Ufer zurückzukehren.

„Abgeschlagen!", meinte der Missouri-Blenter. „Bin neugierig, was sie machen werden." – „Sie werden an einer Stelle, die außerhalb des Bereichs unsrer Kugeln liegt, herüberschwimmen", erwiderte Old Firehand. – „Und dann? Was haltet Ihr für klug?" – „Sie dürfen nicht in geschlossener Front angreifen. Lassen sie ihre Pferde zurück, um von allen vier Seiten zugleich nach der Mauer zu rennen, so sind wir zu schwach, sie zurückzuschlagen. Ziehen die Tramps sich dann plötzlich auf einen Punkt zusammen, so ist es ihnen möglich, über die Mauer zu kommen. Wir müssen abwarten, was sie tun werden."

Die Tramps schienen sich inzwischen beraten zu haben. Die Schar setzte sich in Bewegung, bis sie sich außerhalb des Schussbereichs befand. Dort ging es ans andere Ufer, wo ein geschlossener Haufen gebildet wurde, mit dem Gesicht nach dem Tor der Mauer gerichtet. Nun rief Old Firehand mit lauter Stimme: „Schnell alle hinüber an die Nordseite! Sie wollen das Tor stürmen!"

Die Nordseite wurde rasch besetzt. Teils standen die Verteidiger an den Schießscharten, teils geduckt auf den Erhöhungen dazwischen, um über die Mauer zu schießen.

Der Trupp der Feinde setzte sich in Bewegung, im Galopp gerade auf das Tor zu. Als er höchstens noch achtzig Schritt davon entfernt war, gab Old Firehand den Befehl zum Feuern. Die Schüsse krachten.

Es war, als seien die Tramps mitten im Jagen durch ein quer vorgespanntes Seil aufgehalten worden. Die Verteidiger der Farm bekamen Zeit zu laden und feuerten nun unaufhörlich in den Wirrwarr hinein. Das vermochten die Tramps nicht auszuhalten. Sie stoben auseinander und ließen ihre Toten und Verwundeten liegen. Als später die Tramps den Versuch machten, sich ihrer Verwundeten anzunehmen, wurden sie dabei nicht gestört. Man sah, dass sie die Verletzten unter eine ferne Baumgruppe schafften, um sie dort zu verbinden.

Währenddessen war es Mittag geworden. Speise und Trank wurden unter die Verteidiger verteilt. Dann sah man, dass die Tramps sich entfernten, wobei sie die Beschädigten unter den Bäumen liegen ließen. Sie ritten nach Westen.

„Ob sie abziehen?", fragte Humply-Bill. „Sie haben eine tüchtige Lehre erhalten."

„Das glaube ich nicht", entgegnete Tante Droll. „Gäben sie wirklich ihre Absicht auf, so würden sie ihre Verwundeten mitnehmen. Ich meine, dass sie jetzt an die Herden denken, die zur Farm gehören. Droben steht Old Firehand mit dem Fernrohr in der Hand. Ich vermute, dass wir bald Befehl erhalten werden, den Hirten und Indianern zu Hilfe zu kommen."

Die Vermutung der Tante erwies sich als richtig. Old Firehand rief plötzlich von oben herab: „Schnell die Pferde satteln! Die Tramps wenden sich südwärts und werden nun mit den Leuten der Guten Sonne zusammentreffen."

In wenigen Minuten standen die Pferde bereit und alle außer einigen Knechten, die im Hof zurückbleiben sollten, stiegen auf. Old Firehand an ihrer Spitze ritten sie zum Tor hinaus, um sich dann südlich zu halten. Dort gab es zunächst einige Felder, hinter denen die Prärie begann, ein grünes Weideland, auf dem hier und da ein Buschwerk zu sehen war.

Old Firehand hatte das Fernrohr mit, durch das er die Tramps beobachtete. Dadurch wurde es möglich, stets in gleicher Höhe mit ihnen zu bleiben. Nach einer Viertelstunde hielt Old Firehand an, denn die Tramps hatten es auch getan. Sie waren an der Grenze des Nachbars angekommen und erblickten nicht nur die dort weidenden Tiere, sondern auch deren bewaffnete Beschützer.

Old Firehand musterte die Buschinseln des Graslandes und suchte sich diejenigen aus, die ihm Deckung gewähren konnten. Dort ließen sie die Pferde zurück und schlichen gebückt weiter, bis sie eine breite Strauchgruppe erreichten, zu der aller Voraussicht nach die Tramps während des Kampfes kommen mussten.

Die Tramps schienen betroffen zu sein, eine solche Anzahl von Indianern zum Schutz der Tiere vorzufinden. Bald aber bemerkten sie, dass die Indianer nur mangelhaft bewaffnet waren, und das ermutigte sie. Die Anführer hielten eine kurze Beratung und dann folgte der Befehl zum Angriff. Die Reiter sprengten in geschlossenem Trupp und unter drohendem Geschrei gerade auf die Indianer zu.

Jetzt zeigte es sich, dass der Häuptling seiner Aufgabe gewachsen war. Er gab einen lauten Befehl, worauf sich seine Leute zerstreuten, sodass von einem Niederreiten keine Rede sein konnte.

Die Tramps machten eine Schwenkung, um in den rechten Flügel der Roten zu kommen und die Feindstellung aufzurollen. Der Osagenhäuptling durchschaute die Absicht. Wieder erscholl seine laute Stimme. Seine Leute schwirrten zusammen, bildeten für einen Augenblick einen scheinbar wirren Knäuel und flogen dann wieder auseinander. Sie hatten ihre Aufstellung verändert. Ihre Front war vorher westöstlich gewesen, nun aber zu einer nordsüdlichen geworden. Aufgrund dieses Meisterstücks befanden sich die Tramps nun plötzlich zwischen den Indianern und den hinter dem Buschwerk versteckten Weißen. Sie sahen ihre Absicht vereitelt und hielten an, eine Unvorsichtigkeit, die sie augenblicklich büßen sollten. Diese Pause benutzte der Osage. Er stieß einen Ruf aus, worauf seine Leute schnell vorwärts sprangen, ihre Pfeile abschossen und sich dann ebenso rasch wieder zurückzogen. Die Geschosse erreichten ihr Ziel. Es gab Tote und Verwundete, auch unter den Pferden. Die Tiere wollten durchgehen und waren kaum zu bändigen. Das gab eine Verwirrung, die Old Firehand benutzte.

„Jetzt los!“, gebot er. „Aber schießt nur auf die Männer, nicht auf die Pferde!“

Seine Leute befanden sich im Rücken der Feinde. Ihre Kugeln flogen in den Haufen der Tramps, die vor Schreck aufschrien. „Fort!“, brüllte unter ihnen eine Stimme. „Wir sind umzingelt. Brecht durch die Linie der Roten!“

Diesem Befehl wurde Folge geleistet. Die Tramps jagten auf die Indianer ein, die ihnen gern den Ausweg öffneten und hinter ihnen triumphierendes Geheul erhoben.

„Da reißen sie aus!“, lachte der alte Blenter. „Die kommen nicht wieder. Wisst ihr, wer es war, der zur Flucht aufforderte?“

„Natürlich!“, entgegnete Bill. „Der rote Cornel war’s. Wollen wir nicht den Halunken nach, Sir?“

Er hatte diese Frage an Old Firehand gerichtet. Doch der Jäger wehrte ab: „Nein. Wir sind zu schwach, um es im Handgemenge mit ihnen aufzunehmen. Übrigens erraten sie vielleicht, dass wir den Roten von der Farm her zu Hilfe gekommen sind. So ist es wahrscheinlich, dass sie dorthin reiten, um während unsrer Abwesenheit da einzudringen. Wir müssen also schleunigst zurück."

Schnell ging es zu den Pferden und nach der Farm zurück. Old Firehand begab sich sofort auf das Dach des Gebäudes, um mit dem Fernrohr Umschau zu halten.

Da oben saß Mrs. Butler, die in großer Besorgnis gewesen war und nun zu ihrer Freude vernahm, dass der Angriff glanzvoll abgewiesen sei. „So sind wir wohl gerettet?", fragte sie tief aufatmend. „Vielleicht", meinte der Jäger nachdenklich. „Die Kerle werden freilich eingesehen haben, dass am Tage nichts gegen das Haus zu unternehmen ist; doch können sie das Eindringen im Dunkel der Nacht für möglich halten. Es ist denkbar, dass..."

Er hielt inne. „Was ist's?", fragte die Hausfrau. „Warum sprecht Ihr nicht weiter, Sir?"

Old Firehand antwortete unbefangen: „Nichts, was uns Sorge machen braucht, Mylady. Ihr könnt ruhig hinabgehen, um den Leuten einen Trunk verabreichen zu lassen."

Sie folgte dieser Aufforderung. Als sie verschwunden war, sagte der Jäger zu dem Engländer, der gerade mit seinem Riesenfernrohr auf der Plattform erschien:

„Nehmt Euer Rohr zur Hand, Sir, und schaut einmal gerade westlich! Wer ist da zu sehen?"

Castlepool folgte dieser Aufforderung und erwiderte dann: „Die Tramps. Ich sehe sie deutlich. Sie halten."

„Mit den Gesichtern wohin gewendet?"

„Nach Norden."

„So folgt einmal mit dem Rohr dieser Richtung!"

„*Well,* Sir, ich werde schauen. – Dort kommen drei Reiter, ohne die Tramps zu bemerken."

„Drei Reiter?"

„*Yes!* Doch nein, es scheint eine Lady dabei zu sein. Ich sehe das lange Reitkleid und den wehenden Schleier – *heigh-ho*, es werden doch nicht etwa...?"

„Allerdings", nickte Old Firehand. „Sie sind es, der Farmer und sein Schwager nebst dessen Tochter. Der Bote, den wir ihnen entgegenschickten, hat sie nicht getroffen."

„So müssen wir schnell hinausreiten, sonst fallen sie den Tramps in die Hände!"

Er wollte fort. Der Jäger hielt ihn fest und sagte: „Bleibt, Sir! Es ist bereits zu spät. Seht da!"

Der Lord setzte sein Rohr wieder an und erkannte, dass die Tramps den dreien im Galopp entgegenritten.

„*The devil!*", rief er aus. „Sie werden sie umbringen!"

„Das werden sie nicht tun. Die Kerle kennen ihren Vorteil und werden ihn auszunutzen suchen. Welchen Gewinn könnten sie vom Tod dieser drei Personen haben? Gar keinen. Lassen sie die drei aber leben, um sie als Geiseln zu benutzen, so können sie uns Zugeständnisse erpressen. Passt auf! Jetzt ist's geschehen. Die drei sind umringt. Wir konnten das nicht ändern."

„*Well,* ist richtig, Sir", meinte der Engländer. „Aber wollen wir uns wirklich Zugeständnisse erpressen lassen?"

Old Firehand zuckte auf eigentümliche Weise die Schultern, als er entgegnete: „Lasst mich nur machen, Sir! Doch ersuche ich Euch, die Frau des Hauses nicht wissen zu lassen, was geschehen ist! Nur denen, die uns näher stehen, müssen wir es mitteilen. Geht jetzt hinab zu den Gefährten! Doch sie sollen nicht plaudern!"

Der Lord begab sich in den Hof hinab. Old Firehand richtete seine Aufmerksamkeit wieder auf die Tramps, die ihre Gefangenen in die Mitte genommen hatten. Der Jäger sah, dass es eine bewegte Unterhaltung oder Beratung zwischen ihnen gab. Er glaubte zu wissen, welches Ergebnis das haben werde. In seinem Sinnen wurde er durch Droll gestört, der hastig heraufkam und fragte: „Ist es wirklich wahr, was der Lord uns sagen soll? Butler und sein Schwager sind gefange genomme worde und das Fräulein noch derzu?"

„Allerdings", nickte Old Firehand. – „Sollte mersch denke, dass so was möglich is! Nu werde die Tramps komme und Forderunge mache. Und wir? Was werde mer droff antworte?" – „Nun, was raten Sie?", fragte Old Firehand. – „Nischt, gar nischt wird zugestande. Oder wolle Se etwa gar en Lösegeld gebe?" – „Sind wir nicht dazu gezwungen?" – „Nee und abermals nee! Diese Halunke könne gar nischt mache. Was wolle se tun? Etwa die Gefangene erschlage? Das wird ihne nich einfalle, denn dann hätte se unsre Rache zu fürchte." – „Aber wir müssen Rücksicht auf die Gefangenen nehmen, deren Lage höchst unangenehm ist. Wenn man sie auch an Leib und Leben schont, so wird man ihnen doch mit Drohungen zusetzen." – „Das müsse se sich gefalle lasse. Übrigens wird das Elend gar nich lange dauern. Mer sind ja da und es müsste mit dem Kuckuck zugehe, wenn mer nich Mittel und Wege fände, sie aus der Patsche herauszuhole." – „Wie wollen wir das anfangen? Haben Sie einen Plan?" – „Nee, noch nich. Ich denke, dass – halt!", unterbrach er sich. „Jetzt komme se. Zwee Kerle, grad offs Haus zu. Werde Se mit ihne rede?"

„Gewiss. Um der Gefangenen willen muss ich wissen, was man von dort fordert. Kommen Sie!"

Die beiden begaben sich in den Hof, wo die Besatzung an den Schießscharten stand. Die zwei Unterhändler blieben außer Schussweite stehen und winkten mit Tüchern. Old Firehand öffnete das Tor und gab ihnen ein Zeichen, herbeizukommen. Sie gehorchten, grüßten höflich und gaben sich Mühe, möglichst zuversichtliche Gesichter zu zeigen.

„Wir kommen als Abgesandte", sagte der eine, „um unsere Forderungen zu stellen."

„So!", meinte der Jäger spöttisch. „Seit wann wagen es die Präriehasen, zum Grizzlybären zu gehen, um ihm Befehle zu erteilen?"

„Sir", fuhr der Tramp auf, „ich muss mir solche Beleidigungen..."

„Schweig, Halunke!", donnerte Old Firehand ihn an. „Ich habe euch die Annäherung nur gestattet, um einmal zu sehen, wie weit solches Gelichter die Frechheit zu treiben wagt. Wisst ihr, wer ich bin? Man nennt mich Old Firehand. Erzählt das denen, die euch gesandt haben! Sie werden wissen, dass ich nicht der Mann bin, mit dem sich Narretei treiben lässt. Sie haben es ja heute schon fühlen und erfahren müssen. Und nun kurz, welchen Auftrag habt ihr?“

„Wir wollen melden, dass der Farmer mit seinem Schwager und seiner Nichte in unsre Hände gefallen ist.“

„Weiß es schon!“

„Diese drei Personen müssen sterben, falls Ihr nicht auf unsre Bedingungen eingeht“, fuhr der Tramp fort, „und uns die Farm übergebt. Sonst werden die Gefangenen vor Euren Augen dort an den Bäumen aufgeknüpft!“

„Tut das! Es gibt hier auf der Farm auch für euch Stricke genug. Und nun fort mit euch, sonst ist meine Geduld zu Ende!“

Der Jäger zog den Revolver. Die beiden entfernten sich, doch wagte es der eine, in gewisser Entfernung für einen Augenblick stehen zu bleiben und zu fragen: „Dürfen wir wiederkommen, wenn wir einen anderen Auftrag erhalten?“

„Nein. Nur für den roten Cornel werde ich zu sprechen sein.“

„Wir werden es ihm sagen.“

Sie rannten so schnell fort, dass man sah, wie froh sie waren, aus der Nähe des gefürchteten Jägers fortzukommen. Old Firehand trat nicht wieder in den Hof zurück, sondern schritt in der Richtung der Tramps vom Tor fort, bis er die Hälfte der Strecke zurückgelegt hatte. Dort setzte er sich auf einen Stein, um den roten Cornel zu erwarten; denn er nahm als sicher an, dass jener kommen werde.

Bald zeigte es sich, dass er sich in seiner Vermutung nicht geirrt hatte. Der Cornel kam langsam auf ihn zugeschritten. Er machte eine Verbeugung und sagte: „*Good day*, Sir! Ihr habt mit mir zu sprechen verlangt?“

„Davon weiß ich nichts“, entgegnete der Westmann. „Ich habe nur gesagt, dass ich außer Euch mit keinem anderen reden würde.“

„Sir, Ihr bedient Euch eines sehr stolzen Tones!“

„Habe auch Ursache dazu. Euch aber wollte ich nicht raten, denselben Ton anzuschlagen.“

Es bohrte sich Auge in Auge. Der Cornel senkte den Blick zuerst und antwortete in mühsam unterdrücktem Zorn: „Ich bin gekommen, um Euch Gelegenheit zu geben, das Leben unsrer drei Gefangenen zu retten."

„Dann habt Ihr Euch unnütz bemüht, denn das Leben dieser Leute ist nicht in Gefahr."

„Nicht?", meinte der Cornel mit einem schadenfrohen Grinsen. „Da irrt Ihr Euch gewaltig, Sir. Wenn Ihr nicht auf unsre Forderungen eingeht, werden sie aufgeknüpft."

„Ich habe Euch schon sagen lassen, dass ihr alle dann auch aufgehängt würdet."

„Lächerlich! Habt Ihr gezählt, wie viele wir sind?"

„Gewiss. Aber wisst auch Ihr, welche Anzahl ich euch entgegenstellen kann?"

„Sehr genau. Nein, Sir, mit eurer Anzahl könnt ihr uns nicht schrecken. Wenn wir die Gefangenen töten, ist es euch ganz unmöglich, sie zu rächen."

Es war ein versteckt lauernder Blick, den der Cornel auf Old Firehand warf. Der Jäger zuckte geringschätzig die Schulter und meinte: „Streiten wir uns nicht! Selbst wenn wir weniger Köpfe zählten, wären wir euch weit überlegen. Tramps! Was für Leute sind das? Vagabunden, Landstreicher! Da drinnen aber stehen namhafte Jäger und Scouts. Ein Einziger von ihnen nimmt mindestens zehn Tramps auf sich. Wären wir auch nur zwanzig und ihr wagtet es, die Gefangenen zu töten, so würden wir wochen- und monatelang auf eurer Fährte bleiben, um euch bis auf den letzten Mann auszurotten. Darum werdet ihr euch hüten, diesen drei Personen auch nur ein Haar zu krümmen."

Brinkley wusste, dass der Jäger ganz der Mann war, seine Worte zur Tat zu machen. Doch unterließ der Tramp, dies zuzugeben. Er hob den Blick, bohrte ihn höhnisch in das Auge des Jägers und sagte: „Warten wir es ab! Wäret Ihr Eurer Sache so sicher, so ständet Ihr nicht hier."

„Schwatzt nicht solches Zeug! Ich habe mich bereit finden lassen, gerade nur mit Euch zu sprechen, um mir Euer Gesicht und Eure Stimme noch einmal genau einzuprägen. Das ist der Grund. Jetzt sind wir fertig miteinander."

„Noch nicht, Sir! Ich habe Euch einen neuen Vorschlag zu machen. Ihr gebt uns unsre Pferde, die ihr eingefangen habt, zurück, liefert uns die nötigen Rinder aus, damit wir uns Fleischvorrat machen können, und endlich zahlt ihr zwanzigtausend Dollar. So viel wird auf der Farm vorhanden sein."

„Weiter nichts? Sehr schön! Und was bietet Ihr dafür?"

„Wir liefern Euch die Gefangenen aus und ziehen ab, nachdem Ihr uns Euer Ehrenwort gegeben habt, dass Ihr Euch fortan gegen jeden von uns aller Feindseligkeit enthalten werdet. Jetzt bitte ich mir Eure Entscheidung aus. Wir haben bereits zu lange unnütz geschwatzt."

Old Firehand zog seinen Revolver und erwiderte mit einem unbeschreiblich Lächeln: „Ja, geschwatzt habt Ihr genug und deshalb trollt Euch augenblicklich, sonst erhaltet Ihr eine Kugel in den Kopf!"

„Wie? Ist das..."

„Fort! Augenblicklich!", unterbrach ihn der Jäger mit erhobener Waffe. „Eins – zwei..."

Der Tramp stieß einen drohenden Fluch aus und schritt schnell davon. Der Jäger blickte ihm nach, bis er sicher war, nicht hinterrücks von ihm beschossen zu werden. Dann kehrte er in die Farm zurück und erstattete Bericht über die seltsame Unterredung.

„Ihr habt richtig gehandelt, Sir", erklärte der Engländer. „Solchen Schurken darf man kein Zugeständnis machen. Was, denkt Ihr, werden sie nun beginnen?"

„Hm!", überlegte der Hüne. „Ich vermute, sie warten, bis es finster geworden ist, um dann doch noch den Versuch zu machen, über die Mauer zu kommen."

„Sollten sie wirklich noch einen Angriff wagen?"

„Wahrscheinlich. Sie wissen, dass sie uns an Zahl noch immer vielfach überlegen sind. Wir müssen uns zur Abwehr vorbereiten. Sobald es dunkel ist, müssen einige von uns hinaus, um mich von jeder ihrer Bewegungen zu benachrichtigen."

Old Firehand ließ Holz an die vier Ecken des Hofes schaffen, dazu einige Fässer mit Petroleum. Als es dunkel geworden war, wurden die Tante Droll, der Humply-Bill und der Gunstick-Uncle als Kundschafter hinausgeschickt. Damit sie im Fall einer schleunigen Rückkehr nicht auf das Öffnen des Tores zu warten brauchten, wurden an einigen Stellen der Mauer Lassos befestigt, an denen sie sich schnell empor- und in den Hof schwingen konnten. Dann tauchte man Holzscheite in Petroleum, brannte sie an und warf sie durch die Schießscharten hinaus. Nachdem noch mehr Holz darauf geschichtet war, loderten an den Außenecken vier Feuer, wodurch die Mauerseiten so hell erleuchtet wurden, dass man jede Annäherung der Tramps leicht bemerken konnte.

Nun verging weit über eine Stunde. Da kam der Gunstick-Uncle über die Mauer geturnt. Er suchte Old Firehand auf und meldete in seiner seltsamen Weise: „Die Tramps sind von den Bäumen fort – nach einem völlig andern Ort."

„Und wohin?", fragte der Jäger, über den Reim lächelnd.

Der Uncle deutete nach der Ecke, rechts vom Tor, und erwiderte in unerschütterlichem Ernst: „Da draußen im Gesträuch am Fluss – man sie von jetzt an suchen muss."

„So nahe haben sie sich herangewagt! Und wo sind Bill und Droll?"

„Die wollten hinterher sich machen – um die Halunken zu bewachen."

„Schön! Ich muss die Stelle genau wissen, wo die Tramps liegen. Seid also so gut, Euch wieder zu den beiden zu gesellen! Sobald sich die Kerle fest gelagert haben, soll man es mir melden. Sie sind in eine Falle gegangen, die wir nur zu schließen brauchen."

Castlepool, der die Unterredung mit angehört hatte, fragte, welche Falle Old Firehand meinte, und der Jäger entgegnete: „Der Feind befindet sich am Fluss. Er hat hinter sich das Wasser und vor sich die Mauer. Wenn wir die beiden andern Seiten abriegeln, haben wir sie fest."

„Richtig! Aber wie wollt Ihr diese Abriegelung vornehmen?"

„Indem ich die Indianer holen lasse. Sie müssen sich vom Süden heranschleichen, wir aber greifen im Norden an. Auch werde ich erkunden lassen, wo ihre Pferde stecken. Die wenigen Wächter sind jedenfalls nicht schwer zu überwältigen. Befinden wir uns im Besitz der Pferde, dann sind die Kerle verloren, denn wir können diejenigen, die uns heute Abend entkommen, am Tag verfolgen und aufreiben."

Jetzt musste der Lord mit dem alten Blenter hinaus, um nach den Pferden zu suchen. Darauf wurden zwei Knechte zu dem Osagenhäuptling geschickt. Vor der Wiederkehr dieser Leute konnte nichts unternommen werden.

Es verging lange Zeit, bis sich einer von ihnen wieder sehen ließ. Sie hatten die Indianer herbeigeführt. Die Roten lagen nur einige hundert Schritt von den Tramps entfernt am Fluss und waren bereit, beim ersten Schuss loszustürmen. Und nun kehrte auch Droll mit Bill und dem Uncle zurück.

„Alle drei?", fragte Old Firehand missbilligend. „Es hätte wenigstens einer noch draußen bleiben sollen."

„Ist überflüssig!", entgegnete Droll. „Ich weiß, woran ich bin. Habe mich so nahe an sie herangeschlichen, dass ich genug hören konnte. Sie ärgern sich riesig über unsre Feuer, die einen Überfall unmöglich machen. Sie hegen die Ansicht, nach einigen Stunden müsse der Vorrat zu Ende sein. Dann wollen sie losbrechen."

„Das ist ja vorteilhaft für uns, denn so bekommen wir Zeit, die Falle zuzuklappen."

Old Firehand erkärte ihm, was er vorhatte. – „Das ist herrlich, hihihihi!", kicherte Droll halblaut vor sich hin. „Das wird und muss gelingen. Aber, Sir, es gibt dabei etwas zu bedenken, was von großer Bedeutung ist."

„Was?"

„Die Lage der Gefangenen. Ich befürchte, dass man sie töten

wird, sobald wir die Feindseligkeiten beginnen. Wir sollten sie deshalb noch vor dem Überfall entführen."

„Haltet Ihr das für möglich? Ich weiß, Ihr seid ein schlauer Fuchs."

„Gehört gar keine große Schlauheit dazu. Denkt doch einmal an den Kanal, der vom Hof aus bis zum Fluss geht! Er verläuft unterirdisch und die Tramps haben keine Ahnung von seinem Vorhandensein. Ich habe mich an ihnen vorüber bis an den Fluss geschlichen und erkannte trotz der Dunkelheit den Ort, wo der Kanal mündet, an den großen Steinen, die man dort ins Wasser geworfen hat. Und denkt euch, Mesch'schurs, gerade bei dieser Mündung lagern die Tramps. Sie haben am Ufer einen Halbkreis gebildet, in dessen Innern sich die Gefangenen befinden. Dieser Umstand macht es uns möglich, sie zu entführen."

„Ah, ich beginne zu verstehen!", meinte Old Firehand. „Ihr wollt im Hof in den Kanal hinab und ihm bis zum Fluss folgen?"

„Ja. Es müssen freilich noch zwei mit, damit auf jeden Gefangenen ein Retter kommt."

„Hm! Dieser Gedanke ist vortrefflich. Wir wollen uns mal erkundigen, ob der Kanal wirklich gangbar ist."

Old Firehand befragte einige Knechte und erfuhr zu seiner Freude, dass man ihn gut beschreiten könne und dass – was ein glücklicher Umstand war – an der Mündung ein kleines Boot verborgen sei, das drei Mann fasse. Man kam darin überein, dass der Plan von Droll, dem Humply-Bill und dem Gunstick-Uncle ausgeführt werden solle.

Als man so weit war, kehrten Blenter und Castlepool zurück. Sie hatten die Pferde leider nicht gefunden. Die Tramps waren so klug gewesen, die Tiere möglichst weit von der Farm zu entfernen.

Droll, Bill und der Uncle stiegen in den Kanal hinab. Es zeigte sich, dass das Wasser den Männern nur bis an die Brust reichte. Der lange Gunstick-Uncle ging mit einer Laterne voran. Als sie verschwunden waren, brach Old Firehand mit seinen Leuten auf.

Er ließ das Tor leise öffnen und dann nur wieder anlehnen, damit er es nötigenfalls gleich offen fand.

Die Rafters schlugen unter Old Firehands Führung einen Bogen nach Norden, um vom Schein des Feuers nicht getroffen zu werden. Als sie den Fluss erreichten, kehrten sie am Ufer kriechend nach Süden zurück, bis sie annehmen konnten, dass sie die Tramps erreicht hatten. Old Firehand kroch allein noch weiter, bis sein scharfes Auge die lagernden Strolche bemerkte. Nun wusste er, wohin der Angriff zu richten sei, und suchte wieder seine Leute auf, um auf das Zeichen zu warten, das mit den Befreiern der Gefangenen verabredet worden war.

Die drei hatten inzwischen den Kanal durchschritten. Unweit der Mündung entdeckte man das kleine Boot, das an einem Eisenhaken befestigt war. Zwei Ruder lagen darin. Da gebot Droll den beiden andern, hier zu warten. Er wollte zunächst Umschau halten. Es dauerte über eine Viertelstunde, bis er zurückkehrte.

„Nun?", fragte der Humply-Bill gespannt. – „Es war keine leichte Aufgabe", erklärte die Tante. „Die Finsternis, die zwischen den Büschen und Bäumen herrscht, machte mir zu schaffen. Also, die Tramps lagern in einem Halbkreis, dessen Sehne der Fluss bildet, und gar nicht weit vom Wasser befinden sich die Gefangenen. Als Wächter hockt einer der Tramps bei ihnen. Der muss ausgelöscht werden." – „So habt Ihr einen Plan?" – „Ja, die Gefangenen brauchen nicht ins Wasser zu gehen. Wir schaffen das Boot hin und binden es an. Ihr bleibt bei ihm und ich gehe ans Land, um dem Wächter das Messer zu geben und den Gefangenen die Bande zu lösen. Ich bringe sie euch, sie rudern in den Kanal, wo sie sicher sind, und wir setzen uns dann an die Stelle, wo die Gefangenen gesessen haben. Geben wir dann das Zeichen, den Geierschrei, so wird der Tanz sofort beginnen. Einverstanden?" – „*Well*, es kann nicht besser gemacht werden." – „Schön, also vorwärts!"

Sie banden das Boot los und schoben es in den Fluss. Sich immer hart am Ufer haltend, bewegten sie sich langsam und vorsichtig weiter, bis Droll anhielt. „Wir sind an Ort und Stelle", raunte er ihnen zu. „Jetzt warten, bis ich wiederkomme!"

Er kroch leise hinauf. Höchstens zehn Schritt vom Ufer entfernt saßen die Gefangenen mit ihrem Wächter. Weiter zurück sah der Dicke die Tramps in allen möglichen Stellungen ruhen. Er kroch weiter, bis er sich hinter dem Wächter befand. Nun erst legte er die Büchse weg und griff zum Messer. Droll zog die Knie unter dem Leib heran, schnellte sich rasch auf, ergriff den Mann mit der Linken von hinten fest bei der Kehle und stieß ihm mit der Rechten die Klinge in den Rücken. Rasch zog er den Tramp neben sich auf den Boden. Das war so blitzschnell vor sich gegangen, dass es die Gefangenen gar nicht bemerkt hatten. Erst nach einiger Zeit sagte das Mädchen: „Pa, unser Wächter ist ja fort!“

„Leise, leise!“, flüsterte Droll ihnen zu. „Niemand darf einen Laut hören. Der Wächter liegt erstochen hier im Gras. Ich bin gekommen, euch zu retten.“

„Retten? *Heavens!* Unmöglich! Ihr seid der Wächter selbst!“

„Nein, Sir, ich bin Euer Freund. Ihr kennt mich vom Arkansas her: Droll, den sie die Tante nennen. Old Firehand ist auch da und noch viele andre. Die Tramps wollten die Farm plündern; wir aber haben sie zurückgeschlagen. Wir sahen, dass sie euch ergriffen, und ich habe mich mit zwei tüchtigen Boys hergeschlichen, um euch zunächst herauszuholen. Gebt eure Fesseln her!“

Einige Schnitte und die drei befanden sich wieder im freien Gebrauch der Glieder. „Jetzt leise hinunter in den Kahn!“, flüsterte Droll. „Wir sind durch den Kanal gekommen und haben das Boot mitgebracht. Ihr steigt mit der Miss hinein und flüchtet in den Kanal, Mr. Butler, um zu warten, bis der Tanz vorüber ist.“ – „Welcher Tanz?“ – „Der Überfall, der sogleich beginnen soll. Rechts von uns hält Old Firehand mit einigen Rafters und Jägern und links wartet der Osagenhäuptling Gute Sonne mit einer Schar Roter auf mein Zeichen zum Angriff.“ – „Und da sollen wir uns im Boot in Sicherheit bringen? Glaubt ihr den wirklich, dass mein Schwager und ich solche Memmen sind? Nein, Sir, da irrt Ihr Euch!“ – „Hm, schön! Das gibt zwei Männer mehr für uns. Aber die kleine Miss darf nicht da bleiben, wo die Kugeln fliegen.“ – „Allerdings. Habt die Güte, sie im Boot in den Kanal zu bringen!

Wie aber steht es mit Waffen?" – „Was wir haben, brauchen wir selber, Sir. Aber hier liegt der Wächter, dessen Bewaffnung für einen hinreicht. Für den andern werde ich mich gleich an einen Tramp schleichen, um ihm – pst, still, da kommt gerade einer, der sich überzeugen will, ob ihr gut bewacht werdet. Lasst mich nur machen!"

Gegen das Feuer blickend, sah man einen Mann, der die Stellung der Tramps abschritt. Er blieb vor den Gefangenen stehen und fragte: „Nun, Collins, ist etwas vorgekommen?"

„Nein", antwortete Droll, der die Rolle des Wächters spielte.

„*Well!* Es gilt deinen Kopf, wenn du nicht aufpasst. Verstanden?"

„*Yes*. Mein Kopf sitzt jedenfalls fester als der deinige. Nimm dich in Acht!"

Droll bediente sich absichtlich dieser drohenden Worte, denn der Mann sollte sich zu ihm niederbücken. Sein Zweck wurde erreicht. Droll legte ihm beide Hände wie Eisenklammern um den Hals, riss ihn zu sich nieder und presste ihm die Kehle zusammen. Man hörte ein kurzes Strampeln der Beine; dann wurde es still, bis Droll flüsterte: „Er ist ausgelöscht. Nehmt sein Gewehr! Ich werde indessen die kleine Miss zum Boot bringen."

Droll richtete sich halb auf, nahm Ellen Patterson bei der Hand und geleitete sie ans Wasser, wo er seine Gefährten von dem Stand der Dinge unterrichtete. Bill und der Uncle brachten das Mädchen in den Kanal und wateten dann zurück, um sich zu Droll, Butler und Patterson zu gesellen. Droll meinte: „Jetzt kann's losgehen. Die Kerle werden natürlich sofort hierher kommen, um sich der Gefangenen zu versichern. Kriechen wir also zunächst eine Strecke fort!"

Die fünf bewegten sich am Ufer hin, bis sie einen geeigneten Platz fanden. Dort befanden sie sich selbst im Dunkeln, hatten aber die Tramps deutlich genug vor sich, um genau zielen zu können. Da legte Droll die Hand an den Mund und ließ ein kurzes Krächzen hören, wie von einem Raubvogel, der für einen Augenblick aus dem Schlaf erwacht. Dieser in der Prärie häufige Ton konnte den Tramps nicht auffallen. Für wenige Augenblicke herrschte tiefe Stille. Dann hörte man plötzlich Old Firehands weithin schallenden Befehl: „Los! Feuer!“

Von rechts her krachten die Büchsen der Rafters, von links ertönte das markzerschneidende, schrille Kriegsgeheul der Indianer, die erst einen Pfeilregen auf die Tramps sandten und dann mit den Tomahawks auf sie eindrangen.

„Jetzt auch wir!“, gebot Droll. „Erst die Kugeln und dann mit den Kolben drauf!“

Es war eine echte Wildwestszene, die sich nun entwickelte. Die Tramps hatten sich so sicher gefühlt, dass sie der plötzliche Angriff in tiefsten Schreck versetzte. Sie waren nicht im Stande, die Gegner zu zählen. Deren Schar erschien ihnen, von den Feuern nur notdürftig erhellt, doppelt und dreifach größer, als sie wirklich war. Das vermehrte ihre Angst und die Flucht schien der einzige Rettungsweg für sie.

„Fort, fort, zu den Pferden!“, hörte man eine Stimme brüllen.

„Das ist der Cornel!“, schrie Droll. „Lasst ihn nicht entkommen!“

Er eilte auf die Gegend zu, woher der Ruf erklungen war, doch vergeblich. Der rote Cornel war so schlau gewesen, sich sofort im Gebüsch zu verstecken. Er schlich wie eine Schlange von Strauch zu Strauch, sodass er nicht gesehen werden konnte. Und er war nicht der Einzige, der entwischte.

Die Sieger gaben sich alle Mühe, möglichst wenige entkommen zu lassen, aber die Zahl der Tramps war so gross, dass ihnen der Durchbruch doch gelingen musste. Sie rannten nach Norden davon.

„Immer hinter ihnen drein!“, gebot Old Firehand.

Er wollte mit den Tramps zugleich zu ihren Pferden gelangen, aber das erwies sich als unmöglich. Je weiter man sich von der Farm entfernte, desto geringer wurde der Schein der Feuer und man war schließlich von einer solchen Finsternis umgeben, dass man Freund und Feind nicht mehr unterscheiden konnte. Das gab den Flüchtlingen einen Vorsprung, der unmöglich auszugleichen war. Zwar drangen die Verfolger in der bisherigen Richtung weiter, aber bald hörten sie ein höhnisches Geheul der Tramps und der Hufschlag vieler davonjagender Pferde belehrte sie, dass alle weitere Mühe vergeblich sei.

„Umkehren!“, befahl Old Firehand.

Als beim Schein von Holzbränden die Leichen gezählt wurden, stellte sich heraus, dass, die schon am Tag Gefallenen mitgerechnet, auf jeden Sieger zwei Besiegte kamen. Trotzdem war die Zahl der Entkommenen noch so bedeutend, dass sie von Glück sagen konnten.

Ellen Patterson war selbstverständlich sofort aus ihrem Versteck geholt worden. Das junge Mädchen hatte sich nicht gefürchtet und sich überhaupt erstaunlich ruhig und besonnen gezeigt. Als Old Firehand dies erfuhr, erklärte er dem Vater: „Ich habe es bisher für sehr gewagt gehalten, Ellen zum Silbersee mitzunehmen. Nun aber habe ich nichts mehr dagegen.“

Da an eine Rückkehr der Tramps nicht zu denken war, konnte man, wenigstens was die Indianer betraf, den Rest der Nacht der Siegesfreude widmen. Lange Reden wurden gehalten, Sieges- und andre Tänze aufgeführt. Erst als der Tag anbrach, nahm der Lärm ein Ende. Die Roten hüllten sich in ihre Decken, um endlich einzuschlafen.

Anders die Rafters. Old Firehand beabsichtigte, mit ihnen bei Tagesanbruch der Spur der Tramps zu folgen. Deshalb hatten sich die Rafters schlafen gelegt, um zur rechten Zeit munter zu sein. Sie fanden dann, dass die Fährte wieder zum Osage Nook führte. Als sie dort ankamen, war der Platz leer. Old Firehand untersuchte ihn gründlich. Es waren inzwischen neue Scharen von Tramps angekommen. Die Flüchtlinge hatten sich mit ihnen vereinigt und waren dann in nördlicher Richtung davongeritten. Sie ahnten nicht, dass Old Firehand ihre weiteren Pläne kannte.

8. Ein Drama auf der Prärie

Über die Prärie schritt müde ein Fußgänger, eine seltene Erscheinung dort, wo selbst der ärmste Teufel ein Pferd besitzt. Sein Anzug war städtisch und gab ihm das Aussehen eines friedlichen Menschen, wozu aber die alte Flinte, die er geschultert trug, nicht recht passen wollte. Das Gesicht war bleich und eingefallen.

Er musterte immer wieder vergeblich den Horizont, bis endlich sein Auge aufleuchtete – er hatte einen Mann erspäht, auch einen Fußgänger, der von rechts her kam. Das gab seinen Gliedern neue Spannkraft. Er schritt schnell aus und sah bald, dass er von dem andern bemerkt wurde, denn jener blieb stehen, um ihn herankommen zu lassen.

Dieser andre war eigentümlich gekleidet. Er trug einen blauen Frack mit rotem Stehkragen und gelben Knöpfen, rotsamtene Kniehosen und hohe Stiefel mit gelbledernen Stulpen. Den Kopf beschattete ein breitkrempiger Strohhut. An einem um den Nacken gehenden Riemen hing vorn ein Kasten aus poliertem Holz. Der Mann war lang und dürr, das glatt rasierte Gesicht scharf geschnitten. Wer in diese Züge blickte, wusste sofort, dass er einen echten Yankee vor sich hatte, einen von der Sorte, deren Durchtriebenheit sprichwörtlich ist.

Als sich die beiden auf Hörweite genähert hatten, lüpfte der Kastenträger leicht seinen Hut und grüßte den andern:

„*Good day*, Kamerad! Woher des Wegs?“ – „Von Kinsley da unten“, gab der Gefragte Bescheid, während er mit der Hand rückwärts deutete. „Und Ihr?“ – „Von überall her.“ – „Und wohin wollt Ihr?“ – „Überallhin. Zunächst zu der Farm da vor uns.“ – „Gibt es da eine?“ – „Ja. Wir werden kaum länger als eine halbe Stunde zu gehen brauchen.“ – „Gott sei Dank! Ich hätte es nicht länger aushalten können.“

Der Erschöpfte sagte das mit einem tiefen Seufzer.

„Nicht aushalten? Warum?“

„Vor Hunger.“

„O weh! Na, wartet, da kann ich helfen. Ihr sollt gleich etwas zwischen die Zähne bekommen.“

Der mit dem blauen Frack stellte den Kasten ab, drückte den Fremden darauf nieder, zog dann aus der Brusttasche seines Fracks zwei riesige Butterbrote hervor und fuhr fort: „Da esst, Kamerad! Es sind nicht eben Leckerbissen, aber für den Hunger wird es ausreichen.“

Der Hungrige folgte dieser Aufforderung und der Yankee setzte sich zu ihm ins Gras, sah ihm zu und freute sich darüber, dass die riesigen Bissen so schnell hinter den gesunden Zähnen verschwanden. Als das Brot alle war, sagte er: „Ich bin wie neu geboren, Sir. Glaubt mir, ich bin seit drei Tagen unterwegs, ohne einen Bissen zu essen.“ – „Ist das denkbar! Konntet Ihr Euch denn nicht Proviant mitnehmen?“ – „Nein. Meine Abreise ging zu plötzlich vor sich.“

Der Yankee sah ihn forschend an und meinte dann: „Hört, Sir, bei Euch ist irgendetwas nicht in Ordnung. Ihr scheint Euch auf der Flucht zu befinden und doch ein recht ungefährliches Menschenkind zu sein. Wo wollt Ihr denn eigentlich hin?“

„Nach Sheridan an die Eisenbahn.“

„So weit noch und ohne Lebensmittel? Sagt mir also, wo Euch der Schuh drückt!“

„Das ist bald gesagt. Ich heiße Keller. Meine Eltern waren Deutsche. Sie kamen aus dem alten Lande herüber, um es hier zu etwas zu bringen, hatten jedoch keinen Erfolg. Auch mir haben keine Rosen geblüht. Ich habe mancherlei gearbeitet, bis ich vor zwei Jahren Bahnschreiber wurde. Zuletzt war ich in Kinsley angestellt. Sir, ich bin ein Kerl, der keinen Wurm zertreten kann, aber wenn man allzu sehr beleidigt wird, läuft endlich doch die Galle über. Ich bekam dort mit dem Herausgeber einer Zeitung einen Streit, worauf ein Zweikampf folgte. Denkt Euch, ein Zweikampf mit Gewehren! Ich will es kurz machen: Die Stunde kam und wir stellten uns auf. Sir, denkt von mir, was Ihr wollt, aber ich bin ein friedfertiger Mann. Deshalb zielte ich absichtlich mehrere Yards weit daneben. Ich drückte ab, er auch. Die Schüsse gingen los, ich war nicht getroffen, aber meine Kugel war dem Gegner gerade durch das Herz gegangen. Was aber das Schlimmste war, der Zeitungsmann hatte einen einflussreichen Anhang. Ich musste fliehen und nahm mir nur Zeit, mich kurz von meinem Vorgesetzten zu verabschieden. Er gab mir den Rat, nach Sheridan zu gehen, und händigte mir einen Empfehlungsbrief an den leitenden Ingenieur dieses Ortes ein.“

Dabei zog er ein Schreiben aus der Tasche, öffnete es und gab es dem Yankee. Der las:

‚Liebster Charoy!
Hier sende ich dir Mr. Joseph Keller, meinen bisherigen Schreiber. Er ist ein ehrlicher und fleißiger Kerl, hat aber das Unglück gehabt, im Zweikampf seinen Gegner in den Sand zu legen. Er muss deshalb für einige Zeit von hier fort und du tust mir einen Gefallen, wenn du ihn so lange beschäftigst, bis hier Gras über die Angelegenheit gewachsen ist.

Dein
Bent Norton‘

Der Yankee gab den Brief zurück und meinte halb spöttisch, halb mitleidig: „Ich glaube Euren Worten, Mr. Keller. Wer Euch sieht und sprechen hört, der weiß, dass er einen grundehrlichen Menschen vor sich hat. Auch ich bin kein großer Jäger und Schütze vor dem Herrn. Aber so sehr ängstlich wie Ihr wäre ich denn doch nicht gewesen. Ich glaube, Ihr habt Euch ein wenig ins Bockshorn jagen lassen.“ – „O nein, die Sache war wirklich gefährlich! Deshalb habe ich bisher alle Farmen vermieden, damit man nicht erfahren soll, wohin ich mich gewendet habe.“ – „Und Ihr seid gewiss, dass Ihr in Sheridan gut aufgenommen werdet und eine Stelle erhaltet?“ – „Ja, denn Mr. Norton und Mr. Charoy, der Ingenieur in Sheridan, sind gut befreundet.“ – „Welches Gehalt gedenkt Ihr dort zu beziehen?“

„Ich hatte jetzt wöchentlich acht Dollar und meine, dass man mich dort ebenso bezahlen wird.“ – „So! Ich weiß eine Anstellung mit sechzehn Dollar, und freier Station für Euch.“ – „Was? Sechzehn Dollar? Das ist ja geradezu zum Reichwerden! Wo ist diese Stelle zu haben?“ – „Bei mir.“ – „Hm! Ich kenne Euch nicht.“ – „Dem kann gleich abgeholfen werden. Ich bin Magister Doktor Jefferson Hartley, Menschen- und Rossarzt“, nickte der Yankee. „Habt Ihr Lust, so sollt Ihr mein Famulus sein und ich zahle Euch das erwähnte Gehalt.“ – „Aber ich verstehe nichts von der Sache“, erklärte Keller bescheiden. – „Ich auch nicht“, gestand der Magister. – „Nicht?“, fragte der andre erstaunt. „Ihr müsst doch Medizin studiert haben?“ – „Fällt mir nicht ein! Ich bin offen gegen Euch, weil ich denke, dass Ihr meinen Antrag annehmen werdet. Eigentlich bin ich Schneider; dann wurde ich Friseur, nachher Tanzlehrer. Seitdem habe ich mich noch in zehn bis zwanzig andren Berufen hervorgetan. Ich habe die Menschen kennen gelernt und diese Kenntnis gipfelt in der Erfahrung, dass ein gescheiter Kerl kein Dummkopf sein darf. Die Menschen wollen betrogen sein. Besonders muss man ihren Fehlern schmeicheln, ihren geistigen und leiblichen Gebrechen, und deshalb bin ich Arzt geworden. Hier seht Euch einmal meine Apotheke an!“

Der Yankee schloss den Kasten auf. Das Innere bestand aus fünfzig Fächern. Jedes enthielt ein Fläschchen, das mit einer schön gefärbten Flüssigkeit gefüllt war.

„Das also ist Eure Apotheke!“, meinte Keller. „Woher bezieht ihr die Heilmittel?“

„Die mache ich mir selbst. Es ist kinderleicht. Was Ihr seht, ist alles weiter nichts als ein klein wenig Farbe und viel Wasser, Aqua genannt. In diesem Wort besteht mein ganzes Latein. Dazu habe ich mir die übrigen Ausdrücke selbst erdacht. Und so findet Ihr hier Aufschriften wie: *Aqua salamandra*, *Aqua peloponnesia*, *Aqua chimborassolaria*, *Aqua invocabulataria*. Ihr glaubt gar nicht, welche Kuren ich mit diesen Wassern schon gemacht habe. Die Hauptsache ist, dass man die Wirkung nicht abwartet, sondern das Geld einstreicht und sich aus dem Staube macht. Die Vereinigten Staaten sind groß und ich bin inzwischen ein reicher Mann geworden. Das Leben kostet mich nichts, denn überall, wohin ich komme, setzt man mir mehr vor, als ich essen kann. Vor den Indianern brauche ich mich nicht zu fürchten, weil ich als Medizinmann für unantastbar gelte. Schlagt ein! Wollt Ihr mein Famulus sein?"

„Hm", brummte Keller, während er sich hinter dem Ohr kratzte. „Die Sache kommt mir bedenklich vor. Doch versuchen will ich es, schon aus Dankbarkeit. Aber ich habe kein Geschick, den Leuten etwas weiszumachen."

„Ist auch nicht nötig. Ihr habt nur ehrfurchtsvoll zu schweigen und Eure ganze Arbeit besteht darin, diejenige Flasche aus dem Kasten zu langen, die ich Euch bezeichne. Also vorwärts! Brechen wir auf!"

Er hängte sich den Kasten wieder um und dann schritten sie miteinander weiter. Nach einer halben Stunde sahen sie eine Farm von weitem liegen. Nun musste Keller den Kasten tragen, da sich das für den Doktor nicht schickte.

Das Hauptgebäude der Farm war aus Holz gebaut. Die Wirtschaftsgebäude standen in einiger Entfernung davon. Dort waren drei Pferde angebunden, ein sicheres Zeichen, dass Fremde hier weilten. Sie saßen in der Wohnstube und sahen den Quacksalber mit seinem Famulus kommen.

„*By Jove!*", rief der eine von ihnen. „Sehe ich recht? Wenn mich nicht alles trügt, so ist das Hartley, der Musikant mit der Harmonika!"

„Ein Bekannter von dir?", fragte der zweite.

„Freilich. Der Kerl hatte gute Geschäfte gemacht und die Taschen voller Dollar. Also machte ich ebenso gute Geschäfte, indem ich sie ihm des Nachts leerte. Wie gut, dass ich meine roten Haare gestern wieder geschwärzt habe! Auch das Fehlen der Ohrmuscheln wird mich unkenntlich machen. Nennt mich aber ja nicht Brinkley und auch nicht Cornel! Der Kerl könnte trotz allem unser Geschäft stören!"

Die beiden Ankömmlinge hatten jetzt das Haus erreicht. Die Farmersfrau begrüßte sie freundlich. Als sie hörte, dass sie einen Arzt und dessen Famulus vor sich habe, zeigte sie sich erfreut und ersuchte sie, in die Stube zu treten.

„Mesch'schurs", rief sie hinein, „da kommt ein hochgelehrter Arzt mit seinem Gehilfen!"

„Hochgelehrter Arzt?", brummte der Cornel vor sich hin. „Unverschämter Kerl! Möchte ihm zeigen, was ich von ihm denke!"

Die Eintretenden grüßten und nahmen ohne Umstände Platz. Der Cornel bemerkte zu seiner Genugtuung, dass er von Hartley nicht erkannt wurde. Er gab sich für einen Fallensteller aus. Dann entspann sich ein Gespräch, währenddessen die Wirtin am Herdfeuer beschäftigt war. Als das Mittagessen fertig war, kamen von den Feldern der Farmer, ein Sohn, eine Tochter und ein Knecht herbei. Sie reichten den Gästen die Hand und setzten sich zu ihnen, um das Mahl einzunehmen.

Während des Essens verhielt sich der Farmer einsilbig. Dann brannte er sich eine Pfeife an und sagte erwartungsvoll zu Hartley: „Vielleicht kann ich Eure Kunst in Anspruch nehmen. In welchen Krankheiten seid Ihr bewandert?"

„Welche Frage!", erwiderte der Kurpfuscher. „Ich heile die Krankheiten aller Menschen und Tiere."

„*Well,* so seid Ihr der Mann, den ich brauche. Ich habe eine Kuh im Stall stehen. Sie hat zwei Tage nichts gefressen und hängt den Kopf bis zur Erde herab. Ich gebe sie verloren."

„*Pshaw!* Ich gebe einen Kranken erst dann verloren, wenn er gestorben ist."

Hartley ließ sich in den Stall führen, um die Kuh zu untersuchen. Als er zurückkam, zeigte er eine ernste Miene und erklärte: „Es war die höchste Zeit, denn die Kuh hat Bilsenkraut gefressen. Glücklicherweise habe ich ein untrügliches Gegenmittel. Bringt mir einen Eimer Wasser und du, Famulus, gib mir einmal das *Aqua sylvestropolia* heraus!"

Keller suchte das verlangte Fläschchen, woraus Hartley einige

Tropfen in das Wasser goss. Davon sollte der Kuh dreistündlich je eine halbe Gallone gegeben werden. Dann kamen die menschlichen Patienten dran. Die Frau hatte einen beginnenden Kropf und erhielt *Aqua sumatralia*. Der Farmer litt an Rheumatismus und bekam *Aqua sensationia*. Zuletzt fragte Hartley auch die drei Fremden, ob er ihnen dienen könne. Der Cornel schüttelte den Kopf. „Danke, Sir! Wir sind gesund. Und fühle ich mich einmal unwohl, so helfe ich mir auf schwedische Weise."

„Wieso?"

„Durch Heilgymnastik. Ich lasse mir auf der Ziehharmonika einen flotten Reel vorspielen und tanze so lange, bis ich in Schweiß komme. Dieses Mittel ist erprobt. Verstanden?"

Der Heilkünstler schwieg betroffen und wandte sich ab, um den Wirt nach den nächstliegenden Farmen zu fragen. Die nächste lag acht Meilen gegen Westen, eine andere fünfzehn Meilen nach Norden. Der angebliche Magister erklärte, dass er unverzüglich nach der westlichen aufbrechen werde und verabschiedete sich mit seinem Famulus, der sich wieder den Kasten auflud. Als sie sich so weit entfernt hatten, dass sie von der Farm aus nicht mehr gesehen werden konnten, sagte er: „Ich denke nicht daran, zur nächstgelegenen Farm zu gehen. Wir suchen die nördliche auf. Die Kuh war so hinfällig, dass sie wohl schon in einer Stunde stirbt. Wenn es dann dem Farmer einfällt, mir nachzureiten, kann es mir schlecht ergehen. Aber ein Mittagessen für zehn Tropfen Anilinwasser, ist das nicht einladend? Ich hoffe, Ihr erkennt Euern Vorteil und tretet in meinen Dienst!"

„Die Hoffnung trügt Euch, Sir", widersprach Keller. „Hier habt Ihr Euern Kasten zurück. Ich möchte Euch gern erkenntlich sein für das, was Ihr an mir getan habt, aber ich kann nicht."

„*Well!* Des Menschen Wille ist sein Himmelreich. Aber wir brauchen uns trotzdem nicht sogleich zu trennen. Bis zur nächsten Farm können wir wenigstens beisammenbleiben."

Der Yankee nahm seinen Kasten wieder an sich und so wanderten sie nebeneinander schweigend weiter, bis sie hinter sich Pferdegetrappel vernahmen. Sich umdrehend, erblickten sie die drei Männer, mit denen sie auf der Farm zusammengetroffen waren.

„*Woe to me!*“, entfuhr es Hartley. „Das dürfte wohl mir gelten. Ich traue diesen Kerlen nicht. Sie scheinen Strolche zu sein.“

Die Reiter hielten bei den beiden an und der Cornel wendete sich höhnisch an den Quacksalber: „Sir, warum habt Ihr Eure Richtung geändert? Nun wird Euch der Farmer nicht finden.“

„Mich finden?“, fragte der Yankee harmlos.

„Ja. Als Ihr fort wart, sagte ich ihm offen, was für eine Bewandtnis es mit Euern schönen Titeln hat. Er reitet zu der Farm, die Ihr angeblich mit Eurer Gegenwart beglücken wolltet. Wir aber waren klüger als er. Wir verstehen es, Fährten zu lesen, und sind der Eurigen gefolgt, um Euch einen Vorschlag zu machen.“

„Ich kenne Euch nicht und habe nichts mit Euch zu schaffen.“

„Desto mehr aber wir mit Euch. Indem wir duldeten, dass Ihr die ehrlichen Farmersleute betrügt, sind wir Eure Mitschuldigen geworden und es ist nur recht und billig, wenn Ihr uns dafür einen Teil des Lohnes auszahlt. Wir verlangen unsern Anteil von dem, was ihr bisher überhaupt verdient habt. Ich nehme an, dass Ihr ein erkleckliches Sümmchen bei Euch tragt.“

„Sir, das ist keineswegs der Fall!“, rief Hartley erschrocken.

„Werden sehen! Da Ihr leugnet, muss ich Euch untersuchen. Ich denke, dass Ihr Euch das ruhig gefallen lassen werdet, denn meine Kameraden spaßen mit ihren Büchsen nicht.“

Der Tramp stieg vom Pferd und trat zu dem Yankee. Die Gewehrmündungen starrten ihm so feindselig entgegen, dass er sich in sein Schicksal ergab. Dabei hoffte er im Stillen, dass der Cornel nichts finden werde, da er seine Barschaft gut versteckt glaubte.

Der jetzt schwarz gefärbte Rothaarige untersuchte alle Taschen Hartleys, fand aber nur wenige Dollar. Doch der Cornel war schlau. Er ließ den Kasten öffnen und betrachtete ihn genau.

Hartley erbleichte, denn der Gauner befand sich auf der richtigen Spur. Der Cornel fasste mit beiden Händen die Zwischenwände der Fächer und zog. Richtig, die Apotheke ließ sich aus dem Kasten heben und darunter lagen mehrere Papierumschläge. Als er sie öffnete, sah er sie mit Banknoten verschiedenen Wertes gefüllt. „Ah, hier ist der verborgene Schatz!“, lachte er vergnügt.

Er griff zu, um die Scheine einzustecken. Das versetzte den Yankee in Wut. Er warf sich auf ihn, um ihm das Geld zu entreißen. Da krachte ein Schuss. Die Kugel traf den Oberarm, dessen Knochen sie zerschmetterte. Einen Schrei ausstoßend, sank der Verwundete ins Gras.

„Recht so, Halunke!“, rief der Cornel. „Nun wollen wir auch den Master Famulus untersuchen.“

Er schob die Umschläge in die Tasche und trat zu Keller.

„Ich bin nicht sein Famulus. Ich habe ihn erst kurz vor der Farm getroffen“, erklärte Keller ängstlich.

„So? Wer oder was seid Ihr denn?“

Keller beantwortete die Frage der Wahrheit gemäß. Er ließ den Cornel sogar den Empfehlungsbrief lesen. Brinkley gab ihm das Schreiben zurück und meinte verächtlich: „Ich glaube Euch. Lauft immerhin nach Sheridan! Ich mag nichts mit Euch zu tun haben.“

Hartley gab gute Worte, um wenigstens einen Teil seines Geldes zurückzuerhalten, wurde jedoch nur ausgelacht. Der Cornel stieg wieder zu Pferd und ritt mit seinen Gefährten und dem Raub davon.

Unterwegs besprachen und belachten die Strolche das Abenteuer. Nach längerer Zeit stiegen sie ab, um den Raub zu zählen. Als dann jeder seinen Anteil zu sich gesteckt hatte, meinte einer der beiden Tramps zum Cornel: „Du hättest den andern auch durchsuchen sollen. Es fragt sich, ob er wirklich ein Schreiber war. Was stand in dem Brief, den er dir zeigte?“

„Es war ein Empfehlungsschreiben an den Ingenieur Charoy in Sheridan.“

„Was?“, fuhr der Mann auf. „Und das hast du ihm wiedergegeben? Es liegt doch auf der Hand, dass dieser Brief der Ausführung unsres Planes ungeheuer förderlich gewesen wäre. Wir haben unsre Leute zurückgelassen, um uns zunächst die Gelegenheit heimlich zu betrachten. Wir müssen die Örtlichkeit kennen lernen und auch die Kassenverhältnisse. Hätten wir aber diesem Mann den Brief abgenommen; so konnte einer von uns nach Sheridan gehen und sich für diesen Schreiber ausgeben. Er wäre wohl schon am ersten oder zweiten Tag im Stande gewesen, uns jede notwendige Auskunft zu erteilen."

„Donnerwetter!", rief der Cornel. „Wie ist's nur möglich, dass ich nicht auf diesen Gedanken gekommen bin? Gerade du hättest die Rolle übernehmen können."

„Und ich hätte sie wohl auch richtig durchgeführt. Sollte es nicht noch Zeit sein, das Versäumnis nachzuholen?"

„Gewiss. Wir wissen ja, wohin die beiden wollen. Der Weg ist ihnen von dem Farmer angedeutet worden und führt hier vorüber. Wir brauchen also nur zu warten, bis sie kommen. Wir schießen jedem eine Kugel in den Kopf und scharren sie ein. Du verfügst dich dann mit dem Brief nach Sheridan, suchst alles Nötige zu erfahren und gibst uns Nachricht davon."

„Aber wo und wie?"

„Wir zwei reiten zurück und holen die andern. Du wirst uns später in der Gegend finden, wo die Bahn über den Eagle Tail geht. Ich werde Vorposten in der Richtung nach Sheridan aufstellen, auf die du unbedingt treffen musst."

„Schön! Aber wenn nun mein Weggehen auffällt und Verdacht erweckt?"

„Wir können es vermeiden, indem du Dugby mitnimmst. Du gibst an, ihn unterwegs getroffen zu haben, und er sagt, er suche am Bahnbau Beschäftigung."

Der Plan wurde noch weiter besprochen und die Ausführung beschlossen. Dann warteten die drei auf die Annäherung des Quacksalbers und seines Gefährten. Aber es vergingen Stunden, ohne dass die zwei sich blicken ließen. Die Wegelagerer fassten daher den Entschluss, zurückzureiten und ihrer Spur zu folgen.

Was nun die beiden Männer betrifft, so hatte sich der Yankee zunächst notdürftig verbinden lassen. Der Oberarm war schwer verletzt und es stellte sich die Notwendigkeit heraus, einen Ort aufzusuchen, wo er Pflege finden konnte. Das war die Farm, der sie sich ursprünglich zuwenden wollten. Da aber die Tramps diese Richtung eingeschlagen hatten, meinte der Yankee: „Wollen wir ihnen nochmals in die Hände laufen? Mein Geld haben sie, aber mein Leben möchte ich ihnen nicht auch noch hinterdrein tragen. Suchen wir uns also eine andre Farm!“

„Wer weiß, wann wir eine finden“, sagte Keller. „Werdet Ihr eine lange Wanderung aushalten?“

„Ich denke schon. Bin ein kräftiger Kerl, sodass wir wohl an Ort und Stelle sein werden, bevor das Wundfieber eintritt.“

„Nun wollen wir aber keine Zeit verlieren. Wohin wenden wir uns?“

„Nach Norden, wie vorher, nur etwas weiter rechts. Der Horizont ist dort dunkel: Es scheint da also Wald zu geben und da ist auch Wasser, das ich zur Kühlung meiner Wunde nötig brauche.“

Die beiden verließen die Unglücksstelle. Sie gelangten nach einiger Zeit in eine Gegend, wo es zwischen grünem Buschwerk ein Wasser gab, an dem der erste Verband erneuert wurde. Dann brachen sie wieder auf.

Sie kamen über eine Prärie von so kurzem Gras, dass ihre Fußspuren kaum zu erkennen waren. Nach längerer Zeit sahen sie den Rand des Blickfeldes wieder dunkel vor sich liegen, ein Zeichen, dass sie sich abermals einer waldigen Stelle näherten. Als sich der Yankee jetzt umdrehte, erblickte er hinter sich mehrere Punkte, die sich bewegten. Es waren ihrer drei und so kam ihm sofort die Überzeugung, dass die Räuber umgekehrt seien. Es galt also das Leben. Ein anderer hätte den Schreiber auf die Verfolger aufmerksam gemacht; Hartley aber tat das nicht.

Die Entfernung der Reiter war so groß, dass Hartley annehmen konnte, er und sein Begleiter seien von den Tramps noch nicht bemerkt worden. Hierauf gründete er den Plan zu seiner Rettung. Wurden sie ereilt, so waren sie beide verloren. Höchstens war für einen von ihnen die Möglichkeit vorhanden, sich zu retten. Dann aber musste der andre geopfert werden und dieser andre sollte natürlich der Schreiber sein.

Wortlos marschierten sie weiter, bis sie das Gehölz erreichten, das aus dichtem Buschwerk bestand. Das Wäldchen war nicht tief. Als sie es durchschritten hatten, blieb der Yankee stehen und sagte: „Mr. Keller, ich habe es mir überlegt, wie beschwerlich ich Euch falle. Ihr wollt nach Sheridan und seid meinetwegen vom geraden Weg abgewichen. Da könnt Ihr Euch tagelang mit mir herumquälen, während es doch ein einfaches Mittel gibt, diese Aufopferung unnötig zu machen." – „So, welches denn?", fragte Keller ahnungslos. – „Ihr geht in Gottes Namen weiter und ich kehre zu der Farm zurück, von der ich kam, ehe ich Euch heute traf." – „Das kann ich nicht zugeben. Ich habe versprochen, Euch nicht zu verlassen." – „Und ich muss Euch dieses Versprechens entbinden. Die Pflanzersfrau ist nämlich die Schwester des Sheriffs von Kinsley. Werdet Ihr von dort aus verfolgt, so ist hundert gegen eins zu wetten, dass der Sheriff auf dieser Farm vorspricht. Ihr würdet ihm also gerade in die Hände laufen." – „Das werde ich freilich bleiben lassen", meinte Keller erschrocken. „Wollt Ihr denn wirklich hin?" – „Ja, es ist das Beste für mich und auch für Euch."

So willigte der Schreiber endlich in die Trennung ein. Hartley nahm ihm den Kasten ab. Sie schüttelten sich die Hände und trennten sich dann. Keller ging weiter, auf die offene Prärie hinaus. Hartley sah ihm nach und beeilte sich dann, sich ein geeignetes Versteck zu suchen.

Während er in die Büsche eindrang, suchte er sich solche Stellen aus, die keine Fußeindrücke aufnahmen. Er traf zu seinem Glück bald einen Platz, wo die Büsche so dicht standen, dass sie für das Auge undurchdringlich waren. Er arbeitete sich hinein, legte den Kasten ab und setzte sich darauf. Kaum war das geschehen, hörte er die Stimmen der drei Reiter. Sie ritten in einiger Entfernung vorüber, ohne zu merken, dass die Spur, der sie jetzt folgten, nur noch einfach war.

Der Yankee schob die Zweige auseinander und konnte nun auf die Prärie hinausblicken. Da draußen ging Keller. Die Tramps sahen ihn und ließen ihre Pferde in Galopp fallen. Jetzt hörte er sie, drehte sich um und blieb erschrocken stehen. Bald hatten sie ihn erreicht. Sie sprachen mit ihm. Dann krachte ein Pistolenschuss und Keller stürzte nieder.

„Wartet nur, ihr Halunken!", murmelte Hartley. „Begegne ich euch noch einmal, dann sollt ihr diesen Schuss bezahlen."

Hartley sah, dass die Mörder abstiegen. Dann standen sie beratend beieinander, bis sie wieder zu Pferd stiegen, wobei der Cornel den Ermordeten zu sich quer über den Sattel nahm. Zum Erstaunen des Yankee kehrte der Cornel um, während seine beiden Gefährten weiterritten. Als der Cornel das Buschwerk erreichte, ließ er die Leiche herabfallen. Hierauf ritt er fort; wohin, konnte Hartley nicht sehen.

Den Yankee überkam das Grauen. Er hätte sich gern davongemacht, wagte es aber nicht, da er annehmen musste, der Cornel werde nach ihm suchen. Endlich beschloss der Yankee, die grausige Stelle zu verlassen. Vorher sah er noch einmal hinaus auf die Prärie. Da erblickte er etwas, was ihn veranlasste, noch in seinem Versteck zu bleiben.

Ein Reiter, der ein lediges Pferd nebenher führte, kam von rechts über die Prärie geritten. Er stieß auf die Spur der beiden Tramps, hielt an und stieg ab. Dann schritt er, während die Pferde ihm freiwillig folgten, auf der Fährte zurück bis dorthin, wo der Mord geschehen war. Hier blieb er wieder halten, um die Stelle zu betrachten. Erst nach längerer Zeit richtete er sich auf und kam näher. Die Augen auf den Boden geheftet, folgte er der Spur des Cornel. Etwa fünfzig Schritt vom Gebüsch entfernt stockte sein Fuß.

Jetzt sah der Yankee, dass er einen Indianer vor sich hatte. Der Rote trug ausgefranste Leggins und ein an den Nähten mit Fransen und Stickerein verziertes Jagdhemd. Die kleinen Füße steckten in Mokassins. Sein langes schwarzes Haar war in einem helmartigen Schopf geordnet, aber mit keiner Adlerfeder geschmückt. Um den Hals hingen eine dreifache Kette von Bärenkrallen, die Friedenspfeife und der Medizinbeutel. In der Hand hielt er ein Doppelgewehr, dessen Holzteile mit vielen silbernen Nägeln beschlagen waren. Sein Gesicht, hellbraun, mit einem leisen Bronzehauch, hatte fast römischen Schnitt.

Eigentlich war die Nähe eines Roten ganz geeignet, den Yankee mit Angst zu erfüllen. Aber je länger er in das Gesicht des Indianers blickte, umso mehr kam es ihm vor, als brauche er sich vor ihm nicht zu fürchten. Der Rote hatte sich auf etwa zwanzig Schritt genähert.

Hartley verhielt sich lange Zeit still und bewegungslos, bis ein halb unterdrückter Laut an sein Ohr drang. „Uff!“ Als er das Gesicht nach der betreffenden Seite wendete, sah er den Indianer über der Leiche des Schreibers knien. Dann kroch der Rote zurück und war wohl eine Viertelstunde lang nicht zu erblicken, bis der Yankee erschrocken zusammenfuhr, denn neben ihm erklangen die Worte: „Warum sitzt das Bleichgesicht hier versteckt? Will es etwa nicht sagen, wohin die drei Mörder des anderen Bleichgesichts entwichen sind?“

Als Hartley mit dem Kopf herumfuhr, sah er den Indianer neben sich knien. Seine Worte bewiesen, dass er die Fährte richtig gelesen und scharfsinnig beurteilt hatte. Er hielt nicht den Yankee für den Mörder. Das beruhigte Hartley und er antwortete: „Ich versteckte mich vor ihnen. Zwei sind fort, in die Prärie hinaus. Der dritte warf die Leiche hier ab und ich blieb versteckt, weil ich nicht weiß, ob er fort ist oder nicht.“

„Er ist fort. Der weiße Mann und ich sind hier die einzigen lebenden Menschen. Er mag mir erzählen, was geschehen ist.“

Der Indianer sprach sehr gut Englisch. Was er sagte und die Art, wie er es sagte, flößte dem Yankee Vertrauen ein. Der Rote betrachtete den Weißen mit einem Blick, der alles zu durchdringen schien, und fuhr fort: „Von Süden her sind zwei Männer auf ihren Füßen gekommen. Der eine versteckte sich hier und der bist du. Der andere ging weiter in die Prärie hinaus. Da kamen drei Reiter, die ihm folgten. Sie schossen ihm eine Pistolenkugel in den Kopf. Ist es so?"

„Ja, genau so", nickte Hartley.

„So magst du mir sagen, warum man deinen weißen Bruder erschossen hat. Waren es auch die drei Männer, die deinen Arm verwundet haben?"

Der freundliche Ton, in dem diese Fragen ausgesprochen wurden, bewies dem Yankee, dass der Rote keinerlei Verdacht gegen ihn hege. Er beantwortete die Fragen. Der Indianer sah ihn dabei nicht an, fragte aber plötzlich mit einem durchbohrenden Blick: „So hat dein Gefährte dein Leben mit dem seinigen bezahlen müssen?"

Der Yankee schlug die Augen nieder und erwiderte beinahe stockend: „Nein. Ich bat ihn, sich mit mir zu verstecken. Aber er wollte nicht."

„Nur der große Manitou weiß alles. Mein Auge kann nicht in dein Inneres dringen. Könnte es das, so würdest du dich vielleicht vor mir schämen müssen. Ich will schweigen. Dein Gott mag dein Richter sein. Kennst du mich?"

„Nein", entgegnete Hartley kleinlaut.

„Ich bin Winnetou, der Häuptling der Apatschen. Meine Hand richtet sich gegen die bösen Menschen und mein Arm schützt jeden, der ein gutes Gewissen hat. Ich werde nach deiner Wunde sehen. Zuerst aber sage mir, warum die Mörder umgekehrt sind, um euch zu folgen."

Hartley hatte schon oft von Winnetou gehört. Er antwortete deshalb doppelt höflich: „Sie wollten uns beiseite schaffen, damit wir nicht verraten könnten, dass sie mich beraubt haben."

„Nein! Dann hätten sie euch sofort getötet. Es muss etwas andres sein, was ihnen erst später eingefallen ist. Hatten sie dich genau durchsucht?"

„Ja."

„Auch deinem Gefährten?"

„Nein. Er sagte ihnen, dass er ein armer Flüchtling sei und bewies es ihnen, indem er ihnen den Brief zeigte."

„Einen Brief? Haben sie ihn behalten?"

„Nein. Er bekam ihn zurück."

„Wo steckte er ihn hin?"

„In die Brusttasche seines Rockes."

„Da befindet er sich nicht mehr. Winnetou hat bei dem Toten keinen Brief gefunden. Also ist es dieses Schreiben, das sie bewogen hat, umzukehren und euch einzuholen."

Winnetou blickte sinnend ins Weite, dann sagte er: „Dein Kamerad wollte nach Sheridan. Zwei von den Mördern sind nordwärts geritten, in der Richtung dieses Ortes. Sie wollen auch dorthin. Warum haben sie ihm den Brief abgenommen? Weil sie ihn brauchen, sich seiner bedienen wollen."

„Aber zu welchem Zweck?"

„Das weiß Winnetou nicht, wird es aber erfahren."

„So willst du ihnen nach?"

„Ja. Der Apatsche wollte zum Smoky Hill-Fluss und Sheridan liegt in dessen Nähe. Diese Bleichgesichter haben sicherlich etwas Schlimmes vor. Vielleicht ist es Winnetou möglich, es zu verhüten. Geht der weiße Mann mit?"

„Aber meine Verwundung?"

„Winnetou wird sie untersuchen. Er kann zersplitterte Knochen wieder festmachen und besitzt ein ausgezeichnetes Mittel gegen das Wundfieber. Zeige mir deinen Arm!"

Winnetou untersuchte ihn und erklärte, die Wunde sei nicht so schlimm, wie es den Anschein habe. Die Kugel hatte den Knochen glatt durchschlagen. Der Apatsche holte eine getrocknete Pflanze aus seiner Satteltasche, befeuchtete sie und legte sie auf die Wunde. Dann schnitt er zwei Holzschienen zurecht und verband damit den Arm kunstgerecht. Endlich erklärte er:

„Der weiße Mann kann mit mir reiten. Das Fieber wird gar nicht kommen oder doch erst dann, wenn er sich längst in Sheridan befindet."

„Aber wollen wir nicht erst zu erfahren trachten, was der dritte Mörder tut?“, fragte Hartley.

„Nein. Vielleicht hat er noch andere Verbündete, die er vorher aufsucht, um mit ihnen nach Sheridan zu reiten. Der Apatsche hat erfahren, dass sich in Kansas viele von den Bleichgesichtern, die Tramps genannt werden, zusammenziehen. Es ist möglich, dass die Mörder zu diesen Leuten gehören. Dann ließe sich vermuten, dass die Tramps einen Streich gegen Sheridan beabsichtigen. Wir dürfen keine Zeit verlieren, sondern müssen schnell hin. Wir reiten die ganze Nacht hindurch und werden am Morgen am Ziel sein. Diejenigen, denen wir folgen, werden des Nachts Lager machen, also später ankommen als wir.“

„Und was geschieht hier mit der Leiche des armen Keller?“

„Wir werden sie begraben.“

Die Erde war locker und so wurde bald eine leidlich tiefe Grube fertig, worin der Tote bestattet wurde. Dann schritten sie zu den Pferden.

„Der weiße Mann mag meinen Iltschi[1] nehmen“, sagte der Apatsche. „Er hat einen sanften Gang. Winnetou nimmt das ledige Pferd.“

Sie stiegen auf und ritten fort, erst eine Strecke westlich, um dann nach Norden einzubiegen. Die Sonne sank tief und tiefer; endlich verschwand sie hinter dem Himmelsrand. Das machte den Yankee Bange.

„Wirst du dich bei dieser Finsternis auch nicht verirren?“

„Winnetous Augen sehen auch des Nachts. Und alles, was er nicht bemerken kann, wird seinem Pferd sicher nicht entgehen. Der weiße Mann reite nicht neben, sondern hinter mir, so wird sein Tier keinen falschen Tritt tun.“

Es war wirklich fast wunderbar, mit welcher Sicherheit Pferd und Reiter sich bewegten. Bald im Schritt, bald im Trab wurde Stunde um Stunde zurückgelegt und jedes Hindernis umgangen. Das beruhigte den Yankee. Er war besonders seines Armes wegen besorgt gewesen, aber das Wundkraut war von erstaunlicher

[1] Iltschi = Wind; Bruder von Old Shatterhands Rappen Hatatitla

Wirkung. Er fühlte oft gar keinen Schmerz und hatte sich höchstens über die Unbequemlichkeit des Rittes zu beklagen. Einige Mal wurde angehalten, um die Pferde saufen zu lassen und den Verband mit Wasser zu benetzen. Nach Mitternacht zog Winnetou ein Stück Fleisch hervor, das Hartley essen musste. Sonst gab es keine Unterbrechung.

Als der Osten graute, waren die Umrisse der Landschaft nicht zu erkennen, da ein dicker Nebel auf der Erde lag.

„Das sind die Nebel des Smoky Hill-Flusses“, erklärte der Häuptling. „Wir werden ihn bald erreichen.“

Es war ihm anzuhören, dass er hatte weitersprechen wollen, aber er hielt sein Pferd an und lauschte nach links hinüber, von wo taktmäßiger Hufschlag sich näherte. Das musste ein galoppierender Reiter sein. Richtig, da kam er heran und flog vorüber, blitzschnell wie ein Spuk. Nur sein breitkrempiger Hut war für einen Augenblick sichtbar gewesen.

„Uff!“, rief Winnetou überrascht. „Ein Bleichgesicht! So, wie dieser Mann ritt, können nur wenige Weiße reiten. Und so reiten Old Shatterhand und Old Firehand. Old Shatterhand befindet sich nicht hier, da ich oben am Silbersee mit ihm zusammentreffen will. Aber Old Firehand soll sich jetzt in Kansas aufhalten.“

„Old Firehand?“, meinte der Yankee. „Das ist doch ein berühmter Westmann.“

„Er und Old Shatterhand sind die besten und tapfersten Bleichgesichter, die Winnetou kennt. Er ist ihr Freund.“

„Der Mann schien es eilig zu haben. Wohin mag er wollen?“

„Nach Sheridan, denn seine Richtung ist die unsrige. Dort werden wir erfahren, wer dieser Reiter war.“

Die Nebel begannen sich zu zerteilen. Bald sahen die beiden den Smoky Hill-Fluss vor sich. Auch hier bewährte sich die Ortskenntnis des Apatschen. Er erreichte das Ufer genau an der Stelle, wo sich die Furt befand.

Jenseits mussten die Reiter ein Gebüsch durchqueren. Dann ritten sie durch offenes Grasland, bis sich Sheridan ihren Blicken zeigte.

9. *List und Gegenlist*

Sheridan war damals nichts als eine flüchtige Niederlassung der Bahnarbeiter. Es gab da eine Anzahl Stein-, Erd- und Blockhütten, notdürftige Bauwerke nur. Das größte dieser Gebäude befand sich auf einer Anhöhe und trug die Anschrift: „Charles Charoy, Ingenieur." Dorthin ritten Winnetou und Hartley. Sie stiegen an der Tür ab, neben der ein indianisch gesatteltes und ausgezäumtes Pferd angebunden war.

„Uff!", meinte Winnetou, das Tier mit leuchtendem Blick betrachtend. „Dieses Ross gehört gewiss dem Bleichgesicht, das an uns vorüberkam."

Sie banden ihre Pferde ebenfalls an. Die Tür stand offen und sie traten ein. Ein Schwarzer kam ihnen entgegen und fragte nach ihrem Begehr. Noch ehe sie zu antworten vermochten, wurde zur Seite eine Tür geöffnet und unter ihr erschien ein junger Weißer, der den Apatschen mit freundlich erstaunten Augen betrachtete. Es war der Ingenieur.

„Wen sucht ihr hier so früh, Mesch'schurs?", fragte er höflich.

„Wir suchen den Ingenieur Mr. Charoy", entgegnete Winnetou in geläufigem Englisch, wobei er sogar den französischen Namen ganz richtig aussprach.

„*Well*, der bin ich. Tretet ein!"

Charoy zog sich in sein Arbeitszimmer zurück, sodass die beiden ihm folgen konnten. Er schob den Ankömmlingen zwei Stühle hin und wartete dann mit sichtlicher Spannung auf das, was sie zu ihm geführt hatte. Der Indianer begann: „Ich bin Winnetou, der Häuptling der Apatschen..."

„Weiß es schon!", fiel der Ingenieur schnell ein.

„So hast du mich bereits gesehen?", fragte der Rote.

„Nein. Aber es ist einer da, der dich kennt und durch das Fenster kommen sah. Ich bin ehrlich erfreut, den berühmten Häuptling der Apatschen kennen zu lernen. Setz dich und sage, was dich zu mir führt!"

„Kennst du ein Bleichgesicht, das in Kinsley wohnt und Bent Norton heißt?"

„Ja, sehr gut. Dieser Mann ist einer meiner besten Freunde", erwiderte Charoy.

„Und kennst du auch Keller, seinen Schreiber?"

„Nein. Seit mein Freund in Kinsley wohnt, habe ich ihn noch nicht besucht."

„Dieser Schreiber wird heute mit noch einem Weißen zu dir kommen, um dir ein Schreiben von Norton zu übergeben. Du sollst vermutlich den einen in deiner Schreibstube anstellen. Die beiden Bleichgesichter sind – Mörder! Sobald sie mit dir gesprochen haben, werden wir erraten, welche Absichten sie verfolgen. Ich halte sie für Tramps."

„Tramps?", wiederholte der Ingenieur schnell. „Ich habe soeben erfahren, dass eine Horde von ihnen zum Eagle Tail und nach Sheridan will, um uns zu berauben."

„Von wem hast du das erfahren?"

„Von – nun, es ist wohl am besten, dass ich dir den Mann zeige."

Er öffnete die Tür zum Nebenzimmer, aus dem Old Firehand trat. Wenn der Ingenieur geglaubt hatte, der Apatsche werde in Worte des Entzückens ausbrechen, so war er mit der Gewohnheit der Indianer nicht vertraut. Zwar glänzten die Augen des Apatschen, sonst aber blieb er ruhig. Er trat auf den Jäger zu und streckte ihm die Hand entgegen. Old Firehand sagte in freudiger Rührung: „Mein Freund, mein lieber Bruder! Wie überrascht war ich, als ich dich kommen und vom Pferd steigen sah! Wie lange haben wir uns nicht gesehen!"

„Winnetou sah dich heut beim Tagesgrauen", entgegnete der Indianer, „als du im Nebelmeer jenseits des Flusses an uns vorüberjagtest. Wie der Sturm der Ebene warst du vorüber."

„Ich musste schnell reiten, weil die Sache so wichtig ist! Es sind zweihundert Tramps im Anzug."

„Dann hat sich Winnetou nicht getäuscht. Die Mörder sind die Kundschafter, die ihnen vorangehen."

„Darf ich erfahren, welche Bewandtnis es mit diesen Leuten hat?"

„Hier steht ein Bleichgesicht, das alles erzählen wird."

Dabei deutete Winnetou auf Hartley, der den gewaltigen Mann noch jetzt mit Staunen betrachtete. Ja, das waren Recken, dieser Old Firehand und dieser Winnetou!

Hartley erzählte seine gestrigen Erlebnisse. Darauf berichtete Old Firehand von seinem Zusammentreffen mit dem roten Cornel auf dem Steamboat, bei den Rafters und zuletzt auf Butlers Farm. Nun ließ er sich den Anführer der drei beschreiben, den Mann, der den Schreiber niedergeschossen hatte. Als der Yankee das Fehlen der Ohrmuscheln erwähnte, sagte der Jäger: „Es war der Cornel. Hoffentlich läuft er mir endlich in die Hände!"

„Dann sollen ihm die Streiche wohl vergehen!", drohte der Ingenieur. „Über zweihundert Tramps! Welch ein Morden, Sengen und Brennen wäre das geworden! Nun, da ich gewarnt bin, mag Cornel mit seinen Tramps kommen. Wir werden gerüstet sein und uns zu wehren wissen." – „Euer Mut ist lobenswert, Sir, aber List ist oft besser als Gewalt. Wenn ich den Feind durch List unschädlich machen kann, warum soll ich da viele Menschenleben opfern?" – „Welche List meint Ihr, Sir? Ihr seid ein erfahrener Westmann und ich bin sofort bereit, Euch den Befehl über diesen Platz und meine Leute abzutreten." – „Nicht so schnell, Sir! Wir müssen überlegen. Zunächst dürfen die Tramps nicht wissen, dass wir hier sind. Gibt es ein gutes Versteck für die Pferde?" – „Die kann ich gleich verschwinden lassen. Mein Diener, der treu und verschwiegen ist, wird die Pferde verstecken und versorgen." – „Gut, erteilt ihm den Befehl dazu! Und Ihr selbst müsst Euch dieses Mr. Hartley annehmen. Aber kein Mensch darf von seiner Anwesenheit etwas wissen, außer Euch, Eurem Diener und dem Arzt; denn ein Doktor ist doch wohl vorhanden?" – „Jawohl. Ich werde ihn sofort kommen lassen."

Der Ingenieur entfernte sich mit dem Yankee. Als er zurückkehrte, um zu melden, dass sowohl der Verwundete als auch die Pferde gut versorgt seien, meinte Old Firehand: „Ich wollte eine

Beratung in Gegenwart dieses Arzneischwindlers vermeiden, denn ich traue ihm nicht."

„So wollt Ihr uns wohl einen Plan mitteilen?", fragte der Ingenieur wissbegierig.

„Nein. Einen Plan können wir erst dann entwerfen, wenn wir die Absichten der Tramps kennen, und das wird nicht eher der Fall sein, als bis die Kundschafter hier eingetroffen sind und mit Euch gesprochen haben."

„Das ist richtig. Wir müssen uns also einstweilen in Geduld fassen."

Da hob Winnetou die Hand zum Zeichen, dass er anderer Ansicht sei, und sagte: „Wenn Winnetou nicht weiß, wie und ob er sich verteidigen kann, so greift er lieber an. Warum soll der Häuptling der Apatschen sich zwingen lassen, nach dem Plan der Gegner zu handeln, wenn es ihm leicht ist, sie zu zwingen, sich nach dem seinigen zu richten?"

„Ah, du hast also bereits einen Plan?"

„Ja. Diese Tramps sind keine Krieger, mit denen man ehrenvoll kämpfen kann. Warum soll Winnetou warten, bis so ein Hund ihn beißt, wenn er ihn vorher in einer Falle erwürgen kann!"

„Kennst du eine solche Falle für die Tramps?"

„Winnetou kennt eine und wir werden sie bauen. Diese Kojoten kommen, um die Kasse zu berauben. Ist die Kasse hier, so kommen sie hierher. Und befindet sie sich im Feuerwagen, so werden sie ihn besteigen und ins Verderben fahren, ohne den Leuten, die hier wohnen, das Geringste getan zu haben."

„Ah, ich begreife!", rief Old Firehand. „Du meinst, dass wir die Kerle in den Zug locken sollen?"

„Ja. Aber Winnetou versteht nichts von dem Feuerross. Er hat die Anregung gegeben und seine weißen Brüder mögen darüber nachdenken."

„In einen Bahnzug locken?", fragte der Ingenieur. „Aber wozu denn? Wir können sie doch hier erwarten und durch einen Hinterhalt vernichten."

„Wobei aber viele von uns sterben müssten!“, entgegnete Old Firehand. „Besteigen die Tramps jedoch den Zug, so können wir sie an einen Ort bringen, wo sie sich ergeben müssen, ohne uns schaden zu können. Die Tramps müssen nur überzeugt sein, dass sich Geld in dem Zug befindet. Ihr stellt den Kundschafter als Schreiber an und teilt ihm mit, dass hier ein Zug hält, der eine große Menge Geld mit sich führt. Da kommen die Tramps sicher und alle drängen sich in die Wagen. Steht Euch nicht ein Zug zu diesem Zweck zur Verfügung?“

„O doch, so viele Wagen, wie Ihr wollt! Aber es gibt noch allerlei Fragen. Wer soll den Zug leiten? Es ist gewiss, dass der Maschinist und der Feuermann von den Tramps erschossen werden.“

„Pshaw! Ein Maschinist wird sich wohl finden und den Feuermann mache ich. Ich vermute, dass die Tramps heute am Eagle Tail ankommen, denn dorthin wollen sie zunächst. Also können wir den Streich auf morgen Nacht festlegen. Sodann ist es nötig, einen Ort zu bestimmen, wohin wir die Kerle fahren. Den werden wir uns noch während des Vormittags suchen, weil wohl schon nachmittags die Kundschafter erscheinen. Habt Ihr eine Bahndraisine, Sir?“

„Gewiss.“

„Nun, so fahren wir beide miteinander. Winnetou darf nicht mit. Er muss versteckt bleiben, weil seine Anwesenheit unsre Absicht verraten könnte. Auch mich darf man nicht erkennen. Darum habe ich einen alten Leinenanzug mitgebracht.“

Der Ingenieur machte ein immer verlegeneres Gesicht und meinte: „Mir aber kommt diese Sache gar nicht so leicht vor. Wie geben wir den Tramps Nachricht? Wie bringen wir sie dazu, sich rechtzeitig einzustellen?“

„Welche Fragen! Der neue Schreiber horcht Euch aus und was Ihr ihm weismacht, das teilt er ihnen heimlich als volle Wahrheit mit. Wenn Ihr klug seid, wird alles glatt ablaufen. Den Schreiber müsst Ihr so beschäftigen, dass er bis zum Schlafengehen das Haus nicht verlässt und mit keinem Menschen sprechen kann. Dann gebt Ihr ihm eine Stube im Obergeschoss. Das platte Dach liegt nur wenig höher. Ich steige hinauf und werde mühelos hören, was gesprochen wird."

„Ihr seid der Ansicht, dass er zum Fenster hinaus sprechen wird?"

„Allerdings. Dieser so genannte Keller soll Euch auskundschaften und der andere, der mit ihm kommt, soll den Zwischenträger machen. Dieser andre wird versuchen, mit dem Schreiber zu sprechen, kann aber, wenn Ihr nach meinen Weisungen handelt, nicht vor der Schlafenszeit an ihn kommen. Dann wird er das Haus umschleichen. Der Schreiber wird das Fenster öffnen und ich liege auf dem Dach, um zu lauschen."

„Howgh!", stimmte Winnetou bei. „Meine weißen Brüder mögen jetzt einen Ort suchen, wo die Falle geschlossen werden kann. Wenn sie zurückgekehrt sind, wird sich der Apatsche davonschleichen, um nicht untätig warten zu müssen."

„Der Häuptling der Apatschen kann Gesellschaft haben, wenn er will. Ich habe meine Rafters und die Jäger an eine Stelle beordert, die einen Stundenritt unterhalb des Eagle Tail liegt. Die Tante Droll ist bei ihnen."

„Uff!", rief der Apatsche. „Die Tante ist ein braves Bleichgesicht. Winnetou wird zu ihr gehen."

„Schön! Mein roter Bruder wird dort noch andre tüchtige Männer finden, wie den Humply-Bill und den Gunstick-Uncle. Einstweilen aber mag er mir in meine Stube folgen und da warten, bis wir zurückkehren."

Old Firehand hatte noch vor der Ankunft des Apatschen von dem Ingenieur ein Stübchen angewiesen bekommen. Dorthin begab er sich jetzt mit Winnetou, um den auffälligen Jagdanzug mit dem andern zu vertauschen. Bald stand eine Draisine bereit. Old Firehand bestieg mit dem Ingenieur den Vordersitz und zwei Arbeiter standen über den Laufrädern, um die Handstangen in Bewegung zu setzen.

Der Apatsche benutzte die Gelegenheit, eine kurze Zeit zu schlafen. Als Old Firehand und Charoy zurückkehrten, wurde er geweckt. Er erfuhr, dass Old Firehand einen geeigneten Ort gefunden hatte, und nickte befriedigt: „Es ist gut! Winnetou reitet jetzt zu Tante Droll, um ihr und den Rafters zu sagen, dass sie sich bereithalten mögen.“ Er schlich sich vom Haus fort und zum Versteck, wo sich seine Pferde befanden.

Kaum war die Mittagspause der Arbeiter vorüber, so sah man zwei Reiter langsam vom Fluss her geritten kommen. Nach der Beschreibung, die der Yankee geliefert hatte, waren es die Erwarteten. Old Firehand ging in die neben dem Amtsraum liegende Stube, um durch die angelehnte Tür Zeuge der Unterredung zu sein.

Der Ingenieur befand sich in seinem Zimmer, als die beiden Männer eintraten. Sie grüßten höflich und dann überreichte der eine den Empfehlungsbrief. Der Ingenieur las ihn und sagte freundlich: „Ihr wart bei meinem Freund Norton angestellt? Wie geht es ihm?“

Es folgten nun die üblichen Fragen und Antworten und dann erkundigte sich der Ingenieur nach dem Grund, der den Schreiber aus Kinsley fortgetrieben habe. Der Gefragte erzählte eine wehmütige Geschichte, die zu dem Inhalt des Briefes passte. Der Beamte hörte ihm zu und meinte schließlich: „Euer Schicksal tut mir Leid. Darum soll Nortons Bitte um eine Anstellung für Euch nicht vergeblich sein. Ich bedarf aber schon lange eines Mannes, dem ich auch wichtige Sachen in die Feder geben darf. Meint Ihr, dass ich es da mit Euch versuchen soll?“

„Sir“, antwortete der angebliche Keller erfreut, „versucht es mit mir. Ihr werdet zufrieden sein.“

„*Well,* versuchen wir es! Jetzt bin ich sehr beschäftigt. Seht Euch einstweilen im Ort um und kommt um fünf Uhr wieder! Bis dahin werde ich einige Arbeiten ausgesucht haben. Ihr wohnt bei mir im Haus und müsst Euch nach der Hausordnung richten. Punkt zehn Uhr wird die Tür verschlossen.“

„Das ist mir recht, Sir, denn gerade so habe ich es bisher stets gehalten“, versicherte der Mann. Dann fügte er hinzu: „Und nun noch eine Bitte, die meinen Reisegefährten betrifft. Hättet Ihr vielleicht auch für ihn Arbeit?"

„Wie heißt Ihr?"

„Dugby. Ich habe Mr. Keller unterwegs getroffen und mich ihm angeschlossen, als ich hörte, dass hier an der Bahn gearbeitet wird."

„Nun, Arbeit könnt Ihr zu jeder Zeit haben. Bleibt also immerhin da! Jetzt könnt ihr gehen."

Die beiden Kundschafter verließen das Zimmer. Der Ingenieur trat zu Old Firehand herein. Dieser fragte ihn: „Warum habt Ihr den Schreiber erst auf fünf Uhr bestellt?" – „Weil ich ihn dann bis zum Schlafengehen beschäftigen muss. Und was soll ich die ganze Zeit über mit ihm anfangen?" – „Richtig. Es sind immerhin fünf volle Stunden bis zehn Uhr."

Nun war der erste Teil der Planung ausgeführt. Zum zweiten Teil konnte man erst übergehen, wenn man das Gespräch der beiden Kundschafter belauscht hatte. Bis dahin war noch eine lange Zeit, die Old Firehand zum Schlafen verwendete. Gegen zehn Uhr kam der Ingenieur zu ihm und meldete, der Schreiber habe gegessen und werde sich nun auf sein Zimmer begeben.

Old Firehand stieg also auf das Dach. Dort legte er sich nieder.

Die Zeit verging langsam. Unten in den Häusern und Hütten brannte noch Licht. Hier oben aber bei der Wohnung des Schreibers war alles in tiefes Dunkel gehüllt. Endlich hörte Old Firehand, dass das Fenster geöffnet wurde. Der Schreiber erwartete seinen Gefährten. Nicht lange, so hörte man ein leises Knirschen von Tritten im Sand.

„Dugby!", flüsterte der Schreiber am Fenster.

„Ja", erwiderte sein Kumpan.

„Wo stehst du?"

„Ganz nahe an der Wand, gerade unter deinem Fenster."

„Ist alles dunkel im Haus?"

„Alles. Es ist kein Mensch mehr wach. Was hast du mir zu sagen?"

„Dass es nichts ist mit der hiesigen Kasse. Es gibt hier vierzehntägige Löhnung und gestern war Zahltag. Aber morgen, des Nachts, kommt ein Zug mit über vierhunderttausend Dollar hier durch."

„Unsinn!"

„Es ist wahr. Ich habe mich mit meinen eigenen Augen überzeugt. Der Zug kommt von Hays City und geht nach Eureka, wo das Geld für die neue Strecke verwendet werden soll. Ich habe den Brief und auch die Depesche gelesen. Dieser Ingenieur hat ein blödes Vertrauen zu mir."

„Was nützt uns das? Der Zug geht ja hier nur durch."

„Nein. Er hält volle fünf Minuten hier. Und ich und du werden auf der Lokomotive stehen."

„Wir zwei? Du träumst."

„Durchaus nicht. Der Zug muss in Chalk Bluffs von einem Sonderbeamten übernommen werden. Dieser Mann bleibt dann auf der Lokomotive und fährt bis Wallace mit, um die Fracht dort zu übergeben."

„Und dieser Sonderbeamte sollst du sein?"

„Ja. Und du darfst mit. Der Ingenieur hat mir erlaubt, mir einen Begleiter auszusuchen. Da ist es doch klar, dass ich dich wähle."

„Du, ist ein so schnelles und großes Vertrauen nicht auffällig?"

„Der Empfehlungsbrief hat da viel geholfen. Und außerdem kann mich dieses rasche Vertrauen nicht bedenklich machen, weil ein Aber dabei ist. Der Auftrag ist nicht ganz ungefährlich."

„Ah! Das beruhigt mich allerdings."

„Du kannst dir denken, dass bei einer so großen, neuen Bahn nicht genug geprüfte Beamte vorhanden sind. Es gibt Maschinisten und Heizer, die man noch nicht kennt. Wenn sich da zwei einig sind, können sie sich leicht mit dem Geld davonmachen. Darum muss ein Beamter bei ihnen sein und da sie zwei Personen sind, soll der Beamte noch einen Gehilfen mitnehmen. Wir werden jeder einen geladenen Revolver in der Tasche haben, um jeden, der eine verbrecherische Absicht verrät, sofort niederzuschießen."

„Du, das ist spaßhaft. Wir und das Geld bewachen! Wir werden die Kerle auf der Lokomotive unterwegs zwingen, anzuhalten, und uns dann die Dollars nehmen.“

„Das geht nicht; denn außer dem Maschinisten und dem Heizer ist noch der Zugführer vorhanden und auch ein Kassenbeamter aus Kansas City, der das Geld in einem Koffer mit sich führt. Nein, unser Streich muss auf andre Weise abrollen. Man muss mit Übermacht angreifen, und zwar an einem Ort, wo so etwas nicht zu vermuten ist, also hier.“

„Und du denkst, dass es gelingt?“

„Gewiss. Es ist nicht das geringste Bedenken dabei. Ich bin des Erfolgs so sicher, dass ich dich jetzt fortschicke, um den Cornel zu unterrichten. Ich muss bis Mittag Nachricht haben. Sporne dein Pferd tüchtig an und wenn du es totreiten solltest!“

„Und was soll ich sagen?“

„Was du jetzt von mir gehört hast. Der Zug trifft Punkt drei Uhr nachts hier ein. Wir stehen beide auf der Lokomotive und werden, sobald er hält, den Maschinisten und den Heizer auf uns nehmen. Der Cornel muss sich mit den Unsrigen heimlich an der Bahn aufgestellt haben und augenblicklich die Wagen besteigen. Bei einer solchen Übermacht werden die Bewohner von Sheridan und die drei oder vier Beamten, mit denen wir es zu tun haben, so verblüfft sein, dass sie gar keine Zeit zur Gegenwehr finden.“

„Hm, der Plan ist nicht übel. Hoffentlich geht der Cornel auf deinen Vorschlag ein. Wie soll ich dir seine Antwort übermitteln?“

„Das ist eine heikle Frage. Wir müssen vermeiden, uns persönlich zu treffen. Also musst du mir alles aufschreiben und den Zettel in der Nähe verstecken.“

„Und wo?“

„Es muss ein Ort sein, wohin ich rasch gelangen kann. Ich werde am Vormittag tüchtig arbeiten müssen. Aber an die Haustür kann ich schon einmal treten. Hart daneben steht ein Regenfass, hinter dem du den Zettel verstecken kannst. Ich muss dir doch sagen, dass du mit mir den Geldzug besteigen sollst. Also lasse ich dich bald nach Mittag suchen. Du kommst dann und verbirgst dabei den Zettel und ich weiß, dass er an seinem Platz liegt. Bist du einverstanden?“

„Ja.“

„Und nun gute Nacht!“

Der andre huschte fort. Das Fenster wurde leise zugemacht. Old Firehand blieb noch eine Weile liegen und schlich dann die Treppe hinab zur Stube des Ingenieurs. Der Trapper erzählte alles, was er gehört hatte, und sprach die Überzeugung aus, dass die Angelegenheit den beabsichtigten Gang gehen werde. Dann trennten sie sich, um sich zur Ruhe zu legen.

Am anderen Morgen erwachte Old Firehand zeitig. Ihm fiel es nicht leicht, versteckt in seiner Stube auszuhalten; doch musste er sich darein ergeben. Es mochte gegen elf Uhr sein, als der Ingenieur zu ihm kam. Charoy sagte ihm, dass der Schreiber fest bei der Arbeit sei. In diesem Augenblick sah Old Firehand einen kleinen buckligen Kerl die Anhöhe heraufsteigen.

„Der Humply-Bill!“, sagte er betroffen. „Dieser Mann gehört zu meinen Leuten. Es muss etwas Unerwartetes geschehen sein, sonst würde er sich nicht hier blicken lassen. Er weiß, dass ich hier unerkannt sein will, und wird deshalb nur Euch nach mir fragen.“

Der Ingenieur ging hinaus und Bill trat im selben Augenblick ins Haus.

„Sir“, sagte er, „ich lese an dem Schild, dass hier der Ingenieur wohnt. Kann ich mit ihm sprechen?“

„Ich selbst bin es. Kommt herein!“ Charoy geleitete Bill in die Stube Old Firehands, der den Kleinen mit der Frage empfing, was ihn veranlasst habe, so gegen alle Verabredung hierher zu kommen.

„Keine Sorge, Sir! Es ist nichts Schlimmes“, beschwichtigte Bill. „Auf alle Fälle aber etwas, was Ihr erfahren musstet. Aus diesem Grund wurde ich ausgewählt, Euch die Nachricht zu bringen.

Gestern gegen Abend kam, wie Ihr wissen werdet, Winnetou zu uns und richtete bei der Tante ungeheure Freude an. Wir hatten zum Lager einen Ort gewählt, den wohl keiner der Tramps zu entdecken vermag. Nun hatte Winnetou vorher auch den Lagerplatz der Tramps ausgekundschaftet und nachdem es dunkel geworden war, begab er sich dorthin, um sie zu belauschen. Am hellen Morgen hatte er sich so weit an die Tramps geschlichen, dass er ihr Gespräch verstehen konnte. Es war ein Bote von hier angekommen und hatte die ganze Gesellschaft mit einer Nachricht außer Rand und Band gebracht."

„Aha, Dugby!"

„Ja, Dugby, so hat der Kerl geheißen. Er erzählte von einer halben Million Dollar, die aus dem Bahnzug geholt werden soll."

„Das ist richtig."

„Also ist das die Falle, in die Ihr die Kerle locken wollt! Und jedenfalls wisst Ihr, dass Dugby sich aufgemacht hat, es ihnen zu berichten."

„Ja, das gehört mit zu unserem Plan."

„Aber Ihr müsst auch erfahren, was darauf beschlossen wurde."

„Natürlich! Wir haben Vorsorge getroffen, dass es uns nach Dugbys Rückkehr verraten wird."

„Nun, den Kerl braucht Ihr dazu gar nicht, denn Winnetou hat alles erlauscht. Die Tramps sind nämlich auf die Vorschläge des Schreibers sofort eingegangen und es soll nur ein Punkt geändert werden."

„Welcher?"

„Der Ort, wo der Überfall geschehen soll. Da hier in Sheridan viele Arbeiter wohnen, meinen die Tramps, dass wohl viele das Lager verlassen werden, um sich den Train anzusehen. Das könnte unerwarteten Widerstand ergeben. Deshalb soll der Schreiber den Zug aus Sheridan abfahren lassen und kurz nachher den Maschinisten und Heizer zwingen, auf offener Strecke zu halten."

„Wurde ein Ort bestimmt?"

„Nein. Die Tramps wollen am Gleis ein Feuer anbrennen, neben dem die Lokomotive halten soll. Vielleicht ist Euch diese Veränderung unlieb, Sir?“

„Nein, gar nicht, denn wir entgehen dadurch der Gefahr, dass es zwischen unseren Arbeitern und den Tramps zum Kampf kommt. Ferner brauchen wir nicht erst mit den beiden Kundschaftern nach Carlyle zu fahren. Hat Winnetou euch gesagt, wo ihr euch aufstellen sollt?“

„Ja, vor dem Tunnel, der sich jenseits der Brücke öffnet.“

„Richtig! Aber ihr müsst euch verborgen halten, bis der Zug in den Tunnel eingefahren ist. Das Übrige ergibt sich von selbst.“

Jetzt konnte man mit den Vorbereitungen beginnen. Der Telegraf spielte nach Chalk Bluffs, um den Zug zusammenstellen zu lassen, und zum Fort Wallace, um Soldaten zu erbitten. Inzwischen entfernte sich Humply-Bill ebenso unauffällig, wie er gekommen war.

Um Mittag trafen von den beiden Stationen die Nachrichten ein, dass man den Anordnungen Folge leisten werde. Ungefähr zwei Stunden später sah man Dugby kommen, den der angebliche Keller durch einen Boten zu sich bestellt hatte. Old Firehand saß mit dem Ingenieur in seiner Stube. Beide beobachteten den Tramp, der sich für einen kurzen Augenblick an dem Regenfass zu schaffen machte.

„Empfangt ihn in Euerm Dienstzimmer“, riet Old Firehand, „und sprecht dort mit ihm, bis ich nachkomme! Ich werde inzwischen den Zettel lesen.“

Der Ingenieur begab sich in seinen Arbeitsraum und sobald Dugby dort eingelassen worden war, ging Old Firehand hinaus an die Haustür. Hinter dem Fass fand er das erwartete Papier. Der Inhalt stimmte genau mit dem Bericht des Humply-Bill überein. Er legte das Papier wieder zurück und trat dann ins Amtszimmer. Der Tramp erkannte den Jäger nicht und erschrak darum nicht wenig, als ihm Old Firehand die Hand auf die Schulter legte und ihn drohend fragte: „Wisst Ihr, wer ich bin, Mr. Dugby?“

„Nein“, lautete die bestürzte Antwort.

„So habt Ihr bei Butlers Farm die Augen nicht offen gehabt. Ich bin Old Firehand!“

Er zog dem Tramp das Messer aus dem Gürtel und einen Revolver aus der Hosentasche. Dann sagte der Jäger zu dem Ingenieur: „Bitte, Sir, geht hinauf zu dem Schreiber und meldet ihm, dass Dugby hier gewesen ist! Dann kehrt Ihr hierher zurück.“

Charoy entfernte sich. Old Firehand drückte den Tramp auf einen Stuhl und band ihn mit einer starken Schnur an der Lehne fest.

Jetzt trat der Ingenieur wieder ein. Old Firehand winkte ihm, an der Tür stehen zu bleiben. Er selbst stellte sich ans Fenster, doch so, dass er von draußen nicht gesehen werden konnte. Er war überzeugt, dass die Neugier dem Schreiber nicht lange Ruhe lassen werde. Es währte auch kaum zwei Minuten, da sah er einen Vorderarm erscheinen, der hinter das Fass langte. Old Firehand nickte dem Ingenieur zu und Charoy öffnete schnell die Tür, gerade als der Schreiber daran vorbeihuschen wollte.

„Mr. Keller, wollt Ihr nicht einmal hereinkommen?“, fragte er.

Der Angeredete folgte der Aufforderung mit sichtlicher Verlegenheit. Was aber machte er erst für ein Gesicht, als er seinen Genossen an den Stuhl gebunden sah!

„Was für ein Papier habt Ihr da soeben eingesteckt?“, fragte ihn Old Firehand. „Zeigt es doch einmal her!“

Der Schreiber tat erstaunt und fragte: „Wie kommt Ihr zu einem solchen Ansinnen? Ich kenne Euch nicht.“

„Ihr kennt Ihn!“, fiel der Ingenieur ein. „Es ist Old Firehand.“

„Old Fi...?“, stotterte der Tramp. Seine Augen waren weit und starr auf den Trapper gerichtet.

„Ja, ich bin es“, bestätigte der Jäger. „Hier habt Ihr mich wohl nicht vermutet? Und was den Inhalt Eurer Taschen betrifft, so habe ich ein gutes Recht darauf. Zeigt einmal her!“

Old Firehand nahm dem Tramp die Waffen ab, dann zog er auch den Zettel hervor.

„Sir“, fragte der Schreiber verbissen, „mit welchem Recht tut Ihr das?“

„Mr. Charoy, der die Polizeigewalt dieses Ortes ausübt, hat mir den Auftrag erteilt, in dieser Angelegenheit seine Stelle zu vertreten."

„In welcher Angelegenheit? Ich habe nichts Ungesetzliches getan und will wissen, aus welchem Grund Ihr mich wie einen Dieb behandelt!"

„Dieb? *Pshaw!* Wohl Euch, wenn es nur das wäre! Es handelt sich erstens um einen Mord und zweitens um einen Überfall auf einen Eisenbahnzug. Ihr gehört zu den Tramps, die am Osage Nook die Osagen überfielen, dann Butlers Farm angegriffen haben und nun hier eine halbe Million Dollar aus dem Bahnzug holen wollen. Ihr seid nur zu dem Zweck hierher gekommen, um die Gelegenheit auszuspähen und Eure Verbündeten zu benachrichtigen."

„Ich? Ich bin ja gar nicht aus diesem Haus gekommen!"

„Ganz recht. Aber Euer Kamerad hier hat den Boten gemacht. Ich habe gestern Abend auf dem Dach gelegen und jedes Wort gehört. Auf diesem Zettel steht die Antwort, die Euch der rote Cornel sendet. Die Tramps lagern drüben beim Eagle Tail. Sie wollen in der nächsten Nacht herüberkommen und sich außerhalb Sheridan an der Bahn lagern und ein Feuer anbrennen. Hier wollen sich Eure Spießgesellen dann das Geld aus den Wagen holen."

„Sir", stieß der Schreiber hervor, der jetzt seine Angst nicht mehr verbergen konnte. „Ich bin ein ehrlicher Mann und..."

„Schweigt!", gebot Old Firehand. „Ein ehrlicher Mann mordet nicht."

„Wollt Ihr etwa behaupten, dass ich gemordet habe?"

„Allerdings! Ihr beide seid Mörder. Wo ist der Wunderdoktor und wo ist sein Gehilfe, die ihr mit dem roten Cornel verfolgt habt? Ist der Gehilfe nicht erschossen worden, weil ihr seinen Brief brauchtet, um Euch hier statt seiner als den Schreiber Keller vorzustellen?"

„Sir, ich weiß kein Wort von alledem!", stotterte der Tramp.

„Nicht? So werde ich Euch sofort überführen. Mr. Charoy, habt doch die Güte, diesem Kerl die Hände auf den Rücken zu binden! Ich werde ihn halten."

Als der Tramp diese Worte hörte, wendete er sich rasch zur Tür, um zu fliehen. Noch schneller aber war Old Firehand. Er ergriff ihn und hielt ihn trotz seines Sträubens so fest, dass der Ingenieur ihn ohne Mühe fesseln konnte. Dann wurde Dugby vom Stuhl losgebunden und mit dem Schreiber in das Zimmer geführt, wo der verwundete Hartley lag. Als der Yankee sie erblickte, erhob er sich und rief: „Holla, das sind ja die Kerle, die mich beraubt und den armen Keller ermordet haben! Ich erkenne sie wieder und will tausend Eide darauf schwören, dass sie die Mörder sind!"

„Es bedarf Eurer Versicherung nicht, Mr. Hartley. Wir haben Beweise in den Händen."

„Schön! Wie aber steht es mit meinem Geld?"

„Das wird sich noch finden. Zuerst habe ich ihnen nur die Waffen abgenommen und diesen Zettel, der sie entlarvt."

Die Tramps sagten kein Wort mehr. Nun wurden ihre Taschen geleert. Es fanden sich die Banknoten, die auf ihren Anteil entfallen waren, und man gab sie Hartley zurück. Die Überrumpelten gestanden, dass der rote Cornel den Rest besitze. Dann wurden sie auch an den Füßen gefesselt und auf die Diele gelegt. Hartley war so ergrimmt gegen sie, dass es keinen besseren Wächter für sie gab als ihn. Er bekam die Weisung, sie sofort zu erschießen, falls sie den Versuch machen sollten, sich ihrer Bande zu entledigen.

Alsdann konnten die weiteren Abwehrmaßnahmen getroffen werden. Nach Chalk Bluffs wurde die Weisung telegrafiert, der Zug solle zur bestimmten Zeit dort abgehen und eine Strecke vor Sheridan halten, um von Old Firehand übernommen zu werden.

Im Lauf des Nachmittags traf vom Fort Wallace die Meldung ein, dass ein Trupp Soldaten abgehe und schon um Mitternacht am vereinbarten Ort eintreffen werde.

10. Am Eagle Tail

Die Arbeiter in Sheridan hatten von all den eben erzählten Vorgängen noch keine Ahnung. Erst am Feierabend teilte der Ingenieur seinem Schichtmeister das Nötige mit und gab ihm den Auftrag, die Arbeiter unauffällig zu unterrichten.

Der Schichtmeister war ein *New Hampshire-Man* und hatte ein bewegtes Leben hinter sich. Das Glück war ihm nicht hold gewesen und so hatte er dem Osten Lebewohl gesagt und war über den Mississippi gegangen, um dort sein Heil zu versuchen. Er war ein Abenteurer geworden, der sich nicht mehr recht in geordnete Verhältnisse finden konnte.

Dieser Mann, der Watson hieß, war hocherfreut, als er hörte, was geschehen sollte. „Endlich einmal eine Unterbrechung dieses alltäglichen Einerleis!“, sagte er. „Aber der Name, den Ihr da genannt habt, kommt mir nicht unbekannt vor, Sir. Der rote Cornel? Und Brinkley soll er heißen?“

„Ja, er hat rot gefärbtes Haar, sein natürlicher Skalp ist von dunkler Farbe.“

„Dann kann es derselbe Kerl sein, dem ich schon einmal begegnet bin. Ich habe dieses Zusammentreffen beinahe mit dem Leben bezahlt.“

„Wann ist das gewesen?“, fragte Old Firehand.

„Vor zwei Jahren, und zwar droben am Grand River. Ich war mit einem Deutschen namens Erik Engel in Utha am Silbersee gewesen. Wir wollten nach Pueblo und dann nach dem Osten, um uns dort die Werkzeuge zu einem Unternehmen zu verschaffen, das uns zu Millionären gemacht hätte.“

Old Firehand horchte auf. „Engel hieß der Mann?“, fragte er. „Darf man vielleicht etwas Näheres darüber erfahren?“

„Warum nicht! Wir beide hatten uns zwar das tiefste Schweigen gelobt, aber die Millionen sind zu nichts zerronnen, weil der Plan nicht zur Ausführung kam. Es handelt sich nämlich um die Hebung eines ungeheuren Schatzes, der im Silbersee versenkt worden ist. Das mag abenteuerlich klingen, Sir, aber es ist trotzdem wahr."

„Ich bin gern bereit, Euch allen Glauben zu schenken. Auch ich habe als gewiss erfahren, dass ein Schatz in der Tiefe des Silbersees liegen soll."

„So? Ich glaube, mit gutem Gewissen beschwören zu können, dass es mit diesem Schatz seine Richtigkeit hat. Der Mann, der uns davon erzählte, hat uns bestimmt nicht belogen."

„Wer war das?"

„Ein alter Indianer. Ich habe noch nie einen so uralten Menschen gesehen. Er nannte sich Hauey-kolakäkho, teilte uns aber vertraulich mit, dass er eigentlich Ikhatschi-tatli heiße. Was diese indianischen Namen bedeuten, weiß ich nicht."

„Der erste gehört der Tonkawa-, der zweite der aztekischen Sprache an, und beide haben dieselbe Bedeutung, nämlich ‚Großer Vater'. Sprecht weiter, Mr. Watson! Ich bin neugierig, auf welche Weise Ihr diesen Indianer kennen gelernt habt."

„Nun, es ist eigentlich gar nichts Besonderes dabei. Ich war zu lange in den Bergen geblieben, sodass ich vom ersten Schnee überrascht wurde. Musste also oben bleiben und mich nach einem Ort umsehen, wo ich überwintern konnte. Glücklicherweise kam ich noch bis an den Silbersee und erblickte eine Steinhütte, aus der Rauch aufstieg. Ich war gerettet. Der Besitzer der Hütte war eben jener alte Indianer. Er hatte einen Enkel und einen Urenkel namens der Große und der Kleine Bär. Die beiden ‚Bären' waren nach den Wasatch-Bergen hinüber, wo sie bis zum Frühjahr bleiben mussten. So traf ich den Alten allein an, fand aber auch noch einen anderen in seiner Hütte, eben den vorhin erwähnten Erik Engel, der sich gerade so wie ich hierher gerettet hatte. Ich schätze, dass es geraten ist, mich kurz zu fassen, und will nur sagen, dass wir drei den ganzen Winter miteinander verlebten. Zu hungern brauchten wir nicht. Aber die Kälte hatte den Alten arg angegriffen und als die ersten lauen Lüfte wehten, mussten wir ihn begraben. Er hatte uns lieb gewonnen, weil wir ihm manchen

Dienst erwiesen. Um sich dankbar zu zeigen, teilte er uns das Geheimnis vom Schatz im Silbersee mit. Er besaß ein uraltes Lederstück, auf dem sich eine Zeichnung der betreffenden Örtlichkeiten befand, und erlaubte uns, eine Kopie davon zu machen. Das Leder selbst wollte uns der Alte nicht geben, sondern wollte es für die beiden ‚Bären‘ aufbewahren. Er hat es am Tag vor seinem Tode vergraben. Als er dann unter seinem Hügel lag, brachen wir auf. Engel hatte die Zeichnung in seinen Jagdrock eingenäht."

„Ihr habt nicht auf die Rückkehr der beiden ‚Bären‘ gewartet?“, fragte Old Firehand. „Sie hatten immer noch den ersten Anspruch auf den Schatz.“

„Mag sein. Aber wir sehnten uns nach Menschen! In der Tat kamen wir auch bald unter Leute, aber unter was für welche! Wir wurden von einer Schar Utah-Indianer überfallen und völlig ausgeraubt. Auch unsere Waffen behielten sie, sodass wir beinahe hilflos waren. Glücklicherweise oder vielmehr unglücklicherweise trafen wir am dritten Tag auf einen Jäger, von dem wir Fleisch erhielten. Als er hörte, dass wir nach Pueblo wollten, gab er vor, dasselbe Ziel zu haben, und erlaubte uns, uns ihm anzuschließen.“

„Das war der rote Brinkley?“

„Ja. Er fragte uns aus und wir sagten ihm alles. Nur das von dem Schatz und der Zeichnung, die Engel bei sich trug, verschwiegen wir ihm. Da nur er Waffen hatte, ging er oft fort, um zu jagen. Dann saßen wir beide beisammen und sprachen fast nur von dem Schatz. Einmal ist er heimlich zurückgekehrt, hat sich hinter uns geschlichen und unser Gespräch belauscht. Als er darauf wieder auf die Jagd ging, forderte er mich auf, mitzukommen. Als wir uns weit genug von Engel entfernt hatten, sagte er mir, dass er alles gehört habe und uns zur Strafe für unser Misstrauen die Zeichnung abnehmen werde. Zugleich fiel er über mich her und stieß mir das Messer in die Brust. Zu meinem Glück hatte er nicht ins Herz getroffen und nahm irrigerweise an, ich sei tot. Als ich erwachte, sah ich mich unter einer Schar von Einwanderern, die mich aufgefunden und verbunden hatten. Ich brauchte lange Zeit, bis ich so weit genas, dass ich mich von meinen Rettern trennen konnte. Da ich weder das Grab noch die Leiche Engels aufzuspüren vermochte, durfte ich vermuten, dass er dem Mörder entkommen sei.

„Ja, er ist entkommen“, nickte Old Firehand.

„Wie?“, fragte der Schichtmeister. „Ihr wisst das, Sir?“

„Ja. Doch davon später. Erzählt weiter!“

„Ich wandte mich zur nächsten Ansiedlung. Dort habe ich ein halbes Jahr alle möglichen Arbeiten verrichtet, um mir so viel zu verdienen, dass ich nach dem Osten gehen konnte.“

„Wohin wolltet Ihr?“

„Zu Engel. Ich wusste, dass er in Russelville, Kentucky, einen Bruder namens Max hatte. Als ich dort ankam, hörte ich, dass Max an den Arkansas gezogen sei. Wohin, das konnte mir niemand sagen. Er hatte bei seinem Nachbarn einen Brief für Erik zurückgelassen. Erik war auch wirklich eingetroffen und hatte den Brief erhalten, worin jedenfalls der neue Wohnort angegeben war. Dann war er wieder fort und der Nachbar war inzwischen verstorben. So, Mesch'schurs, das ist's, was ich euch erzählen wollte. Wenn es mit diesem Brinkley seine Richtigkeit hat, so freue ich mich darauf, mit diesem Halunken zusammenzutreffen. Schätze, dass ich mit ihm Abrechnung halte.“

„Es gibt noch andre, welche die gleiche Absicht haben“, bemerkte Old Firehand. „Das ganze Leben dieses Menschen scheint aus Verbrechen zusammengesetzt zu sein. Hoffentlich gelingt es uns heute, dem ein Ende zu machen.“

„Auch ich wünsche das von Herzen. Aber Ihr habt mir noch nicht gesagt, wie wir uns des zu erwartenden Angriffs erwehren sollen.“

„Zunächst müssen sich die Arbeiter ruhig verhalten. Sie mögen ihre Waffen in Ordnung bringen. Noch vor Mitternacht werden sie einen Bahnzug besteigen, der sie an die betreffende Stelle bringt.“

„*Well,* Euern Anordnungen wird Folge geleistet werden.“

Als sich Watson entfernt hatte, erkundigte sich Old Firehand bei dem Ingenieur, ob er zwei Arbeiter habe, die den beiden gefangenen Tramps einigermaßen ähnlich seien. Auch sollten sie Mut genug besitzen, auf der Lokomotive die Stelle der Gefangenen zu vertreten. Charoy schickte seinen Diener fort, um die Männer, die er für geeignet hielt, herbeizuholen. Als sie kamen, sah Old Firehand, dass die Wahl gar nicht übel war.

Als das besorgt war, verließ der Jäger das Haus, um die Umgebung nochmals abzusuchen.

Wenn Späher gekommen waren, so befanden sie sich jedenfalls an einer Stelle, von wo aus die Arbeiterniederlassung ungefährlich und zugleich hinreichend zu beobachten war. Eine solche Stelle gab es unweit vom Haus des Ingenieurs. Hart am Gleis stieg eine Böschung auf, deren Höhe einige Bäume trug. Von dort oben gab es den besten Überblick. Wenn irgendwo, so waren die Spione dort zu suchen.

Old Firehand trachtete, unbemerkt von der andern Seite, an den Fuß der kleinen Höhe zu kommen, und kroch dann leise hinauf. Oben sah er, dass seine Berechnung richtig war. Unter den Bäumen saßen zwei Gestalten, die leise miteinander sprachen. Der Jäger näherte sich ihnen so weit, dass er mit dem Kopf den Stamm des Baumes berührte, neben dem sie saßen. Es verging geraume Zeit, bevor der eine sagte: „Hast du erfahren, was später, wenn wir hier fertig sind, geschehen soll?“

„Nichts Gewisses“, antwortete der andre. „Der Cornel ist verschwiegen und hat nur wenige Vertraute.“

„Meinst du Woodward, der mit ihm den Rafters entkommen ist? Nun, der scheint ja gerade gegen dich sehr mitteilsam zu sein. Hat er dir nichts gesagt?“

„Andeutungen, weiter nichts. Ich schließe aus seinen Worten, dass der Cornel nicht die Absicht hat, unsre ganze Schar beisammen zu behalten. Eine so große Zahl ist ihm für seine weiteren Pläne hinderlich. Ich denke, dass er sich die Besten auswählt und mit ihnen verschwinden wird.“

„Hm! Das lässt sich hören. Aber wenn ich mit unter den Auserwählten sein soll, warum hältst du da hinter dem Berge und sagst mir nicht, was dir Woodward über seine Pläne mitgeteilt hat?“

„Ich will dir sagen, was ich weiß. Es handelt sich um einen Zug hinauf in die Berge. Da oben hat vor grauen Zeiten ein Volk gewohnt, dessen Name mir entfallen ist. Dieses Volk ist ausgerottet worden und hat vorher ungeheure Schätze im See versenkt.“

„Worin sollten diese Schätze bestanden haben? In Geld?“

„Das weiß ich nicht. Woodward meinte, das Volk habe Tempel besessen mit goldenen und silbernen Götzenbildern und unzähligen Gefäßen aus Edelmetall. Der Cornel soll eine Zeichnung besitzen, mit deren Hilfe man die entsprechende Stelle ermitteln und den Schatz ohne Gefahr heben kann.“

„Wenn's so ist, will ich's loben. Ich war noch nie droben in den Mountains und muss mich auf die verlassen, die etwas von der Sache verstehen. Zunächst meine ich, dass wir unser Augenmerk auf unser heutiges Unternehmen richten müssen. Glaubst du, dass es gelingen wird?“

„Jedenfalls. Kein Mensch dort unten hat eine Ahnung von unserm Vorhaben. Und zwei unsrer besten Leute sind schon hier, um uns vorzuarbeiten. Wer könnte da an ein Misslingen denken! Der Zug kommt hier an, hält fünf Minuten und fährt dann weiter. Eine Wegstunde von hier brennt unser Feuer. Dort halten unsre zwei Genossen dem Maschinisten die Revolver vor und zwingen ihn, den Zug zu stoppen. Basta! Jetzt möchte ich nur wissen, was die Lokomotive soll, die da unten steht. Das Feuer brennt unter dem Kessel, also steht sie zur Fahrt bereit. Wohin?“

„Vielleicht ist es eine Sicherungsmaschine, die dem Geldzug voranfahren soll?“

„Nein. Der Zug kommt ja erst drei Uhr nachts. Diese Maschine kommt mir nicht geheuer vor und ich bin begierig, zu erfahren, welche Absicht man mit ihr verfolgt.“

Der Mann sprach einen Verdacht aus, der zu berücksichtigen war. Old Firehand sah ein, dass die Maschine nicht stehen bleiben durfte. Es war eine Bauzuglokomotive, an die offene Güterwagen zum Fortschaffen von Erdmassen angehängt waren. In diesen Wagen sollten die Arbeiter befördert werden. Das musste gleich geschehen, um den Verdacht des Kundschafters zu zerstreuen. Old Firehand kroch also zurück und schlich sich zum Haus des Ingenieurs, dem er sagte, was er gehört hatte.

„*Well*“, meinte Charoy. „So müssen wir die Leute gleich fortbringen. Aber die Späher werden sie einsteigen sehen!“

„Nein. Wir geben den Arbeitern die Weisung, sich ungesehen fortzuschleichen. Sie mögen ungefähr eine Viertelstunde weit gehen und dann an der Strecke warten, bis der leere Zug kommt. Eure Maßnahmen können binnen einer halben Stunde getroffen sein. Dann geht der Bauzug ab. Ich schleiche mich wieder zu den Spähern, um zu hören, was sie weiterhin sagen.“

Bald lag Old Firehand wieder hinter den beiden Männern. Er konnte ebenso gut wie sie das vor ihm liegende Gelände überblicken und gab sich Mühe, eine Bewegung im Baulager zu bemerken – vergeblich. Die Arbeiter entfernten sich so heimlich und vorsichtig, dass die Spione gar keine Ahnung davon bekamen.

Da sah man eine helle Laterne vom Haus des Ingenieurs her sich dem Gleis nähern. Der Träger der Laterne rief so laut, dass es weithin zu hören war: „Den leeren Bauzug nach Wallace ab! Die Wagen werden dort gebraucht.“ Es war der Ingenieur. Er hatte sich mit dem Maschinisten verabredet und so antwortete jener ebenso laut: „*Well,* Sir! Ist mir lieb, dass ich endlich fortkomme und meine Kohlen nicht umsonst zu verfeuern brauche. *Good night, Sir!*“

Einige schrille Pfiffe und der Zug setzte sich in Bewegung. Als das Rollen der Räder verklang, meinte der eine Späher: „Weißt du nun, woran du mit dieser Lokomotive bist?“ – „Ja, ich bin beruhigt. Mein Verdacht war unbegründet.“ – „Verdacht ist hier überhaupt Unsinn. Der Plan ist so gut angelegt, dass er unbedingt gelingen muss. Wir könnten eigentlich schon jetzt aufbrechen.“ – „Nein. Der Cornel hat uns befohlen, bis Mitternacht zu warten.“

– „Meinetwegen! Aber ich werde mich niederlegen und schlafen. Später wird es keine Zeit zur Ruhe geben.“

Old Firehand kehrte zum Ingenieur zurück und begab sich mit ihm ins Innere des Hauses, wo sie bei Wein und Zigarren der Stunde des Aufbruchs harrten. Es gab nur noch zwanzig Arbeiter im Ort. Die übrigen Leute hatten sich befehlsgemäß fortgeschlichen, bis sie die gebotene Entfernung zurückgelegt hatten. Dort blieben sie halten, bis der Zug sie aufnahm. Er brachte sie bis an den Eagle Tail, wo er anhielt.

Old Firehand hatte eine gut geeignete Gegend ausgewählt. Die Bahn musste den Fluss, der hier von hohen Ufern eingeengt wurde, überschreiten. Sie tat dies mit Hilfe einer Notbrücke, über die das Gleis führte, das dann drüben unmittelbar in einen Tunnel trat. Wenige Schritte vor dieser Brücke hielt der Zug. Die zwei letzten Wagen waren mit dürrem Holz und Kohlen beladen. Kaum war der Zug zum Stehen gebracht, da tauchte aus dem Dunkel der Nacht ein kleiner, dicker Kerl auf, der wie ein Frauenzimmer aussah, und fragte den Lokomotivführer mit hoher Fistelstimme: „Was wollt Ihr denn jetzt schon hier? Bringt Ihr etwa die Arbeiter?“

„Es geschieht auf Befehl Old Firehands, der zwei Spione der Tramps belauscht hat. Die zwei hätten Verdacht geschöpft, wenn wir später aufgebrochen wären. Finden wir hier die Leute dieses berühmten Westmannes?“

„Ja. Aber reißt nicht etwa aus vor Angst! Es sind Onkels und ich bin die einzige Tante dabei.“

„Habe keinen Grund, mich vor Euch zu fürchten, Miss oder Mistress. Wo sind denn die Tramps?“

„Fort, schon vor drei Viertelstunden aufgebrochen.“

„Also können wir die Kohlen und das Holz abladen?“

„Ja. Nehmt Eure Leute wieder auf und lasst Euer Pferd hübsch langsam über die Brücke laufen und dann gerade so halten, dass die Kohlenwagen an den Eingang des Tunnels zu stehen kommen.“

Droll war auf die Lokomotive gestiegen. Der Schichtmeister

betrachtete den Dicken mit einem Blick, aus dem zu ersehen war, dass es ihm nicht leicht wurde, den Anordnungen dieser rätselhaften Tante Gehorsam zu leisten.

„Na, wie wird's?", fragte Droll.

„Seid Ihr denn wirklich der Mann, auf den ich hören muss?"

„Jawohl. Und wenn Ihr das nicht augenblicklich tut, so helfe ich nach."

Droll zog sein Bowiemesser und richtete die Spitze gegen Watsons Magengegend.

„Alle Wetter, seid Ihr eine spitzige und scharfe Tante!", rief der Schichtmeister aus. „Na, fahren wir meinetwegen hinüber."

Der Zug überquerte den Fluss und fuhr dann so weit in den Tunnel ein, dass die zwei hinteren Wagen draußen stehen blieben. Jetzt sprangen einige Arbeiter ab und schütteten den Inhalt des einen Wagens aus. Dann rollte der Zug weiter und hielt jenseits des Tunnels so, dass der noch volle Wagen an den Ausgang zu stehen kam. Die Arbeiter machten sich dann daran, vor und hinter dem Tunnel die Kohlen und das Holz zu Haufen aufzuschichten. Der Maschinist dampfte darauf noch eine Strecke weiter, stoppte die Maschine und kam schließlich wieder zurück.

Sein Misstrauen, geweckt durch Drolls Erscheinen, war verschwunden. Was er sah, musste ihn belehren, dass er sich unter den richtigen Leuten befand. Der Tunnel war durch einen hohen Felsen gebrochen, hinter dem ein Feuer brannte, das unten im Flusstal, wo sich die Tramps aufhielten, nicht zu sehen war. Um dieses Feuer lagerten die Rafters und alle andern, die mit Old Firehand zum Eagle Tail gekommen waren. Rechts und links neben der Flamme waren zwei Äste eingerammt, die oben in Gabeln ausliefen. In ihnen wurde eine Stange gedreht, die durch große Stücke Büffelfleisch gesteckt worden war.

Die Arbeiter wurden eingeladen mitzuessen, und in kurzem saß man beim Mahl. Droll hatte sich ein mächtiges Stück Büffellende hergenommen, schnitt riesige Bissen davon ab und steckte sie gemächlich in den Mund. Da wendete sich der Schichtmeister an ihn: „Hört mal, Sir, Old Firehand hat mich an Euch verwiesen. Er meinte, ich könnte von Euch erfahren, was aus Eurem Landsmann Engel geworden ist.“

„Aus welchem Engel?“

„Aus dem Jäger und Fallensteller Erik Engel.“

„Wo habt Ihr den kennen gelernt?“, fuhr Droll auf.

„Droben am Silbersee. Wir mussten einen ganzen Winter dort verbringen.“

„So heißt Ihr Watson?“, unterbrach ihn Droll.

„Ja, so ist mein Name.“

„Watson. *Heavens!* Sir, ich kenne Euch wie meine Tasche.“

„So hat man Euch von mir erzählt? Wer war das?“

„Der Bruder Eures Kameraden Erik Engel. Schaut her! Dieser Knabe heißt Fred Engel. Er ist der Neffe Eures Gefährten vom Silbersee und ist mit mir ausgezogen, um den Mörder seines Vaters Max Engel zu suchen.“

„Ist sein Vater ermordet worden?“, fragte Watson, indem er dem Knaben die Hand bot.

„Ja, und zwar einer Zeichnung wegen, die...“

„Wieder die Zeichnung!“, fiel der Schichtmeister ein. „Kennt Ihr den Mörder? Jedenfalls ist's der rote Cornel!“

„Ja, er ist's. Aber – er soll auch Euch ermordet haben!“

„Gott sei Dank nur verwundet, Sir. Der Stich traf nicht ins Herz. Und Ihr, Mr. Droll, könnt Ihr mir also sagen, was aus meinem Kameraden Erik Engel geworden ist?“

„Ja, das kann ich“, entgegnete der Dicke. „Der Cornel hat ihn verwundet, geradeso wie Euch, und daran ist der arme Teufel gestorben.“

„Erzählt, Sir!“

„Als der Cornel Euch vom Lagerplatz fortgelockt hatte, begann Engel misstrauisch zu werden. Ihr beide hattet dem Cornel nicht getraut und nun wurde es Engel angst um Euch. So machte er sich auf, Euern Spuren zu folgen. Nach Verlauf einer Stunde hatte er Euch so weit eingeholt, dass er Euch erblickte. Aber was er sah, riss ihn wieder zurück. Der Cornel stach Euch nieder und kniete dann über Euch, um sich zu überzeugen, ob die Wunde tödlich sei. Was sollte Engel tun? Den wohlbewaffneten Mörder angreifen, um Euch zu rächen? Das wäre Wahnsinn gewesen. Engel wendete sich also zur Flucht. Aber nur zu bald sollte er merken, dass ihm der Mörder auf den Fersen war. Engel hatte eine Höhe erstiegen und sah, als er zurückblickte, den Mörder hinter sich herkommen. Engel rannte hinab und dann weiter, so schnell er konnte. Die Hetze ging wohl eine Stunde lang fort, bis Engel Büsche vor sich sah. Er glaubte sich gerettet. Aber die Büsche standen weit auseinander und dazwischen stand üppiges Gras, das die Spuren der Füße deutlich aufnahm. Der Verfolger kam ihm immer näher. Als sich Engel wieder umblickte, erspähte er den andern in einer Entfernung von höchstens hundert Schritten. Das spornte seine Kräfte zur letzten Anstrengung an. Er sah Wasser vor sich. Es war der North Fork des Gunnison River. Engel rannte darauf zu, hatte den Fluss aber noch nicht erreicht, als ein Schuss fiel. Er fühlte einen Stoß wie von einer kräftigen Faust und sprang in das Wasser hinein, um an das gegenüberliegende Ufer zu schwimmen. Da sah er von links her einen Bach in den Fluss münden. Er wendete sich der Mündung zu und watete im Bach eine kleine Strecke aufwärts, bis er Gestrüpp erblickte. Er schlüpfte darunter und blieb dort stehen. Der rote Cornel hatte nun auch das Ufer erreicht. Da er Engel nicht erblickte, glaubte er, jener sei hinübergeschwommen, und ging auch ins Wasser. Aber das konnte nur mit Vorsicht geschehen, weil Brinkley seine Schießwaffen nicht nass machen durfte. Es dauerte also lange, bis er, auf dem Rücken schwimmend und die Gegenstände über Wasser haltend, auf der anderen Seite ankam. Er suchte erst drüben eine Strecke des Ufers ab und kehrte dann zurück, um auch hüben zu forschen. Aber da gab es auch keine Fährte und das machte ihn irre. Zweimal ging er an dem Versteck vorüber, doch bemerkte er den Verborgenen nicht. Engel lauschte noch lange Zeit, ohne den Mörder wieder zu sehen oder zu hören. Als es dunkel geworden war, schwamm er hinüber und lief die ganze Nacht hindurch gerade nach Westen, um möglichst weit fortzukommen."

„War er nicht verwundet?"

„Doch, ein Streifschuss am Oberkörper unter dem Arm. In der Aufregung und bei der Kälte des Wassers hatte er das nicht so beachtet. Aber während des Marsches begann die Wunde zu brennen. Er war zu Tode matt und schleppte sich weiter, bis er gegen Abend ein einsames Camp erreichte, dessen Bewohner ihn gastlich aufnahmen. Dort brach er bewusstlos zusammen. Als er erwachte, lag er in einem Bett und wusste nicht, wie er hineingekommen war. Dann erfuhr er, dass er fast zwei Wochen lang im Fieber gelegen hatte. Nun erst erzählte er sein Abenteuer und erfuhr, dass sein Gastgeber einen Mann getroffen habe, der sich erkundigt hatte, ob vielleicht ein Fremder in dem Camp eingekehrt sei. Der Gefragte hatte diesen Mann einmal gesehen und wusste, dass er Brinkley hieß. Er hielt ihn nicht für vertrauenswürdig und verneinte die Frage. So erfuhr Erik Engel den Namen des Mörders. Die Wunde kam ins Heilen und dann wurde Engel bei passender Gelegenheit mit nach Las Animas genommen."

„Also nicht nach Pueblo", meinte der Schichtmeister. „Was tat er dann?"

„Er schloss sich als Fuhrmann einem Handelszug an, der nach Kansas City ging. Als er dort seinen Lohn empfing, hatte er die Mittel, seinen Bruder Max aufzusuchen. In Russelville hörte er, dieser sei fortgezogen. Doch erhielt er von dem Nachbarn einen Brief, worin stand, dass er den Bruder in Benton, Arkansas, finden werde."

„Ah, dort! Benton ist einer der wenigen Orte, wohin ich nicht gekommen bin!", meinte Watson. „Wie aber stand es mit der Zeichnung, die Erik bei sich trug?"

„Die hatte im Wasser gelitten und Engel musste sie erneuern. Natürlich erzählte er seinem Bruder alles und Max war gern bereit, den Ritt mit Engel zu unternehmen. Leider stellte sich bald heraus, dass die Anstrengungen der Flucht nicht ohne Folgen geblieben waren. Erik begann zu husten. Der Arzt erklärte, dass er an der galoppierenden Schwindsucht leide, und acht Wochen nach seinem Eintreffen beim Bruder war Erik eine Leiche."

„Also hat dieser Cornel doch Engels Leben auf dem Gewissen!"

„Wenn er weiter nichts zu tragen hätte! Aber hört, was weiter geschehen ist! Max Engel war ein wohlhabender Mann, der einträglichen Handel trieb. Er hatte zwei Kinder, einen Knaben und ein Mädchen. Eines Tages kam ein Fremder zu Engel und machte ihm einen so vorteilhaften Handelsantrag, dass Engel ganz entzückt war. Der Fremde gab sich für einen Flussbootunternehmer aus und sagte, er habe als Goldsucher sein Glück gemacht. Bei dieser Gelegenheit kam zur Sprache, dass er damals einen Jäger kennen gelernt habe namens Engel, der auch ein Deutscher gewesen sei. Damit war natürlich der Bruder Erik gemeint und nun gab es viel zu erzählen. So wurde er gebeten, über Nacht zu bleiben. Max Engel hat schließlich den Tod seines Bruders Erik und dessen Ursache erzählt und die Zeichnung aus dem Wandschränkchen geholt. Später ging man zur Ruhe. Die Familie schlief im Obergeschoss in einer nach hinten gelegenen Stube. Dem Gast hatte man ein Zimmer angewiesen, das nach vorn lag. Nun war kurz vorher der Geburtstag des Knaben Fred gewesen, an dem Fred ein zweijähriges Fohlen als Geschenk erhalten hatte. Es fiel ihm ein, dass er heute Abend vergessen hatte, das Pferd zu füttern. Der Knabe stand also wieder auf und ging über den Hof in den Stall. Licht mitzunehmen, hatte er nicht für nötig gehalten. Fred musste also im Finstern füttern, weshalb er länger als gewöhnlich damit zubrachte. Noch war er nicht fertig, als er glaubte, einen lauten Ruf gehört zu haben. Er trat aus dem Stall in den Hof und sah Licht in der Schlafstube. Dort erhob sich ein großer Lärm. Mit Schaudern erkannte der Knabe, dass ein verzweifeltes Ringen dort oben stattfand. Zwei Schüsse fielen. Fred schrie auf vor Schreck. Im gleichen Augenblick erschien der Fremde am Fenster. Er warf die noch rauchende Pistole weg und sprang hinab, um sich auf den Knaben zu werfen. Dabei entfiel ihm das Messer. In der äußersten Not gelang es Fred, die Waffe zu erhaschen, und mit der Kraft der Verzweiflung stieß er sie dem Gegner in die Wade. Der brüllte vor Schmerz und prallte zurück. Wie der Blitz schnellte sich Fred auf und floh zur Wohnung des nächsten Nachbarn. Die Leute hörten Freds Hilferufe und kamen aus dem Haus. Als sie erfuhren, was geschehen war, folgten sie dem Knaben. Noch hatten sie das Haus der Famille Engel nicht erreicht, da sahen sie, dass es im oberen Stockwerk brannte. Der Fremde hatte Feuer angelegt und war dann entwichen. Die Flammen hatten so rasch um sich gegriffen, dass man schon nicht mehr ins Obergeschoss konnte. Was in den unteren Räumen stand, wurde zum größten Teil geborgen. Das Wandschränkchen stand offen und war leer. Die Leichen, zu denen man unmöglich gelangen konnte, mussten verbrennen. Der Fall erregte Aufsehen. Es wurde nach allen Richtungen geforscht, doch vergeblich. Die beiden Brüder Engel hatten in St. Louis eine Schwester, die Frau eines reichen Flussreeders. Sie bot zehntausend Dollar Belohnung und kam auf den Gedanken, sich an das Privatdetektivbüro von Harris and Brother zu wenden. Ich begab mich daraufhin nach Benton, um dort die Augen einmal besser aufzumachen, als andre es getan hatten, und..."

„Ihr? Warum Ihr?"

„Um mir die Belohnung zu verdienen."

„Ja, seid denn Ihr, Sir, ein Geheimpolizist?"

„Hm! Ich denke, dass ich es hier mit lauter ehrlichen Leuten zu tun habe, und so will ich sagen, was ich bisher verschwiegen habe: Ich bin Privatpolizist. Habe schon manchen Mann, der sich ganz sicher fühlte, an Master Hanf geliefert und denke, dies auch weiter fortzuführen. Doch das nur nebenbei. Ich will von dem Mord reden."

Man sah Droll jetzt mit ganz anderen Augen an. Sein Geständnis, dass er Detektiv sei, ließ seine Person und alle seine Eigenheiten in einem andern Licht erscheinen.

„Also“, fuhr er fort, „ich machte mich vor allen Dingen an Fred und fragte ihn aus. So erfuhr ich, was damals gesprochen worden war. Das Wandschränkchen war von dem Mörder geöffnet worden. Er hatte die Bewohner ermordet, um zu der Zeichnung zu kommen. Folglich hegte er die Absicht, den Silbersee aufzusuchen. Ich musste ihm nach und nahm Fred mit, der ihn gesehen hatte. Schon auf dem Steamboat hatte ich den rothaarigen Kerl in Verdacht. Bei den Rafters wurde er von Fred erkannt und heute fällt er mir hoffentlich in die Hand. Bringe ich den Nachweis, dass er tot ist und dass ich dazu beigetragen habe, so ist mir die Belohnung so sicher wie mein *sleeping-gown*. Und nun habe ich genug gesprochen und werde ein wenig schlafen. Weckt mich, wenn die Zeit gekommen ist.“

Droll stand auf, um sich ein abgelegenes, dunkles Plätzchen zu suchen. Die andern aber dachten nicht an Schlaf. Das Gehörte beschäftigte sie noch lange Zeit.

Winnetou nahm nicht teil an dieser Unterhaltung. Er hatte sich an den Felsen gelehnt und schloss die Augen. Zuweilen hoben sich die Lider und dann schoss ein scharfer, forschender Blick unter ihnen hervor. –

Gegen Mitternacht suchte Old Firehand den Ingenieur auf und sagte ihm, dass er nun aufbrechen werde, um dem Zug entgegenzugehen. Er rief die zwei Arbeiter herbei, die sich an Stelle der beiden Tramps auf die Lokomotive stellen sollten.

Es war völlig dunkel. Sie erreichten unbemerkt den Ort, der telegrafisch vereinbart worden war, und setzten sich im Gras nieder, um die Ankunft des Zuges zu erwarten. Es war noch nicht ganz drei Uhr, als er kam und bei ihnen hielt. Old Firehand stieg ein und durchwanderte die Wagen. In dem Vordersten lag ein mit Steinen gefüllter, verschlossener Koffer. Der Jäger kletterte nun mit den beiden Arbeitern auf die Maschine. Dort stand der Maschinist, der sich erboten hatte, den Zug zu fahren. Old Firehand schwärzte sich das Gesicht mit Ruß und sah nun in seinem Leinenanzug ganz wie ein Heizer aus. Der Zug setzte sich in Bewegung und erreichte nach kurzer Zeit Sheridan. Der Ingenieur wechselte mit dem Maschinisten die herkömmlichen Redensarten und ließ dann den Zug weiterfahren.

Indessen waren die beiden Späher, die Old Firehand auf der Böschung belauscht hatte, an der Stelle angelangt, wo sich der Cornel mit den Tramps gelagert hatte. Sie berichteten ihm, dass in Sheridan niemand eine Ahnung des Bevorstehenden habe, und richteten damit große Freude an. Dann fragten ihn die beiden vertraulich, was er mit all den Tramps nach dem Überfall vorhabe. Der Cornel hörte sie ruhig an und sagte dann: „Es fällt mir nicht ein, alle diese Kerle bei mir zu behalten, und ebenso wenig kann es mir beikommen, denen, die ich nicht brauche, einen einzigen Dollar von der halben Million zu geben." – „So werden sie es sich nehmen." – „Wartet es ab! Ich habe meinen Plan." – „Aber sie werden den Zug besteigen!" – „Immerhin! Ich aber bleibe draußen und warte, bis die Kasse herausgebracht wird. Ist dann der Zug fort, so wird sich finden, was geschieht." – „Wie steht es denn mit uns beiden?" – „Ihr bleibt bei mir. Jetzt geht zu Woodward! Er kennt meinen Plan."

Sie gehorchten und lagerten sich bei Woodward. Jetzt lag noch alles in Dunkelheit. Später wurde neben der Strecke ein Feuer angebrannt. –

Es war ein Viertel nach drei, als die Wartenden das Rollen des Zuges hörten und kurz darauf das Licht der Maschine erblickten. Kaum hundert Schritt von dem Feuer entfernt, gab der Maschinist so, als gehorchte er einem plötzlichen Zwang, Gegendampf. Die Räder kreischten, der Zug kam zum Stehen. Die Tramps jauchzten vor Freude und drängten in die Wagen. Der Cornel aber wusste wohl, was am nötigsten war. Er trat an die Lokomotive und fragte: „Alles in Ordnung, Boys?"

„*Well!*", antwortete der eine Arbeiter, der dem Maschinisten den Revolver auf die Brust hielt. „Sie haben kuschen müssen. Bei der geringsten Bewegung drücken wir los."

Old Firehand stand wie furchtsam an den Wasserbehälter gedrückt und vor ihm der andere Arbeiter mit seinem Revolver. Der Cornel wurde getäuscht. Er nickte: „Schön, habt eure Sache gut gemacht. Bleibt oben, bis wir fertig sind, und dann, wenn ich das Zeichen gebe, steigt ab, damit diese guten Leute nicht vor Angst sterben, sondern weiterfahren können!"

Als Brinkley fort war, beugte sich Old Firehand vor, um einen Blick über den Platz zu werfen. Er sah draußen niemand mehr, aber in den Wagen wimmelte es von Menschen. Man hörte, dass sie sich um den Koffer stritten.

„Fort, fort!", gebot der Jäger dem Maschinisten. „Der Cornel scheint nun auch eingestiegen zu sein. Wir dürfen nicht länger säumen."

Die Tramps im Innern der Wagen erschraken, als der Zug weiterzurollen begann. Sie wollten aussteigen, abspringen, aber das war bei der Schnelligkeit, die der Maschinist der Fahrt gab, unmöglich.

Eine Viertelstunde verging. Da ließ er die Pfeife ertönen. Er näherte sich der Brücke und wollte die dort wartenden Männer vom Kommen des Zuges unterrichten.

Die standen längst auf ihrem Posten. Kurz vor Mitternacht waren die Kavalleristen aus Fort Wallace angekommen. Sie hatten sich unter der Brücke aufgestellt, um jeden Tramp, der von oben zu entkommen versuchte, festzunehmen. Da, wo die Brücke begann, hielt Winnetou mit den Rafters und Jägern und am jenseitigen Ausgang des Tunnels warteten die bewaffneten Arbeiter. Bei ihnen befand sich der Schichtmeister, der die Aufgabe übernommen hatte, im Innern des Tunnels die Lokomotive vom Zug zu lösen. Als er das Pfeifen hörte, gebot er seinen Leuten: „Das Feuer anbrennen!", während Watson selbst in den Tunnel trat, um, an die Wand gepresst, den Zug zu erwarten.

Der fuhr mit unverminderter Schnelligkeit über die Brücke und näherte sich dem Tunnel. Old Firehand sah die dort aufgestellten Leute und rief ihnen zu: „Hinter uns anbrennen!"

Einige Augenblicke später hielt der Zug im Tunnel. Die Lokomotive stand gerade da, wo der Schichtmeister sie erwartete. Rasch kroch er zwischen die Maschine und den ersten Wagen, löste die Verbindung und rannte zum Tunnel hinaus. Die Lokomotive folgte augenblicklich. Die Wagen blieben zurück und wurden in die Mitte der Strecke geschoben.

Das alles war viel zu rasch geschehen, als dass es den Tramps möglich gewesen wäre, ihre Lage zu erkennen. Nun stand der Zug. Darauf hatten sie gewartet. Aber denjenigen, die sich zu den Türen drängten, um auszusteigen, war es, als blickten sie durch eine enge, finstere Röhre in ein mächtiges, qualmendes Feuer. Da kam einem von ihnen der richtige Gedanke. „Ein Tunnel! Wir müssen hinaus!"

Man schob und stieß, sodass die an den Türen förmlich hinausgeworfen wurden. Es gab ein heilloses Gewirr von Körpern, Armen und Beinen, von Schreien, Verwünschungen und Flüchen.

Zu der Finsternis gesellte sich jetzt der schwere Kohlenqualm, der vom Morgenwind in den Tunnel getrieben wurde.

„Verdammt! Man will uns ersticken!", rief eine kreischende Stimme. „Hinaus, hinaus!"

Zehn, zwanzig, fünfzig, hundert schrien es nach und in wahrer Todesangst drängte, trieb, schob und stieß alles den beiden Ausgängen zu. Aber wer da hinaus wollte, musste durch das Feuer springen und dabei an den Kleidern in Brand geraten. Das erkannten die vorderen und machten kehrt. Die hinteren aber drängten nach und infolgedessen entspann sich in der Nähe der beiden Feuer ein schauerlicher Doppelkampf zwischen Leuten, die kurz vorher noch in allem Bösen gleich gesinnt waren. Der Tunnel warf das Brüllen vielfältig zurück, sodass es draußen klang, als sei alles wilde Getier der Erde drinnen losgelassen.

Old Firehand hatte den Felsen umgangen, um an das vordere Feuer zu kommen.

„Macht mir den Eingang frei!", befahl er den Raftern.

„Wollt Ihr etwa hinein?"

„Ja."

„Um Gottes willen nicht! Sie würden über Euch herfallen."

„Sie werden froh sein, wenn ich ihnen einen Ausweg zeige." Er half selbst mit, das Feuer beiseite zu schieben, und wenige Augenblicke später befand sich der kühne Jäger im Tunnel. Nie war wohl sein Selbstvertrauen so groß gewesen. Er hatte oft erfahren, wie zwingend, wie lähmend der Mut eines ganzen Mannes auf die Masse zu wirken vermag.

„Hallo, *shut up!*", erschallte seine mächtige Stimme. Sie übertönte das Geschrei aus hundert Kehlen und es wurde still. „Hört, was ich euch sage!"

„Old Firehand!", erklang es voll Staunen über seine Furchtlosigkeit.

„Ja, der bin ich", entgegnete er. „Wollt ihr nicht ersticken, so lasst eure Waffen hier und kommt hinaus, aber einzeln! Ich werde draußen am Feuer stehen und jedem das Zeichen geben. Wer hinausspringt, ohne meinen Zuruf abzuwarten, der wird augenblicklich erschossen. Und wer irgendeine Waffe bei sich behält, bekommt ebenso die Kugel. Überlegt es euch! Werft uns eine Mütze oder einen Hut hinaus! Das soll das Zeichen sein, dass ihr euch fügen wollt. Tut ihr das nicht, so richten sich hundert Büchsen auf die Feuer, um niemand durchzulassen."

Er hatte des Qualms wegen die letzten Worte nur mit Anstrengung sprechen können und sprang, um nicht das Ziel für eine Kugel abzugeben, schnell wieder hinaus.

Es war zu hören, dass sie sich berieten. Die Umstände erlaubten ihnen nicht, viel Zeit auf diese Beratung zu verwenden, denn der Qualm, der den Tunnel füllte, wurde immer dichter. Einem Mann wie Old Firehand gegenüber hatten sie den Mut verloren. Sie sahen keinen andern Weg der Rettung, als sich zu ergeben. Es kam ein Hut an dem Feuer vorüber aus dem Tunnel geflogen und gleich darauf wurden die Tramps durch einen Zuruf Old Firehands belehrt, dass der erste von ihnen erscheinen dürfe. Er kam herausgesprungen und musste ohne Aufenthalt über die Brücke hinüber, wo er von den Rafters und Jägern in Empfang genommen wurde.

Der Mann wurde drüben sofort gebunden. Ebenso erging es allen seinen Genossen. Aber nun stellte es sich zum großen Ärger der Sieger heraus, dass der rote Cornel fehlte. Die Gefangenen, die man befragte, sagten aus, dass er mit etwa zwanzig anderen den Zug gar nicht bestiegen habe.

Sollte gerade dieser Mensch, auf den es am meisten abgesehen war, entkommen? Nein! Die Gefangenen wurden den Soldaten vom Fort Wallace anvertraut und dann ritten Old Firehand und Winnetou mit den Jägern und Rafters zurück, um die Spur der Vermissten an der Stelle, wo der Zug gehalten hatte, aufzunehmen.

Man fand den Platz, wo die Tramps gelagert hatten, um den Zug zu erwarten. Nach sorgfältiger Beurteilung der vielen Fuß- und Hufeindrücke ergab es sich, dass allerdings ungefähr zwanzig Mann entkommen seien. Sie hatten ebenso viele Pferde mitgenommen, sicher die besten Tiere. Die anderen hatte man in alle Richtungen davongejagt.

„Der Cornel hat sehr pfiffig gehandelt“, meinte Old Firehand. „Dadurch, dass er die überzähligen Tiere auseinander jagte, hat er uns das Nachforschen erschwert und viel Zeit gewonnen.“

„Mein weißer Bruder irrt vielleicht“, meinte Winnetou. „Dieses Bleichgesicht hat die Gegend gewiss nicht verlassen, ohne nachzuforschen, was mit seinen Leuten geschehen ist.“ – „Ich bin überzeugt, dass mein roter Bruder richtig vermutet. Der Cornel wird nun wissen, woran er ist, und schleunigst die Flucht ergriffen haben.“ – „Wenn wir schnell umkehren, wird er vielleicht noch einzuholen sein!“ – „Nein. Mein Bruder muss bedenken, dass wir ihm nicht augenblicklich folgen können. Wir müssen mit nach Fort Wallace, um dort unsre Aussagen zu machen. Aber wir wissen, wohin sie wollen, und brauchen keine Zeit mit langem Suchen nach ihrer Fährte zu versäumen. Wir gehen geradewegs zum Silbersee.“ – „Meint mein Bruder, dass sie nun noch dahin wollen?“

„Jedenfalls. Sie wollten Geld haben, um damit irgendwo gewisse Einkäufe zu machen. Diese Einkäufe sind aber nicht unbedingt nötig. Waffen haben sie und Munition wohl auch. Ich bin überzeugt, dass sie zum Silbersee gehen." – „So wollen wir jetzt ihrer Spur folgen, um wenigstens zu erfahren, wohin sie von hier aus geritten sind."

Wirklich hatte man bald die Spur der Flüchtigen gefunden. Sie führte zum Fluss und dann an seinem Ufer aufwärts. –

Am Eagle Tail, unweit der Brücke, waren die Tramps halten geblieben. Einer von ihnen, wohl der Cornel, war hinauf an das Gleis geschlichen, wo er jedenfalls Zeuge der Gefangennahme der ganzen Bande gewesen war. Nach seiner Rückkehr hatten sie ihren Weg nach Westen genommen, ein fast sicheres Zeichen, dass sie die Absicht hegten, sich nach Colorado City und von dort aus jedenfalls zum Silbersee zu wenden.

In Fort Wallace hatte sich das Ereignis bereits herumgesprochen und als die Gefangenen ankamen, drängte sich alles herbei. Die Tramps wurden auf eine Weise empfangen, die ihnen einen Vorgeschmack dessen gab, was sie hier später, nach ihrer Verurteilung, zu erwarten hatten.

Sie hatten übrigens große Verluste erlitten. Noch lange erzählte man sich in jener Gegend von der Ausräucherung der Tramps im Tunnel des Eagle Tail.

11. In der Klemme

Im Westen des Staates Colorado, da, wo sich nördlich des Gunnison River die Mountains erheben, ritten vier Männer über eine Hochebene. Obgleich man im fernen Westen nicht verwundert ist, außergewöhnlichen Gestalten zu begegnen, mussten diese vier Reiter auch hier einem jeden auffallen.

Der eine von ihnen ritt einen prachtvollen Rapphengst. Seine Gestalt war nicht sonderlich hoch und breit und dennoch machte sie den Eindruck großer Kraft und zäher Ausdauer. Sein sonnenverbranntes Gesicht wurde von einem dunkelblonden Vollbart umrahmt. Er trug lederne Leggins, ein Jagdhemd nebst Rock aus dem gleichen Stoff und lange Stiefel. Auf seinem Kopf saß ein breitkrempiger Filzhut, in dessen Schnur rundum die Ohrenspitzen des Grizzlybären steckten. Der breite Gürtel schien mit Patronen gefüllt zu sein und gab außerdem zwei Revolvern und einem Bowiemesser Halt. In der Rechten hielt er ein kurzläufiges Gewehr, dessen Schloss von eigenartiger Bauart zu sein schien, und auf dem Rücken trug er an einem breiten Riemen ein schweres Doppelgewehr von der äußerst seltenen Art der Bärentöter. Dieser Mann war Old Shatterhand, der berühmte Jäger. Sein prachtvoller Rapphengst Hatatitla war das Geschenk des Apatschenhäuptlings Winnetou.

Neben ihm ritt ein kleines, schmächtiges und bartloses Kerlchen in einem blauen, langschößigen Frack mit gelben, blank geputzten Knöpfen. Auf seinem Kopf saß ein großer Damenhut, auf dem sich eine riesige Feder bewegte. Die Hosen waren ihm zu kurz und die nackten Füße steckten in alten derben Lederschuhen. Der Reiter hatte eine ganze Sammlung von allerlei Waffen an sich hängen, wozu allerdings sein gutmütiges Gesicht nicht recht passen wollte. Dieses Männchen war Herr Heliogabalus Morpheus Edeward Franke, von seinen Gefährten der Hobble-Frank genannt, weil er infolge einer früheren Verwundung auf dem einen Bein hinkte.

Hinter diesen beiden ritt zunächst eine fast zwei Meter lange, auch sehr hagere Gestalt auf einem alten, niedrigen Maultier, das kaum die Kraft zu haben schien, den Reiter zu tragen. Der Leib dieses Mannes war in ein Büffellederhemd gehüllt, das die Brust unbedeckt ließ, weil es weder Knöpfe noch Heftel und Schlingen hatte. Auf dem spitzen Kopf saß ein Hut, der vor langen Jahren einmal ein grauer Zylinder gewesen war. In einem dicken Strick, der ihm als Gürtel diente, steckten zwei Revolver und ein Skalpmesser. Von seinen Schultern hing ein Gummimantel, aber was für einer! Dieses Prachtstück war so eingegangen und zusammengeschrumpft, dass es seine ursprüngliche Bestimmung nie wieder erfüllen konnte. Quer über seine unendlich langen Beine hatte dieser Mann eine jener Rifles liegen, mit denen der geübte Jäger niemals sein Ziel verfehlt.

Der vierte Reiter saß auf einem hohen und starken Klepper. Er war sehr beleibt und so klein, dass seine kurzen Beine die Flanken des Pferdes nur halb zu fassen vermochten. Obgleich die Sonne fast heiß herniederschien, trug er einen Pelz, der allerdings an hochgradiger Haarlosigkeit litt. Die Ärmel des Pelzes waren viel zu lang und man konnte von dem ganzen Mann eigentlich nur das fette, rote und gutherzig listige Gesicht sehen. Er war mit einer langen Rifle versehen.

Diese beiden Männer waren David Kroners und Jakob Pfefferkorn, allüberall nur als der Lange Davy und der Dicke Jemmy bekannt. Sie waren unzertrennlich und niemand hatte den einen von ihnen gesehen, ohne dass der andere in der Nähe gewesen wäre.

Die vier Reiter mussten, obgleich es noch nicht weit über Mittag war, heute schon eine bedeutende Strecke zurückgelegt haben, denn sie und ihre Pferde waren tüchtig mit Staub bedeckt. Fühlten sie sich abgespannt, so hätte man dies nur aus dem Schweigen, das sie einhielten, zu schließen vermocht. Dieses Schweigen wurde zuerst von dem neben Old Shatterhand reitenden Hobble-Frank unterbrochen, der seinen Nachbarn in seiner heimischen sächsischen Mundart fragte: „Also am Elk Creek soll heute übernachtet werden? Wie weit is es denn eegentlich noch bis dorthin?“

„Wir werden dieses Wasser gegen Abend erreichen“, erwiderte der Trapper.

„Gegen Abend erscht? Eenmal müssen wir doch anhalten, um wenigstens die Pferde verschnaufen zu lassen. Meenen Sie nich ooch?“

„Allerdings. Warten wir, bis wir diese Prärie hinter uns haben! Dann gibt es eine Strecke Wald, wo auch ein Wasser fließt.“

„Schön! Da bekommen die Pferde zu saufen und Gras finden sie ooch derzu. Was aber finden wir? Ich habe Hunger und muss bald was zu knuspern haben, sonst gehe ich zu Grunde.“

„Haben Sie keine Sorge! Ich werde schon einen Braten beschaffen.“

„Ja, aber was für eenen! Diese alte Wiese hier is so einsam. Wo soll denn da e anständig hungriger Westmann den Braten herbekommen!“

„Ich sehe ihn schon. Nehmen Sie mal mein Pferd am Zügel und reiten Sie mit den andern langsam weiter!“

„Was?“, fragte Frank. „Sie sehen den Braten schon? Ich verspüre aber gar nischt Derartiges.“

Er nahm den Zügel von Old Shatterhands Pferd und ritt mit Davy und Jemmy weiter. Old Shatterhand aber bog seitwärts ab, wo es eine Anzahl Hügel im Gras gab. Dort lebte eine Kolonie von Präriehunden, wie die amerikanischen Murmeltiere wegen ihrer kläffenden Stimme genannt werden. Der Jäger verschmäht das Fleisch dieser Tiere, wenn er etwas anderes bekommen kann. Will er trotzdem einen Präriehund erlegen, so darf er nicht versuchen, sich heimlich anzuschleichen, denn diese Geschöpfe sind viel zu schlau. Er muss ihre Neugierde wecken und so lange zu fesseln suchen, bis er in Schussweite gekommen ist. Old Shatterhand machte also, sobald er von den Tieren bemerkt worden war, allerlei Kreuz- und Quersprünge, duckte sich, fuhr wieder hoch, bewegte die Arme wie Windmühlenflügel und hatte dabei nur den Zweck im Auge, immer näher zu kommen.

Hobble-Frank, der jetzt neben Jemmy und Davy ritt, sah dieses Gebaren und meinte besorgt: „Herrjemersch nee, was fällt ihm denn ein! Is er etwa nich bei Troste? Er tut ja ganz so, als ob er Belladonna getrunken hätte! – Horcht! Er schießt."

Old Shatterhand hatte jetzt zwei Schüsse so schnell hintereinander abgefeuert, dass sie fast wie einer klangen. Man sah ihn sich bücken, um etwas aufzuheben. Dann kam er zu den Gefährten zurück. Er hatte zwei Präriehunde erlegt, steckte sie in die Satteltasche und stieg dann wieder auf. Hobble-Frank machte ein zweifelhaftes Gesicht und fragte: „Soll das etwa der Braten sein? Da danke ich ganz ergebenst. Solch Zeug verzehre ich nich!" – „Haben Sie es denn schon einmal gekostet?" – „Is mir nich im Troome eingefallen." – „So haben Sie auch kein Urteil darüber, ob ein Präriehund genießbar ist. Haben Sie vielleicht einmal junge Ziege gegessen?" – „Zickel?", fragte Frank, indem er mit der Zunge schnalzte. „Natürlich habe ich das gegessen. Hören Sie, das is was ganz Feines!" – „So?", lächelte Old Shatterhand. „Dann verlange ich, dass Sie mir nun auch meinen Präriehund nicht schmähen. Sie werden sehen, dass er wie junge Ziege schmeckt... Halt, sind das nicht Reiter?"

Old Shatterhand deutete nach Südwest, wo sich einige Gestalten bewegten. Die vier Jäger ritten langsam weiter und hielten die Augen auf diese Gruppe gerichtet. Nach einiger Zeit erkannte man, dass es Reiter waren und dass sie Uniformen trugen. Es waren Soldaten.

Die Soldaten hatten eigentlich eine nordöstliche Richtung eingehalten. Nun aber bemerkten sie die vier und änderten ihren Kurs. Es waren zwölf, geführt von einem Leutnant. Sie näherten sich bis auf dreißig Schritt und blieben dann halten. Der Offizier musterte die vier Reiter. Da fiel sein Blick auf die Gewehre Old Shatterhands. Sein Auge leuchtete auf und er fragte, indem er auf das kurzläufige Gewehr mit dem kugelförmigen Schloss zeigte:

„*Behold!* Ist das nicht ein Henrystutzen, Sir?“

„Allerdings“, nickte der Westmann. „Kennt Ihr diese Art von Gewehren?“

„Gesehen habe ich noch keins, aber eine genaue Beschreibung hat man mir gegeben. Die wenigen Stücke sind verloren gegangen und nur Old Shatterhand soll noch eins, das Allerletzte, besitzen.“

„Ist richtig, Sir. Von den zehn oder zwölf Henrystutzen, die es überhaupt gegeben hat, ist nur der meine noch vorhanden.“

„Demnach seid Ihr also dieser Old Shatterhand? Welch eine Freude! Wollt Ihr uns nicht begleiten?“

„Begleiten? Wohin?“

„Nach Fort Mormon.“

„Dieser Einladung kann ich leider nicht Folge leisten, denn wir müssen weiter nördlich, um mit Freunden zusammenzutreffen.“

„Darf ich fragen, wohin Ihr wollt, Sir?“

„Zunächst in die Elk Mountains. Von da wollen wir dann zu den Book Mountains hinüber.“

„So muss ich Euch vor den Utahs warnen, die die Kriegsbeile ausgegraben haben. Wir müssen infolgedessen beständig Streife reiten. Es ist nämlich eine Gesellschaft von weißen Goldsuchern in ein Utahlager gebrochen, um Pferde zu rauben. Die Utahs haben sich zur Wehr gesetzt, wobei viele von den weit besser bewaffneten Weißen getötet wurden. Die Weißen sind mit den Pferden entkommen und dann haben sich die Roten am Morgen aufgemacht, sie zu verfolgen. Die Räuber wurden ereilt und es entspann sich ein Kampf. Dabei sollen gegen sechzig Indianer erschossen worden, aber auch nur sechs Weiße entkommen sein. Nun schweifen die Utahs umher, um diese sechs zu finden, und zugleich haben sie Abgesandte nach Fort Union geschickt, die Schadenersatz verlangen sollten.“

„Das finde ich nicht unbillig. Ist man auf diese Forderung eingegangen?“

„Nein. Es fällt den Weißen nicht ein, den Roten die Berechtigung zu irgendeiner Forderung zuzusprechen. Infolgedessen sind die Tomahawks ausgegraben worden. Die Utahs stehen in Massen auf und da wir hier nicht genug Militär besitzen, hat man sich nach Verbündeten umgesehen. Es sind einige Offiziere zu den Navajos hinab, um sie gegen die Utahs zu gewinnen, und das ist auch gelungen."

„Und was wurde den Navajos für ihren Beistand geboten?"

„Die ganze Beute, die sie machen."

Das Gesicht Old Shatterhands verfinsterte sich. Er sagte kopfschüttelnd: „Also erst wurden die Utahs überfallen, beraubt und ihrer viele getötet. Als sie die Bestrafung der Übeltäter und Schadenersatz verlangten, wies man sie ab. Und nun, da sie die Angelegenheit in die eigenen Hände nehmen, hetzt man die Navajos gegen sie. Ihre Erbitterung muss groß sein, und wehe dem Weißen, der in ihre Hände fällt!"

„Ich habe nur zu gehorchen und besitze kein Recht, irgendein Urteil zu fällen", meinte der Offizier achselzuckend.

„Das begreife ich. Nehmt meinen Dank für die Warnung und wenn Ihr im Fort von der Begegnung mit uns erzählt, so sagt dabei, dass Old Shatterhand kein Feind der Roten ist. *Good bye, Sir!"*

Er wendete sein Pferd und ritt, gefolgt von den drei Gefährten, davon, ohne noch einen Blick auf die Soldaten zu werfen. Wortlos hing er dem Gedanken nach, dass es leider umsonst ist, den Yankee darüber zu belehren, dass er keine größere Daseinsberechtigung besitzt als der Indianer, der von Ort zu Ort getrieben wird, bis er sein zu Tode gehetztes Dasein beendet! –

Es verging eine halbe Stunde, da erwachte Old Shatterhand aus seinem Grübeln, um seine Aufmerksamkeit dem Rand des Blickfeldes zu widmen. Die Hand ausstreckend, meinte er: „Da liegt der Wald, von dem ich gesprochen habe. Gebt euren Pferden die Sporen!"

Bald erreichten die vier Reiter einen hohen, dichten Fichtenwald. Old Shatterhand trieb sein Pferd durch das schmale Unterholz und befand sich nun auf einem so genannten Indianerpfad, einer von den zuweilen hier verkehrenden Roten ausgetretenen Bahn.

Hier im dichten Urwald wehte nicht das leiseste Lüftchen und außer den Tritten der Pferde war kein Geräusch zu vernehmen.

Nach längerer Zeit öffnete sich der Pfad auf eine Blöße, in deren Mitte mehrere große Felsblöcke hoch aufeinander getürmt lagen. Eine kleine Quelle floss unter den Steinen hervor, schlängelte sich über die Lichtung hin und verlor sich dann im Wald. Hier hielt Old Shatterhand an, während er sagte: „Das ist der Ort, wo wir den Pferden etwas Ruhe gönnen und unsre Präriehunde braten können." Die Reiter stiegen ab. Jemmy übernahm es, die Präriehunde abzuhäuten und auszunehmen, und Old Shatterhand entfernte sich, um nachzusehen, ob der Ort sicher sei. Der Wald war nämlich nur drei Viertelstunden breit und wurde von dem Indianerpfad quer durchschnitten. Die Blöße lag ungefähr in der Mitte.

Nicht lange, so briet das Fleisch über dem Feuer und ein gar nicht übler Duft zog durch die Lichtung. Da kehrte Old Shatterhand zurück. Sein Auge hatte nichts Verdächtiges bemerken können.

Nach einer Stunde war der Braten fertig. „Hm!", brummte der Hobble-Frank. „Hundebraten essen! Aber ich habe eben Hunger und muss es also versuchen."

Er nahm sich ein Stück Brust und kostete es verzagt. Dann schob er ein größeres Stück in den Mund und gestand kauend: „Wirklich gar nicht übel, off Ehre! Es schmeckt wirklich, wenn ooch nich ganz so fein wie Zickelbraten. Kinder, ich denke, von diesen beeden Hunden wird nich viel übrig bleiben."

Wenn die vier Männer sich hier sicher wähnten, so befanden sie sich allerdings in einem Irrtum. Es näherte sich ihnen Gefahr in Gestalt von zwei Reitertrupps, die ihre Richtung auf den Wald genommen hatten.

Der eine Trupp bestand nur aus zwei Reitern, die von Norden her kamen und auf die Fährte Old Shatterhands und seiner Genossen stießen. Sie hielten an und sprangen von den Pferden, um die Spuren zu untersuchen. Die Art, wie das geschah, ließ vermuten, dass sie keine unerfahrenen Westmänner seien. Was ihre Pferde betraf, so waren sie wohlgenährt, doch ohne Sattel und nur mit einem Riemenhalfter versehen. In dieser Weise pflegen die Pferde der Indianer zu weiden.

„Was meinst du zu dieser Fährte, Knox?“, fragte der eine. „Sollten wir vielleicht Rote vor uns haben?“ – „Nein“, entgegnete der Gefragte bestimmt. „Die Pferde waren beschlagen.“ – „Und wie viele sind es?“ – „Nur vier. Wir haben also nichts zu fürchten, Hilton.“ – „Außer wenn es Soldaten sind!“ – *„Pshaw!* Auch dann nicht. Aus welchen Gründen sollten sie wohl die Vermutung ziehen, dass wir zu den Weißen gehören, von denen die Utahs überfallen wurden!“ – „Das denke ich freilich auch. Aber wir befinden uns in einer scheußlichen Lage. Von den Roten gehetzt und von den Soldaten gesucht, irren wir im Gebiet der Utahs hin und her!“ – „In kurzer Zeit wird der Cornel mit dem andern Trupp nachkommen und dann brauchen wir uns nicht mehr zu sorgen. Wir müssen versuchen, uns bis dahin durchzuschlagen. Denke ich darüber nach, so finde ich nur einen Weg dazu und der öffnet sich uns eben jetzt.“ – „Welcher Weg wäre das?“ – „Wir müssen Weiße finden, denen wir uns anschließen. In ihrer Gesellschaft wird niemand in uns die Diebe der Utah-Pferde suchen.“ – „Und du meinst, dass wir solche Männer vor uns haben?“ – „Ich denke es. Wollen wir ihnen folgen!“

Der rote Cornel hatte seinen Trupp, der aus den zwanzig am Eagle Tail entkommenen Tramps bestand, wieder zu vermehren getrachtet. Darum hatte er während des Rittes durch Colorado jeden, der Lust dazu zeigte, an sich gezogen. Das waren natürlich lauter fragwürdige Menschen. Unter ihnen befanden sich auch Knox und Hilton, die jetzt dem Wald zuritten. Die neue Schar des Cornel war bald so groß geworden, dass sie Aufsehen erregen musste. Deshalb hatte er den Entschluss gefasst, sie zu teilen. Mit der einen Hälfte wollte er in der Gegend von La Veta über die

Berge gehen und die andere sollte sich nach Morrison und Georgetown wenden, um das Gebirge dort zu übersteigen. Da Knox und Hilton erfahrene Leute waren, mussten sie die zweite Abteilung leiten. Sie waren glücklich über die Berge gekommen und hatten in der Gegend von Breckenridge Halt gemacht. Dort war die ausgebrochene Pferdeherde eines Haziendero bei ihnen vorübergaloppiert. Dabei hatten sich ihre eigenen Pferde losgerissen und waren mit den andern entflohen. Um sich in den Besitz neuer Tiere zu setzen, hatten sie ein Utahlager überfallen und waren von den Indianern verfolgt und geschlagen worden. Nur die beiden Anführer, Knox und Hilton, hatten allein das Glück gehabt, den Indianern zu entgehen.

Als sie sich dem Wald näherten, fanden sie den Indianerpfad und folgten ihm. Sie erreichten die Blöße, als die vier dort Rastenden beim Essen waren.

„Lass nur mich reden!“, flüsterte Knox seinem Genossen zu.

Jetzt erblickte Old Shatterhand die beiden. Er nahm den Stutzen in die Hand und sah ihnen, als sie sich näherten, erwartungsvoll entgegen.

„Good day, Mesch'schurs“, grüßte Knox. „Ist es vielleicht erlaubt, sich bei euch ein wenig auszuruhen?“ – „Uns ist jeder ehrliche Mann willkommen“, entgegnete Old Shatterhand. – „Hoffentlich haltet Ihr uns nicht für das Gegenteil?“, meinte Hilton. – „Ich urteile über einen Menschen erst dann, wenn ich ihn kennen gelernt habe.“ – „Nun, so gestattet, dass wir Euch die Gelegenheit dazu geben!“

Die beiden waren abgestiegen und hatten jedenfalls Hunger, denn sie warfen sehnsüchtige Blicke auf den Braten. Der gutmütige Jemmy schob ihnen einige Stücke davon zu und forderte sie auf, zu essen. Die Zeit, bis sie gesättigt waren, wurde in Schweigen verbracht. –

Der andere der erwähnten Trupps, der sich dem Wald von der entgegengesetzten Seite näherte, bestand aus einer Schar von etwa zweihundert Indianern. Auch sie mussten die Gegend genau kennen, denn sie hielten gerade auf den Ausgang des schmalen Waldpfades zu, der auf die Blöße führte.

Die Roten befanden sich auf dem Kriegspfad, wie die grellen Farben bezeugten, mit denen sie ihre Gesichter bemalt hatten. An ihrer Spitze ritt ein riesenhafter Häuptling, eine Adlerfeder im Schopf. Am Pfad angekommen, stieg er ab, um ihn zu untersuchen. Ein Pferd schnaubte. Er hob warnend die Hand und der betreffende Reiter hielt dem Tier die Nüstern zu. Da der Häuptling damit zur größten Stille aufforderte, musste er etwas Verdächtiges bemerkt haben. Er ging langsam, eine kurze Strecke auf dem Pfad weiter. Als er zurückkehrte, sagte er leise in der Sprache der Utahs: „Ein Bleichgesicht war hier. Die Krieger der Utahs mögen sich mit ihren Pferden verbergen. Ovuts-avaht wird gehen, um das Bleichgesicht zu suchen."

Der Häuptling, der fast noch länger und breiter als Old Firehand war, hieß also Ovuts-avaht, zu Deutsch der Große Wolf. Er schlich in den Wald zurück. Als er nach einer halben Stunde zurückkehrte ließ er einen leisen Pfiff hören und sofort kamen die Roten unter den Bäumen hervor.

„Sechs Bleichgesichter lagern bei den Felsen", berichtete er, „sie essen Fleisch und ihre Pferde weiden bei ihnen. Meine Brüder mögen mir folgen. Die Hälfte schleicht nach rechts, die andern nach links, bis die Lichtung umstellt ist. Dann werde ich das Zeichen geben und die roten Krieger brechen hervor. Wir werden sie mit den Händen greifen und in unser Dorf schaffen, um sie dort an den Pfahl zu binden. Howgh!"

Ihr Häuptling voran, drangen die Roten auf dem Pfad lautlos in den Wald ein, um den Platz zu umstellen.

Die Weißen hatten soeben ihr Mahl verzehrt. Hobble-Frank schob sein Bowiemesser in den Gürtel und sagte: „Jetzt können wir wieder aufbrechen, um noch vor Nacht an unser heutiges Ziel zu gelangen."

„Ja", stimmte Jemmy bei. „Aber vorher ist es notwendig, dass wir uns kennen lernen und erfahren, wohin wir beiderseits gehen."

„Das ist richtig“, nickte Knox. „Darf ich also fragen, welches Ziel ihr heute noch erreichen wollt?“ – „Wir reiten nach den Elkbergen.“ – „Wir auch. Das trifft sich ausgezeichnet. Da können wir ja gemeinsam reiten.“

Old Shatterhand gab Jemmy einen verstohlenen Wink, das Verhör fortzusetzen.

„Mir soll es recht sein“, erwiderte der Dicke. „Aber wo wollt ihr dann weiter hin?“ – „Das ist noch unbestimmt. Vielleicht zum Greenriver hinüber, um nach Bibern zu suchen.“ – „Ihr seid also Trapper, Biberjäger?“ – „Ja. Ich heiße Knox und mein Gefährte Hilton.“ – „Aber wo habt Ihr denn Eure Biberfallen, Mr. Knox?“ – „Die sind uns unten am San-Juan-Fluss von Dieben gestohlen worden. Hoffentlich treffen wir bald ein Camp, wo es welche zu kaufen gibt. Ihr meint also, dass wir uns euch bis zu den Elkbergen anschließen dürfen?“ – „Habe nichts dagegen und meine Gefährten auch nicht.“ – „Schön, Sir! So dürfen wir wohl auch eure Namen erfahren?“ – „Warum nicht! Mich nennt man den Dicken Jemmy, mein Nachbar rechts ist der...“

„...der Lange Davy wohl?“, fiel Knox schnell ein. – „Ja. Ihr erratet es?“ – „Gewiss! Ihr seid ja weit und breit bekannt! Und der Kleine hier an Eurer linken Seite?“ – „Den nennen wir Hobble-Frank, ein famoses Kerlchen, das Ihr noch kennen lernen werdet. Und der letzte Name ist Euch jedenfalls noch besser bekannt als der meinige. Ich denke doch, dass Ihr von Old Shatterhand gehört habt.“ – „Old Shatterhand?“, rief Knox freudig überrascht. „Ist’s wahr, Sir? Dann erlaubt mir, Euch zu sagen, dass ich mich sehr freue, Euch kennen zu lernen!“ – Old Shatterhand entgegnete kalt: „Schade, dass ich Eure Freude nicht zu teilen vermag.“ – „Warum nicht, Sir?“ – „Weil ihr Leute seid, über die man sich überhaupt nicht freuen kann. Ihr seid zwei Schwindler und vielleicht noch Schlimmeres.“ – „Oho! Meint Ihr, dass wir eine solche Beleidigung auf uns sitzen lassen? Beweist uns doch, dass wir Schwindler sind!“ – „Warum nicht!“, erwiderte Old Shatterhand gleichmütig. „Also unten am San Juan habt ihr eure Fallen ausgelegt gehabt? Und ihr kommt unmittelbar von dort herauf?“ – „Ja.“ – „Also von Süden her? Das ist eine Lüge. Ihr seid ganz kurz nach uns gekommen und wir müssten euch draußen auf der offenen Prärie gesehen haben. Ihr seid von Norden gekommen!“ – „Aber Sir, ich habe die Wahrheit gesagt. Ihr habt uns nicht gesehen.“ – „Ich? Euch nicht gesehen? Wenn ich so schlechte Augen hätte, wäre ich schon tausendmal verloren gewesen. Und nun weiter: Wo habt ihr Sättel und Zaumzeug?“ – „Sind uns gestohlen worden!“ – „Mann, haltet mich nicht für einen dummen Jungen!“, lachte Old Shatterhand verächtlich. „Ihr habt wohl Sattel und Zaum mit den Biberfallen ins Wasser gesteckt, dass alles zusammen gestohlen werden konnte? Und woher habt ihr denn eure Pferde?“ – „Die haben wir in Fort Dodge gekauft.“ – „So weit von hier? Und ich möchte wetten, dass diese Tiere letzthin noch auf der Weide waren. Ein Pferd, das den Reiter von Fort Dodge bis hierher getragen hat, sieht anders aus. Und wie kommt es denn, dass die Gäule nicht beschlagen sind?“ – „Das müsst ihr den Händler fragen, von dem wir sie haben.“ – „Unsinn! Händler! Diese Tiere sind gestohlen. Meint ihr denn, ich sehe nicht, dass die Pferde indianische Dressur haben?“ – „Wie könnt Ihr das wissen? Ihr habt uns doch nicht reiten sehen!“ – „Aber ich bemerkte, dass eure Tiere die unsrigen meiden, dass sie für sich bleiben. So verhalten sich Indianergäule. Diese Pferde sind den Utahs gestohlen worden und ihr gehört zu den Leuten, die über diese Roten hergefallen sind.“

Knox wusste nicht mehr, was er sagen sollte und nahm seine letzte Zuflucht zur Grobheit.

„Sir, ich habe Euch für einen ganz andern Menschen gehalten“, sagte er. „Ihr redet wie im Traum. Wer Behauptungen aufstellt wie die Eurigen, der muss geradezu verrückt sein. Ich sehe ein, dass wir nicht zusammenpassen, und werde aufbrechen, um nicht gezwungen zu sein, Eure Fantasien weiterhin anhören zu müssen. – Alle Teufel, was ist das?“

Er hatte, indem er von den Pferden sprach, das Auge auf die

Tiere gerichtet. Sie hielten die Nüstern hoch, sogen die Luft ein und rannten dann freudig wiehernd dem Rand der Lichtung zu.

„Ja, was ist das?“, rief auch Jemmy. „Es sind Rote in der Nähe!“

Old Shatterhand erfasste mit einem einzigen Blick die Gefahr. „Wir sind umzingelt“, warnte er, „jedenfalls von den Utahs, deren Nähe durch die Pferde verraten worden ist.“

„Was tun wir da?“, fragte Davy.

„Zunächst wollen wir ihnen zeigen, dass wir mit diesem Gesindel nichts zu tun haben. Das ist die Hauptsache. Also nieder mit ihnen!“ Er schlug Knox die geballte Faust gegen die Schläfe, dass der Getroffene wie ein Holzblock niederstürzte, und dann erhielt Hilton, bevor er zur Gegenwehr kam, den gleichen Hieb. „Nun schnell hinauf auf den Felsen!“, gebot Old Shatterhand. „Dort haben wir Deckung. Dann müssen wir das Weitere abwarten.“ In drei, vier, fünf Sekunden waren die vier Jäger hinauf und hinter den Ecken, Kanten und Sträuchern, wo sie sich niederduckten, verschwunden. Der Häuptling hatte sofort das Zeichen zum Angriff geben wollen, hatte aber gezögert, als er sah, dass das eine Bleichgesicht zwei andere niederschlug. Dadurch hatten die vier Zeit gewonnen, sich auf die Felsen zu flüchten. Nun steckten sie oben und waren im Stande, ihre Kugeln nach allen Richtungen zu senden.

Was tun? Das war die Frage, die sich der Große Wolf jetzt stellte. Der Häuptling rief seine Unteranführer. Das Ergebnis ihrer Beratung war bald zu hören. Vom Rand der Lichtung her ertönte eine laute Stimme. Es war der Häuptling selbst, der, an einem Baum stehend, herüberrief: „Die Bleichgesichter sind von vielen roten Kriegern umringt, sie mögen herunterkommen! Wenn die weißen Männer nicht gehorchen, werden wir sie töten.“

Darauf antwortete Old Shatterhand:

„Was haben wir den roten Kriegern getan, dass sie uns umringt haben und überfallen wollen?“

„Ihr gehört zu den Hunden, die unsre Männer getötet und unsre Pferde geraubt haben.“

„Du irrst. Nur zwei dieser Räuber sind hier. Sie kamen kurz vorher zu uns und ich ahnte, dass sie die Feinde der Utahs sind. Wenn ihr sie haben wollt, so holt sie euch!“

„Du willst uns hinüberlocken, um uns zu töten!“

„Nein. – Wer bist du überhaupt? Wie ist dein Name?“

„Hier steht Ovuts-avaht, der Häuptling der Utahs.“

„Ich kenne dich. Der Große Wolf ist stark an Körper und Geist. Er ist tapfer und gerecht und wird den Unschuldigen nicht die Taten der Schuldigen entgelten lassen.“

„Du redest wie ein Weib. Du nennst dich unschuldig, aus Angst vor dem Tod. Ovuts-avaht verachtet dich. Wie lautet dein Name? Es wird der Name eines alten, blinden Hundes sein.“

„Ist der Große Wolf nicht selber blind? Es scheint unsre Pferde nicht zu sehen. Haben diese Tiere etwa den Utahs gehört? Die Krieger der Utahs mögen hören, ob mein Name der eines Hundes ist! Die Bleichgesichter heißen mich Old Shatterhand, in der Sprache der Utahs aber werde ich Pokai-mu, die Tötende Hand, genannt.“

Der Name des Jägers hatte Eindruck gemacht. Erst nach einiger Zeit war die Stimme des Großen Wolfes wieder zu vernehmen: „Das Bleichgesicht gibt sich für Old Shatterhand aus, wir aber glauben ihm nicht. Old Shatterhand kennt keine Furcht. Dir aber hat die Angst den Mut genommen, dich uns zu zeigen.“

„Wäre es wahr, so besäßen die Krieger der Utahs noch mehr Angst als ich; denn sie verstecken sich. Ich will dir beweisen, dass ich keine Bangigkeit kenne. Ihr sollt mich sehen.“

Old Shatterhand trat aus seinem Versteck hervor und stand so frei und unbesorgt da oben, als gäbe es kein Gewehr, dessen Kugel ihn zu treffen vermöge.

„Ing Pokai-mu, ing Pokai-mu, howgh!“, erklangen mehrere laute Stimmen.

Furchtlos rief der Westmann dem Häuptling zu: „Hast du das Zeugnis deiner Krieger vernommen? Glaubst du nun, dass ich wirklich Old Shatterhand bin?“

„Ovuts-avaht glaubt es. Dein Mut ist groß!"

„Ich habe den Wunsch des Großen Wolfes erfüllt. Warum bleibt er noch im Verborgenen? Hat er Angst, oder hält er mich für einen Meuchelmörder, der ihn töten will?"

„Der Häuptling der Utahs hat keine Angst. Er weiß, dass Old Shatterhand nur dann zur Waffe greift, wenn er angegriffen wird, und wird sich ihm zeigen." Er trat hinter dem Baum hervor, sodass seine große Gestalt voll zu sehen war. „Ist Old Shatterhand nun zufrieden?", fragte er.

„Nein. Ich möchte Auge in Auge mit dir sprechen. Komm also näher herbei! Ich werde vom Felsen steigen und dir entgegengehen. Dann setzen wir uns, wie es Häuptlingen geziemt, nieder, um zu beraten."

„Dann würde Ovuts-avaht mit dir auf der freien Lichtung sitzen und den Schüssen deiner Leute ausgesetzt sein."

„Ich gebe dir mein Wort, dass dir nichts geschehen soll."

„Wenn Old Shatterhand sein Wort gibt, so darf man vertrauen. Der Häuptling der Utahs wird also kommen. Wie wird der weiße Jäger bewaffnet sein?"

„Ich werde alle meine Waffen ablegen. Dir aber steht es frei, zu tun, was dir beliebt."

„Der Große Wolf wird sich nicht dadurch schänden, dass er weniger Mut und Vertrauen zeigt. Komm also herab!"

Der Häuptling legte seine Waffen da, wo er stand, ins Gras und wartete dann auf Old Shatterhand.

Dieser stieg hinab und dann schritten die beiden langsam aufeinander zu. Als sie zusammentrafen, hob Old Shatterhand die Hand zum Gruß und sagte: „Ich habe den Großen Wolf noch nie gesehen. Ich freue mich, ihn als Freund begrüßen zu können."

Der Indianer missachtete den Gruß des Weißen, musterte mit scharfem Blick dessen Gestalt und entgegnete: „Setzen wir uns! Die Krieger der Utahs haben ihre Kriegsbeile gegen die Bleichgesichter ausgraben müssen. Es gibt keinen Weißen, den der Häuptling als Freund begrüßen kann."

Der Große Wolf ließ sich nieder und Old Shatterhand setzte sich ihm gegenüber. Das Feuer war erloschen. Neben der Asche lagen noch Knox und Hilton, die schwer betäubt sein mussten, da sie sich noch immer nicht bewegten.

Keiner der beiden einander Gegenübersitzenden schien beginnen zu wollen. Old Shatterhand blickte so gleichgültig, als könne ihm nicht das Mindeste geschehen, vor sich nieder. Der Rote konnte seinen prüfenden Blick nicht von dem Weißen lassen. Die aufwärts gezogenen Mundwinkel deuteten an, dass er sich von dem berühmten Jäger eine Vorstellung gemacht hatte. Das zeigte sich, als er endlich die etwas spöttische Bemerkung machte: „Der Ruf Old Shatterhands ist groß, aber seine Gestalt ist nicht mit ihm fortgewachsen."

Old Shatterhand ragte über die gewöhnliche Größe hinaus, war aber keineswegs ein Riese. Er hatte in der Vorstellung des Roten jedenfalls als ein wahrer Goliath gelebt. Der Jäger erwiderte:

„Was erlaubst du dir dann eine solche Bemerkung über meine Gestalt? Zwar können deine Worte Old Shatterhand nicht beleidigen, aber sie enthalten eine Missachtung, die ich nicht dulden darf. Ich bin ein Häuptling wie du. Ich werde höflich mit dir sprechen und verlange von dir die gleiche Höflichkeit. Das muss ich dir sagen, bevor wir unsre Unterredung beginnen, denn sonst würde sie zu keinem guten Ziel führen."

Old Shatterhand war es sich und seinen Begleitern schuldig, dem Roten diesen Verweis zu geben. Je kräftiger er auftrat, desto mehr Achtung verschaffte er sich.

„Es gibt da nur ein einziges Ziel: euren Tod!", erklärte der Große Wolf.

„Das wäre Mord, denn wir haben euch nichts getan."

„Du befindest dich in der Gesellschaft der Mörder, die wir verfolgen. Du bist mit ihnen geritten."

„Das ist nicht wahr! Sende einen deiner Leute auf unsrer Spur zurück! Er wird sehen, dass diese beiden Männer nach uns kamen und auf unsre Fährte gestoßen sind."

„Das ändert nichts. Die Bleichgesichter haben uns im tiefsten Frieden überfallen, unsre Pferde geraubt und viele von unsern Kriegern getötet. Wir schickten weise Männer ab, um Bestrafung der Schuldigen und Ersatz für unsre Verluste zu erlangen. Man hat sie ausgelacht und abgewiesen. Darum haben wir die Tomahawks ausgegraben und geschworen, dass jeder Weiße, der in unsre Hände fällt, getötet werden soll. Diesen Schwur müssen wir halten und du bist ein Weißer."

„Ich beklage, was geschehen ist. Der Große Wolf wird wissen, dass ich ein Freund der roten Männer bin."

„Ovuts-avaht weiß es, aber du musst dennoch sterben. Wenn die ungerechten Bleichgesichter erfahren, dass sie durch ihr Verhalten den Tod vieler Gerechter, sogar Old Shatterhands, verschuldet haben, werden sie in Zukunft klüger handeln."

Das klang gefährlich. Dennoch antwortete Old Shatterhand:

„Der Große Wolf denkt nur an seinen Schwur, aber nicht an die Folgen. Wenn ihr uns tötet, werden Tausende von Bleichgesichtern sich gegen euch aufmachen, um unsern Tod zu rächen. Diese Rache wird umso strenger sein, als wir stets Freunde der roten Männer waren."

„Ihr? Du sprichst auch von deinen Gefährten? Wer sind sie?"

„Der eine heißt Hobble-Frank. Die Namen der beiden andern hast du sicher schon oft gehört: der Dicke Jemmy und der Lange Davy."

„Der Häuptling der Utahs kennt sie. Aber gerade deshalb wird ihr Tod die ungerechten Häuptlinge der Weißen belehren. Euer Schicksal ist entschieden. Doch es wird ehrenvoll sein. Ihr seid tapfere und berühmte Männer und sollt den qualvollsten Tod erleiden, den wir euch bieten können. Dadurch wird euer Ruhm noch glänzender. Der Häuptling hofft, dass du erkennst, welche Rücksicht das von uns ist, und uns dafür dankbar bist."

Old Shatterhand war keineswegs entzückt darüber. Er ließ das aber nicht merken und entgegnete: „Deine Absicht ist gut. Aber die, die uns rächen, werden anders denken."

„Der Häuptling lacht über sie. Ovuts-avaht hat nicht die Gewohnheit, seine Feinde zu zählen. Weißt du nicht, wie zahlreich wir sein werden? Wir werden die weißen Krieger zermalmen."

„So gehe nach dem Osten und zähle die Weißen! Es werden uns Rächer erstehen, von denen ein Einziger viele Utahs aufwiegt."

„Wer wären diese Männer?"

„Ich will dir nur einen nennen: Old Firehand!"

„Er ist ein Held", gab der Häuptling zu. „Aber einen zweiten Rächer kannst du nicht aufweisen."

„Ich will nur noch einen erwähnen: Winnetou!"

„Schweig von ihm! Er ist der Häuptling der Apatschen. Die Weißen fühlen sich zu schwach gegen uns; sie haben zu den Navajos gesandt und sie gegen uns aufgehetzt. Gehören die Navajos nicht zum Volk der Apatschen? Müssen wir Winnetou nicht ohnehin als unsern Feind betrachten? Wehe ihm, wenn er in unsre Hände fällt!"

„Und wehe dann euch! Ich warne dich. Ihr hättet nicht nur die Krieger der Weißen gegen euch, sondern auch viele Tausend Streiter, die zum Volk der Apatschen gehören. Sie würden gegen euch ziehen und die Weißen brauchten nur zuzusehen, wie sich die Utahs und Apatschen gegenseitig aufreiben."

Der Häuptling sah vor sich nieder und meinte nach einer Weile: „Du hast die Wahrheit gesagt. Aber die Bleichgesichter drängen von allen Seiten auf uns ein. Sie überschwemmen uns und der rote Mann ist verurteilt, eines langsamen und qualvollen Erstickungstodes zu sterben. Ist es da nicht besser für ihn, den Kampf so zu führen, dass er rascher stirbt? Gib dir also keine Mühe! Es bleibt bei dem, was ich gesagt habe. Oder glaubst du, uns zu entkommen?"

„Allerdings. Hast du noch nicht erfahren, was für Waffen ich besitze?"

„Du sollst ein Gewehr haben, aus dem man immerfort schießen kann, ohne laden zu müssen. Aber der Große Wolf glaubt es nicht."

„Soll ich es dir zeigen?"

„Ja, zeige es!", rief der Häuptling, begeistert von dem Gedanken, dieses geheimnisvolle Gewehr sehen zu können.

„So werde ich es dir bringen." Old Shatterhand stand auf und schritt zum Felsen. Wie die Verhältnisse lagen, musste er vor allen Dingen danach trachten, die Indianer einzuschüchtern, und dazu war dieses Gewehr am besten geeignet. Die Roten hielten es für ein Zaubergewehr. Jemmy langte ihm den Stutzen vom Felsen herab. Old Shatterhand kehrte zu dem Häuptling zurück und sagte: „Hier ist das Gewehr. Nimm es, und sieh es dir an!"

Schon streckte der Rote die Hand aus. Aber er zog sie wieder zurück und fragte: „Darf auch ein anderer als du es angreifen? Wenn es wirklich das Zaubergewehr ist, so muss es jedem Unbefugten Gefahr bringen."

„Ich darf seine Geheimnisse nicht verraten. Nimm und versuche es selbst!" Der Jäger hatte den Stutzen in der rechten Hand und legte den Daumen an die Patronenkugel, um sie so vorzudrehen, dass der Schuss bei der geringsten Berührung des Gewehrschlosses losgehen musste. Eine Gruppe von mehreren Roten, die aus Neugier nahe dem Rand der Lichtung beieinander standen, bildete ein so gutes Ziel, dass jede auf sie gerichtete Kugel einen von ihnen treffen musste.

Old Shatterhand nahm das Gewehr jetzt in beide Hände, und zwar so, dass der Lauf auf die erwähnte Indianergruppe zeigte. Die Neugier des Häuptlings war größer als seine Besorgnis; er griff zu. Old Shatterhand spielte ihm das Gewehr so in die Hand, dass dieser das Schloss berührte. Sofort krachte der Schuss. Wo die Indianer standen, ertönte ein Schrei und der Große Wolf ließ den Stutzen erschrocken fallen. Einer der Roten war verwundet worden.

„Bin ich's gewesen, der ihn verwundet hat?", fragte der Häuptling betroffen.

„Wer sonst?", fragte Old Shatterhand zurück. „Das ist zur Warnung geschehen. Bei der nächsten Berührung dieses Gewehrs wird es Ernst werden. Die Kugel würde nun..."

„Nein, nein!", rief der Rote, indem er mit beiden Händen abwehrte. „Es ist wirklich ein Zaubergewehr und nur für dich bestimmt."

„Das ist sehr klug von dir“, meinte Old Shatterhand ernst. „Das nächste Mal würde es anders kommen. Schau zu dem Ahornbäumchen dort am Bach! Es ist nur zwei Finger stark und soll zehn Löcher erhalten, die genau um die Breite deines Daumens voneinander entfernt sind.“

Der Jäger legte an, zielte auf den Ahorn und drückte ein-, drei-, sieben-, zehnmal ab. Dann sagte er: „Geh hin! So schießt das Zaubergewehr.“

Der Häuptling ging zum Bäumchen. Mehrere Rote kamen, von Wissbegierde getrieben, aus ihren Verstecken zu ihm hin. Das benutzte der Jäger, um schnell neue Patronen nachzuschieben.

„Uff, uff, uff!“, hörte er rufen. War es für die Indianer schon ein wirkliches Wunder, dass er so viele Schüsse abgegeben hatte, ohne zu laden, so waren sie jetzt doppelt erstaunt, zu sehen, dass jede Kugel das dünne Stämmchen genau einen Daumen breit über der vorherigen durchschlagen hatte. Der Häuptling kehrte zurück, setzte sich und sagte dann: „Ovuts-avaht sieht, dass du ein Liebling des Großen Geistes bist. Er hat von diesem Gewehr gehört, wollte es aber nicht glauben. Nun weiß er, dass man die Wahrheit gesagt hat. Trotzdem müsst ihr euch ergeben, ohne dass ein Schuss zu fallen braucht. Ihr seid umringt und habt nichts zu essen. Wir belagern euch so lange, bis der Hunger euch zwingt, die Waffen zu strecken.“

„Dazu wird es gar nicht kommen, denn wir werden uns durchschlagen. Ich gehe voran mit meinem Zaubergewehr in der Hand und schicke euch Kugel auf Kugel zu.“

„Wir werden hinter den Bäumen stehen!“

„Meinst du, dass euch das vor meinem Zaubergewehr schützt? Ihr habt schon jetzt schwere Verluste zu beklagen und es werden, wenn der Kampf mit den weißen Soldaten und den Navajos beginnt, noch viele eurer Männer fallen. Aus diesem Grund solltet ihr nicht auch noch uns zwingen, den Tod in eure Reihen zu senden.“

Diese ernsten Worte verfehlten ihre Wirkung nicht. Der Häuptling starrte lange vor sich hin. Dann stieß er beinahe bedauernd hervor: „Wenn wir nicht geschworen hätten, alle Bleichgesichter zu töten, so würden wir euch vielleicht ziehen lassen.“

„Man kann einen Schwur zurücknehmen.“

„Aber nur, wenn die große Beratung es erlaubt.“

Jetzt hatte Old Shatterhand den Häuptling da, wohin er ihn hatte haben wollen. Deshalb schwieg er und wartete, was der Große Wolf nun weiter sagen werde.

Der Utah dachte jedenfalls darüber nach, ob es nicht doch möglich sei, sich der vier Weißen trotz des Zaubergewehrs zu bemächtigen. Endlich sagte er schweren Herzens: „Ovuts-avaht kann seinen Schwur nicht zurücknehmen; er muss ihn sich von der Versammlung der Alten zurückgeben lassen. Ihr werdet als unsere Gefangenen mit uns ziehen, um zu erfahren, was die Beratung über euch beschließt.“

„Gefangen kann nur der sein, der besiegt wurde. Wir werden mit euch reiten, aber nicht als Gefangene, sondern freiwillig als eure Begleiter.“

„Uff! So will dir der Häuptling einen letzten Vorschlag machen. Gehst du nicht darauf ein, so belagern wir euch trotz deines Zaubergewehrs. Ihr brecht jetzt mit uns zu unserm Dorf auf. Ihr behaltet eure Waffen, eure Pferde und werdet auch nicht gefesselt. Dafür schwört ihr uns, dass ihr euch ohne Gegenwehr dem Beschluss der Beratung fügen wollt. Ich habe gesprochen. Howgh!“

Old Shatterhand war mit dem Ergebnis der Unterredung durchaus zufrieden. Darum erklärte er: „Der Große Wolf soll erkennen, dass ich sein Freund bin. Wir werden uns ohne Gegenwehr in den Beschluss fügen.“

„So nimm dein Kalumet und beschwöre es!“

Old Shatterhand löste seine Friedenspfeife von der Schnur, tat ein wenig Tabak in den Kopf und steckte ihn in Brand. Dann blies er den Rauch gegen den Himmel, gegen die Erde, in die vier Himmelsrichtungen und sagte: „Ich verspreche, dass wir an keine Gegenwehr denken werden.“

„Howgh!“, nickte der Häuptling, blies den Rauch in der gleichen Weise von sich und erklärte: „Den vier Weißen wird von uns nichts Böses geschehen, bis die Beratung der Alten über ihr Schicksal beschlossen hat. Howgh!“

Nun gab er Old Shatterhand das Kalumet zurück und ging zu Knox und Hilton. „Auf diese erstreckt sich mein Versprechen nicht“, stellte er fest. „Sie gehören zu den Mördern, denn wir haben ihre Pferde als die unsrigen erkannt. Ihr seid meinen Kriegern heute früh entkommen. Nun hat euch der große Manitou in meine Hand gegeben und ihr sollt für die Mordtaten, die ihr begangen habt, am Marterpfahl heulen.“

„Mordtaten?“, fragte Knox. „Davon wissen wir nichts. Wen sollen wir ermordet haben?“

„Schweig, Hund! Wir kennen euch, und auch diese Bleichgesichter hier wissen, was ihr getan habt!“

Knox war ein listiger Bursche. Er sah Old Shatterhand unverletzt neben dem Roten stehen. Die Indianer hatten es nicht gewagt, sich an dem berühmten Mann zu vergreifen. Old Shatterhand war ein Weißer. Er musste sich also der Weißen gegen die Roten annehmen. So dachte Knox und antwortete infolgedessen: „Natürlich müssen sie wissen, was wir getan haben, denn wir sind ja seit Wochen mit ihnen beisammen gewesen. Frage Old Shatterhand! Er wird es dir erklären.“

„Irrt euch nicht!“, erklärte Old Shatterhand! „Ich lüge nicht, um euch der verdienten Strafe zu entziehen.“

„Hang it all! Kommt Ihr uns so? Dann weiß ich auch, was ich zu tun habe.“ Sich an den Häuptling wendend, fuhr Knox fort: „Warum ergreifst du nicht auch diese vier? Sie haben sich ebenfalls an dem Pferderaub beteiligt und auch auf die Utahs geschossen. Gerade durch ihre Kugeln sind die meisten eurer Leute gefallen!“

Das war eine Frechheit sondergleichen. Die Augen des Häuptlings sprühten förmlich Blitze, als er Knox andonnerte: „Feigling! Du hast nicht den Mut, die Schuld allein zu tragen, und wirfst sie auf andre, gegen die du eine stinkende Kröte bist. Dafür soll die Strafe für dich nicht erst am Marterpfahl, sondern gleich jetzt beginnen. Ich werde mir deinen Skalp nehmen und du sollst leben und ihn an meinem Gürtel hängen sehen."

„Um Gottes willen!", schrie der Bedrohte auf. „Bei lebendigem Leib skalpieren? Nein, nein!"

Er tat einen Sprung, um zu fliehen. Aber der Häuptling war ebenso schnell wie er und ergriff ihn beim Hals. Ein Druck seiner starken Hand und Knox hing daran, schlapp wie ein Lappen. Der Große Wolf warf den halb Erstickten auf den Boden, kniete auf ihn – drei schnelle Schnitte, ein Ruck am Haar, ein entsetzlicher Schrei des unter ihm Liegenden und der Rote erhob sich, den blutigen Skalp in der linken Hand. Knox bewegte sich nicht. Sein Schädel bot einen entsetzlichen Anblick.

„So muss es einem Hund ergehen, der die roten Männer bestiehlt und tötet!", rief der Große Wolf, während er den Skalp in den Gürtel steckte.

Dann gab er ein Zeichen, worauf die Roten herbeikamen. Bald wimmelte die Lichtung von ihnen. Hilton und Knox wurden mit Riemen gefesselt.

Old Shatterhand war inzwischen auf den Felsen gestiegen. Er teilte seinen Gefährten das Ergebnis der Unterredung mit.

„Das ist schlimm", meinte Jemmy. „Konnten Sie uns denn nicht ganz frei bringen? Oder vielleicht wäre es besser gewesen, wenn Sie es hätten zum Kampf kommen lassen!"

„Ganz gewiss nicht. Es hätte uns jedenfalls das Leben gekostet."

„Das ist sehr richtig", stimmte der Hobble-Frank bei. „Ich weeß gar nich, wie es so einem dicken Jemmy Pfefferkorn nur beikommen kann, gescheiter als unser Old Shatterhand sein zu wollen. Du bist immer und stets das Gänseei, das klüger als die Henne sein will. Old Shatterhand hat sein Möglichstes getan."

„Wozu aber führt es, dass wir mit den Rothäuten ziehen?", fragte Jemmy. „Es ist doch anzunehmen, dass die Versammlung der Alten uns auch als Feinde behandelt."

„Das wollte ich ihnen nich geraten haben!", drohte Hobble-Frank. „Mich bringt keener so leicht an 'nen Marterpfahl. Ich wehre mich mit Haut und Haar dagegen."

„Das darfst du ja nicht. Es ist beschworen worden."

„Wer hat denn das gesagt? Siehste denn wirklich nich ein, dass dieser Schwur seine Mucken hat? Da hat sich unser Old Shatterhand 'ne ganz allerliebste Hinterportiere offen gelassen. Es heeßt, wie du gehört hast, dass wir an keene Gegenwehr denken werden. Gut, das halten wir. Aber List, List, das is der wahre Jakob und das is keene Gegenwehr. Wenn uns der Sufflör zum Tode verurteilt, so verschwinden wir durch irgendeene Versenkung."

Jemmy wollte dem kleinen, eigentümlichen Menschen eine spöttische Antwort geben, aber Old Shatterhand winkte ab:

„Frank hat mich verstanden. Ich habe auf Gegenwehr verzichtet, aber nicht auf List. Freilich sollte es mir lieb sein, wenn ich nicht zu einer so spitzfindigen Auslegung meines Versprechens gezwungen wäre. Ich hoffe, dass uns noch andre Hilfsmittel zu Gebote stehen. Bis zur Beratung können wir uns den Utahs getrost anvertrauen. Lasst uns hinabsteigen und aufsitzen! Die Roten rüsten zum Aufbruch."

Knox und Hilton waren auf ihre Pferde gebunden worden. Der Skalpierte, den tiefe Ohnmacht umfangen hielt, lag lang auf dem Pferd, um dessen Hals man seine Arme gezogen hatte.

Der Zug setzte sich in Bewegung. Die vier Weißen blieben mit dem Häuptling am Ende, während die Spitze von einigen Indianern gebildet wurde, die Knox und Hilton zwischen sich genommen hatten.

Als sich die Prärie wieder öffnete, gab es eine weite Fernsicht bis zu den Elk Mountains hin, bis zu deren Fuß sich die Ebene erstreckte. Old Shatterhand sagte sich, dass zwischen diesen Bergen das Ziel des heutigen Rittes liegen müsse. Es wurde nicht viel gesprochen. Man musste warten, bis man am Lagerplatz der Utahs angekommen war. Dann erst konnte ein Entschluss gefasst, ein Rettungsplan erdacht werden.

12. Auf Tod und Leben

Die Utahs schienen es eilig zu haben. Sie ritten meist im Trab und nahmen nicht die mindeste Rücksicht auf die beiden gefesselten Gefangenen, deren einer doch lebensgefährlich verwundet war.

Die Berge rückten immer näher und gegen Abend erreichte man ihre ersten Ausläufer. Die Roten lenkten in ein langes, schmales Quertal ein. Später ging der Mond auf und beleuchtete die dicht mit Bäumen bewachsenen Felshänge, zwischen denen die Reiter sich still und stetig fortbewegten. Gegen Mitternacht schien man sich in der Nähe des Ziels zu befinden, denn der Häuptling gab einigen seiner Leute den Befehl, vorauszureiten, um die Ankunft der Krieger zu melden.

Dann kam man an einen ziemlich breiten Wasserlauf, dessen hohe Ufer bald immer weiter auseinander traten. Der Wald, der erst fast bis an das Wasser reichte, wich ebenfalls zurück und machte einer grasigen Savanne Platz, auf der man in der Ferne Feuer brennen sah. „Uff!“, ließ der Häuptling seine Stimme hören. „Dort liegen die Zelte meines Stammes und da wird euer Schicksal entschieden werden!“

„Noch heute?“, erkundigte sich Old Shatterhand.

„Nein. Meine Krieger bedürfen der Ruhe und euer Todeskampf wird länger währen und uns größere Freude machen, wenn ihr euch vorher durch Schlaf gekräftigt habt.“

„Nicht übel!“, meinte der dicke Jemmy in deutscher Sprache, um von den Roten nicht verstanden zu werden. „Unser Todeskampf! Er tut so, als ob wir dem Marterpfahl überhaupt nicht entgehen könnten.“

Der Augenblick des Empfangs war gekommen. Die Bewohner des Dorfes hatten sich aufgemacht, die zurückkehrenden Krieger zu begrüßen.

Old Shatterhand hatte erwartet, ein gewöhnliches Zeltdorf zu finden, musste aber erkennen, dass er in einem Irrtum befangen gewesen war. Die große Anzahl der Feuer bewies, dass viel mehr

Krieger hier vorhanden waren, als die Zelte zu fassen vermochten. Es hatten sich die Bewohner vieler anderer Utahdörfer hier versammelt, um den Rachezug gegen die Weißen zu beraten.

Als das Lager erreicht war, sah Old Shatterhand, dass es aus Büffelhautzelten und aus Hütten bestand, die aus Zweigen rasch errichtet waren. Sie bildeten einen weiten Kreis, in dessen Innerem der Zug hielt. Hier wurden die beiden Gefesselten von den Pferden gebunden und auf die Erde geworfen. Dann führte man die andern vier zu den beiden. Die Krieger bildeten einen weiten Ring um sie und die Frauen und Mädchen traten vor, um die Weißen kreischend zu umtanzen.

Das war eine grobe Beleidigung. Es ist nach indianischen Begriffen eine Ehrlosigkeitserklärung Gefangener, wenn man sie von den Weibern umtanzen lässt. Old Shatterhand rief deshalb seinen Gefährten einige Worte zu, worauf sie niederknieten und ihre Gewehre anlegten. Er selbst schoss den Bärentöter ab, dessen Knall das Geheul übertönte. Sofort trat tiefes Schweigen ein.

„Was ist das?“, rief er so laut, dass alle es hörten. „Ich habe mit dem Großen Wolf die Pfeife der Beratung geraucht und bin einverstanden gewesen, dass sich die Krieger der Utahs miteinander besprechen, ob wir als Feinde oder als Freunde behandelt werden sollen. Aber selbst wenn wir gefangen wären, würden wir nicht dulden, dass man die Frauen und Mädchen um uns wie um feige Kojoten tanzen lässt. Nehmt euch in Acht! Sobald es den Frauen einfällt, den Tanz wieder zu beginnen, werden wir unsre Gewehre sprechen lassen und dieser Platz wird vom Blut derer gerötet werden, die so treulos sind, die Pfeife der Beratung nicht zu achten.“

Diese Worte machten einen starken Eindruck. Dass der berühmte Jäger es wagte, einer solchen Übermacht gegenüber Drohungen auszusprechen, gefiel den Roten. Die Frauen und Mädchen zogen sich, ohne einen Befehl dazu erhalten zu haben, zurück. Einige mit Federn geschmückte Krieger traten zum Großen Wolf und sprachen mit ihm. Dann näherte sich der Häuptling den vier Jägern und sagte: „Der Häuptling der Yampa-Utahs achtet das Kalumet der Beratung und weiß, was er versprochen hat. Morgen wird über das Schicksal der vier Bleichgesichter entschieden werden. Bis dahin sollen sie in dem Zelt bleiben, das man ihnen jetzt anweisen wird. Die beiden andern aber sind Mörder und werden sterben, wie sie gelebt haben – triefend von Blut. Howgh! Ist Old Shatterhand mit meinen Worten einverstanden?"

„Ja", bestätigte der Jäger. „Doch verlange ich, dass unsre Pferde in der Nähe unseres Zeltes bleiben."

„Auch das will der Häuptling erlauben. Denkt Old Shatterhand etwa, entfliehen zu können? Ovuts-avaht sagt ihm, dass ein vielfacher Ring von Kriegern euer Zelt umgeben wird."

„Ich habe versprochen, das Ergebnis eurer Beratung abzuwarten. Du brauchst uns also keine Wächter zu stellen. Wenn du es dennoch tun willst, habe ich nichts dagegen."

„So kommt!"

Als die vier Westmänner dem Häuptling nun folgten, bildeten die Indianer schweigend eine Gasse. Das Zelt, das den Weißen angewiesen wurde, war eines der größten. Die Tür wurde durch eine Matte gebildet, die jetzt zurückgeschlagen war. Kaum fünf Schritt von ihr entfernt brannte ein Feuer, wodurch das Innere erleuchtet wurde. Die Jäger traten ein, legten ihre Gewehre ab und setzten sich. Schon nach kurzer Zeit kamen mehrere Rote, die sich so um das Zelt lagerten, dass keine Seite ohne scharfe Beobachtung blieb.

Nach wenigen Minuten erschien eine junge Frau, die zwei Gefäße vor den Weißen niedersetzte und sich dann wortlos entfernte. Das Gefäß war ein alter Topf mit Wasser und das andere eine große, eiserne Pfanne, worin mehrere rote Fleischstücke lagen.

„Oho!", schmunzelte der Hobble-Frank. „Das soll wohl unser Suppeh werden? E Wassertopp, das is nobel! Wir sollen vor Erstaunen über ihre Küchengerätschaften die Hände über dem Kopp zusammenschlagen. Und Büffelfleesch, wenigstens acht Pfund! Sie werden's doch nich mit Rattengift eingerieben haben?"

„Rattengift?“, lachte Jemmy. „Woher sollten die Utahs Rattengift bekommen? Übrigens ist das Fleisch von einem Elk und nicht von einem Büffel.“

„Weeßt du's schon wieder besser als ich? Es is für mich ganz egal, ob das Fleesch unter der Haut eines Elks oder Büffels gewachsen is. – Na, hoppla, ich gehe naus!“

Frank trug die Pfanne mit dem Fleisch an das Feuer und machte sich daran als Koch zu schaffen, ohne von den Wächtern gestört zu werden.

Der Mond verbreitete jetzt fast Tageshelle. Sein Licht fiel auf einen nahen, dunkel bewaldeten Bergstock, von dem sich ein Silberband herniederschlängelte, ein starker Bach, der sich unten in ein fast seeartiges Wasserbecken ergoss. Der Abfluss dieses Beckens bildete den Wasserlauf, an dessen Ufer man in das Lager gekommen war. Büsche oder Bäume schien es in der Nähe nicht zu geben. Die Umgebung des Sees war flach und offen.

Nach Verlauf einer Stunde kam Hobble-Frank mit der dampfenden Pfanne in das Zelt zurück. Er setzte sie den Gefährten hin und meinte selbstbewusst: „Hier habt ihr eure Herrlichkeet. Ich bin neugierig, was für Oogen ihr machen werdet. Zwar fehlt das Gewürz, aber meine angeborene Talenthaftigkeet hat leicht darüber hinwegzukommen gewusst.“

„Auf welche Weise denn?“, fragte Jemmy, indem er sein kleines Näschen über die Pfanne hielt. Das Fleisch brodelte nicht nur, sondern es rauchte, und zwar nicht wenig. Das Zelt war in einigen Augenblicken von einem scharfen, brenzligen Geruch erfüllt.

Ihr Abendessen war schwarz verbrannt und von einer dunklen, fettigen Ascheschicht umgeben.

„Off 'ne so eenfache Weise, dass der Erfolg ein wahres Wunder is“, erwiderte der Kleine. „Ich habe mal gelesen, dass Holzkohle nich nur das Salz ersetzt, das uns hier fehlt, sondern sogar noch solchem Fleesch, das eene ziemliche Anrüchigkeit besitzt, den Hohguhgeruch nimmt. Unser Braten war mit eener gewissen Müffigkeet begabt und so habe ich denn zu dem erwähnten Mittel gegriffen und ihn in hölzerner Asche geschmort. Das Feuer is mir zwar dabei e bissel in die Pfanne geraten, aber gerade das wird, wie mir mein genialer Küchenverstand mitteilt, von einer knusperigen Wirkung sein."

„O weh! Elkbraten in Holzasche! Bist du denn gescheit?"

„Rede doch keenen Äppelsalat! Ich bin stets gescheit. Das musst du doch nu endlich wissen. Die Asche ist e chemischer Gegner aller alchimistischen Unreenlichkeet. Genieße also diesen Elk mit dem dazu gehörigen Menschenverstand, so wird er dir gut bekommen und deinem Dickkopp die nötigen körperlichen und geistigen Kräfte verleihen! Beiß nur zu! Da wirst du sofort dein Wunder schmecken!"

„Das mache mir erst mal vor!"

„Mit königlicher Leichtigkeet! Nun sollst du sehen, wie delikat das schmeckt, wenn ich jetzt so e Endchen abbeiße und zwischen der Zunge zerdrücke. Da..."

Er hielt plötzlich inne, denn er hatte in das Fleisch gebissen, nahm die Zähne auseinander, behielt den Mund offen und sah seine drei Gefährten einen nach dem andern betroffen an.

„Nun?", erinnerte Jemmy. „So beiß doch!"

„Beißen – wie? Weeß der Kuckuck, das schnorpst und prasselt gerade wie – wie, na wie gebratene Scheuerbürschte. Sollte man das für menschenmöglich halten?"

„Das war vorauszusehen. Ich glaube, die alte Pfanne ist weicher als das Fleisch. Jetzt kannst du die Schöpfung deines Geistes selbst verzehren!"

„Na, vielleicht is een Stück da, das noch nich ganz zu so großer Charakterfestigkeit gediehen is. Will mal suchen."

Es gab glücklicherweise einige Stücke, die noch leidlich genießbar waren und für die vier Personen ausreichten. Aber Frank war sehr kleinlaut geworden.

Am andern Tag sollten Knox und Hilton am Marterpfahl sterben und die vier Westleute vielleicht ein gleiches Schicksal erfahren. Das gab für die Roten ein großes Fest, wozu sie gerüstet sein mussten. Darum legten sie sich zur Ruhe. Die Feuer erloschen bis auf zwei, nämlich das an dem Zelt Old Shatterhands und seiner Gefährten und das, an dem Knox und Hilton mit ihren Wächtern lagen. Um das erste hatte sich ein dreifacher Kreis von Roten gelagert und vor dem Dorf standen zahlreiche Posten. Ein Entkommen wäre, wenn nicht unmöglich, so doch schwer und gefährlich gewesen.

Old Shatterhand hatte, um nicht während der ganzen Nacht die Augen der Roten auf sich gerichtet zu haben, die Matte am Eingang herabgelassen. Nun lagen die Weißen im Dunkeln.

„Wie wird es morgen um diese Zeit mit uns stehen?“, meinte Davy. „Vielleicht haben uns da die Roten in die ewigen Jagdgründe befördert.“

„Wenigstens einen oder zwei oder drei von uns“, erwiderte Jemmy. „Was meint Ihr, Mr. Shatterhand?“

„Ich glaube zwar nicht, dass sie uns ohne weiteres Leben und Freiheit schenken, wohl aber, dass sie uns darum kämpfen lassen.“

Da meinte Hobble-Frank: „Die Aussicht, die Sie uns da zeigen, is off keenen Fall beglückend. Die Utahs werden uns die Geschichte so sauer wie möglich machen. Ja, Sie mit ihrer Körperkraft und Elefantenstärke haben gut lachen. Sie hauen, schlagen und stoßen sich durch. Aber wir andern drei unglücklichen Schwammerlinge, wir werden heute vielleicht die letzten Freuden des Daseins genossen haben.“

Frank legte sich nieder und schloss die Augen. Die andern setzten das Gespräch nicht fort. Es trat tiefe Stille ein. Der Schlaf senkte sich nach und nach auf die müden Augen, die sich dann wieder öffneten, als die Türmatte geöffnet wurde. Ein Roter blickte herein und sagte: „Die Bleichgesichter mögen aufstehen und mit mir kommen.“

Old Shatterhand und seine Gefährten nahmen ihre Waffen und folgten dem Boten. Die Sonne erhob sich über dem östlichen Himmelsrand. Jetzt reichte der Blick weiter als in der mondhellen

Nacht. Die Ebene, in deren westlichem Teil der See lag, war ungefähr zwei Meilen lang und halb so breit und wurde ringsum von Wald begrenzt. Im südlichen Teil befand sich das Lager, das aus einigen Hundert Zelten und Hütten bestand. Am Ufer des Sees weideten die Pferde. Die Tiere der vier Jäger befanden sich in der Nähe ihres Zeltes.

Vor und zwischen den Hütten und Zelten standen oder bewegten sich rote Gestalten. Sie traten, als die vier Weißen vorübergeführt wurden, zurück und hefteten ihre Blicke auf deren Gestalten mit einem Ausdruck, der mehr forschend als feindselig war.

„Was haben diese Kerle?", fragte Frank. „Sie gucken uns an, wie man e Pferd betrachtet, das man koofen will."

„Sie prüfen unsern Körperbau", erklärte Old Shatterhand. „Das ist ein Zeichen, dass ich richtig vermutet habe. Unser Schicksal ist ihnen wahrscheinlich bereits bekannt. Wir werden um unser Leben kämpfen müssen."

Außerhalb des Lagers waren zwei Pfähle in die Erde getrieben. In der Nähe standen fünf mit Federn geschmückte Krieger, der Große Wolf unter ihnen. Er trat den Weißen einige Schritte entgegen und erklärte: „Ovuts-avaht hat die Bleichgesichter holen lassen, damit sie sehen, wie die roten Männer ihre Feinde bestrafen. Man wird sogleich die Mörder bringen, um sie am Pfahl sterben zu lassen."

„Wir begehren nicht, das zu sehen", wehrte Old Shatterhand ab. „Es ist in unsern Augen keine Heldentat, einen Halbtoten vollends zu Ende zu quälen. Wir töten unsre Feinde, wenn wir dazu gezwungen sind, schnell, aber wir martern sie nicht."

„Jetzt seid ihr bei uns und müsst euch unsern Gebräuchen fügen. Wollt ihr das nicht, so beleidigt ihr uns."

Old Shatterhand wusste, dass der Häuptling im Ernst sprach und dass er sich mit seinen Gefährten in die größte Gefahr begab, wenn er sich weigerte, der Hinrichtung beizuwohnen. Infolgedessen erklärte er: „Wir werden bleiben."

„So lasst euch bei uns nieder! Wenn ihr euch wie Krieger benehmt, wird man euch auch als Krieger behandeln.“ Ovuts-avaht setzte sich ins Gras. Die andern Häuptlinge taten desgleichen und die Weißen mussten sich fügen. Dann ließ der Große Wolf einen weithin schallenden Ruf hören. Es war das Zeichen, dass das grässliche Schauspiel beginnen solle.

Die Krieger kamen herbei und bildeten um die Pfähle einen Halbkreis, in dessen Innerem die Häuptlinge mit den Weißen saßen.

Nun brachte man Knox und Hilton, die scharf gefesselt waren. Die Riemen schnitten ihnen so tief ins Fleisch, dass Hilton stöhnte. Knox lag im Wundfieber. Sein Anblick war schrecklich. Beide wurden in aufrechter Stellung an die Pfähle gebunden.

Knox' Augen waren geschlossen. Er war ohne Bewusstsein und merkte nicht, was mit ihm vorging. Hilton ließ seine angsterfüllten Blicke umherschweifen. Als er die vier Jäger sah, rief er ihnen zu: „Rettet mich, rettet mich, Mesch'schurs! Seid ihr denn gekommen, um euch an unsern Qualen zu weiden?“ – „Nein“, antwortete Old Shatterhand. „Wir sind gezwungen, hier zu sitzen und können nichts für euch tun.“ – „Ihr könnt, wenn ihr wollt. Die Roten werden auf euch hören.“ – „Nein. Ihr seid allein schuld an eurem Schicksal. Wer den Mut hat, Unrecht zu tun, muss auch den Mut haben, die Strafe auf sich zu nehmen.“ – „Ich will aber nicht sterben, ich mag nicht sterben. Hilfe, Hilfe!“

Hilton brüllte so laut, dass es über die weite Ebene schallte. Da stand der Große Wolf auf und gab mit der Hand das Zeichen, dass er sprechen wolle. Aller Augen richteten sich auf ihn. Er schilderte das verräterische Gebaren der Bleichgesichter, mit denen man im Frieden gelebt hatte. Dann erklärte er, dass die beiden Mörder zum Tod am Marterpfahl verurteilt seien und die Hinrichtung nun beginnen werde. Als er geendet hatte, erhob Hilton nochmals seine Stimme, um Old Shatterhand zur Fürbitte zu zwingen.

„Nun gut, ich will es versuchen“, erwiderte der Jäger. Er wendete sich an die Häuptlinge, hatte aber noch nicht den Mund zum

Sprechen geöffnet, als ihn der Große Wolf zornig anfuhr: „Willst du gegen unser Urteil reden und unsere Krieger dadurch erzürnen, dass der Große Wolf dich nicht gegen sie zu schützen vermag? Schweig also und sage kein Wort!"

Damit wendete er sich ab und gab mit der Hand ein Zeichen, worauf wohl ein Dutzend Krieger hervortrat. Dann kehrte er sich wieder Old Shatterhand zu und erklärte: „Hier stehen die Angehörigen derer, die ermordet wurden. Sie haben das Recht, die Strafe zu beginnen."

Wenn bei den Roten ein Feind am Marterpfahl sterben soll, so suchen sie die Qualen möglichst zu verlängern. Die Wunden, die man ihnen beibringt, sind erst nur leicht und werden nach und nach schwerer. Man wählt die Ziele so aus, dass nicht viel Blut vergossen wird, damit der Gemarterte nicht vorzeitig an Blutverlust stirbt.

Die Arme der Gefangenen waren so gebunden, dass die Hände frei hingen. Die ausgewählten Indianer sonderten sich in zwei Abteilungen, die eine für Hilton und die andre für Knox. Der Vorderste nahm ein Messer in die erhobene Rechte, zielte, warf und traf den Daumen. Hilton stieß einen Schmerzensschrei aus.

Old Shatterhand und seine Gefährten hatten sich abgewendet. Es war ihnen unmöglich, das Schauspiel mit den Augen zu verfolgen. Ein Indianer wird von frühester Kindheit an im Ertragen körperlicher Schmerzen geübt. Er gelangt dadurch so weit, dass er die größten Qualen aushalten kann. Ein jammernder Mann am Marterpfahl ist bei den Roten undenkbar. Wer über Schmerzen klagt, wird verachtet und je lauter die Klagen werden, desto größer wird die Verachtung.

Man kann sich denken, welchen Eindruck das Gejammer von Knox und Hilton machte. Die Utahs wendeten sich ab und ließen Rufe der Entrüstung und Verachtung hören. Als den Verwandten der Ermordeten Genüge geschehen war und nun andre aufgefordert wurden, die Peinigung fortzusetzen, fand sich kein roter Krieger bereit dazu. Da erhob sich einer der Häuptlinge und sagte:

„Diese Menschen sind nicht wert, dass ein Krieger Hand an sie legt. Wir wollen sie den Weibern überlassen. Wer von der Hand eines Weibes stirbt, dessen Seele muss in den ewigen Jagdgründen arbeiten in alle Ewigkeit. Ich habe gesprochen."

Der Vorschlag wurde nach kurzer Beratung angenommen. Die Frauen und Mütter der Ermordeten wurden aufgerufen und begannen ihr Werk. Das Heulen und Jammern der beiden Weißen erhob sich von neuem, und zwar derart, dass es selbst den Ohren der Roten unerträglich wurde.

Schließlich kreischten zwei menschliche Stimmen in fürchterlicher Todesangst auf. Hierauf wurde es endlich still.

„Gut, dass wir nicht gezwungen waren, dieses Ende mit anzusehen!", meinte Old Shatterhand erschüttert.

In der Nähe des Richtplatzes sah man vier oder fünf Rote gehen, die Wachhunde an starken Riemen hielten. Einer der Hunde war kaum fortzuzerren. Er erblickte die vier Jäger. Mit einem gewaltigen Ruck riss er sich los und kam herbeigestürzt. Ein allgemeiner Schreckensschrei erscholl.

Der Hund war so groß und stark, dass es für einen Menschen unmöglich schien, es mit ihm aufzunehmen. Davy legte sein Gewehr an und zielte.

„Halt, nicht schießen!", gebot Old Shatterhand. „Die Roten könnten uns den Tod dieses prächtigen Hundes übel nehmen und ich will ihnen zugleich zeigen, was die Faust eines weißen Jägers vermag." Diese Worte waren hastig hervorgestoßen, denn der Hund hatte die ganze Strecke in pantherähnlichen Sprüngen zurückgelegt. Old Shatterhand trat ihm mit einer schnellen Bewegung entgegen.

„Du bist verloren!", schrie ihm der Große Wolf zu.

„Warte es ab!", erwiderte der Jäger.

Jetzt war der Hund da und warf sich mit raubtierartigem Schnaufen auf den Gegner. Der Jäger hielt die Augen fest auf die des Tieres gerichtet. Als es zum Sprung ansetzte, warf er sich ihm mit ausgespreizten Armen entgegen – ein gewaltiger Zusammenprall von Hund und Mensch – Old Shatterhand schlug die Arme über dem Nacken des Tieres, das nach seiner Kehle gezielt hatte, zusammen und drückte den Kopf des Hundes so fest gegen sich, dass das Tier nicht zu beißen vermochte. Ein noch festerer Druck und dem Hund ging der Atem aus. Seine Beine fielen schlaff nach unten. Mit einer schnellen Bewegung riss der Jäger den Kopf der Bestie mit der linken Hand von sich ab – ein Schlag mit der rechten Faust auf die Schnauze, dann schleuderte er den Hund von sich.

„Da liegt er!", rief er, sich umdrehend, dem Häuptling zu. „Lasst ihn anbinden, damit er, wenn er erwacht, nicht Unheil anrichtet!"

„Uff, uff!", staunten die Utahs. Der Große Wolf trat zu Old Shatterhand und sagte in aufrichtiger Bewunderung: „Der weiße Jäger ist ein Held. Die Füße keines roten Mannes hätten so fest gestanden. Warum ließ Old Shatterhand nicht schießen?"

„Weil ich euch nicht um das prächtige Tier bringen wollte." Der Häuptling führte ihn mit einem Blick, worin Staunen und Bewunderung lagen, zur Seite, wo sich die vier Weißen außerhalb des Kreises der Roten niedersetzen sollten, um die Beratung nicht mit anhören zu können.

Nun begann in indianischer Weise die entscheidende Sitzung. Erst sprach der Große Wolf eine lange Zeit, dann folgten die Häuptlinge, einer nach dem andern. Die Beratung nahm wohl zwei Stunden in Anspruch, eine lange Zeit für die, deren Schicksal davon abhing. Dann verkündete ein allgemein und laut gerufenes „Howgh!", den Schluss der Sitzung. Die Weißen wurden geholt. Der Große Wolf erhob sich würdevoll und begann:

„Die vier Bleichgesichter wissen, weshalb wir die Kriegsbeile ausgegraben haben. Wir haben geschworen, alle Weißen, die in unsere Hände geraten, zu töten. Ihr seid Weiße, aber doch auch Freunde der roten Männer und darum sollt ihr um euer Leben kämpfen dürfen."

Er machte eine Pause, die Old Shatterhand zu der Frage benutzte: „Mit wem? Wir vier Personen gegen euch alle?"

Old Shatterhand hob den Stutzen. Der Häuptling machte eine schnelle, abwehrende Bewegung und erwiderte: „Old Shatterhand irrt. Jeder von euch soll einen Gegner haben, mit dem er kämpft, und der Sieger hat das Recht, den Besiegten zu töten, und erhält dessen Eigentum."

„Damit bin ich einverstanden. Wer aber hat das Recht, unsre Gegner zu wählen, wir oder ihr?"

„Wir. Ovuts-avaht wird eine Aufforderung ergehen lassen, dass sich Freiwillige melden."

„Gut. Aber ich fordere ehrliche Bedingungen. Du sagst, der Sieger habe das Recht, den Besiegten zu töten. Wie nun, wenn ich einen deiner Krieger besiege und töte? Kann ich dann frei und sicher diesen Ort verlassen?"

„Ja. Aber du wirst nicht siegen. Es wird keiner von euch siegen."

„Ich verstehe dich. Ihr werdet eure Auswahl unter den Kriegern so treffen und die Art des Kampfes so bestimmen, dass wir im Nachteil sind. Es kann leicht anders kommen, als du denkst. Ich verlange euer Wort, dass der von uns, der aus dem Kampf als Sieger hervorgeht, von euch als Freund betrachtet wird."

„Wir versprechen es dir."

„Wohlan! Frage deine Krieger, wer sich melden will!"

Jetzt gab es eine große Bewegung unter den Indianern, ein Fragen und Besprechen. Old Shatterhand sagte zu seinen Gefährten: „Leider durfte ich den Bogen nicht allzu straff spannen, sonst wäre er zerbrochen. Ich bin mit den Kampfbedingungen keineswegs zufrieden."

„Wir müssen eben zufrieden sein, da wir keine besseren bekommen können", meinte der Lange Davy.

„Es ist mir euretwegen bange. Was mich betrifft, so habe ich keine Sorge. Bin neugierig, ob sich ein Gegner für mich findet."

„Gewiss. Der Große Wolf selbst! Er ist ein stämmiger Kerl, ein wahrer Elefant."

„Pah! Ich fürchte ihn nicht. Aber ihr! Man wird euch die gefährlichsten Gegner wählen und für jeden eine Kampfart bestimmen, in der er nicht bewandert ist. Halten wir die Muskeln straff und die Augen offen!“

Jetzt stellte sich die Ordnung unter den Roten wieder her. Der Große Wolf brachte drei Krieger herbei, die sich freiwillig gemeldet hatten.

„So bezeichne jetzt die Paare!“, bat Old Shatterhand.

Der Häuptling schob den ersten seiner Freiwilligen zum Langen Davy hin und erklärte: „Hier steht Paguangare[1], der mit diesem Bleichgesicht ums Leben schwimmen will.“

Die Wahl war für die Utahs gut getroffen. Dem langen, klapperdürren Davy war es anzusehen, dass er vom Wasser nicht leicht getragen wurde. Der Rote Fisch hingegen war ein Mann mit runden Hüften, breiter Brust und starken Arm- und Beinmuskeln. Jedenfalls war er der beste Schwimmer des Stammes.

Dann stellte der Häuptling einen hohen, breitschultrigen Menschen dem kleinen Dicken Jemmy gegenüber und sagte: „Dieser hier ist Nambovh-avaht[2], der mit dem dicken Bleichgesicht ringen wird. Sie werden, mit dem Rücken gegeneinander, zusammengebunden. Jeder erhält ein Messer in die rechte Hand und wer den andern zuerst unter sich bringt, darf ihn erstechen.“

Der Große Fuß trug seinen Namen mit vollem Recht. Er hatte Füße, auf denen er so fest stand, dass der kleine Dicke Jemmy verloren schien.

Nun war noch der Dritte übrig, ein knochiger Kerl, lang und schmal, aber mit hochgewölbter Brust. Der Häuptling führte ihn vor den Hobble Frank hin und meinte dabei:

„Und hier steht To-ok-tey[3], der bereit ist, mit diesem Bleichgesicht um das Leben zu laufen.“

Armer Hobble-Frank! Während dieser Springende Hirsch mit seinen Siebenmeilenbeinen zwei Schritte machte, musste der Kleine, der ja bekanntlich auf dem einen Bein lahmte, zehn machen!

„Und wer kämpft mir mir?“, fragte Old Shatterhand.

„Ovuts-avaht“, erwiderte der Große Wolf stolz, indem er seine

[1] Roter Fisch [2] Großer Fuß [3] Springender Hirsch

Hünengestalt hoch aufrichtete. „Du glaubtest, wir fürchten uns. Der Häuptling will dir zeigen, dass du dich irrtest. Wer könnte erzählen, dass er Ovuts-avaht besiegt habe?“

„Kämpfen wir nicht mit Redensarten, sondern mit den Gewehren.“ Old Shatterhand sagte das leicht spöttisch. Er wusste, dass der Häuptling nicht darauf eingehen werde. Und wirklich antwortete der Rote schnell:

„Ovuts-avaht hat nichts mit deinem Zaubergewehr zu schaffen. Zwischen uns sollen Messer und Tomahawk entscheiden.“

„Auch hiermit bin ich zufrieden. Und nun sag, wann und in welcher Reihenfolge die Einzelkämpfe vor sich gehen sollen!“

„Erst soll geschwommen werden. Aber wir wissen, dass die Weißen vor ihrem Tod geheimnisvolle Gebräuche befolgen. Ihr sollt dazu eine Stunde Zeit haben.“

Die Roten gingen nun wieder auseinander. Man schien sich jetzt gar nicht um die Jäger zu kümmern. Diese aber wussten, dass sie trotzdem scharf beobachtet wurden. Sie saßen beieinander und sprachen über die Möglichkeiten ihrer Rettung. Dem Langen Davy war die Gefahr am nächsten. Er machte ein ernstes Gesicht.

„Der Rote Fisch!“, brummte er. „Natürlich hat dieser Halunke seinen Namen nur deshalb erhalten, weil er ein vorzüglicher Schwimmer ist.“

„Und ihr?“, fragte Old Shatterhand. „Wie steht es mit Eurer Fertigkeit?“

„Nicht allzu gut. Ich kann nicht dafür, dass mein Korpus nur aus Knochen besteht. Und ich glaube, meine Knochen haben ein noch viel größeres Gewicht als die eines andern Menschenkindes.“

„Also mit der Schnelligkeit ist's nichts. Haltet Ihr denn wenigstens aus?“

„Kräfte habe ich genug. Aber mit dem Vorwärtskommen hapert es. Ich werde meinen Skalp wohl hergeben müssen.“

„Vielleicht doch nicht, wenn mir meine List gelingt. Ihr müsst mit der Strömung schwimmen und er dagegen.“

„Ach, wäre das zu machen? Ist denn eine Strömung vorhanden?"

„Ich vermute es."

„Wir wissen ja noch nicht, wo geschwommen werden soll."

„Natürlich drüben im See, der eigentlich nur ein Teich ist. Das Bergwasser stürzt sich mit großem Gefälle hinein, und zwar, wie es scheint, nach dem linken Ufer hin. Das ergibt also eine Strömung, die an diesem Ufer hingeht, drei viertel um den See bis an den Ausfluss. Wenn es menschenmöglich ist, werde ich es dahin bringen, dass Ihr mit dieser Strömung den Gegner schlagt."

„Das sollte ein Gaudium sein, Sir! Und ich setze den Fall, es gelänge mir, soll ich da den Kerl erstechen?"

„Habt Ihr Lust dazu?"

„Er würde jedenfalls keine Rücksicht auf mich nehmen."

„Das ist richtig. Doch es liegt in unserm Vorteil, Milde walten zu lassen."

„Gut. Aber was werdet Ihr tun, wenn er mich besiegt und mit dem Messer auf mich loskommt?"

„In diesem Falle werde ich es zu erzwingen wissen, dass mit dem Töten so lange gewartet wird, bis alle Einzelkämpfe zu Ende geführt sind."

„*Well!* Das ist ein Trost und ich bin nun beruhigt. Aber, Jemmy, wie steht es mit dir?"

„Nicht besser als mit dir", meinte der Dicke. „Mein Gegner heißt Großer Fuß. Er steht so fest auf den Füßen, dass niemand ihn niederbringt. Und Muskeln hat dieser Mensch wie ein Nilpferd. Ja, wenn es hier auch so eine Strömung, so eine List gäbe!"

„Die is ja da!", fiel der Hobble-Frank in seiner heimatlichen Mundart ein. „Wenn ich's mit diesem Florian zu tun hätte, wär' mir's gar nich angst."

„Du? Du bist ja noch schwächer als ich!"

„Am Leibe ja, aber nich am Geiste. Und mit dem Geist muss man siegen. Verstehste mich?"

„So schieß los, wenn du einen guten Einfall hast!"

„Ich brauche keenen Einfall, ich bin ooch ohne Einfälle stets geistreich. Denke dich nur mal richtig in deine Lage hinein! Ihr zwee beede stellt euch mit dem Rücken gegeneinander. Jeder kriegt e Messer in die Hand und dann geht das Reitergefecht los. Wer den andern unter sich bringt, is Sieger. Wie aber kann man in eener solchen Stellung den Gegner unter sich bringen? Doch nur dadurch, dass man ihm den Halt unter den Füßen nimmt, was am besten dadurch geschieht, dass man ihn von hinten mächtig an die Waden tritt oder den Fuß um den seinen schlingt und das Been wegzureißen versucht. Habe ich Recht oder nicht?"

„Ja. Nur weiter!"

„Nur sachte! Höre nur zu! Der Rote wird dich von hinten mit den Füßen treten, um dir das Been auszuheben und dich aus dem Gleichgewicht zu bringen. Das schadet dir aber nischt, denn bei der unverschämten Stärke deiner Waden fühlst du seine Tritte erscht vierzehn Tage hinterher. Jetzt wartest du eenen Oogenblick ab, in dem er wieder stößt und deshalb nur off eenem Been steht. Da beugst du dich mit aller Gewalt nach vorne nieder, hebst ihn off deinen Rücken, schneidest rasch den Strick oder Riemen entzwee, mit dem ihr zusammengebunden seid, und wippst ihn mit eenem schnellen Schwipps über deinen Kopp weg off die Erde runter. Dann aber oogenblicklich droff, den Kerl bei der Gurgel gepackt und ihm das Messer off die Brust gesetzt! Haste mich begriffen, alter Schneesieber?"

Old Shatterhand hielt dem Kleinen die Hand hin und sagte: „Frank, Sie sind ein ganzer Mann. Diese Anweisung ist ausgezeichnet und muss zum Ziel führen."

Franks gutmütiges Gesicht glänzte vor Entzücken, als er die dargebotene Hand schüttelte: „Schon gut, lieber Obermeester! Off so was Selbstverständliches kann ich mir nich viel einbilden. Aber es is eben wieder mal e Beweis dafür, dass der Diamant von unvernünftigen Menschen oft für eenen Ziegelsteen gehalten wird."

„Was aber wirst du anfangen, lieber Frank?", fragte Jemmy mitfühlend.

„Lieber Frank!", wiederholte der Kleine. „Wie schön akustisch das klingt! Was ich anfangen werde? Nu, loofen werde ich, was denn sonst?“

„Das weiß ich wohl, aber du wirst zurückbleiben. Mit so einem langbeinigen Indianer kannst du es nicht aufnehmen!“

„Hm! Das fragt sich noch.“

„Er heißt der Springende Hirsch! Also ist Schnelligkeit seine Haupteigenschaft.“

„Wie er heeßt, das is mir Wurscht, wenn ich nur eher ans Ziel gelange als er.“

„Das wirst du eben nicht. Vergleiche deine Beine mit den seinigen!“

„Ach so, die Beene! Du denkst also, es kommt off die Beene an?“

„Natürlich! Auf was soll es denn sonst ankommen?“

„Off die Beene, ja, ooch mit, aber die sind noch lange nich die Hauptsache. Merschtenteels hat der Kopp zu entscheiden.“

„Der läuft doch nicht mit!“

„Freilich läuft er mit. Oder soll ich etwa meine Beene alleene fortspringen lassen und mit dem übrigen Korpus warten, bis sie wiederkommen? Nee, der Kopp muss mit, denn der hat die Hauptarbeit.“

„Ich begreife Sie nicht!“, warf Old Shatterhand ein, erstaunt über die Ruhe des Kleinen. „Haben Sie einen Gedanken?“

„Noch nich ganz. Jetzt weeß ich noch gar nich, wo geloofen werden soll. Wenn das entschieden is, dann werde ich wohl sehen, wo und wie das Häkchen anzunageln is. Lassen Sie sich’s nur um mich nich bange werden! Mir sagt eene innere Tenorstimme, dass ich der Welt hier noch nich den Rücken kehre.“

Jetzt kam der Große Wolf mit den andern Häuptlingen wieder herbei, um die Weißen aufzufordern, sich mit an den See zu begeben. Dort wimmelte es bereits von Menschen jeden Alters und Geschlechts, denn hier sollte der Schwimmkampf entschieden werden.

Als sie am Ufer anlangten, sah Old Shatterhand, dass er recht vermutet hatte. Es gab da eine bedeutende Strömung. Der See hatte beinahe die Gestalt einer Ellipse. Oben, an der einen Schmalseite, trat das Bergwasser ein und strömte erst der linken Langseite, dann der unteren Schmalseite entlang dem Ausfluss zu. Diese Strömung folgte also fast zu drei Vierteln der Uferstrecke. Wenn Davy sie benutzen konnte, war er vielleicht gerettet.

Die Krieger ließen sich an der unteren Schmalseite nieder, denn dort sollte der Kampf beginnen. Aller Augen waren auf die beiden Beteiligten gerichtet. Der Rote Fisch blickte stolz und selbstbewusst über das Wasser hin wie einer, der seiner Sache sicher ist. Auch Davy schien ruhig zu sein, aber er schluckte oft, ein Zeichen innerer Erregung.

Der Große Wolf wendete sich an Old Shatterhand: „Denkst du, dass wir beginnen sollen?"

„Ja, aber wir kennen die Bedingungen noch nicht", entgegnete der Jäger.

„Die sollt ihr hören. Vor mir steigen beide ins Wasser. Wenn ich das Zeichen gebe, stoßen sie ab. Es wird einmal um den ganzen See geschwommen und die Schwimmer müssen sich stets eine Manneslänge vom Ufer halten. Wer zuerst hier ankommt, stößt den andern mit dem Messer nieder."

„Gut! Und nach welcher Seite schwimmen sie ab?"

„Nach links. Sie kehren dann von rechts her zurück."

„Sollen sie nebeneinander schwimmen?"

„Ja!"

„Also mein Gefährte zur rechten und der Rote Fisch zur linken Hand?"

„Nein, umgekehrt, weil derjenige, der links schwimmt, dem Ufer näher ist und den weitesten Weg zurückzulegen hat."

„So ist es falsch, sie beide in der gleichen Richtung schwimmen zu lassen. Du wirst zugeben, dass es gerechter ist, wenn sie nach verschiedenen Seiten abgehen. Oben begegnen sie sich und dann kehrt jeder am gegenseitigen Ufer zurück."

„Meinetwegen", gestand der Häuptling zu. „Aber welcher schwimmt nach rechts und welcher nach links?"

„Hier mag das Los entscheiden. Sieh, ich nehme zwei Grashalme auf und die Schwimmer wählen. Wer den längeren Halm erhält, schwimmt nach links.“

„Gut, so soll es sein! Howgh.“

Dieses letzte Wort wurde zu Davys Glück gesprochen, denn es zeigte an, dass an diesem Beschluss nichts zu ändern sei. Old Shatterhand hatte zwei Halme gepflückt, die von gleicher Länge waren. Er trat zuerst zu dem Roten Fisch und ließ ihn wählen. Dann gab er Davy seinen Halm, kniff aber dabei ein kleines Stück davon ab. Die Halme wurden verglichen. Davy hatte den kürzeren und musste also nach rechts. Sein Gegner nahm das gleichmütig hin. Desto heller aber war Davys Gesicht geworden. Er warf seine Kleider ab und stellte sich in das hier seichte Wasser. Der Rote Fisch tat ebenso. Jetzt klatschte der Häuptling in die Hände – ein Sprung, beide ruderten auseinander, der Rote nach links und der Weiße nach rechts.

Zunächst war kein großer Unterschied zwischen beiden zu bemerken. Der Indianer strich langsam, aber weit und kraftvoll aus wie einer, der im Wasser zu Haus ist. Davy schwamm unruhiger, unregelmäßiger. Er war kein geübter Schwimmer und musste erst in den richtigen, taktmäßigen Ausstrich kommen. Die Strömung war hier nicht mehr bedeutend, aber sie half ihm doch so vorwärts, dass er gegen den Roten nicht zurückblieb. Sie befanden sich jetzt beide auf den Langseiten des Sees.

Nun aber begann der Indianer zu merken, dass der schwierigere Teil ihm zugefallen war. Er musste die ganze Seite des Sees bis hinauf an die Mündung des Bergbaches durchschwimmen. Bald sah man, dass er sich anstrengen musste. Er stieß so kräftig aus, dass er bei jedem Stoß bis zur halben Brust aus dem Wasser kam.

Drüben bei Davy wurde die Strömung immer schwächer und sie hatte eine ihm günstige Richtung. Dazu kam, dass er sich mehr und mehr in die notwendigen Bewegungen fand. Dadurch verdoppelte sich seine Schnelligkeit und bald war er dem Roten voraus, was diesen veranlasste, seine Kräfte noch mehr anzustrengen.

Jetzt näherte sich Davy dem Ausfluss. Die Strömung wurde stärker, sie wollte ihn ergreifen und mit sich fort aus der Bahn reißen. Er kämpfte hart und fiel gegen den Roten wieder zurück.

„Der Rote holt ihn wieder ein", sagte Jemmy ängstlich. „Mein Davy wird verlieren."

„Wenn er sich nur noch drei Meter weiterarbeitet", meinte Old Shatterhand, „hat er den Antrieb überwunden und ist gerettet."

„Ja, ja", stimmte Frank bei. „Er scheint das einzusehen. Wie er stößt und stampft! Da, er kommt vorwärts, er ist drüber weg. Hurra, vivat hoch!"

Es war dem Langen geglückt, den Widerstand zu besiegen, und er kam nun in ruhiges Wasser. Bald hatte er die rechte Langseite hinter sich, während der Utah seine linke noch nicht zurückgelegt hatte.

Der Rote sah das und arbeitete wie wahnsinnig, um sein Leben zu retten. Aber jeder Stoß, brachte ihn kaum einen halben Meter vorwärts, während Davy das doppelte Ergebnis erzielte. Jetzt erreichte der Weiße die Einflussstelle. Die Wasser des Baches fassten ihn und rissen ihn mit sich fort. Er hatte nur noch das letzte Drittel seines Weges zurückzulegen, während der Indianer kaum sein erstes überwunden hatte. Beide schossen aneinander vorüber.

Jetzt war es für Davy keine Anstrengung mehr, sondern eine Lust zu schwimmen. Er brauchte nur leise zu rudern, um sich in der vorgeschriebenen Richtung zu halten. Bald erreichte er die bestimmte Stelle des Ufers und stieg an Land. Als er sich umdrehte, sah er, dass der Rote soeben den Ausfluss erreicht hatte und dort abermals mit der Strömung rang.

Ein kurzes, markerschütterndes Geheul der Roten erscholl. Sie sagten damit, dass der Rote Fisch verloren habe und dem Tod geweiht sei. Davy aber fuhr zunächst eiligst in seine Kleider und dann auf seine Gefährten los.

„Wer hätte das gedacht!", sagte er, indem er Old Shatterhand die Hände schüttelte. „Ich habe den besten Schwimmer der Utahs besiegt!"

„Durch einen Grashalm!“, lächelte der Jäger.

„Wie haben Sie das nur angefangen?“

„Später davon. Es war eine kleine Künstelei, die aber kein Betrug war, da es der Rettung Ihres Lebens galt.“

Der Indianer kam jetzt von rechts herbei, mehr als fünf Minuten nach dem Weißen. Er stieg an Land und setzte sich dort nieder, das Gesicht dem Wasser zugewendet. Dann suchte er mit den Augen nach Davy und rief ihm zu: „Nani witsch, nine pokai – dein Messer, töte mich!“

Der Lange aber wehrte ab und sagte halb auf Englisch, halb im Utah: „No witsch – Not pokai!“

Der Häuptling fragte: „Warum tötest du ihn nicht?“

„Weil ich kein Unmensch bin.“

„Aber wenn er gesiegt hätte, wärest du von ihm erstochen worden!“

„Der Rote Fisch hat nicht gesiegt und konnte es also nicht tun. Er mag leben.“

„Aber sein Eigentum nimmst du?“

„Denke nicht daran. Er mag behalten, was er hat.“

„Uff, der Große Wolf begreift dich nicht. Der Rote Fisch hätte klüger gehandelt.“

Auch die anderen Roten schienen Davy nicht zu verstehen. Keiner von ihnen hätte auf sein Recht verzichtet. Der Rote Fisch schlich davon. Er schämte sich, besiegt zu sein, und hielt es für das Beste, sich unsichtbar zu machen.

Jetzt näherte sich Nambovh-avaht, der Große Fuß, dem Häuptling und fragte, ob er nun mit dem zweiten Bleichgesicht beginnen könne. Der Große Wolf nickte und befahl, zu der dafür bestimmten Stelle aufzubrechen. Sie lag in der Nähe der beiden Marterpfähle. Dort wurde ein weiter Kreis gebildet.

Die beiden Kämpfer entblößten den Oberleib und stellten sich dann mit den Rücken gegeneinander. Jemmys Kopf reichte nicht ganz bis an des Roten Schulter. Der Häuptling hatte einen Lasso in der Hand, mit dem er die beiden zusammenband. Der Riemen ging dem Roten über die Hüfte, dem Weißen aber über die Brust. Glücklicherweise reichten die Enden des Lassos gerade so weit, dass der Häuptling die Schleife auf der Brust des Dicken machen musste.

„Nun brauchen Sie den Riemen nicht zu zerschneiden, sondern nur die Schleife aufzuziehen“, sagte Old Shatterhand in deutscher Sprache.

Hierauf bekam jeder sein Messer in die rechte Hand und der Kampf konnte beginnen.

Der Rote bekam von verschiedenen Seiten aufmunternde Zurufe zu hören. Er antwortete: „Nambovh-avaht ist nicht der Rote Fisch, der sich besiegen lässt. Er wird diese Kröte, die ihm am Rücken hängt, in wenigen Augenblicken zermalmen.“

Jemmy sagte nichts. Vorsichtigerweise hielt er das Gesicht seitwärts zurückgewendet, um die Fußbewegungen des Utah beobachten zu können. Es lag nicht in seiner Absicht, den Kampf zu beginnen. Das wollte er vielmehr dem Indianer überlassen.

Der Große Fuß wollte seinen Gegner mit einem plötzlichen Angriff überrumpeln, aber das gelang ihm nicht. Als er vermeintlich ganz unvorhergesehen seinen Fuß nach hinten schob, um Jemmy ein Bein zu stellen, versetzte ihm der Weiße einen solchen Tritt gegen das andere Bein, dass der Getroffene beinahe zu Fall gekommen wäre.

Nun folgte Angriff auf Angriff. Der Rote war stärker, der Weiße vorsichtiger und bedachtsamer. Je mehr der Indianer tobte und mit den Füßen nach hinten stieß, desto ruhiger wurde der Weiße. Der Kampf schien sich in die Länge zu ziehen. Aber desto schneller sollte das Ende kommen, nämlich durch eine Hinterlist des Indianers.

Nambovh-avaht hatte durch sein bisheriges Verhalten nur bezweckt, seinen Gegner sicher zu machen. Jetzt aber griff er in den Lasso, zog ihn scharf an, sodass er vorn Raum zu einer Wendung bekam, und drehte sich um – doch nicht ganz.

Wäre ihm seine Absicht gelungen, so hätte er dem Weißen dann seine Vorderseite zugekehrt und ihn einfach niederpressen können. Doch Jemmy war ein schlauer Fuchs und sehr auf der Hut. Als der Rote seine Umdrehung erst halb bewerkstelligt und somit keinen festen Halt hatte, bückte sich Jemmy schnell, riss dadurch den Gegner empor und zog die Schleife auf. Der Lasso löste sich. Der Rote griff mit den Händen in die Luft und machte über Jemmys Kopf hinweg einen regelrechten Purzelbaum, wobei ihm sein Messer entfiel. Wie der Blitz kniete der Dicke auf ihm, fasste ihn mit der Linken bei der Kehle und setzte ihm mit der Rechten das Messer auf die Herzgegend.

Der Purzelbaum hatte ihn so verblüfft und die Augen des Dicken funkelten so nahe und so drohend vor seinem Gesicht, dass der Große Fuß es für das Beste hielt, bewegungslos liegen zu bleiben. Da richtete Jemmy seinen Blick auf den Häuptling und fragte: „Gibst du zu, dass er verloren ist?"

„Nein", entgegnete der Große Wolf, indem er herbeitrat.

„Warum nicht?", mischte sich sofort Old Shatterhand ein, der ebenfalls herbeikam.

„Nambovh-avaht ist nicht besiegt, denn der Lasso ist geöffnet."

„Daran ist der Große Fuß selbst schuld, denn er hat sich umgedreht und dabei den Riemen aufgesprengt."

„Das hat niemand gesehen. Lass ihn los! Er ist unbesiegt und der Kampf muss von neuem beginnen."

„Nein, Jemmy, lasst ihn nicht los!", gebot der Jäger. „Sobald er es wagt, sich zu bewegen, ersticht Ihr ihn!"

Da richtete sich der Häuptling stolz auf und fragte: „Wer hat hier zu entscheiden, du oder Ovuts-avaht?"

„Wir beide. Du bist der Häuptling der Deinen und ich bin der Anführer der Meinen. Wir beide sind einen Vertrag über die Bedingungen des Kampfes eingegangen und ich verlange Treue und Ehrlichkeit. Sonst wird das Zaubergewehr reden." Old Shatterhand hatte den Kolben seines Stutzens an der Erde gehabt. Jetzt nahm er ihn drohend auf.

„So sag, was du willst!", meinte der Häuptling kleinlaut.

„Du gibst zu, dass diese beiden kämpfen sollten, mit dem Rücken gegeneinander stehend?“

„Ja.“

„Der Große Fuß aber hat den Lasso gelüftet und sich umgedreht. Ist das richtig?“

„Ja“, gestand der Häuptling zögernd.

„Ferner sollte derjenige sterben, den der andre unter sich bringen würde. Nun, wer liegt unten?“

„Der Große Fuß.“

„Wer ist also der Besiegte?“

„Er“, gab der Häuptling gezwungenermaßen zu, da Old Shatterhand den Stutzen so hielt, dass die Mündung des Laufes fast die Brust des Roten berührte. „Der Besiegte gehört dem Sieger. Sage deinem Gefährten, dass er den Großen Fuß erstechen kann!“

„Das brauche ich ihm nicht erst zu sagen, denn er weiß es schon. Aber er wird es nicht tun.“

„Will er ihm etwa auch das Leben schenken?“

„Darüber werden wir später entscheiden. Er mag gehen, wohin er will, soll aber am Schluss der noch bevorstehenden zwei Einzelkämpfe zu seinem Sieger zurückkehren.“

Jetzt stand Jemmy auf und legte seine Kleider wieder an. Auch der Große Fuß sprang auf und machte sich durch den Kreis der Roten Bahn, die nicht wussten, ob sie ihm Verachtung zeigen sollten oder nicht.

Diese Utahs hatten wohl noch nie erlebt, dass ein Weißer in der Art Old Shatterhands mit ihnen umgesprungen war, und doch getrauten sie sich nicht, ihm die Erfüllung dessen, was er begehrte, zu versagen. Das war die Macht seiner Persönlichkeit und die Wirkung des fast sagenhaften Ruhmes, der ihn umgab.

Der Häuptling war jedenfalls ergrimmt darüber, dass bereits zwei seiner besten Krieger besiegt waren. Jetzt fiel sein Blick auf den Hobble-Frank und seine Stimmung wurde wieder besser. Dieser kleine Kerl war ganz unmöglich im Stande, den Springenden Hirsch einzuholen.

Er sagte deshalb zu Old Shatterhand: „Dieser Krieger ist noch von keinem andern Läufer übertroffen worden. Willst du deinem Gefährten nicht raten, sich lieber ohne Kampf zu ergeben?“

„Nein.“

„Er würde schnell sterben, ohne Schande auf sich zu laden.“

„Ist es nicht die allergrößte Schande, sich ohne Kampf zu ergeben? Meinst du, der Springende Hirsch werde glücklicher sein als die beiden anderen, die so stolz begannen und so still und bescheiden endeten?“

„Uff!“, rief der Springende Hirsch. „To-ok-tey läuft mit dem Reh um die Wette!“

Old Shatterhand betrachtete ihn jetzt genauer. Ja, er hatte den Bau eines guten Läufers. Aber die Menge seines Gehirns schien nicht mit der Länge der Beine im Einklang zu stehen. Er hatte ein wahres Affengesicht, ohne dass von der Klugheit dieser Tiere ein Zeichen darin zu entdecken gewesen wäre.

„Was halten Sie von ihm?“, fragte Old Shatterhand.

„Was seine Beene betrifft, so is er mir dreimal über“, erklärte der Hobble-Frank. „Aber was den Kopp betrifft, so hoffe ich, ihm wenigstens nich unter zu sein. Wollen erst zu erfahren suchen, off welcher Strecke wir loofen sollen.“

Old Shatterhand wendete sich also wieder an den Häuptling: „Ist schon beschlossen, wo der Lauf stattfindet?“

„Ja. Komm, Ovuts-avaht wird es dir zeigen!“

Old Shatterhand und der Hobble-Frank folgten ihm aus dem Kreis der Indianer hinaus. Der Springende Hirsch blieb zurück. Ihm war das Ziel bereits genannt worden. Der Häuptling zeigte nach Süden und sagte:

„Siehst du den Baum, der auf halbem Wege von hier zu dem Wald steht? Bis zu ihm soll gelaufen werden. Wer dreimal um ihn herumgeht und dann zuerst zurückkehrt, ist Sieger.“

Der Hobble-Frank maß die Entfernung mit den Augen und auch die fernere südwärts gelegene Gegend und meinte dann in englischer Sprache:

„Aber ich hoffe, dass Ehrlichkeit zwischen beiden Teilen gilt!"

„Willst du damit sagen, dass du uns Unehrlichkeit zutraust?", fragte der Häuptling scharf.

„Ja. Hat sich nicht vorhin der Große Fuß umgedreht, obgleich es verboten war? War das ehrlich gehandelt?"

„Es war nicht unehrlich, sondern listig."

„Ah! Und solche Listen sollen erlaubt sein?"

Der Häuptling besann sich. Diese Weißen leisteten weit mehr, als man ihnen zugetraut hatte. Da erschien es wohl geraten, dem Roten einen Ausweg offen zu halten. Deshalb erwiderte er:

„List ist kein Betrug. Warum soll sie verboten sein?"

„Ich erkläre mich einverstanden und bin bereit, den Lauf zu beginnen. Von welchem Punkt aus?"

„Wir werden eine Lanze in die Erde stoßen. Da soll der Anfangs- und auch der Endpunkt des Laufes sein."

Der Große Wolf entfernte sich für kurze Zeit, sodass die Weißen allein standen.

„Ihnen ist wohl ein Gedanke gekommen?", fragte Old Shatterhand. „Sie lachen so stillvergnügt vor sich hin."

„Es ist ooch zum Lachen. Was für e Boom is das wohl, um den wir dreimal herumtanzen sollen?"

„Es scheint eine Buche zu sein."

„Und sehen Sie mal weiter nach links! Da steht ooch e Boom, aber fast zweimal so weit. Was für eener is das?"

„Eine Fichte."

„Schön. Wohin sollen wir loofen?"

„Zur Buche."

„Ich werde aber gerade nach der Fichte rennen."

„Sind Sie toll? Zu welchem Zweck denn?"

„Das werden Sie später sehen und sich darüber freuen. Ich gloobe, dass ich mich in meinen Erwartungen nich täusche. Wenn ich diesem Springenden Hirsch in die vordere Garnitur schaue, so scheint mir ein Irrtum gar nich möglich."

„Seien Sie vorsichtig, Frank! Es handelt sich um das Leben."

„Na, wenn sich's bloß ums Leben handelte, brauchte ich mich gar nicht anzustrengen. Es handelt sich um die Ehre. Soll denn später in der Geschichte des neunzehnten Jahrhunderts zu lesen sein, dass ich, der Hobble-Frank aus Moritzburg, von so eenem indianischen Merinogesicht übersprungen wurde?"

„Aber so erklären Sie mir wenigstens Ihre Absicht! Vielleicht kann ich Ihnen einen guten Rat erteilen!"

„Danke ergebenst! Nur eens sagen Sie mir: Wie heeßt Fichte in der Utahsprache?" – „Ovomb." – „Ovomb? Und wie würde der kurze Satz heißen: Nach jener Fichte?"

„Intsch Ovomb."

„Das ist noch kürzer, zwei Worte bloß. Die werde ich nich vergessen. Aber stille jetzt! Der Häuptling kommt!"

Der Große Wolf kam wieder. Er steckte eine Lanze in den weichen Grasboden und erklärte, dass der Wettlauf jetzt beginnen werde. Der Springende Hirsch blickte auf seinen Gegner mit einem Gesicht, das Verachtung ausdrücken sollte.

Da klatschte der Häuptling in die Hände. Einen schrillen Schrei ausstoßend, flog der Springende Hirsch davon, der kleine Frank mit hinkenden Sätzen hinter ihm her. Der Hirsch gewann mit jedem Schritt größeren Vorsprung. Die Roten jubelten. Es wäre Torheit gewesen, zu behaupten, dass der Weiße den Roten noch ein- oder gar überholen könne.

Geradezu wunderbar war's, wie der Kleine trotz der Körperbehinderung seine Beinchen warf und doch blieb er mehr und mehr zurück.

Da wurden die Indianer unruhig. Sie ließen einzelne Ausrufe der Schadenfreude hören. Der Grund war folgender: Die Buche stand in schnurgerader Richtung vom Lager aus mitten in der Prärie, wohl nicht ganz tausend Meter entfernt. Links von ihr, wenigstens sechshundert Meter weiter, stand die erwähnte Fichte und jetzt sah man deutlich, dass der Kleine sich nicht die Buche, sondern die Fichte zum Ziel genommen hatte. Das war freilich so lächerlich, dass die Heiterkeit der Indianer begreiflich war.

„Dein Gefährte hat mich falsch verstanden", rief der Häuptling Old Shatterhand zu.

„Nein."

„Nein?", fragte der Große Wolf erstaunt.

„Es ist eine List und du selbst hast sie erlaubt."

„Uff, uff! Jawohl!", und „Uff, uff!", riefen auch die anderen Roten, als der Häuptling ihnen die Worte Old Shatterhands erklärte. Ihr Gelächter verstummte und ihre Spannung verdoppelte, nein verzehnfachte sich.

In kurzer Zeit hatte der Hirsch die Buche erreicht. Er musste sie dreimal umkreisen. Schon beim ersten Mal sah er, zurückblickend, seinen Gegner in ganz andrer Richtung. Er blieb betroffen stehen.

Da bemerkte man vom Lager aus, dass der Kleine den Arm nach der fernen Fichte ausstreckte. Aber man konnte nicht hören, was er dabei sagte:

„Intsch ovomb – nach jener Fichte!"

Der Springende Hirsch besann sich, ob er richtig gehört habe. Seine Gedanken reichten nicht weiter als bis zu der Erklärung, dass er den Häuptling falsch verstanden habe. Da galt kein Zögern. Es ging ja ums Leben! Der Rote verließ die Buche und eilte auf die Fichte zu.

Das verursachte eine gewaltige Aufregung unter den Roten. Sie heulten und lärmten, als stände das Leben aller auf dem Spiel.

Frank machte, sobald der Springende Hirsch an ihm vorüber war, kehrt und rannte auf die Buche zu. Dort lief er dreimal um den Stamm herum und trat dann in Eile den Rückweg an. Vier Fünftel legte er in scharfem Trab zurück, dann blieb er stehen, um sich nach der Fichte umzublicken. Dort stand der Springende Hirsch unbeweglich. Er wusste nicht, woran er war, und sein Geist war nicht scharf genug, zu erraten, wie glänzend er genasführt worden war.

Der Hobble-Frank legte die übrige Strecke seines Weges in gemütlichem Gang zurück. Die Indianer empfingen ihn mit finsteren Blicken. Er aber machte sich nichts daraus, trat zum Häuptling und fragte: „Nun, wer hat gesiegt?“ – „Wer die Bedingungen erfüllt hat“, erwiderte der Große Wolf grimmig. – „Das bin ich!“ – „Du?“ – „Ja, bin ich nicht zuerst wieder hier?“ – „Ja.“ – „Bin ich nicht dreimal um die Buche gegangen?“ – „Warum verließ der Springende Hirsch sie, um zur Fichte zu laufen?“ – „Ich wollte ihn danach fragen. Aber er rannte so schnell an mir vorüber, dass ich keine Zeit dazu fand.“ – „Warum ranntest auch du erst zur Fichte?“ – „Weil ich glaubte, es sei eine Tanne. Old Shatterhand hatte den Baum eine Fichte genannt und so wollte ich wissen, wer Recht hatte.“ – „Warum bist du dann umgekehrt und nicht vollends hingegangen?“ – „Weil der Springende Hirsch hinging. Von ihm kann ich es hinterher ebenso gut erfahren, wer sich geirrt hat.“

Frank sagte das alles ruhig und unbefangen. Im Innern des Häuptlings kochte es. Am liebsten hätte er den ebenso mutigen wie listigen Kleinen erstochen. Aber er musste seinen Grimm hinunterschlucken.

Der Hobble-Frank trat zu seinen Gefährten, von denen er mit stiller aber herzlicher Freude beglückwünscht wurde.

Der Hirsch schien einfach verschwinden zu wollen, aber der Häuptling rief ihn zu sich und fuhr ihn an: „Wer hat gesiegt?“ – „Das Bleichgesicht“, kam es betreten zurück. – „Warum bist du zur Fichte gelaufen?“ – „Das Bleichgesicht log mich an. Er sagte, bei der Fichte sei das Ziel.“ – „Und du glaubtest es? Ovuts-avaht hatte dir das Ziel genannt!“

Old Shatterhand übersetzte dem Hobble-Frank, dass er ein Lügner genannt worden sei. Der verschmitzte Kleine wendete sich an den Häuptling: „Ich soll gelogen haben? Das ist nicht wahr. Ich sah ihn an der Buche stehen. Er betrachtete mich erstaunt und schien vor Angst und Sorge, was ich im Schilde führe, vergehen zu wollen. Da fühlte ich Mitleid mit dem Armen und rief ihm zu ‚Intsch ovomb!‘ Ich sagte ihm also, dass ich nach der Fichte wolle. Warum er dann an meiner Stelle hingelaufen ist, das vermag ich nicht zu enträtseln. Vielleicht weiß er es selber nicht. Ich habe gesprochen. Howgh!"

Den Häuptling brachte das in noch größeren Zorn. Er rief: „Ja, du hast gesprochen und bist fertig. Aber Ovuts-avaht ist noch nicht fertig und wird mit dir sprechen, wenn nachher die Zeit gekommen ist. Wort halten aber muss der Häuptling. Das Leben, der Skalp und das Eigentum des Springenden Hirsches gehören dir."

„Nein!", wehrte der Kleine ab. „Ich mag nichts davon haben. Behaltet ihn bei euch! Ihr könnt ihn gut gebrauchen, besonders wenn es einen Wettlauf um das Leben gilt."

Unter den Roten ging ein leises, zorniges Murmeln um und der Häuptling knirschte den Spötter an: „Jetzt magst du noch giftige Reden speien. Später wirst du um Gnade wimmern, dass es bis zum Himmel schallt. Einer ist da, der noch nicht gesiegt hat: Old Shatterhand. Warte einige Augenblicke, so wird er vor uns im Staub liegen und um sein Leben flehen. Kommt alle mit mir! Es geht zum letzten, größten und entscheidenden Kampf!"

Die Utahs folgten dem Häuptling in wirren Haufen. Die Weißen schritten langsam hinterdrein.

Sie gelangten an den Kreis, der von den Zelten und Hütten gebildet wurde. In dessen Mittelpunkt ragte aus einem Haufen zentnerschwerer Steine ein starker Pfahl empor, woran zwei Lassos befestigt wurden. Um diesen Platz standen alle männlichen und weiblichen Bewohner des Lagers, um Zeuge des Schauspiels zu sein. Old Shatterhand trat in die Mitte des Kreises, wo der Häuptling sich bereits befand. Der Große Wolf deutete auf die beiden Lassos und erklärte:

„Du siehst diese Riemen. Das eine Ende des Lassos hängt an dem Pfahl, das andere bekommen wir um den Leib gebunden." – „Warum?" – „Damit wir uns nur in diesem engen Kreis bewegen und einander nicht entfliehen können." – „Sei es! Es ist mir gleichgültig. Mit welchen Waffen kämpfen wir?" – „Jeder bekommt ein Messer in die linke und einen Tomahawk in die rechte Hand. Damit wird gekämpft, bis einer von uns beiden tot ist."

Es war klar, dass der Häuptling diese Kampfesweise gewählt hatte, weil er glaubte, dem Weißen darin überlegen zu sein. Doch der Jäger erklärte ruhig: „Ich bin einverstanden.“

„Sieh erst einmal meine Kraft!“ Der Häuptling trat zu einem der schweren Steine, hob ihn hoch und ließ ihn wieder fallen. Ein befriedigtes „Uff!“ erklang bei den Indianern.

„Du bist ein starker Mann“, sagte Old Shatterhand, „und ich hoffe, dass du dich im Kampf auf dich allein verlässt!“

„Das wird der Große Wolf tun. Wer sollte ihm helfen?“

„Deine Krieger. Warum haben sie sich bewaffnet, als sollte es in den Streit gehen?“

„Sind deine Gefährten unbewaffnet?“

„Nein. Aber wir werden alle unsere Waffen in unser Zelt schaffen. Soll ich glauben, dass auch du ein Tapferer bist?“

„Willst du Ovuts-avaht beleidigen?“, rief der Rote zornig. „Er braucht keinen Beistand eines anderen. Seine Krieger sollen alle ihre Waffen in die Zelte tragen, wenn die deinigen das ebenso tun.“

„Gut! Wir werden es tun. Ich werde nur mein Messer behalten.“ Old Shatterhand übergab seine Gewehre dem Hobble-Frank und Jemmy und Davy taten desgleichen. Dabei sagte er dem Kleinen in deutscher Sprache: „Sie tragen das alles scheinbar ins Zelt, schieben es aber unter der hinteren Seite wieder ins Freie. Sie kehren nicht zurück. Man wird nur auf den Kampf achten. Dann kriechen Sie hinten aus dem Zelt und machen unsre Tiere, die dort grasen, reisefertig.“

Der Hobble-Frank entfernte sich. Auf das Geheiß des Häuptlings legten auch alle Indianer ihre Waffen ab. Der Häuptling warf seine Oberkleider ab, um nicht durch sie behindert zu sein. Old Shatterhand folgte diesem Beispiel nicht. Das Wiederankleiden hätte später eine Zeitversäumnis zur Folge gehabt, die leicht verhängnisvoll werden konnte.

„Jetzt hast du deinen Willen“, sagte der Große Wolf. „Beginnen wir! Lassen wir uns anbinden! Hier hast du einen Tomahawk.“

Es waren zwei Kriegsbeile zurückbehalten worden. Der Häuptling, der natürlich auch mit seinem Messer versehen war, nahm eines dieser Beile und überreichte es Old Shatterhand. Der Weiße betrachtete es und schleuderte es dann in einem hohen Bogen über den Kreis hinaus.

„Was tust du?“, fragte der Große Wolf erstaunt.

„Ich werfe den Tomahawk weg, weil er nichts taugt. Der deinige ist, wie ich sehe, von vorzüglicher Arbeit.“

Man sah trotz der dicken Farbe, die das Gesicht des Häuptlings bedeckte, dass er es in höhnische Falten zog, als er nun bemerkte: „Es war dir erlaubt, das Beil wegzuwerfen. Aber du wirst kein andres dafür erhalten.“

„Ist auch nicht nötig. Ich werde nur mit meinem Messer kämpfen, auf das ich mich verlassen kann.“

„Uff! Bist du von Sinnen? Der erste Hieb meines Tomahawks wird dich töten. Ovuts-avaht hat ihn und das Messer und du bist nicht so stark wie er.“

Da bückte sich Old Shatterhand zu dem Stein nieder, den vorhin der Große Wolf gehoben hatte, zog ihn erst bis zur Höhe des Gürtels auf, schwang ihn dann über den Kopf empor und schleuderte ihn nachher von sich, sodass er in einer Entfernung von neun oder zehn Schritten liegen blieb. „Mach es nach!“, rief er dem Roten zu.

„Uff, uff, uff!“, ertönte es im Kreis. Der Häuptling antwortete nicht sogleich. Er war überrascht und ließ erst nach einer Weile seine Stimme hören: „Meinst du, dass du den Häuptling zum Fürchten bringst? Er wird dir den Skalp nehmen und wenn der Kampf bis zum heutigen Abend währen sollte. Bindet uns an!“

Dieser Befehl war an zwei bereit stehende Rote gerichtet, die dem Häuptling und Old Shatterhand die Lassos um die Hüften banden und dann zurücktraten. Die beiden standen so, dass die Lassos eine gerade Linie, also den Durchmesser bildeten, der eine mit dem Gesicht dem Rücken des andern zugekehrt.

Der Große Wolf hatte sich den Kampf wohl so gedacht, dass

einer den andern im Kreise herumtreiben und versuchen werde, so nahe an den Gegner zu kommen, dass die Möglichkeit eines sicheren Hiebes oder Stiches gegeben sei. Die Waffen waren ungleich und er hegte die Überzeugung, dass er siegen werde, zumal nach seiner Ansicht der Weiße das Messer falsch gefasst hielt. Old Shatterhand hatte das Messer nämlich so in der Hand, dass die Klinge aufwärts gerichtet war. Es war ihm also nicht möglich, einen Stich von oben herab zu führen. Der Rote lachte im Stillen darüber und fasste seinen Gegner scharf ins Auge.

Auch der Weiße hielt den Blick fest auf den andern gerichtet. Er wollte nicht angreifen, sondern den Angriff erwarten. Es kam nur darauf an, in welcher Weise sich der Große Wolf seines Tomahawks bediente. Gebrauchte er ihn zum Hieb, so war nichts zu befürchten. Wendete er ihn aber im Wurf an, so galt es, die größte Vorsicht zu üben.

Die Gegner verharrten fünf Minuten, zehn Minuten und keiner bewegte sich. Schon ließen die roten Zuschauer Ausrufe der Anfeuerung oder gar der Missbilligung hören. Der Große Wolf forderte seinen Gegner höhnisch auf, zu beginnen. Old Shatterhands Antwort bestand darin, dass er sich niedersetzte und eine so ruhige Haltung annahm, als befinde er sich in der friedlichsten Gesellschaft.

Der Häuptling nahm dieses Verhalten als einen Ausdruck der Geringschätzung auf, während es doch nichts als eine Kriegslist war, die ihn zur Unvorsichtigkeit reizen sollte. Sie erreichte diesen Zweck auch völlig. Der Rote glaubte, mit seinem sitzenden Feind leichter fertig werden zu können. Einen lauten Kriegsruf ausstoßend, sprang er auf Old Shatterhand ein, den Tomahawk zum tödlichen Hieb erhoben. Schon öffneten sich viele Lippen zum Jubelschrei, da schnellte der Weiße seitlich hoch. Das aufwärts gehaltene Messer tat seine Schuldigkeit. Der Hieb ging fehl. Die niedersausende Faust fuhr in die blitzschnell emporgehaltene Klinge, sodass die Hand das Kriegsbeil fallen ließ. Ein rascher Hieb Old Shatterhands gegen den linken Arm des Roten und diesem flog auch das Messer aus der Hand. Hierauf schlug der Weiße seinem Gegner mit einem fast unsichtbar raschen Hieb den harten Griff des Bowiemessers mit solcher Kraft auf die Herzgrube, dass der Rote wie ein Sack zur Erde flog und dort liegen blieb. Old Shatterhand hob das Messer und rief: „Wer ist Sieger?“

Keine Stimme antwortete. Die Utahs standen wie erstarrt.

„Er hat gesagt, dass der Skalp des Besiegten dem Sieger gehört“, fuhr Old Shatterhand fort. „Sein Schopf ist also mein Eigentum. Aber ich will ihn nicht haben. Ich bin ein Freund der roten Männer und schenke ihm das Leben. Tot ist er jedenfalls nicht. Meine roten Brüder mögen ihn untersuchen, ich aber gehe in mein Zelt.“

Er band sich los und ging und niemand hinderte auch Davy und Jemmy, ihm zu folgen. Jeder wollte sich zunächst überzeugen, wie es mit dem Großen Wolf stehe. Infolgedessen erreichten die Jäger unbeachtet ihr Zelt. Dahinter lagen richtig ihre Waffen und da stand auch der Hobble-Frank mit den Pferden. Rasch schwangen sie sich auf und ritten davon. Dann wurden sie von den Wachen bemerkt, die außerhalb des Lagers aufgestellt waren. Die Roten stießen das Kriegsgeheul aus und schossen. Sie quollen nun förmlich zwischen den Zelten hervor und sandten den Entkommenen ein wütendes Geheul nach, das von den Bergen als vielfaches Echo zurückgeworfen wurde.

Die Jäger galoppierten in gerader Richtung über die Ebene auf die Stelle zu, wo sich das Bergwasser in den See stürzte. Old Shatterhand war überzeugt, dass die Utahs sofort zur Verfolgung aufbrechen würden, und musste sich deshalb einer Gegend zuwenden, wo es den Roten möglichst schwer wurde, sich auf der Fährte zu halten.

13. Hobble-Frank und Tante Droll

Es war an dem gleichen Morgen, als an dem Bach, dem gestern Abend die Utahs mit ihren Gefangenen gefolgt waren, ein Reitertrupp aufwärts ritt. An dessen Spitze befand sich Old Firehand mit der Tante Droll. Hinter ihnen ritten der Humply-Bill und der Gunstick-Uncle mit dem Engländer. Kurz, es waren alle Weißen, die das Abenteuer am Eagle Tail erlebt hatten und dann zum Silbersee aufgebrochen waren. In Denver war Patterson, der Ingenieur, mit seiner Tochter Ellen zu ihnen gestoßen.

Winnetou war nicht zu sehen, da er als Kundschafter voranritt. Old Firehand hatte den Weg gerade durch den Wald genommen, wo Old Shatterhand und seine Begleiter mit den Utahs zusammengetroffen waren. Die Jäger hatten aus den Spuren erkannt, dass hier Weiße von Indianern gefangen worden seien, und waren sofort bereit gewesen, der Fährte zu folgen, um vielleicht Hilfe zu bringen.

Sie ahnten nicht, dass die in dieser Gegend streifenden Utahs das Kriegsbeil ausgegraben hatten. Sowohl Winnetou als auch Old Firehand waren überzeugt, dort freundliche Aufnahme zu finden und ein gutes Wort für die gefangenen Weißen einlegen zu können.

Sie kannten den See und da sich seine Umgebung prächtig zum Lagern eignete, glaubten sie, die Utahs dort zu finden. Es wäre jedoch ganz gegen den Gebrauch des Westens gewesen, sich den Roten zu zeigen, ohne sie vorher beobachtet zu haben. Als der Trupp die Stelle erreichte, wo die Ufer des Baches auseinander traten, kehrte der Apatsche im Galopp zurück und winkte schon von weitem, dass man anhalten solle.

Das war kein gutes Zeichen und so rief ihm Old Firehand entgegen: „Mein Bruder will uns warnen. Hat er die Utahs gesehen?“ – „Winnetou sah sie und ihr Lager. Sie haben das Kriegsbeil ausgegraben. Winnetou sah es an den Farben, mit denen sie sich bemalt hatten, und auch daran, dass ihrer so viele beisammen sind.“ –

„Wie groß ist ihre Zahl?“ – „Winnetou konnte das nicht genau sehen. Es standen wohl dreihundert am See.“ – „Am See? So viele? Was hat es da gegeben?“ – „Die Utahs standen still und blickten ruhig ins Wasser. Winnetou meint, es galt ein Schwimmen um das Leben.“ – „Hast du Grund, das zu vermuten?“ – „Ja. Die Utahs tragen die Kriegsfarben, betrachten also die bei ihnen befindlichen Weißen als Feinde. Die Gefangenen sollen getötet werden. Aber der rote Mann lässt seinen Feind mit einem überlegenen Gegner um das Leben kämpfen. Man wird einen der Gefangenen schwimmen lassen, um seine Todesangst zu verlängern.“ – „Ich bin ganz deiner Ansicht. Wir haben die Spuren von erst vier und dann zwei Weißen gezählt. Das sind sechs. Man wird jeden auf eine andre Art um sein Leben kämpfen lassen. Wir müssen uns beeilen, sonst sind sie verloren.“

Der Apatsche antwortete mit einem leisen Lächeln: „Es befindet sich bei den Bleichgesichtern ein Mann, der sich und die Seinen nicht so leicht töten lässt.“ – „Wer?“ – „Old Shatterhand.“ – „Was?“, fuhr der Jäger auf. „Old Shatterhand, mit dem du droben am Silbersee zusammentreffen willst? Hast du ihn gesehen?“ – „Nein.“ – „Wie willst du dann behaupten, dass er hier ist?“ – „Winnetou weiß es bereits seit gestern.“ – „Woher?“ – „Als wir den Waldsaum und das Gras der Lichtung absuchten, fand Winnetou ein Bäumchen mit Kugellöchern. Die Kugeln stammen aus Old Shatterhands Henrystutzen. Der Apatsche weiß es genau.“ – „Hättest du mir das Bäumchen gezeigt! Hm! Wenn sich Old Shatterhand bei diesen Weißen befindet, so braucht uns allerdings nicht allzu bange zu sein. Was sollen wir tun?“ – „Meine Freunde werden Winnetou folgen und dabei hintereinander reiten, damit die Utahs, wenn sie auf unsre Fährte treffen, nicht zählen können, wie viel Personen wir sind. Howgh!“ – Der Apatsche wendete sein Pferd nach rechts und ritt weiter.

Die Ebene war baumlos, aber die Höhen standen voller Wald, der bis zum Talgrund herniederstieg und dann einen leichten Saum von Büschen bildete. Hinter diesen Büschen Deckung suchend, umritten die Männer die Ebene von Osten nach Westen, bis sie an den Bach gelangten und sich, einige Hundert Schritt vom See entfernt, unter Bäumen befanden. Dort stiegen sie ab. Der Platz war wie dazu gemacht, das feindliche Lager heimlich zu beobachten.

Man sah die Utahs südlich vom Lager stehen. Dann erblickte man zwei Männer, die sich von dem Haufen trennten und aus Leibeskräften südwärts rannten. Old Firehand nahm sein Fernrohr, schaute hindurch und rief: „Ein Wettlauf zwischen einem Roten und einem Weißen!" – Er gab dem Apatschen das Rohr. Kaum hatte Winnetou den Weißen vor das Rohr bekommen, so fuhr er auf: „Uff! Das ist der Hobble-Frank! Dieser kleine Held muss um sein Leben laufen und kann den Roten unmöglich überholen."

Die Bäume standen so, dass man nicht die ganze Strecke des Wettlaufs zu überblicken vermochte. Die beiden Läufer waren verschwunden. Man war natürlich überzeugt, dass der Rote zuerst erscheinen werde. Wie staunte man daher, als der Kleine erschien, ganz gemächlich, als handle es sich um einen Spaziergang.

„Der Hobble-Frank zuerst!", rief Old Firehand. „Wie ist das möglich?"

„Durch eine List vermutlich", entgegnete Winnetou. „Er hat gesiegt und wir werden erfahren, wie er das angefangen hat. Doch seht, dort stehen vier Bleichgesichter! Winnetou kennt sie."

„Gewiss", meinte der Jäger. „Es sind Old Shatterhand, der Lange Davy, der Dicke Jemmy und der kleine Hobble-Frank."

Diese Namen erregten allgemeines Aufsehen. Die Bemerkungen flogen hin und her, bis Winnetou zu Old Firehand sagte: „Unsre Freunde haben ihre Waffen noch. Es kann also nicht schlimm um sie stehen. Bleibt hier! Der Apatsche wird zu erfahren suchen, was weiter geschieht."

Er verschwand zwischen den Bäumen. Es verging eine lange halbe Stunde, dann kehrte er zurück und meldete: „Es gibt mitten im Lager einen Zweikampf. Die Utahs stehen so eng beisammen, dass Winnetou die Kämpfenden nicht sehen konnte. Aber den Hobble-Frank sah er. Der Kleine zog die Pferde heimlich hinter das Zelt und gab ihnen die Sättel. Die Weißen wollen fort." – „Und heimlich? Also fliehen?", fragte Old Firehand. „So stellen wir uns hier an den Weg oder gehen ihnen gar entgegen." – „Keines von beiden", entgegnete der Apatsche kopfschüttelnd. „Old Firehand mag nachdenken: Was werden die Roten tun, wenn die Weißen fliehen?" – „Sie verfolgen." – „Wie viele Krieger braucht man dazu?" – „Nun, zwanzig bis dreißig." – „Gut! Diese Schar werden wir leicht besiegen. Wenn wir uns aber den Utahs zeigen, wird der ganze Stamm hinter uns her sein und dann muss viel Blut fließen." – „Winnetou hat Recht. Doch die Roten werden unsre Zahl aus der Fährte erkennen." – „Sie werden die Fährte betrachten, die vor ihnen ist, aber nicht eine, die hinter ihnen liegt." – „Ah, du meinst, dass wir ihnen folgen? – Horch! Was ist das?"

Vom Lager her erscholl ein fürchterliches Geheul und gleich darauf sah man vier Reiter im Galopp aus den Zeltreihen kommen. Sie schlugen die Richtung nach dem oberen Ende des Sees ein.

„Old Firehand mag mir folgen!", entschied Winnetou. „Meine andern weißen Brüder aber müssen mit den Pferden tiefer in den Wald hinein und dort warten, bis wir zurückkehren." – Die beiden aber schritten am hohen Ufer des Baches entlang, bis an eine Stelle, von wo aus man das Lager überblicken konnte. Da blieben sie stehen.

Old Shatterhand kam schnell näher. Er hielt sich mit seinen Begleitern nahe am Wasser. Plötzlich klang es von oben herab: „Meine weißen Brüder mögen anhalten!"

Die vier zügelten ihre Pferde und blickten hinauf. „Winnetou und Old Firehand!", riefen sie zugleich. „Ihr hier? Welch eine Freude! Seid ihr beide allein?"

„Nein. Wir sind wohl vierzig Jäger und Rafters. Doch jetzt ist es nicht Zeit zum Erzählen. Reitet jetzt weiter. Sobald eure Verfolger vorüber sind, kommen wir nach und nehmen sie in die Mitte."

„Glänzend!", rief Old Shatterhand. „Welch ein Glück, euch hier zu treffen!"

Er berichtete das Nötigste so kurz wie möglich, worauf Winnetou das Wort ergriff: „Mein Bruder Scharlih kennt die tiefe Schlucht, die Night Cañon genannt wird. Sie ist von hier aus in fünf Stunden zu erreichen und erweitert sich in der Mitte zu einem runden Platz, dessen Wände bis zum Himmel zu reichen scheinen. Erinnert sich Old Shatterhand dieser Stelle?"

„Gewiss."

„Bis dorthin mag mein Bruder reiten. Ist er über den Platz hinweg, mag er sich jenseits davon festsetzen. Die Schlucht ist da so schmal, dass kaum zwei Reiter einander ausweichen können. Er allein kann mit seinem Henrystutzen mehrere Hundert Utahs aufhalten. Wenn sie dort angekommen sind, können sie weder vorwärts noch rückwärts, denn wir werden dicht hinter ihnen sein."

„Gut, wir werden diesem Rat folgen!"

„Aber nun macht euch fort! Ich sehe fünf berittene Indianer aus dem Lager kommen."

„Das ist wohl der Vortrab, der uns nicht aus den Augen lassen soll. Die Hauptschar wird bald folgen. Also vorwärts! Auf Wiedersehen im Night Cañon!"

Old Shatterhand gab seinem Hatatitla die Fersen und eilte mit den drei Begleitern davon. Old Firehand und Winnetou duckten sich nieder, um die fünf Utahs zu beobachten. Sie kamen heran und ritten vorüber.

Nun kehrten die beiden zu ihren Gefährten zurück. Old Firehand wollte ihnen mitteilen, was er mit Old Shatterhand besprochen hatte. Da fiel sein Auge auf mehrere Utahfrauen, die sich dem Ufer des Sees näherten. Sie trugen Angelgeräte in den Händen. Offenbar wollten sie in der Mündung des Baches fischen. Dort setzten sie sich unter Büschen nebeneinander ans Ufer, warfen die Angeln aus und sprachen miteinander. Winnetou kroch lautlos zu ihnen hin und legte sich hinter die Büsche, an denen sie saßen. So lag er wohl eine Viertelstunde und kehrte dann zurück, um zu melden: „Diese Squaws haben alles gesagt, was Winnetou wissen wollte. Die fünf Krieger, die an uns vorüberritten, sollen die Fährte Old Shatterhands deutlicher machen und in kurzer Zeit werden fünfzig andre folgen, angeführt vom Großen Wolf. Die Utahs zerstreuen sich heut über die ganze Gegend, um zu jagen und Fleisch zu machen, denn morgen soll das Lager abgebrochen werden.“

„Wohin wird es verlegt?“

„Die Frauen und Kinder ziehen zu den Alten in die Berge. Die Krieger aber folgen dem Großen Wolf, um den Versammlungsplatz aller Utahstämme aufzusuchen.“

„Wo ist dieser Ort?“

„Das konnte Winnetou nicht erfahren.“

„So können wir nichts tun, als zu warten, bis der Große Wolf mit seinem Trupp vorüber ist.“

Nun wartete man, bis nach einer Stunde der Große Wolf mit seinen Leuten kam. Sie waren ohne Ausnahme mit Gewehren bewaffnet. Der Häuptling hatte die rechte Hand in einer Binde. Sein Gesicht war noch dicker bemalt als am Morgen. Von seinen Schultern hing der mit Federn geschmückte Kriegsmantel auf den Rücken des Pferdes nieder.

Zehn Minuten später folgte Winnetou den Utahs allein und nach abermals zehn Minuten brachen die andern auf.

Man ritt immer am Wasser aufwärts. Losgerissene Steine und Stämme lagen überall und man kam infolgedessen nur langsam vorwärts. Als man dann die Berglehne hinter sich hatte, wurde es besser.

Die Richtung zum Night Cañon führte an der schmalsten Stelle der Elk Mountains quer über das Gebirge. Oben ging es mitten durch Urwald, der kein Unterholz hatte. Der Boden war modrig und weich und zeigte die Fährte tief eingeschnitten.

Zehn Uhr war es gewesen, als Old Firehand mit seinen Leuten

vom See aufgebrochen war. Bis ein Uhr ging es fast nur durch Wald und dann über eine Buschprärie. Das grasige Land senkte sich oft zu Tal, um drüben wieder aufzusteigen. Dann kam wieder Wald, aber schon nach wenigen Minuten erreichte man den jenseitigen Saum. Dort hielt der Apatsche, um seine Gefährten zu erwarten.

Ein einzigartiger Blick bot sich hier den Weißen. Man hatte das Gebiet des Elkgebirges hinter sich und das des Grand River mit seinem Cañon vor sich. Von rechts, von links und von da, wo die Reiter hielten, senkten sich drei schwarze, schiefe Felsebenen gegeneinander. Ihre Neigung war so stark und ihre Fläche so glatt, dass man unmöglich im Sattel bleiben konnte. Es war fast schaurig, bis auf den tiefen Grund zu blicken. Von zwei Seiten floss ein Wasser in den Grund hinab, aber ohne einen Baum zu nähren. Unten vereinigten sich die beiden Wasser und verschwanden in einem Felsspalt.

„Das ist der Night Cañon", erklärte Old Firehand, während er auf diesen Spalt deutete. „Er trägt diesen Namen, weil er so tief ist, dass das Licht der Sonne nicht hinabzudringen vermag. Doch seht, da unten!"

Er zeigte abwärts. Dort bewegten sich kleine Gestalten. Es waren die Utahs, die soeben im Felsspalt verschwanden.

Dieser Spalt war fast senkrecht in eine riesige Steinmauer gerissen. Tante Droll blickte in die Tiefe und meinte: „Da hinunter sollen wir? Das kann doch nur ein Schieferdecker fertig bringen. Das ist ja lebensgefährlich!"

„Und doch müssen wir hinab", meinte Old Firehand. „Steigt ab und nehmt eure Pferde bei den Zügeln, aber kurz! Wir müssen im Zickzack hinuntersteigen, das ist weniger gefährlich!"

Dieser Rat wurde befolgt. Doch der Abstieg nahm weit über eine halbe Stunde in Anspruch. Endlich war man unten. Der Cañon war hier so schmal, dass neben dem Wasser nur zwei Reiter Platz fanden. Voran war wieder Winnetou. Ihm folgte Old Firehand, neben dem jetzt Castlepool ritt. Dann kamen die Jäger und nachher die Rafters, die den Ingenieur und seine Tochter zwischen sich nahmen, sowie Watson, der Schichtmeister, der sich mit noch mehreren Arbeitern angeschlossen hatte.

Gesprochen durfte nicht werden, da jeder Laut in diesem Spalt viel weiter schallte als im Freien. Es war wie ein Ritt durch die Unterwelt. Vor und hinter sich den engen Spalt, unter sich den steinbesäten Felsen und das unheimliche Wasser und rechts und links die gerade aufstrebenden Felswände. Die Luft wurde, je weiter man eindrang, desto kälter und schwerer und das Tageslicht verwandelte sich in Dämmerung. Sogar den Pferden war es nicht geheuer. Sie schnaubten ängstlich und strebten hastig vorwärts, um aus dieser Enge erlöst zu werden.

Eine Viertelstunde verging und noch eine. Da – unwillkürlich blieben alle halten – gab es einen Krach, als seien zehn Kanonen zugleich abgeschossen worden.

„Ein Gewehrschuss“, erklärte Old Firehand. „Der Augenblick ist da. Je ein Mann für drei Pferde bleibt zurück! Die andern vor! Absteigen!“

Im Nu waren über dreißig Mann, jeder die Büchse in der Hand, auf den Füßen, um ihm zu folgen. Schon nach wenigen Schritten sahen sie Winnetou stehen, den Rücken ihnen zugekehrt und die Silberbüchse zum Schuss angelegt.

„Die Waffen nieder, sonst spricht mein Zaubergewehr!“, ertönte eine gewaltige Stimme. Man wusste nicht, woher, ob von oben herab oder aus dem Erdboden heraus.

„Nieder die Waffen!“, donnerte es nochmals in der Sprache der Utahs.

Dann fielen schnell aufeinander drei Schüsse. Das musste der Henrystutzen Old Shatterhands sein, dessen Knall hier allerdings die Stärke eines Kanonenschusses hatte. Gleich darauf blitzte auch die Silberbüchse Winnetous auf. Die Getroffenen schrien und dann folgte ein Geheul, als seien alle Scharen der Hölle losgelassen.

Old Firehand hatte den Apatschen erreicht und konnte nun sehen, was und wen er vor sich hatte. Der Spalt erweiterte sich auf eine kurze Strecke und bildete einen runden Raum, so groß, dass vielleicht hundert Reiter darin Platz finden konnten. Auch hier herrschte Dämmerung, doch konnte man die Schar der Utahs sehen.

Die fünf vorausgesandten Krieger hatten unüberlegt gehandelt. Sie hatten hier Halt gemacht, um die Ihrigen zu erwarten. So waren sie nun alle eingeschlossen. Drüben stand Old Shatterhand mit dem erhobenen Henrystutzen und neben ihm kniete der Hobble-Frank, damit Davy und Jemmy über ihn hinwegschießen könnten. Die Roten hatten ihre Waffen auf die Aufforderung des Jägers nicht sofort gesenkt und darum waren die Schüsse gefallen. Fünf Utahs lagen am Boden.

„Werft die Waffen weg, sonst schieße ich wieder!“, ertönte Old Shatterhands Stimme abermals.

Und von der andern Seite her schallte es: „Hier stehen Old Firehand und Winnetou, der Häuptling der Apatschen. Ergebt euch, wenn ihr euer Leben retten wollt!“

Keiner der Utahs wagte es, zum Gewehr zu greifen. Sie wussten nicht, was sie tun sollten. Da glitt Droll an Winnetou und Firehand vorüber, huschte bis zum Häuptling vor, hielt ihm den Lauf seiner Büchse an die Brust und rief ihm zu: „Wirf das Gewehr weg, sonst drücke ich los!“

Der Große Wolf starrte auf die dicke, fremdartige Gestalt, als sähe er ein Gespenst vor sich. Die Finger seiner Linken öffneten sich und ließen das Gewehr fallen. Da schwang sich Droll hinter dem Großen Wolf auf das Pferd des Utah, band dem Überrumpelten die Arme hinten zusammen und sprang wieder ab. Es war, als wüsste der Häuptling gar nicht, was mit ihm vorging. Sein Beispiel wirkte. Die Seinen ergaben sich in ihr Schicksal. Sie wurden ebenso entwaffnet und gebunden wie er. Nun galt es vor allen Dingen, aus dem Cañon zu kommen. Sobald man also den letzten Roten gefesselt hatte, wurde der Weiterritt angetreten.

Winnetou und Old Firehand hielten sich mit Old Shatterhand an der Spitze der Schar. Sie hatten ihm still die Hand gegeben, die einzige Begrüßung, die einstweilen möglich war. Gerade vor den

Gefangenen ritten zwei, die sich viel näher standen, als sie dachten, nämlich Tante Droll und Hobble-Frank. Nach einiger Zeit nahm Droll die Füße aus den Steigbügeln stieg im Reiten auf den Rücken des Pferdes und setzte sich verkehrt in den Sattel.

„Heavens! Was soll das heißen?", fragte Frank. „Seid Ihr vielleicht früher in einem Zirkus als Clown angestellt gewesen?" – „Nein, Sir", entgegnete Droll. „Denkt doch daran, dass hinter uns fünfzig Rote reiten! Da kann leicht etwas geschehen, woran man nicht denkt. Ich behalte sie in dieser Stellung im Auge." – „Hm! Was Ihr sagt, ist richtig. Mein Pferd wird es nicht übel nehmen, wenn ich mich auch umdrehe."

Eine Minute später saß auch er verkehrt im Sattel, um die Roten beaufsichtigen zu können. Es ging nun gar nicht anders, als dass diese beiden drolligen Reiter einander oft ansehen mussten. Dabei wurden ihre Blicke immer freundlicher, bis endlich Hobble-Frank nicht länger zu schweigen vermochte. Er begann: „Nehmt mir's nicht übel, wenn ich Euch nach Euerm Namen frage. Wenn Ihr der seid, für den ich Euch halte, so habe ich viel Spaßhaftes von Euch gehört."

„Nun, für wen haltet Ihr mich denn?"

„Für die Tante Droll."

„Und wo habt Ihr von dieser Tante gehört?"

„An verschiedenen Orten: oben im Yellowstonegebiet und dann im Llano Estacado."

„So, hm! Und ich habe auch bereits von Euch gehört, Mr. Hobble-Frank. Der Apatsche hat von Euch gesprochen und Euch vorhin einen kleinen Helden genannt."

„Einen – kleinen – Helden!", wiederholte Frank, indem ein seliges Lächeln über sein Gesicht ging. „Das muss ich mir aufschreiben! Ihr habt richtig geraten, wer ich bin. Aber ob auch ich richtig geraten habe?"

„Gewiss. Doch wie seid Ihr denn auf die Vermutung gekommen, dass ich Tante Droll bin?"

„Eure Kleidung sagte es mir und ebenso Euer Verhalten. Als

ich Euch vorhin so mit dem Häuptling der Utahs umspringen sah, dachte ich mir gleich: Das ist er!“

„Sehr ehrenvoll für mich. Ich hörte, Ihr seid ein Deutscher?“

„Ja. Gerade aus der Mitte heraus. Ein Sachse! Seid Ihr etwa auch ein Deutscher?“

„Freilich! Und zwar auch aus Sachsen, nämlich Sachsen-Altenburg.“

„Dunnerwetter!“, fiel der Kleine in seiner heimischen Mundart ein. „Is es denn die Möglichkeet? Aus der Stadt Altenburg oder vom Lande?“

„Aus der Langenleube“, entgegnete Droll, nun auch in seine altenburgische Sprechweise verfallend.

„Langen – leube?“, fragte Frank, indem ihm der Mund offen stehen blieb.

„Jawohl. Kennen Sie es?“

„Warum sollte ich nich? Ich habe ja Verwandte dort, bei denen ich als Junge gewesen bin.“

„Se habe Verwandte bei uns? Wie heiße denn die Leute und wo stamme se her?“

„Droll heißen se, genau wie Sie! Und es is ganz nahe Verwandtschaft. Das is nämlich so...“

„Halt!“, unterbrach ihn Droll, indem er herüberlangte und Franks Arm ergriff. „Hatten se Kinder?“

„Die schwere Menge!“

„Wisse Se, wie se geheeße habe?“

„Off den Größten kann ich mich noch besinnen, er hieß Bastel. Ich gloobe, er hieß ooch noch Melchior dazu, e Name, der in Altenburg gang und gäbe is.“

„Richtig, sehr richtig! Sebastian Melchior Droll! Wisse Se, was aus ihm geworde is?“

„Nee, leider nich.“

„So sehe Se mal mich an, schaue Se mal her zu mir! Ich bin es, der draus geworde is.“

„Sie?“, fragte der Kleine.

„Ja, ich! Ich war der Bastel und ich weeß noch ganz genau, wer bei uns gewese is. Das war der Vetter Frank aus Moritzburg, der nachher Forstgehilfe geworde is."

„Der bin ich in eigener Person! Vetter, also hier, hier mitten in der Wildnis finden wir uns als stammverwandte Menschen! Komm her, Bruderherz, ich muss dich drücken!"

„Ja, ich dich ooch. Hier haste mich!" Der eine langte herüber und der andre langte hinüber. Die Umarmung war mit einigen Schwierigkeiten verbunden, die aber zur Not überwunden wurden. Sie kehrten sich nicht an die bemalten Gesichter der finster blickenden Gefangenen, sondern ritten beglückt nebeneinander und sprachen von der seligen Jugendzeit. Bald hatte man das Ende der Spalte erreicht, die hier auf einen größeren und viel breiteren Cañon mündete.

Da gab es doch Licht und eine reine, bewegte Luft. Die Reiter atmeten erleichtert auf. Dieser Cañon war vielleicht zweihundert Schritt breit und hatte auf seinem Grund ein schmales Flüsschen. Am Wasser wuchsen Gras und Buschwerk.

Die Roten wurden von den Pferden genommen und dann mit wieder gefesselten Füßen auf die Erde gesetzt. Der Trupp Old Firehands hatte Mundvorrat bei sich und es wurde zunächst gegessen. Dann sollte das Schicksal der Roten entschieden werden. Winnetou, Old Firehand und Old Shatterhand waren bereit, sie freizugeben, die andern aber verlangten ein strenge Bestrafung.

Mehr und mehr neigte sich aller Ansicht einem Vorschlag Old Shatterhands zu, der ein festes Abkommen mit den Roten befürwortete. Dazu genügte es nicht, dass mit dem Häuptling allein verhandelt wurde. Seine Krieger mussten auch hören, was er sagte und versprach.

Es wurde also ein weiter Kreis gebildet, der aus allen Weißen und Roten bestand. Der Häuptling saß vor Winnetou und Old Shatterhand. Er sah sie nicht an.

„Wie denkt sich der Große Wolf sein Schicksal?", fragte Old Shatterhand in der Utahsprache.

Der Rote schwieg.

„Der Häuptling der Utahs hat Angst. Darum antwortet er nicht.“

Da hob er den Blick, bohrte ihn mit grimmigem Ausdruck in das Gesicht des Jägers und sagte: „Das Bleichgesicht ist ein Lügner, wenn es behauptet, dass Ovuts-avaht sich fürchtet.“

„So antworte! Überhaupt darfst du nicht von Lügen sprechen, denn du selbst hast gelogen.“

„Das ist nicht wahr.“

„Es ist wahr. Als wir uns noch in euerm Lager befanden, fragte ich dich, ob wir frei sein würden, wenn ich den Sieg errungen hätte. Was antwortetest du?“

„Dass ihr gehen könntet.“

„War das etwa keine Lüge?“

„Nein, denn ihr seid gegangen.“

„Aber ihr habt uns verfolgt! Willst du es leugnen?“

„Der Große Wolf bestreitet es. Wir wollten zum Versammlungsort der Utahs reiten, nicht euch verfolgen.“

„Warum schossen deine Wächter auf uns, als wir fortritten?“

„Sie wussten nicht, was euch der Häuptling versprochen hatte.“

„Warum stießen deine Leute das Kriegsgeschrei aus? Sie kannten dein Versprechen.“

„Dieses Geschrei galt nicht euch, sondern den Wächtern, dass sie nicht mehr schießen sollten.“

„Du verstehst es, dich scharfsinnig zu verteidigen. Aber wir haben dein Lager umschlichen und deine Leute belauscht. Wir wissen, dass ihr uns töten wolltet. Welche Strafe werdet ihr wohl dafür erhalten?“

Der Rote antwortete nicht.

„Wir hatten euch nichts getan und ihr wolltet uns das Leben nehmen. Ihr hättet den Tod verdient. Aber wir sind keine Mörder. Ihr sollt sogar eure Freiheit und eure Waffen zurückerhalten, doch dafür müsst ihr uns versprechen, dass keinem von uns, die wir hier sitzen, jemals von euch ein Haar gekrümmt wird.“

„Spricht das deine Zunge oder dein Herz“, fragte der Häuptling, während er einen ungläubig forschenden, stechenden Blick auf Old Shatterhand warf.

„Meine Zunge hat niemals andre Worte als mein Herz gesprochen. Bist du bereit, mir das Versprechen zu geben und es mit der Pfeife des Friedens zu beschwören?“

„Ovuts-avaht ist bereit.“ Der Große Wolf antwortete schnell und ohne Besinnen. Das ließ darauf schließen, dass es mit seinem Versprechen ernst war.

„So mag die Pfeife reihum gehen“, fuhr Old Shatterhand fort. „Ich werde dir die Worte vorsagen, die du nachsprechen musst.“

„Der Häuptling der Utahs wird sie wiederholen!“

Diese Bereitwilligkeit schien ein gutes Zeichen zu sein und der Jäger freute sich von Herzen darüber, konnte aber nicht umhin, noch eine Warnung hinzuzufügen:

„Ich hoffe, dass du es diesmal ehrlich meinst. Sonst würdet ihr nicht so wohlfeil davonkommen.“

Der Häuptling sah vor sich nieder, ohne den Blick zu dem Sprechenden zu erheben. Old Shatterhand nahm sein Kalumet vom Hals. Nachdem er es in Brand gesteckt hatte, löste er die Fesseln des Häuptlings. Der Utah musste sich erheben, den Rauch nach den bekannten sechs Richtungen blasen und dabei sprechen: „Der Große Wolf, der Häuptling der Yampa-Utahs, spricht für sich und seine Krieger. Er redet zu den Bleichgesichtern, die er sieht, auch zu Winnetou, dem Häuptling der Apatschen. Wir werden lieber sterben als zugeben, dass sie uns für ihre Feinde halten. Ich habe gesprochen. Howgh!“

Er setzte sich wieder. Nun wurden auch die andern von ihren Fesseln befreit und die Pfeife ging von Mund zu Mund, bis alle geraucht hatten. Darauf erhielten die Roten auch ihre Waffen wieder. Das war kein Wagnis, wenn man ihrem Schwur trauen konnte. Der Häuptling holte sein Pferd herbei und sagte zu Old Shatterhand: „Wir werden in unser Lager zurückkehren.“

„Ach! Ihr wolltet ja zum Versammlungsort der Utahs! Jetzt gibst du zu, dass euer Ritt nur uns gegolten hat.“

„Nein. Ihr habt uns aufgehalten, sodass wir nun zu spät kommen würden. Wir kehren um.“

„Durch den Night Cañon?“

„Ja. Lebe wohl!“

Der Häuptling stieg auf. Dann ritt er in den Spalt hinein, ohne sich noch einmal umzublicken. Seine Leute folgten ihm schweigend.

„Und der Kerl ist doch ein Schuft!“, meinte der alte Blenter. „Eine Kugel vor den Kopf wäre das Beste gewesen.“

Winnetou hörte diese Worte und entgegnete: „Mein Bruder kann Recht haben, aber es ist besser, Gutes zu tun anstatt Böses. Winnetou wird jetzt den Utahs folgen, um sie zu belauschen.“ Er verschwand im Felsspalt.

Eigentlich war allen jetzt viel wohler und freier zu Mute als vorher. Was hätte man mit den Utahs machen sollen? Jetzt hatte man sie verpflichtet, Frieden zu halten, und war sie los. Das war besser als alles andere.

Der Tag neigte sich zur Rüste, zumal es hier im Cañon zeitig dunkel wurde. Einige der Männer gingen, Holz zum Lagerfeuer zu suchen, um mit den Übrigen das heute etwas kärgliche Nachtmahl einzunehmen.

Später stellte sich Winnetou wieder ein. Er erzählte, dass die Utahs die noch im Cañon liegenden Leichen mitgenommen und ihren Weg wirklich fortgesetzt hatten. Er war ihnen bis jenseits des Spaltes gefolgt und hatte gesehen, dass sie die steile Felssenkung emporgeritten und dann oben im Wald verschwunden waren.

Dennoch wurde eine Wache im Night Cañon aufgestellt, um von da aus jeden Überfall unmöglich zu machen. Zwei andre Wächter standen je hundert Schritte ober- und unterhalb des Lagerplatzes im Hauptcañon. Auf diese Weise war für Sicherheit hinreichend gesorgt. Dann löschte man das Feuer und es wurde still und dunkel im Cañon.

Winnetou hatte richtig gesehen: Die Utahs waren oben im Wald verschwunden. Aber sie hatten ihn nicht durchritten, sondern waren halten geblieben. Der Häuptling trat vor an den Waldrand, blickte hinab zum Felsspalt und sagte: „Man wird uns beobachtet haben, ob wir auch wirklich in unser Lager zurückkehren."

„Tun wir das denn nicht?", fragte ein Unterhäuptling.

„Hast du so wenig Hirn wie der Schakal der Prärie?", fuhr der Große Wolf ihn an. „Es gilt, Rache an diesen Kröten zu nehmen."

„Aber sie sind nun unsre Freunde und Brüder. Wir haben die Pfeife des Friedens mit ihnen geraucht."

„Wem gehörte die Pfeife?"

„Old Shatterhand."

„Nun, so gilt der Schwur für ihn, aber nicht für uns. Warum war er so dumm, sich nicht meiner Pfeife zu bedienen! Morgen früh werden die Seelen der Bleichgesichter in den ewigen Jagdgründen sein, um uns später dort zu bedienen."

„Du willst sie überfallen? Dazu ist unsre Zahl zu klein."

„Wir holen uns so viele Krieger, wie wir brauchen. Liegen nicht genug rote Männer drüben im P'a-maf [1]? Die Toten und ihre Pferde bleiben hier und zwei von euch als Wächter dabei. Wir andern reiten nordwärts."

Der Wald war zwar nur schmal, bildete aber einen stundenlangen Streifen, woran die Utahs im Galopp hinritten, bis die Höhe sich allmählich zu einer Querschlucht niedersenkte. Durch diese Schlucht gelangte der Große Wolf in den Hauptcañon. Freilich mündete die Schlucht wenigstens drei Meilen oberhalb der Lagerstelle Old Shatterhands und der Seinen. Gegenüber schnitt ein enger Seitencañon in den Hauptcañon ein. Dorthin wandte sich der Große Wolf mit seinen Leuten. Er schien den Weg genau zu kennen, denn er irrte trotz der Dunkelheit nicht ein einziges Mal.

Bald erreichten die Roten die Höhe der weiten Felsenebene, in die das Netz der Cañons tief eingeschnitten war. Der Mond stand leuchtend am Himmel. Im Galopp ging es über die Ebene und nach einer halben Stunde fiel die Gegend in Gestalt eines breiten

[1] Wald des Wassers

Einschnitts sanft ab. Rechts und links blieben die Felsen als schützende Wände stehen, je tiefer der Boden sich senkte, und dann tauchten vorn buschige Wipfel auf. Es war ein wirklicher Wald, mitten in der zu Stein gedorrten Ebene. Dieser Wald verdankte sein Dasein einzig der Einsenkung des Bodens. Die Stürme heulten darüber hin, ohne ihn zu treffen, und die Niederschläge konnten sich hier sammeln und bildeten eine Art See, dessen Wasser das Erdreich durchdrang. Das war der P'a-maf, wohin der Große Wolf wollte.

Zahlreich waren die Feuer, die hier brannten. Ein reges Lagerleben herrschte da. Die vielen roten Krieger, die man erblickte, lagen entweder auf ihren Decken oder auf der bloßen Erde. Dazwischen weideten die Pferde.

Als der Große Wolf beim ersten Feuer ankam, hielt er an, stieg ab und rief einem der am Feuer Sitzenden den Namen Nanap neav zu. Diese beiden Worte bedeuten Alter Häuptling. Es war also jedenfalls der Oberanführer sämtlicher Utahstämme gemeint. Der Angeredete erhob sich und führte den Großen Wolf zum See, wo ein großes Feuer brannte. Dort saßen vier Indianer, alle mit den Federn des Adlers geschmückt. Einer davon hatte sein Gesicht nicht bemalt. Es war von unzähligen tiefen Falten durchzogen. Sein Haar hing schlohweiß auf den Rücken herab. Dieser Mann war wenigstens achtzig Jahre alt und doch saß er so aufrecht da, als wären es dreißig weniger. Er richtete das Auge scharf auf den Ankommenden, ohne ein Wort zu sagen. Auch die andern schwiegen. Der Große Wolf setzte sich stumm nieder. So verging eine ganze Weile. Endlich klang es aus dem Munde des Alten: „Der Baum wirft im Herbst die Blätter ab. Wenn er sie aber schon vorher verliert, so taugt er nichts und ist unnütz geworden. Vor drei Tagen trug er sie noch. Wo sind sie heute?"

Diese Frage bezog sich auf die Adlerfedern, die der Große Wolf nicht mehr tragen mochte.

„Ist der Große Wolf besiegt worden, dass er die Zeichen seiner Würde nicht mehr trägt?"

„Von einem Bleichgesicht nur, aber von dem, dessen Faust schwerer ist als die Hände aller anderen“, erwiderte der Große Wolf.

„Das könnte nur Old Shatterhand sein.“

„Er ist es. Er weilt in der Nähe. Und bei ihm sind noch viele andre, Old Firehand, Winnetou, ein Trupp, wohl fünfmal zehn Köpfe stark. Ovuts-avaht ist gekommen, euch ihre Skalpe zu bringen.“

„Uff!“, entfuhr es dem Alten und „Uff!“, stimmten die andern ein. „Der Große Wolf mag erzählen!“.

Dieser kam der Aufforderung nach. Die andern saßen regungslos und hörten dem Erzähler aufmerksam zu. Er schloss seinen Bericht mit den Worten: „Nanap neav wird Ovuts-avaht noch fünfzig Krieger geben, mit denen er diese Hunde überfällt. Ihre Skalpe müssen noch vor der Morgenröte an unsern Gürteln hängen.“

Die Brauen des Alten zogen sich zusammen. „Noch vor der Morgenröte?“, fragte er. „Sind das Worte eines roten Kriegers? Die Bleichgesichter sollen so schnell und schmerzlos sterben wie ein Kind im Arm der Mutter? Was sagen meine Brüder zu diesen Worten des Großen Wolfes?“

„Die Weißen müssen an den Marterpfahl“, forderte der eine Häuptling.

„Wir müssen sie lebendig fangen“, meinte der zweite.

„Meine Brüder haben gut gesprochen“, lobte der Alte. „Wir geben dir dreihundert Männer mit und du wirst uns die Bleichgesichter lebendig bringen. Du hast bereits fünfzig Krieger bei dir. So kommen auf jeden Weißen sieben Gegner. Es muss euch gelingen, sie zu überrumpeln und zu binden, bevor sie recht erwachen. Und jetzt komm! Nanap neav wird wählen, wer dich begleiten soll.“

Sie standen auf und machten einen Rundgang von Feuer zu Feuer. Bald waren dreihundert Mann beisammen. Der Große Wolf erklärte den Kriegern, worum es sich handelte und setzte ihnen seinen Angriffsplan auseinander. Dann stiegen die Roten zu Pferde.

Es ging denselben Weg zurück, den der Große Wolf gekommen war, doch nur bis in den Hauptcañon. Dort saß man ab. Bei der gegebenen Übermacht schien das Unternehmen fast völlig gefahrlos. Höchstens konnten die Pferde der Weißen die anschleichenden Roten mit der Witterung wahrnehmen und durch Unruhe verraten. Was war dagegen zu tun? Der Häuptling äußerte diese Frage laut, sodass es die Umstehenden hörten. Da bückte sich einer der Krieger, riss eine Pflanze aus und sagte: „Hier ist ein sicheres Mittel, den Geruch irrezuführen."

Die Häuptling erkannte die Pflanze an ihrem Duft. Es war Salbei. Der Rat wurde sofort befolgt. Die Roten rieben ihre Hände und Kleider mit Salbei ein. Das gab einen so starken Duft, dass alle Hoffnung vorhanden war, den Geruchssinn der Pferde zu täuschen.

Nun wurde der Weitermarsch zu Fuß angetreten. Als etwa die Hälfte des Weges zurückgelegt war, galt es, vorsichtiger zu sein. Weiter ging es leise und schlangengleich: Sechshundert Füße, und doch war nicht das mindeste Geräusch zu vernehmen. Da blieb der voranschreitende Häuptling stehen. Er sah das Wachtfeuer brennen. Der Häuptling hatte am Tag bemerkt, dass ein solcher Posten ober- und ein andrer unterhalb aufgestellt worden war. Diese Wächter waren es, die zuerst unschädlich gemacht werden mussten.

Leise bedeutete er zweien, ihm zu folgen. Sich auf die Erde legend, krochen sie weiter. Bald kamen sie zu dem oberen Posten. Der Mann kehrte den Roten den Rücken. Plötzlich legten sich zwei Hände um seinen Hals und vier andre ergriffen ihn an den Armen und Beinen. Als er wieder zu sich kam, war er gefesselt und im Mund steckte ihm ein Knebel. Neben ihm saß ein Indianer, der ihm die Spitze seines Messers auf die Brust setzte.

Inzwischen war das Feuer erloschen und der Häuptling hatte abermals zwei Krieger zu sich beordert. Es galt dem unteren Posten. Man musste also am Lager vorüber. Die drei wateten deshalb durch den Bach und krochen drüben, wo sich keine Weißen befanden, weiter. Nicht lange, so sahen sie den zweiten Posten. Er stand sechs Schritt vor ihnen. Ein Sprung, ein leises, kurzes Stampfen und auch er war überwältigt. Die zwei Roten blieben bei ihm und der Große Wolf kehrte allein zurück, um nun den Hauptschlag zu führen.

Die Pferde standen in zwei Gruppen zwischen dem Lager und den beiden Posten. Sie mussten, falls die Indianer nahe an ihnen vorüberkamen, trotz des Salbeigeruches Verdacht schöpfen. Deshalb hielt es der Große Wolf für geraten, seine Leute ebenfalls über das Wasser gehen zu lassen. Das geschah mit meisterhafter Geräuschlosigkeit. Drüben legten sich alle nieder, um die Strecke von hundert Schritt kriechend zurückzulegen, bis sie sich dem Lager gegenüber befanden. Als sie nun nebeneinander lagen, den Menschen und Pferden gegenüber, begannen die Tiere unruhig zu werden. Es galt, schnell zu handeln. „Vorwärts!“, erklang halblaut der Befehl des Großen Wolfs.

Das Flüsschen wurde rasch übersprungen. Keiner der Weißen war noch wach. Sie lagen so nahe beieinander, dass die dreihundert Indianer kaum Raum für ihre Bewegungen hatten. Ihrer fünf und sechs und noch mehr warfen sich auf einen Weißen, rissen ihn hoch und schleuderten den Schlaftrunkenen den hinter ihnen Stehenden zu. Das kam über die Schlafenden, so schnell, dass sie sich in der Gewalt der Indianer befanden, ehe sie nur recht wach waren.

Dabei gab es ein Gewühl von Körpern, Armen und Beinen, die in der Finsternis nicht voneinander zu unterscheiden waren. Nur Old Firehand, Old Shatterhand, Winnetou und einige wenige andere hatten noch rechtzeitig aufspringen können, um mit dem Rücken gegen die Felswand Deckung zu gewinnen. Allein auch sie wurden von den Roten so eng umdrängt, dass es ihnen schließlich unmöglich wurde, die Arme zur Abwehr zu bewegen. Sie wurden niedergewürgt und wie ihre Gefährten gebunden. Ein jubelndes Geheul der Roten verkündete, dass der Überfall gelungen sei.

Nun gebot der Große Wolf, ein Feuer anzuzünden. Als die Flamme den Kampfplatz beleuchtete, ergab es sich, dass über zwanzig Rote verwundet oder gar getötet waren. „Dafür sollen diese Hunde zehnfache Qualen erdulden!“, drohte der Häuptling. „Nehmt die Toten, die Pferde und die Waffen der Bleichgesichter! Wir müssen umkehren.“

„Wer soll das Zaubergewehr Old Shatterhands mitnehmen?“, fragte einer. „Es ist gefährlich für den, der es berührt.“

„Wir lassen es liegen und errichten über ihm einen Steinhaufen. Wo ist die Waffe?“

Man suchte mit Feuerbränden, ohne den Stutzen zu finden. So wandte man sich an Old Shatterhand. Als er vorhin im Kampfgewühl aufgesprungen war, hatte man ihm den Stutzen aus der Hand gerissen und fortgeschleudert. Die Yampa-Utahs konnten das Verschwinden nicht begreifen. Hastig gebot der Große Wolf, dem es unheimlich wurde: „Bindet die Gefangenen an die Pferde und dann fort von hier! Ein böser Geist hat das Zaubergewehr verschleppt.“

Diesem Befehl wurde augenblicklich Folge geleistet und als die Roten aufbrachen, war seit dem Beginn des Kampfes nicht viel über eine Stunde vergangen.

Der Große Wolf konnte nicht wissen, dass Old Firehand noch einen dritten Wachtposten aufgestellt hatte, und zwar im Night Cañon. Es war Droll. Der Hobble-Frank hatte sich ihm freiwillig angeschlossen, um mit ihm von der Heimat zu plaudern.

Da plötzlich hörten sie am Ausgang des Cañon ein verdächtiges Geräusch. „Horch!“, flüsterte Frank dem Vetter zu: „Hast du was gehört?“

„Ja, ich hab's gehört“, bestätigte Droll ebenso leise. „Das müssen viele Menschen sein. Das is Getrampel von wenigstens zweihundert...“

Droll hielt erschrocken inne, denn jetzt waren die Überfallenen erwacht und erhoben ihre Stimmen.

„Dunnerwetter, das is Kampf!“, fuhr der Hobble-Frank auf. „Das müsse rote Halunke sein, wenn's nötig is!“

Und da erscholl auch schon das gellende Kampfgeheul der Indianer.

„Gott steh uns bei! Sie sind's wirklich!", rief Droll. „Wolle sehe, wie de Sache steht. Nachher wisse mer, was mer zu mache habe. Mer müsse uns niederlege und vorwärtskrieche."

Sie schoben sich auf Händen und Füßen bis zum Ausgang hin. Da erkannten sie trotz der Dunkelheit, dass ihre Gefährten verloren waren. Die Übermacht der Roten war zu groß.

„Rasch hinter mir her und übers Wasser 'nüber!", raunte Droll dem Vetter zu. Er kroch so schnell und vorsichtig wie möglich auf der Erde hin, Frank folgte. Dabei berührte seine Hand einen harten, langen Gegenstand: Old Shatterhands Henrystutzen! Er nahm das Gewehr mit.

Die beiden kamen glücklich an das andere Ufer. Dort ergriff Droll den Hobble-Frank bei der Hand und zog ihn fort, abwärts, in südlicher Richtung. Sie rannten weiter, bald an die Felswand, bald an herumliegende Steine stoßend, bis sie die Stimmen der Indianer nicht mehr hörten. Da fasste der Hobble-Frank seinen Gefährten am Arm und sagte vorwurfsvoll: „Nun halte endlich mal stille, du Tausendsapperlot! Warum biste denn eegentlich fortgerannt und hast mich schmählich verführt, mitzuloofen?"

„Warum soll das nich erlaubt sein?"

„Weil es unsre Pflicht war, unsre Freunde zu retten. Wir hätten uns off die Roten werfen müsse, um sie zusammenzuhaue und niederzusteche."

„Zusammenhaue und niedersteche!", lachte Droll. „Da hätte mer weiter nischt erreicht, als dass mer ooch mit gefange worde wäre."

„Gefangen? Meenste etwa, dass unsre Gefährten nur gefangen sind, nich erschossen, erstochen und erschlagen?"

„Nee, umgebracht hat mer se nich. Das steht fest. Haste die Schüsse gehört? Wer war es, der geschosse hat? Etwa de Indianer?"

„Nee. Was ich hörte, das waren Revolverschüsse."

„Also! De Indianer haben ihre Gewehre gar nich gebraucht. Es is ihre Absicht gewesen, de Bleichgesichter bei lebendigem Leib gefange ze nehme. Drum bin ich fort. Jetzt könne wir für unsre Leute mehr tun, als wenn mer mit gefange worde wäre."

„Da haste Recht, Vetter. Es fällt mir e gewaltiger Steen vom Herzen. Soll es etwa vom Hobble-Frank heeßen, dass er, während sich seine Kameraden in Lebensgefahr befanden, das Hasenpanier ergriffen habe? Nee! Was für Indianer mögen es nur gewesen sein?"

„Utahs natürlich. Der Große Wolf is nich in sein Lager zurückgekehrt, sondern er hat gewusst, dass noch andre Utahs in der Nähe waren, und hat se off anderm Wege herbeigeschafft. Mer müsse weiter fort, bis mer en Ort finde, wo mer uns verstecke könne."

„Und dann?"

„Nu, mer werde warte, bis es Tag geworde is. Dann loofe mer so lange hinter de Indianer her, bis mer wisse, was mer für unsre Freunde tun könne. Komm!"

Droll nahm Frank am Arm und berührte dabei den Stutzen. „Was?", fragte er. „Zwee Gewehre haste?"

„Ja. Ich fand, als wir nach dem Wasser krochen, Old Shatterhands Henrystutzen."

„Das is gut, das is ausgezeichnet! Aber verstehste denn ooch, damit zu schieße?"

„Ei gewiss! Ich bin so bekannt mit Old Shatterhand, dass ich sein Gewehr genau kenne. Wehe den Indianern und wehe dem ganzen Wilden Westen, wenn eenem von unsern Freunden ein falsches Haar gekrümmt wird!"

Sie eilten immer südwärts, bis nach ungefähr einer Stunde der Cañon eine Wendung nach Westen machte. Über dem so gebildeten Winkel erschien zu ihrer Rechten der Mond am Himmel, der dadurch sichtbar wurde, dass von dieser Seite ein Nebental in den Hauptcañon mündete. Droll blieb stehen: „Halt! Hier müsse mer überlege, wohin mer uns wende wolle." – „Darüber kann's gar keenen Zweifel geben", meinte Frank. „Wir müssen in das Nebental, weil anzunehmen is, dass die Roten im Hauptcañon bleiben. So ziehen sie an uns vorüber und wir können uns dann früh an ihre Fersen heften. Meenste nich?" – „Hm, der Gedanke is nich übel, zumal der Mond grad über dem Seitental steht und uns den Weg beleuchtet."

Sie drangen in den Seitencañon ein, worin zurzeit kein Wasser floss. Ihre Richtung war jetzt genau westlich. Wohl eine halbe Stunde lang waren sie ihr gefolgt, als sie plötzlich stehen blieben. Die Felswand zu ihrer Rechten hörte nämlich unversehens auf und vor ihnen lag nicht etwa eine freie Ebene, sondern ein Wald, wie kein Fremder ihn hier hätte ahnen können. Es war der ‚Wald des Wassers', wo die Utahs ihr Kriegslager aufgeschlagen hatten.

„Ein Wald! Ein Wald mit richtigen Büschen und Bäumen!", staunte Frank. „Besser konnten wir's gar nich treffen. Meenste nich?" – „Nee", entgegnete Tante Droll. „Dieser Wald kommt mer verdächtig vor. Ich trau' mich nich. Die Indianer werden ebenso gut wisse wie wir, dass mer sich im Wald am besten verstecke kann. Habe ich dir aber nich schon erklärt, dass Indianer in der Nähe sein müsse?" – „Ja, denn bei ihnen hat sich der Große Wolf Hilfe geholt." – „Wo werde nun diese Leute stecke? Im öden, nackten Cañon oder im bequemen Wald? Rasch 'nüber und dann unter de Sträucher niedergeduckt und gehorcht, ob sich was regt. Vorwärts!"

Bei den Bäumen kauerten sie sich nieder, um zu lauschen. Sie hörten nichts. Aber Droll sog die Luft ein und sagte leise: „Frank, schnuppere mal! Es riecht nach Rooch." – „Ja", bestätigte der Kleine. „Aber der Geruch is kaum zu bemerken." – „Weil's weit herkommt. Mer müsse die Sache untersuche und uns näher schleiche."

Die Vettern schritten leise vorwärts. Je weiter sie kamen, desto stärker wurde der Rauchgeruch. Jetzt waren auch unbestimmte Töne, wie ferne Menschenstimmen, zu vernehmen. Der Wald schien sich nun mehr nach rechts auszubreiten. Sie folgten dieser Richtung und erblickten bald noch mehrere Feuer.

„Ein großes Lager!“, flüsterte Droll. „Das werde de Utahkrieger sei, die sich zum Zug gegen die Navajos versammle.“

„Schadet nischt. Wir müssen näher. Ich will wissen...“

Der Hobble-Frank wurde unterbrochen, denn vor ihnen ertönte plötzlich ein vielstimmiges Jubelgeheul. „Jetzt bringe se de Gefangene“, meinte Droll. „Nu müsse mer unbedingt erfahre, was mer mit ihne anfange will.“

Nun mussten sie sich anschleichen. Nach kurzer Zeit erreichten sie die himmelhoch scheinende Felswand, die die östliche Grenze des Waldes bildete. Sie hatten jetzt die zahlreichen Feuer zur Linken und erblickten bald das Südende des kleinen Sees, an dessen westlichem Ufer das Feuer der Häuptlinge brannte. Die Flamme loderte hoch auf und beleuchtete die Bleichgesichter, die soeben gebracht wurden.

Die Gefangenen hatten laufen müssen, waren also an den Füßen nicht gefesselt. Der Große Wolf, hatte die bisher verborgenen Adlerfedern wieder in den Schopf gesteckt. Sein Auge ruhte mit dem Ausdruck eines hungrigen Panthers auf den Weißen, doch sagte er noch nichts, da der älteste Häuptling das Recht besaß, zuerst das Wort zu ergreifen.

Der Blick Nanap neavs, des Alten, flog von einem Gefangenen zum andern, bis er zuletzt an Winnetou haften blieb. „Wer bist du?“, fragte er ihn.

Jedenfalls hatte er erwartet, dass der stolze Apatsche ihm gar nicht antworten werde. Aber der Apatsche sagte ruhig: „Wer Winnetou nicht kennt, ist ein blinder Wurm. Vor dir steht der Häuptling der Apatschen.“

„Winnetou ist kein Häuptling, sondern das Aas einer toten Ratte!“, verhöhnte ihn der Alte. „Diese Bleichgesichter alle sollen den Tod der Ehre am Marterpfahl sterben. Winnetou aber werden wir ins Wasser werfen, damit ihn die Krebse verzehren.“

„Nanap neav hat viele Sommer und Winter gesehen. Dennoch scheint er nicht gehört zu haben, dass sich Winnetou nicht verhöhnen lässt. Es ist für einen freien, bewaffneten Mann leicht, grob gegen einen gefesselten Gefangenen zu sein! Aber würdig ist es nicht. Wenn Nanap neav das nicht beherzigen will, so mag er die Folgen tragen."

„Welche Folgen? Hat Winnetou einmal den stinkigen Schakal gerochen, von dem selbst der Aasgeier nichts wissen will? So ein Schakal ist er. Der Gestank, den er..."

Der alte Häuptling kam nicht weiter. Ein Schrei des Schreckens ertönte aus den Kehlen aller Utahs. Winnetou war dem Alten mit einem gewaltigen Satz gegen den Leib gesprungen und hatte ihn hintenüber geworfen. Dann kehrte er ruhig wieder auf seinen Platz zurück. Sein Gegner aber lag regungslos.

Nach dem allgemeinen Schrei trat für einen Augenblick Stille ein, sodass man die laute Stimme des Apatschen hörte: „Winnetou hat ihn gewarnt. Nanap neav hörte nicht und wird nun nie wieder einen Apatschen beleidigen."

Die andern Häuptlinge waren aufgesprungen, um den Alten zu untersuchen. Nanap neav war mit dem Hinterkopf so derb gegen einen Stein geschlagen, dass ihm die Hirnschale zertrümmert wurde. Er war tot. Man sollte meinen, die Tat des Apatschen habe die Utahs zur heulenden Wut aufgestachelt. Dem war aber nicht so. Ihr Grimm blieb stumm, zumal der Große Wolf die Hand hob und gebot: „Zurück! Der Apatsche dachte, ihr würdet nun über ihn herfallen und ihn rasch töten. Aber er hat sich verrechnet. Er soll eines Todes sterben, den noch kein Mensch erlitten hat. Wir werden darüber beraten. Howgh!"

Die Gefangenen wurden an eine kleine offene Stelle des Waldes gebracht, wo ein Feuer brannte. Man band ihnen nun auch die Füße zusammen. Sechs bewaffnete Krieger standen rundum unter den Bäumen, um den Ort zu bewachen.

Droll und Frank hatten alles deutlich gesehen, sogar den größten Teil der Worte, die gesprochen worden waren, hatten sie verstehen können. Jetzt galt es, die Stelle, wohin die Gefangenen geschafft wurden, ausfindig zu machen.

Eben, als sie losgingen, wurden die erbeuteten Waffen zu den

Häuptlingen gebracht und bei ihnen niedergelegt. Am Feuer des Ufers sah man nun nur noch die Anführer. Es musste einen Grund geben, der die übrigen Krieger an eine andere Stelle zog. Es ließen sich eigentümliche, klagende Töne hören. Das ging ohne Unterbrechung, bald schwächer und bald lauter fort.

„Weeßte, was das is?“, fragte Droll seinen Moritzburger Vetter. – „Das soll wohl die tote Leichenarie für den alten Häuptling sein?“ – „Ja.“ – „Das is uns von Wichtigkeet, denn bei diesem Jammern wird es den Kerlen schwer sein, uns zu hören. Wir müsse die Unsrigen unbedingt offsuchen. Is der Platz, wo sie sich befinden, nich allzu weit vom Feuer der Häuptlinge entfernt, wo die Waffen liegen, so haben wir gewonnenes Spiel.“ – „Das hat seine Richtigkeet. Also jetzt wieder nieder off de Erde und dann weiter fort!“

Sie glitten in einer Entfernung von etwa fünfzig Schritt an den Häuptlingen vorüber und kamen unbemerkt an das nächste Feuer, wo die Gefangenen lagen. Sie gelangten bis hinter die Wachen, die den Platz der Gefangenen umstanden. Die Flamme war zusammengesunken und gab ein ungenügendes Licht. Droll kroch einige Schritte nach rechts, dann eine kleine Strecke weit nach links, ohne einen Wächter zu erblicken. Als er dann zu Frank zurückkam, flüsterte er ihm zu: „Der Oogenblick scheint mer günstig zu sein. Siehste Old Shatterhand?“ – „Ja. Er is ja hier gleich der Erschte.“ – „Kriech zu ihm hin und bleib so steif bei ihm liege, als ob du ooch gefesselt wärst!“ – „Und du?“ – „Ich mach mich zu Old Firehand und Winnetou, die da drüben liegen.“

Eben schien es, als wollte das Feuer vollständig verlöschen. Einer der Wächter ging hin, um neues Holz aufzulegen. Ehe es jedoch vom Feuer ergriffen wurde, hatten Droll und Frank die Dunkelheit benutzt. Beide befanden sich an Ort und Stelle.

Frank hatte sich neben Old Shatterhand gelegt. Er streckte die Beine aus, schob seinem Nachbarn den Henrystutzen hin und zog dann die Arme an, damit die Wächter denken sollten, sie seien ihm an den Leib gebunden.

„Frank, Sie?“, fragte Old Shatterhand leise. „Wo ist Droll?“ – „Drüben liegt er, bei Firehand und Winnetou.“ – „Gott sei Dank, dass ihr die Fährte gefunden habt und noch vor Tage kommen konntet!“ – „Wussten Sie denn, dass wir kommen würden?“ – „Ich hoffte es. Als die Kerle das Feuer anbrannten, sah ich, dass ihr nicht unter den Gefangenen wart. Die Roten suchten nach meinem Gewehr. Ich hatte Angst, ob sie euch finden würden. Aber sie kamen ohne euch zurück und mein Stutzen war verschwunden. Das sagte mir alles. Ihr seid den Roten gefolgt?“ – „Nee, das nich. Wir sind ausgerissen, immer den Cañon hinab, bis wir in dies Seitental kamen.“ – „Also ist es eigentlich nicht euer Verdienst, dass ihr diesen Wald gefunden habt?“ – „Nee, den Wald haben wir eegentlich nich verdient. Aber da ihn uns ein gütiges Geschick eenmal entgegengeworfen hat, werden Sie es uns wohl nich übel nehmen, dass wir so frei waren, Ihnen die schuldige Neujahrsvisite abzustatten.“ – „Das weiß ich wohl zu würdigen, alter Frank. Aber geben Sie Ihr Messer her, damit ich meinen Nachbarn freimache! Der wird es weiterreichen.“ – „Und dann, erscht zu den Waffen, nachher zu den Pferden rennen und fort!“ – „Nein, wir bleiben. Die Roten wären über uns, ehe wir an die Pferde kommen könnten. Wir müssen uns hinter Schilde verstecken, nämlich hinter die Häuptlinge.“ – „Das is freilich een großartiger Gedanke!“ – „Wir setzen uns in den Besitz der Häuptlinge und sind dann sicher, dass uns nichts geschehen wird. Jetzt aber still! Das Feuer brennt wieder niedrig, und so werden es die Wächter wohl nicht sehen, wenn wir die Arme bewegen.“

Old Shatterhand durchschnitt seine Fesseln und tat dasselbe bei seinem Nachbarn. Der gab das Messer weiter. Dasjenige Drolls lief bereits um. Dann ging Old Shatterhands Weisung leise von Mund zu Mund, dass alle zu den Häuptlingen eilen sollten, sobald er das Feuer ausgelöscht habe.

Jetzt lagen alle bereit. Old Shatterhand wartete, bis der Utah am Feuer im Begriff stand, wieder Holz aufzulegen. Da sprang der Jäger auf, schnellte sich zu dem Wächter hin, schlug ihm die Faust an die Schläfe, warf ihn in das Feuer, wälzte ihn hin und her und löschte so die Flamme aus. Das geschah so schnell, dass es finster war, bevor die andern Wächter den Vorgang recht begriffen. Sie stießen ihre Warnungsrufe zu spät aus, denn schon drangen die Befreiten durch den Wald dem See entgegen.

Der Große Wolf hatte sich soeben zu seinen Kriegern begeben. Die drei übrigen Häuptlinge saßen noch immer beratend an ihrem Feuer. Da hörten sie den Ruf der Wächter und zugleich sahen sie die Befreiten auf sich zukommen. Einige Sekunden später waren sie entwaffnet und gebunden. Die Weißen griffen nach ihren in der Nähe liegenden Gewehren. Als die Wächter nun unter den letzten Bäumen erschienen, sahen sie ihre Anführer am Boden liegen und auf ihnen knieten einige Weiße mit gezückten Messern. Hinter dieser Gruppe standen die andern mit angelegten Gewehren. Die Roten fuhren erschrocken zurück und stießen ein Wutgeheul aus, das die Übrigen schnell herbeirief.

Old Shatterhand, der den ältesten Häuptling ergriffen hatte, fragte ihn gebieterisch, wie er heiße. Er antwortete: „Gebt ihr Kunpui[1] frei, so wird er mit euch sprechen!“

„Frei wirst du sein, aber nur dann, wenn ihr auf unsre Forderungen eingeht. Wir verlangen...“ Er wurde unterbrochen. Als die Häuptlinge gebunden wurden, hatte er seinen Stutzen einstweilen weggelegt. Soeben hob er ihn wieder auf. Drüben bei den Feinden stand der Große Wolf. Sein Blick fiel auf das Gewehr und voller Entsetzen schrie er: „Das Zaubergewehr! Es ist wieder da! Die Geister haben es ihm durch die Luft gebracht!“

„Das Zaubergewehr!“, hörte man die Stimmen der erschrockenen Yampa-Utahs drüben unter den Bäumen.

Old Shatterhand wandte sich wieder an Feuerherz: „Wir fordern, dass man uns unbehelligt ziehen lässt. Bei Tagesanbruch reiten wir fort und nehmen euch als Geiseln mit. Sobald wir dann überzeugt sein können, dass uns von euch keine Gefahr mehr droht, geben wir euch frei.“

[1] Feuerherz

„Es ist eine große Schande für uns!“, stöhnte Feuerherz. „Wohin nehmt ihr uns mit? In welche Gegend werdet ihr reiten?“

„Ich könnte dir falsche Angaben machen“, entgegnete Old Shatterhand, „aber ich verschmähe das. Wir gehen in die Book Mountains, hinauf zum Silbersee. Wenn wir sehen, dass ihr ehrlich seid, werden wir euch nur einen Tag bei uns behalten. Ich gebe euch jetzt eine Viertelstunde Zeit zum Überlegen. Weigert ihr euch, so werden unsre Gewehre zu reden beginnen.“

Feuerherz senkte den Kopf. Da wurde seine Aufmerksamkeit auf die Bäume gelenkt, wo sich eine halblaute Stimme hören ließ: „Mai ive!“

Diese beiden Worte bedeuten „Schau hierher!“ Sie waren ziemlich leise gesprochen worden. Dennoch blickten auch Old Shatterhand, Old Firehand und Winnetou unauffällig in die betreffende Richtung. Dort standen zwei Rote, die eine Decke wie einen Vorhang zwischen sich hielten. Diesen Vorhang bewegten sie in gewissen Zwischenräumen auf und nieder. Hinter ihnen sah man den Schein eines der Feuer leuchten. Diese beiden Utahs sprachen mit Feuerherz.

Die Indianer haben bekanntlich eine Zeichensprache, die bei den einzelnen Stämmen allerdings verschieden ist. Am Tag brennen sie ein Feuer an und halten, um den Rauch zu sammeln, Felle oder Decken darüber. Sooft die Felle und Decken weggenommen oder gelüpft werden, steigt eine Rauchwolke empor, die das Zeichen bildet. Das ist eine Art Telegrafie, denn die Pausen zwischen den einzelnen Rauchwolken haben ebenso eine bestimmte Bedeutung wie unsere Striche und Punkte. Man darf aber nicht denken, dass ein Stamm stets bei den gleichen Zeichen bleibt. Sie werden vielmehr zuweilen verändert, um den Feinden die Entzifferung der Zeichensprache so sehr wie möglich zu erschweren.

Sobald die beiden Roten die Decke zu bewegen begannen, trat Winnetou einige Schritte zur Seite, sodass er genau hinter Feuerherz zu stehen kam, für den die Zeichen bestimmt waren. Das Telegrafieren währte wohl fünf Minuten lang. Feuerherz verwandte während dieser Zeit kein Auge von der Stelle, wo die beiden standen. Dann traten sie auseinander. Sie waren mit ihrer Mitteilung fertig. Feuerherz bemerkte erst jetzt, dass Winnetou hinter ihm stand. Der aber tat, als nähme der See seine ganze Aufmerksamkeit in Anspruch. Feuerherz fühlte sich beruhigt. Winnetou trat langsam zu Old Shatterhand und Old Firehand. Beide entfernten sich mit ihm einige Schritte und dann fragte Old Firehand leise: „Die Roten haben zu dem Häuptling gesprochen. Hat mein roter Bruder ihre Worte verstanden?“

„Der Sinn ist mir klar. Die beiden Roten sind zwei junge Häuptlinge der Sampitsche-Utahs, deren Krieger sich mit hier befinden. Sie forderten Feuerherz auf, getrost mit uns zu reiten. Wenn wir zum Silbersee wollen, geht unser Weg von hier zunächst über den Grand River und in das Tey-yuaf [1], hinein. Dort lagern viele Krieger der Tasche-, Capote- und Wiminutsche-Utahs. Auf diese Krieger müssen wir stoßen und sie werden, wie man meint, die Geiseln befreien. Es sollen gleich Boten an sie gesandt werden. Und sobald wir aufgebrochen sind, werden die hiesigen Utahs uns folgen, sodass wir zwischen die beiden Utahgruppen geraten.“

„*Behold!* Dieser Plan ist nicht übel!“

„Winnetou gibt zu, dass er gut ausgedacht ist, aber wir kennen ihn nun und wissen, was wir zu tun haben.“

„Aber in das Hirschtal müssen wir, wenn wir nicht einen Umweg von wenigstens vier Tagen machen wollen.“

„Wir werden keinen Umweg machen und trotzdem den Utahs nicht in die Hände fallen. Frage meinen Bruder Scharlih! Winnetou ist mit ihm im Tal der Hirsche gewesen. Dort wurden wir von wandernden Elk-Utahs gejagt. Wir sind ihnen entkommen, weil wir einen Felspfad fanden, den vor uns vielleicht kein Mensch betreten hat.“

„Gut, reiten wir diesen Weg! Und die Geiseln geben wir nicht eher frei, als bis wir das gefährliche Tal der Hirsche hinter uns haben.“

[1] Hirschtal

Nun war die Viertelstunde vergangen und Old Shatterhand fragte Feuerherz: „Die Zeit ist um. Was hat der Häuptling der Utahs beschlossen?“

„Bevor er das sagen kann“, begann Kunpui, „muss er erst wissen, wie weit ihr uns als Geiseln mitschleppen wollt.“

„Ihr sollt uns bis ins Tal der Hirsche begleiten. Ist uns bis dorthin nichts geschehen, lassen wir euch frei.“

„Werdet ihr das durch die Pfeife des Friedens beschwören?“

„Ja!“

„So nimm dein Kalumet und brenne es an!“

„Nimm lieber das deinige!“

„Warum? Bringt deine Pfeife nur Wolken der Unwahrheit zu Stande?“

„Mein Kalumet spricht stets die Wahrheit. Der Große Wolf wollte es unehrlich machen und du hast die gleiche Schuld auf dich geladen, indem du ihm Krieger gabst, uns zu ergreifen. Nein, es wird nur aus deinem Kalumet geraucht. Entscheide schnell!“

„So binde Kunpui los, damit er die Pfeife bedienen kann!“

„Das ist nicht nötig. Ich werde dein Kalumet bedienen und dir an die Lippen halten.“

Feuerherz zog es vor, nicht mehr zu antworten. Old Shatterhand nahm ihm die Pfeife vom Hals und steckte sie in Brand. Dann stieß er den Rauch in die vier Himmelsrichtungen und erklärte, dass er das gegebene Versprechen halten werde, wenn die Utahs auf alle Feindseligkeiten verzichteten. Feuerherz musste dieselben sechs Züge aus der Pfeife tun und für sich und die Seinen das Gegenversprechen leisten.

Das war, als gerade der Tag zu grauen begann. Die Weißen hielten es für geraten, ihren Abzug möglichst zu beschleunigen. Die Häuptlinge wurden auf ihre Pferde gebunden. Der Zug setzte sich in Bewegung nach dem Seitencañon, aus dem sich Hobble-Frank und Droll ins Lager geschlichen hatten. Die Roten verhielten sich ruhig. Nur ihre finsteren Blicke bewiesen, von welchen Gefühlen sie beherrscht waren.

14. Eine Indianerschlacht

Der Zug, der von Winnetou angeführt wurde, war im Nebencañon angekommen. Er bog nicht links in den Hauptcañon ein, sondern wendete sich nach rechts, um der Seitenschlucht zu folgen. Hinter Winnetou, der den Weg am genauesten kannte, kamen die Jäger, dann die Rafters, die Gefangenen in der Mitte.

Der schmale Cañon stieg ziemlich steil an und mündete nach einer Stunde auf die offene Felsebene, die von den dunklen Massen der Rocky Mountains begrenzt zu werden schien.

Die Berge traten immer näher. Die Hochebene schien an ihren Fuß zu stoßen. Das war aber keineswegs der Fall, da das Tal des Grand River dazwischenlag. Gegen Mittag gelangte man an eine schmale Stelle der felsigen Ebene, die sich abwärts senkte.

„Das ist der Anfang eines Cañons, der uns zum Fluss führen wird“, erklärte Winnetou, während er dieser Senkung folgte.

Die Wände rechts und links, erst kaum bemerkbar, stiegen immer mächtiger an, bis sie oben scheinbar zusammenstießen. Und eigentümlich, dieser Cañon war schnurgerade in den Felsen eingefressen, sodass, lange bevor man sein Ende erreichte, vorn ein heller Strich zu sehen war, der ständig breiter wurde.

Als die Reiter dort anlangten, bot sich ihnen ein überwältigender Anblick. Sie befanden sich im Tal des Grand River. Der Fluss strömte in der Mitte hin und ließ zu beiden Seiten einen Grasstreifen frei, der von der senkrecht ansteigenden Cañonwand begrenzt wurde. Die beiden Felswände zeigten zunächst weder einen Riss noch einen Vorsprung.

Und doch! Genau den Reitern gegenüber befand sich am rechten Ufer des Flusses ein schmaler Einschnitt, aus dem ein ansehnlicher Bach geflossen kam. Dorthin deutete Winnetou:

„Diesem Bach müssen wir folgen. Er führt zum Tal der Hirsche.“

„Aber wie kommen wir hinüber?“, fragte Patterson, dem es um seine Tochter zu tun war.

„Oberhalb des Bacheinflusses gibt es eine Furt. Meine Brüder mögen mir folgen!“

Man ritt quer über das Gras bis an die Furt. Winnetou lenkte sein Pferd ins Wasser und die andern folgten ihm. Plötzlich hielt er an und stieß einen halblauten Ruf aus: „Uff! Da drüben sind Männer geritten.“

Er deutete das Ufer entlang. Old Firehand und Old Shatterhand sahen nun auch die Fährte. Sie war breit wie von vielen Reitern. Die drei ritten vollends ans Ufer und musterten die Eindrücke.

„Das waren Bleichgesichter“, stellte Winnetou fest.

„Ja“, stimmte Old Shatterhand bei. „Indianer wären hintereinander geritten. Ich schätze den Trupp auf etwa zwanzig Personen.“

„Hm!“, brummte Old Firehand. „Ich glaube, zu erraten, wen wir da vor uns haben: den roten Cornel mit seiner Schar.“

„Hm!“, machte auch Old Shatterhand. „Möglich ist's. Aber wo sind sie hin? Da drüben rechts abgebogen, also am Bach aufwärts zum Tal der Hirsche. Sie reiten den Utahs gerade in die Arme. Das ist ihr Schicksal, das sie sich selbst bereitet haben. Wir können es nicht ändern.“

„Oho!“, rief Old Firehand. „Dann geht uns die Zeichnung verloren, die der Cornel gestohlen hat. Wenn wir die nicht bekommen, erfahren wir vielleicht nie, wo die Schätze des Silbersees liegen.“

Er bückte sich, um das Gras nochmals zu untersuchen, und erklärte dann enttäuscht: „Sie sind vor fünf Stunden hier gewesen. Sie befinden sich in der Gewalt der Roten, noch ehe wir die Hälfte des Weges zurückgelegt haben. Wie aber steht es mit den Boten, die von den Yampa-Utahs in dieses Tal geschickt werden sollten? Wir haben noch keine Fährte von ihnen gesehen.“

„Diese Männer sind wohl nicht geritten, sondern gelaufen“, erklärte Winnetou. „Zu Fuß ist der Weg viel kürzer. Meine Brüder mögen nicht weiter an den Cornel denken, sondern daran, dass wir diese Spuren verwischen müssen.“

„Warum verwischen?“

„Wir wissen, dass die Yampa-Utahs uns folgen. Sie müssen die Fährte des Cornels, die zum Hirschtal geht, für die unsrige halten. Dann werden sie nicht vermuten, dass wir ihnen seitlich entwichen sind. Meine weißen Brüder mögen die Fährte auslöschen, und zwar so weit, wie von hier das Auge reicht. Wenn dann die Yampa-Utahs kommen, ist das Gras nur da, wo wir geritten sind, niedergetreten.“

Dieser Plan war ausgezeichnet. Die Jäger gingen auf der Fährte des Cornels zurück, besprengten das Gras mit Wasser und richteten es auf, indem sie ihre Decken auf dem Boden hinter sich herzogen. Wer später kam, musste annehmen, nur die in das Bachbett einbiegende Fährte Old Firehands und seiner Begleiter vor sich zu haben.

Nun folgte man der breiten Fährte des Cornel und seiner Leute. Das Bachbett wand sich in vielen Krümmungen aufwärts. Es verzweigte sich endlich in mehrere Nebentäler, aus denen kleine Wasser kamen, um den Bach zu speisen. Winnetou folgte der stärksten dieser Quellen, deren Tal plötzlich eine Felsenenge bildete, hinter der es wieder in eine grüne Matte auslief. Als die Enge durchritten war, hielt er an und sagte: „Das ist ein vortrefflicher Lagerplatz. Meine Brüder mögen absteigen!“

„Dann holen uns aber die Utahs ein!“, bemerkte Old Firehand.

„Solange es Tag ist, werden sie sich nicht nähern. Wenn wir nur einen Mann an die Enge der Felsen stellen, wird er sie schon von weitem kommen sehen und uns warnen.“

Der Apatsche behielt Recht. Es wurden Wächter ausgestellt. Die Gefangenen band man an Bäume, die Pferde ließ man grasen und bald brannten vier Feuer, über denen das Wild briet. In Kürze konnte man es genießen. Auch die Indianer bekamen ihren Teil.

Hierauf rüstete man abermals zum Aufbruch. Es ging über die Lehne des Berges hinüber und dann erreichte man ein Labyrinth von Schluchten und Tälern, die alle nach einem Punkt zu streben schienen. Dieser Punkt war der Eingang einer öden, stundenlangen Felsenkluft. Felsstücke von jeder Form und Größe lagen da zerstreut umher.

In diesem Steinschutt war es schwer, eine Spur ausfindig zu machen. Nur hie und da zeigte ein aus seiner Lage gestoßener Stein, dass die Tramps hier geritten waren. Winnetou deutete mit der Hand vorwärts und sagte: „In zwei Stunden senkt sich dieses Steingewirr in das grüne Tal der Hirsche nieder. Wir werden hier links abbiegen. Old Shatterhand und Old Firehand mögen absteigen, um etwaige Spuren zu tilgen, damit die Yampa-Utahs nicht bemerken, dass wir zur Seite gewichen sind!"

Die beiden Jäger folgten seiner Anweisung und stiegen erst, als man weit genug vom Weg entfernt war, wieder auf ihre Pferde.

Es ging steil bergan, bis auf eine weite, öde Hochfläche. Schon war die Sonne hinter den Bergen verschwunden, als man deren Ende erreichte. Der Apatsche hielt an und erklärte: „Fünfhundert Schritt weiter fällt der Stein wie ein Wassertropfen zur Tiefe; jenseits ebenso. Dazwischen liegt unten das Tal der Hirsche. Es hat nur einen bekannten Eingang, nämlich den, wovon wir abgewichen sind, und auch nur einen Ausgang, der hinauf zum Silbersee führt. Old Shatterhand und Winnetou aber haben einen weiteren Zugang entdeckt. Der Apatsche wird ihn euch zeigen."

Winnetou näherte sich dem Rand des Abgrunds. Dort lagen Felstrümmer, wie eine Schutzmauer nebeneinander geschichtet. Er verschwand zwischen zwei solchen Trümmerstücken und die andern folgten ihm einzeln.

Sonderbar, es gab da einen Weg. Rechts gähnte die Tiefe, in die man hinab wollte. Der Weg aber führte links in den Felsblock hinein, und zwar so steil abwärts, dass man es vorzog, abzusteigen und die Pferde zu führen. Je tiefer man kam, desto finsterer wurde es. Es war, als stiege man stundenlang zur Tiefe, bis plötzlich die Senkung aufhörte, der Boden sich ebnete und der Felsenriss so breit wurde, dass er einen großen Saal ohne Decke bildete. Hier hielt Winnetou an und erklärte: „Wir sind beinahe im Tal. Hier werden wir bleiben, bis die Dunkelheit es uns gestattet, an den Utahs vorüberzukommen. Gebt den Gefangenen Knebel, damit sie nicht laut werden!"

Der Apatsche nahm einige Jäger mit sich. Vorn, wo sich das Tal wieder verengte, befand sich ein Ausgang, so schmal, dass kaum zwei Mann nebeneinander gehen konnten. Nach einigen Krümmungen standen die Männer vor einem dichten Vorhang von Schlingpflanzen. Winnetou schob ihn zur Seite und da sahen sie vor sich Wald, Baum an Baum und so dicht belaubt, dass das letzte Licht des Tages nicht durch die Wipfel zu dringen vermochte.

Winnetou trat hinaus, um auszuspähen. Als er wieder zurückkam, meldete er: „Rechts von uns brennen viele Feuer unter den Bäumen. Dort lagern also die Utahs. Talabwärts ist es finster. Dort hinab müssen wir. Vielleicht stehen keine Roten dort. Wir könnten so das Tal ohne Gefahr verlassen, wenn sich nicht der rote Cornel darin befände. Wir müssen unbedingt erfahren, wie es um ihn steht. Deshalb wird sich Winnetou mit Old Firehand und Old Shatterhand zu den Feuern schleichen, um zu lauschen."

Sogleich brachen die drei auf. Vorsichtig schritten sie hinaus in den Wald. Die Feuer brannten in beträchtlicher Ferne.

Die drei schlichen von Baum zu Baum, Winnetou voran. Je mehr sie sich den Feuern näherten, desto leichter wurde ihnen die Lösung ihrer Aufgabe. Gegen die Flammen blickend, konnten sie jeden Gegenstand sehen, der vor ihnen stand oder lag. Die drei Männer kamen rasch vorwärts. Schon waren sie in gleicher Höhe mit den vordersten Feuern. Links von ihnen brannte eine hohe Flamme, abgesondert von den anderen. An ihr saßen fünf Häuptlinge, wie an den Adlerfedern, die ihre Schöpfe schmückten, zu erkennen war.

Soeben erhob sich einer von ihnen. Er hatte den Kriegsmantel abgeworfen.

„T'ab-wahgare[1]!", flüsterte Winnetou. „Er ist der Häuptling der Capote-Utahs und besitzt die Stärke eines Bären."

Der Utah winkte einem zweiten Häuptling, der auch aufstand. Dieser Rote war wohl nicht weniger stark. „Das ist Tsu-in-kuts[2]",

[1] Gelbe Sonne

[2] Vier Büffel

erklärte Old Shatterhand. „Er hat einst vier Büffelstiere mit vier Pfeilschüssen getötet.“

Die beiden Häuptlinge wechselten einige Worte miteinander und entfernten sich dann vom Feuer. Sie vermieden die andern Feuer und näherten sich infolgedessen mehr der Felswand.

„Ah!“, meinte Old Firehand. „Sie kommen nahe hier vorüber. Was meint Ihr, Mr. Shatterhand? Wollen wir sie nehmen?“ – „Das wäre ein Streich! Schnell nieder auf die Erde! Ihr den Ersten und ich den Zweiten!“

Die beiden Utahs kamen näher. Da tauchten plötzlich zwei Gestalten hinter ihnen auf – zwei gewaltige Fausthiebe und die Getroffenen stürzten zu Boden. „Gut so!“, flüsterte Old Firehand. „Nun rasch in unser Versteck mit ihnen!“

Jeder lud sich einen der Überrumpelten auf und eilte dem verborgenen Felsental zu. Dort lieferten sie die Gefangenen ab und kehrten dann zu Winnetou zurück. Es war jetzt nötig, den Ort ausfindig zu machen, wo sich der rote Cornel mit seiner Schar befand. Deshalb musste das ganze Tal durchschlichen werden. Die drei kühnen Männer schritten immer weiter an der Felswand hin, die Feuer zu ihrer Linken lassend.

Nach vorn war es dunkel. Da galt es, vorsichtig zu sein. Winnetou huschte, wie gewöhnlich, voran. Plötzlich blieb er stehen und ließ ein fast zu lautes „Uff!“, hören. Als alles ruhig blieb, fragte Old Firehand leise: „Was gibt es?“

„Ein Mensch“, erwiderte der Apatsche.

„Wo?“

„Hier vor mir, in meiner Hand. Er ist tot und hängt am Pfahl.“

„Herrgott! Am Marterpfahl?“

„Ja. Sein Skalp fehlt. Sein Leib ist voll Wunden.“

„So sind die Weißen schon tot und hier ist der Marterplatz. Suchen wir einmal!“

Sie tasteten umher und fanden binnen zehn Minuten gegen zwanzig Leichen.

„Zu spät!“, sagte Old Shatterhand leise. „Gewöhnlich warten

die Roten doch mit der Marter ihrer Gefangenen wenigstens bis zum nächsten Tag."

„Und der Plan, die Zeichnung!", meinte Old Firehand. „Die ist nun verloren."

„Noch nicht. Wir haben die gefangenen Häuptlinge. Vielleicht können wir sie gegen die Zeichnung austauschen. Übrigens leuchtet mir ein, aus welchem Grund man diese Tramps so schnell umgebracht hat."

„Nun, warum?"

„Um Platz für uns zu bekommen. Unsre Ankunft ist gemeldet worden. Folglich erwartet man uns für morgen früh."

„Die Boten, die abgeschickt wurden, um unsre Ankunft zu melden, werden da sein, die Yampa-Utahs aber noch nicht", meinte Winnetou.

„Nein. Es hat wohl Stunden gedauert, ehe sie es wagten, unsern Rastort zu betreten und in die Felsenge einzudringen – horch! Wahrhaftig, sie kommen, sie sind da!"

Oberhalb der Stelle, wo die drei standen, ließ sich plötzlich ein lautes, fröhliches Geschrei hören, das von unten her sofort beantwortet wurde. Die Yampa-Utahs kamen trotz der Finsternis und trotz des schlechten Weges. Der Wald wurde hell und lebendig, sodass die drei in die größte Gefahr gerieten, bemerkt zu werden.

„Wir müssen fort", flüsterte Old Firehand. „Aber wohin?"

„Auf die Bäume", rief Old Shatterhand. „In dem dichten Gezweig können wir warten, bis die Aufregung sich gelegt hat."

Der Apatsche schwang sich hinauf und versteckte sich im Blätterdach. Die beiden andern folgten, indem sie die nächsten Bäume erstiegen.

Jetzt sah man beim Schein der Feuer und der Fackeln die Yampas kommen. Als sie erfuhren, dass hier über zwanzig Weiße zu Tode gemartert worden seien, glaubten sie, es seien die von ihnen Gesuchten, und verlangten, sie zu sehen. Man kam mit Fackeln herbei, um sie ihnen zu zeigen.

Die Yampas erkannten, dass diese Leichen nicht die richtigen seien. Da ertönte vom untern Ende des Tales ein lang gezogener Schrei, der Todesschrei eines Menschen.

„Uff!“, rief einer der unter den Bäumen stehenden Häuptlinge erschrocken. „Was war das?“

Ein weiterer, ähnlicher Schrei erscholl und dann krachten mehrere Schüsse.

„Die Navajos, die Navajos!“, rief einer der Häuptlinge. „Winnetou, Old Shatterhand und Old Firehand haben sie herbeigelockt, um sich zu rächen. Auf, ihr Krieger, werft euch auf die Hunde! Vernichtet sie!“

Einige Augenblicke lang rannte alles durcheinander. Man holte die Waffen. Man warf Holz in das Feuer, um das nötige Licht zum Kampf zu bekommen. Man rief und brüllte. Der Wald hallte wider vom Kriegsgeheul.

Ja, es waren die Navajos. Sie hatten die Utahs überrumpeln wollen, hatten es aber nicht verstanden, die am Ausgang des Tales stehenden Wachen lautlos zu überwältigen. Deren Todesschreie hatten den Feind gewarnt und nun galt es, Mann gegen Mann zu kämpfen.

Es stellte sich heraus, dass die Utahs in der Überzahl waren. Überdies kannten sie die Gegend besser als die Feinde und so wurden die Navajos, obgleich sie sich überaus wacker hielten, nach und nach zurückgedrängt.

Von den drei Häuptlingen, die noch am Feuer gesessen hatten, kämpften zwei wütend mit. Der dritte lehnte in der Nähe des Feuers an einem Baum und erteilte nach rechts und links seine laut gebrüllten Befehle. Er war der Feldherr, bei dem sich die Fäden der Verteidigung vereinten.

Der Kampf entfernte sich mehr und mehr. Jetzt war es für die drei unfreiwilligen Zeugen Zeit, sich in Sicherheit zu bringen. Sie stiegen von den Bäumen. Noch immer stand der Utah-Häuptling an derselben Stelle.

„Nehmen wir diesen Häuptling mit?“, fragte Old Shatterhand.

„Ja“, flüsterte Old Firehand. „Ich will...“

Er hielt erstaunt inne. Es kam nämlich aus dem Dunkel, schnell wie der Blitz, ein kleines, hinkendes Kerlchen gesprungen, schwang die Büchse und schlug den Häuptling mit einem wohlgezielten Kolbenhieb zu Boden. Dann ergriff er den Roten beim Genick und zerrte ihn rasch fort, in das Dunkel hinein.

„Der Hobble-Frank!", staunte Old Firehand. „Wir müssen ihm schleunigst nach!"

Sie eilten fort, hinter dem Kleinen her, in das Dunkel hinein. Schon hatten sie den Eingang zum Versteck fast erreicht, da fiel gerade vor ihnen ein Schuss. Gleich darauf ertönte die Stimme des Kleinen auf Englisch: „Dummkopf, so pass doch auf, wo du hinzielst! Da hast du dein Teil und nun gute Nacht!"

Ein Krach wie von einem schweren Hieb, dann war es still. Die drei drangen weiter vor und stießen auf Frank. „Zurück!", gebot er. „Hier wird geschossen und gestochen!"

„Halt, schieß nicht!", warnte Old Shatterhand.

„Ah, Old Shatterhand!", fiel der Kleine wieder in seine heimatliche Sprechweise. „Danken Sie Gott, dass Sie den Mund geöffnet haben! Sonst hätte ich Sie kurz und kleen geschossen."

„Weshalb haben Sie das Versteck verlassen?", fragte Old Shatterhand.

„Nur die Sorge um Sie hat mir den Kürass umgeschnallt. Kaum waren sie fort, ging ein Geschrei los, als ob die Cimbern mitten in die Teutonen eingebrochen wären. Darum nahm ich das Gewehr und huschte fort. Links wurde geschossen. Nach rechts hatten Sie gewollt. Ich ging also nach rechts. Da stand der Häuptling am Boom wie ein marinierter Ölgötze. Das ärgerte mich und so versetzte ich ihm einen vertikalen Klaps, dass er horizontal zu Boden kam. Dann wollte ich ihn schnell in Sicherheit bringen und zerrte ihn fort. Aber da kam so een roter Franktireur geschlichen und legte das Gewehr off mich an. Ich schlug es zur Seite und legte ihn mit Hilfe meines Kolbens neben dem Häuptling nieder. Was soll nun mit den Kerlen geschehen?"

„Wir werden Ihnen helfen. Jetzt rasch fort!" Die beiden besinnungslosen Indianer wurden in das Versteck gebracht und ebenso gebunden wie die andern.

Bald kehrten die Utahs zurück, und zwar als Sieger. Es wurden viele Feuer angebrannt und mit Bränden durchsuchte man den Wald nach den Toten und Verwundeten. Die Leichen wurden zusammengetragen, um ehrenvoll bestattet zu werden. Man vermisste die drei Häuptlinge, die anscheinend von den Navajos gefangen worden waren. Die zwei noch übrigen Anführer riefen die hervorragenden Krieger zu einer Beratung, bei der laute, zornige Reden gehalten wurden.

Das brachte Winnetou auf den Gedanken, sich nochmals hinauszuschleichen, um vielleicht zu erfahren, was die Utahs beschließen würden. Das wurde ihm auch gar nicht schwer. Dass sich mitten im Tal noch viel gefährlichere Feinde als die Navajos befanden, davon hatte man ja keine Ahnung. So hörte Winnetou alles, was unternommen werden sollte.

Man wollte noch während der Nacht die Toten bestatten. Dann galt es vor allen Dingen, die gefangenen Häuptlinge zu befreien. Das war sogar noch notwendiger, als morgen die Ankunft Winnetous und seiner Gefährten abzuwarten. Da diese hinauf zum Silbersee wollten, mussten sie auf alle Fälle in die Hände der Utahs fallen. Beim Tagesgrauen sollte der Verfolgungsritt begonnen werden.

Jetzt zog sich Winnetou vorsichtig zurück. In der Nähe des Verstecks sah er mehrere Pferde stehen. Da fiel dem Apatschen ein, dass die neuen Gefangenen doch mitgeschleppt werden müssten, drei Häuptlinge und ein Krieger. Die Tiere scheuten vor ihm nicht, weil er ein Indianer war. Sie schnaubten zwar ein wenig, wurden aber von Winnetou bald beruhigt. Sorgfältig verwischte dann der Apatsche alle Spuren zu ihrem Versteck.

Im Innern dieses Verstecks wurde keinem die Zeit lang. Es gab viel zu erzählen und zu hören. Man schlief erst nach Mitternacht ein, wurde aber schon beim Morgengrauen wieder munter, da der Abzug der Indianer nicht ohne Geräusch vor sich ging. Bald war kein einziger Utah mehr im Tal. Man konnte das Versteck verlassen.

Zunächst wurde der Sicherheit wegen das Tal genauer untersucht. Man fand ein Massengrab, das einfach aus einem über den Leichen errichteten Steinhaufen bestand. Auch lagen einige tote Pferde umher, die von fehlgegangenen Kugeln getroffen worden waren.

Nach dem Abzug der Utahs waren den Gefangenen die Knebel abgenommen worden. Als sie aber ihre Freiheit zurückverlangten, wurde ihnen kurz erwidert, dass man die Zeichensprache am Wald des Wassers belauscht habe und sie noch nicht freilassen werde. Da wurden sie still.

Nun galt es vor allen Dingen noch, die ermordeten Weißen zu besichtigen. Sie waren unter großen Qualen gestorben. Die Tramps hatten geerntet, was sie gesät hatten. Am schlimmsten war es dem Cornel ergangen. Er hing verkehrt am Marterpfahl, mit dem Kopf nach unten. Die Roten hatten die Anzüge unter sich verteilt. Die geraubte Zeichnung war verschwunden. Wenn sie nicht von den Utahs zurückzuerlangen war, musste man sich auf Old Shatterhands Wissen um das Versteck der sagenhaften Schätze verlassen, der mehr darüber wusste, als er bisher preisgegeben hatte.

Man nahm die Toten von den Marterpfählen, legte sie nebeneinander und bedeckte sie mit Steinen. Dann ritt man, geführt von Winnetou, auf einem Schleichweg dem Silbersee zu.

Es war ein gewaltiges Landschaftsbild, das sich den Augen der Weißen bot, als sie sich nach einigen Tagen dem Ziel ihres beschwerlichen Rittes näherten. Riesige Sandsteinpyramiden, eine neben der anderen, oder kulissenartig hintereinander stehend, strebten in verschieden gefärbten Lagerungen und Stockwerken zum Himmel empor. Die Sonne stand schräg über diesen großartigen Gebilden und ließ sie in einer unbeschreiblichen Farbenpracht erglänzen. Manche Felsen schillerten im hellsten Blau, andre tief goldrot. Dazwischen lagen gelbe, olivgrüne und in feurigem Kupfer funkelnde Schichten, während in den Furchen ein gesättigt blauer Schatten ruhte. Aber dieses Gepränge war wie tot. Kein Wassertropfen floss zwischen diesen Felsen, kein Halm fand Nahrung auf dem tiefen Grund.

Old Firehand, Old Shatterhand und Winnetou ritten voran. Der erste widmete der Umgebung eine auffällige Aufmerksamkeit. Da, wo sich zwei gewaltige Felspfeiler in der Höhe aneinander lehnten und unten einen Zwischenraum ließen, hielt er sein Pferd an und sagte:

„Hier muss es sein, wo ich damals herauskam, nachdem ich die Ader gefunden hatte."

Er wollte vom Pferd steigen, um nachzuforschen. Aber der Apatsche lenkte sein Tier nach der Felsenenge und forderte seine Gefährten auf: „Meine Brüder mögen mir folgen, denn hier beginnt ein Weg, auf dem wir eine große Strecke abschneiden."

„Winnetou kennt diese Spalte?", fragte Old Firehand überrascht.

„Ja. Sie wird erst noch enger, dann verbreitert sie sich zu einer Felsfläche, die wie eine riesige Tafel allmählich ansteigt."

„Das stimmt! Ich bin also am richtigen Ort. Und was kommt dann? Weißt du es?"

„Die obere Kante dieser Tafel fällt dann jenseits jäh in die Tiefe, in einen großen Kessel, woraus eine vielgewundene Felsenenge in das Tal des Silbersees hinaufführt."

„Auch das ist richtig. Hast du in diesem Kessel vielleicht etwas Merkwürdiges gefunden?"

„Nein. Es ist nichts, gar nichts da zu finden, kein Wasser, kein Gras, kein Tier."

„So will ich beweisen, dass man da doch etwas findet!"

„Meint Old Firehand die Silberader, die er entdeckt hat?"

„Ja. Dieser Felsenkessel ist es, dessentwegen ich den weiten Ritt unternommen habe. Vorwärts, biegen wir hier ab!"

Sie ritten in den Spalt hinein. Bald aber traten die Felswände immer weiter auseinander, und nun lag vor den Reitern ein mächtiges Felsendreieck, das sich zwischen den rechts und links zurückweichenden Wänden erhob.

Dahinauf ging nun der Ritt. Es war, als hätten die Pferde ein ungeheures Dach zu erklimmen. Es dauerte wohl eine Stunde, bis der Zug oben ankam, und nun dehnte sich vor den Reitern eine meilenweite Felsenebene nach Westen hin, in deren Vordergrund der tiefe Kessel, von dem Old Firehand und Winnetou gesprochen hatten, eingesenkt war.

Es ging in die Tiefe hinab. Die Senkung war so bedeutend, dass man von den Pferden steigen musste. Man hatte die Gefangenen von den Tieren gebunden und ihnen die Beine freigegeben. Unten wurden sie erneut festgebunden.

Nun wollte Old Firehand den Gefährten seinen Fund zeigen. Aber die Utahs durften nichts davon wissen. Darum wurden sie ein Stück in die Felsenenge hineingebracht, und einige Rafters blieben bei ihnen, um sie zu bewachen.

Der Kessel hatte einen Durchmesser von wenigstens einer Meile. Patterson, der Ingenieur, ließ seinen prüfenden Blick rundum schweifen und meinte dann:

„Es ist möglich, dass wir hier auf eine reiche Bonanza stoßen. Gibt es wirklich edles Metall hier, so steht allerdings zu erwarten, dass es gleich in bedeutenden Mengen vorhanden ist. Das Wasser strömte durch die Felsenenge von Süden herbei und bildete, da es nicht weiterkonnte, einen Strudel, der das Gestein ablöste und zu Grieß und Sand zerrieb. Der Boden, worauf wir stehen, wurde durch den Niederschlag des abgeschwemmten Gesteins gebildet. Wenn wir einige Meter tief nachgraben, wird es sich zeigen, ob unsere Reise erfolgreich war."

„Wir brauchen nicht nachzugraben. Es genügt, nachzuweisen, dass die Wände dieses einstigen Wasserloches das gesuchte Metall enthalten!", entgegnete Old Firehand. „Kommt! Ich will euch den Beweis liefern."

Old Firehand schritt voran. Die andern folgten ihm voller Spannung.

Als er an der Felswand angelangt war, zog er einen lockeren Stein heraus, noch einen und noch mehrere, sodass ein Riss entstand, der mit den Steinen verschlossen gewesen war. Old Firehand langte mit der Hand hinein und sagte dabei: „Von dem, was ich hier fand, habe ich eine Probe mitgenommen und untersuchen lassen. Jetzt will ich sehen, ob das Gutachten Mr. Pattersons das gleiche ist."

Als er nun die Hand zurückzog, hielt er darin ein weißes, drahtähnliches Gebilde, das er dem Ingenieur hinreichte. Kaum hatte Patterson einen Blick darauf geworfen, rief er laut: „Himmel, das ist ja reines, gediegenes Silber! Und das hat ursprünglich hier in diesem Spalt gesteckt?"

„Ja, der ganze Spalt war damit ausgefüllt."

„So kann ich versichern, dass wir eine überaus reiche Ausbeute machen werden."

Old Firehand lächelte und holte einen zweiten, noch viel größeren Gegenstand heraus. Es war ein Erzstück, das Patterson aufmerksam betrachtete, um dann auszurufen:

„Ich möchte darauf schwören, dass wir es hier mit Chlorsilber, also Silberhornerz, zu tun haben!"

„Das stimmt. Die Analyse hat Chlorsilber ergeben."

„Mit wie viel Prozent?"

„Fünfundsiebzig Prozent reines Silber."

„Welch ein Fund! Wo ist die betreffende Ader?"

„Weiter dahinten an der andern Seite des Kessels. Ich habe sie hoch mit Geröll bedeckt.“

„Mr. Firehand, hier liegen Millionen, und der Entdecker ist ein reicher Mann!“, rief Watson, der frühere Schichtmeister.

„Nur der Entdecker? Nein, Ihr alle sollt teilhaben. Ich bin der Entdecker, Mr. Patterson ist der Ingenieur, und die andern helfen ausbeuten. Zu diesem Zweck habe ich euch ja mitgenommen. Die Bedingungen, unter denen wir zusammenarbeiten, und den Anteil, den jeder Einzelne bekommt, werden wir noch bestimmen.“

Die Worte riefen einen Jubel hervor, der gar nicht nachlassen wollte. Doch Old Shatterhand tat dem Einhalt, indem er warnte: „Nicht so eilig, Gentlemen! Wir haben zunächst noch anderes zu denken. Die Navajos werden kaum einige Stunden später als wir am See eintreffen, und hinter ihnen folgen jedenfalls sofort die Utahs. Wir haben also keine Zeit zu verlieren, uns darauf vorzubereiten.“

„Das ist wahr“, stimmte Old Firehand bei. „Aber wissen möchte ich doch, ob die Ausbeutung auf Schwierigkeiten stoßen wird. Uns das zu sagen, wird Mr. Patterson wohl nur einiger Minuten bedürfen.“

Der Ingenieur prüfte die Umgebung und erkundigte sich dann: „Wie weit liegt der Silbersee von hier?“

„In zwei Stunden sind wir dort.“

„Liegt er höher als diese Stelle?“

„Bedeutend.“

„So wäre das nötige Gefälle für das unentbehrliche Wasser vorhanden. Aber dann muss das Wasser auch einen Abfluss haben, sonst füllt sich der Kessel, und wir können nicht arbeiten.“

„Richtig, der Abfluss! Er muss erst geschaffen werden. Freilich erfordert das Maschinen. Aber das macht keine Schwierigkeit. In zwei Monaten kann alles Nötige beisammen sein. Ein Punkt nur ist es, der mir Bedenken macht: Wem gehört der Grund und Boden?“

„Den Timbabatschen. Der Einfluss Winnetous wird sie bestimmen, ihn uns zu verkaufen, was ich dann bei der Regierung eintragen lasse."

„Dann bin ich befriedigt. Die Hauptsache ist die Möglichkeit, das Wasser des Sees hierher zu leiten. Wollen weiterreiten!"

Der kleine Spalt, den Old Firehand geöffnet hatte, wurde wieder geschlossen. Dann stieg die Gesellschaft zu Pferde, um den unterbrochenen Ritt fortzusetzen.

Es ging durch eine Art Hohlweg, worin die gefangenen Roten mit ihren Wächtern gewartet hatten, eine durch das Wasser früher in den Stein gefressene, gewundene Rinne.

Noch hatte man den Silbersee nicht erreicht, als das einstige Flussbett plötzlich breiter wurde, um einen von Felsen eingefassten Plan zu bilden, der einen kleinen Teich enthielt. Hier gab es Gras, zum ersten Mal nach einem langen Ritt. Deshalb stiegen die Reiter ab. Sie setzten sich in Gruppen zusammen und unterhielten sich über die Reichtümer, die sie hier zu gewinnen hofften.

„Du", meinte der Hobble-Frank, indem er dem Altenburger einen Rippenstoß versetzte, „hörst du's? Es wird merschtenteels was aus meiner Villa."

„Und ebenso aus meinem Bauerngut! Vetter, komm her, ich muss dich umarmen!"

„Jetzt noch nich!", wehrte Frank ab. „Ich bin..."

Er wurde unterbrochen, denn der Ingenieur rief besorgt: „Ellen! Wo ist Ellen? Ich sehe sie nicht!"

Das Mädchen hatte einige Blumen gesehen und sich beeilt, sie zu pflücken. Ellen ging weiter und weiter, bis sie an eine Biegung kam. Eben wollte sie umkehren, als drei Männer um die Krümmung traten, drei bewaffnete Indianer. Das Mädchen war starr vor Schreck und brachte keinen Laut hervor.

Kaum erblickten die drei das Mädchen, so warfen sich zwei von ihnen auf sie. Der eine presste ihr die Hand auf den Mund, der andre drohte in gebrochenem Englisch: „Still, sonst tot!"

Der dritte huschte vorwärts, um nachzusehen, zu wem die Weiße gehöre. Er kehrte nach kaum zwei Minuten zurück und raunte seinen Gefährten einige Worte zu, die Ellen nicht verstand. Danach wurde sie zwischen die Büsche hinein und dann zu Bäumen gezerrt, wo mehrere Indianer saßen. Sie sprangen auf, als sie ihre Kameraden mit dem Mädchen kommen sahen.

Ellen fühlte die Blicke aller drohend auf sich gerichtet und glaubte sich in ernster Gefahr. Da fiel ihr das Totem ein, das ihr der Kleine Bär gegeben hatte. Er hatte ihr gesagt, dieses Leder werde sie vor jeder Feindschaft roter Männer schützen. Sie zog es hervor und gab es dem Indianer, den sie seines Aussehens wegen für den gefährlichsten hielt.

Der Rote faltete das Leder auseinander, betrachtete die Figuren und stieß einen Ruf der Überraschung aus. Es ging von Hand zu Hand. Die Gesichter wurden freundlicher und einer fragte sie: „Wer – geben – dir?"

„Nintropan-homosch", gab sie Auskunft.

„Wo?"

„Auf dem Arkansas."

„Richtig. Nintropan-homosch auf Arkansas gewesen. Wer – Männer – dort?" Er zeigte nach dem Hohlweg zurück.

„Winnetou, Old Firehand, Old Shatterhand."

„Uff!", rief der Rote aus. Er wollte weiter fragen. Aber da rauschte es in den Büschen und die Weißen, die drei Genannten an der Spitze, brachen hervor, um einen Kreis um die Roten zu bilden. Der Späher hatte vorhin Winnetou nicht bemerkt. Jetzt erst erkannte er ihn.

„Der große Häuptling der Apatschen!", rief er aus. „Dieses weiße Mädchen besitzt das Totem des Kleinen Bären, ist also unsre Freundin. Wir nahmen sie mit, weil wir nicht wussten, ob die Männer zu denen sie gehört, unsre Freunde oder Feinde sind."

Die Roten trugen blaue und gelbe Farbstreifen im Gesicht. Das veranlasste Winnetou zu der Frage: „Ihr seid Krieger der Timbabatschen?"

„Ja."
„Welcher Häuptling führt euch an?"
„Tschia-nitsas." Dieser Name heißt zu deutsch Langes Ohr. Jedenfalls war der Mann wegen seines scharfen Gehörs berühmt.
„Wo ist er?", fragte Winnetou weiter.
„Am See."
„Wie viel Krieger seid ihr hier?"
„Hundert. Es kommen aber noch zweihundert Krieger der Navajos. Mit ihnen wollen wir nach Norden ziehen, um uns die Skalpe der Utahs zu holen."
„Nehmt euch in Acht, dass sie nicht die eurigen nehmen! Habt ihr Wachen ausgestellt?"
„Wir haben keine Feinde zu erwarten."
„Es kommen ihrer mehr, als euch lieb sein wird. Ist der Große Bär am See?"
„Ja, und ebenso der Kleine Bär."
„Führt uns zu ihnen!"
Soeben kamen einige Rafters mit den Pferden und den Gefangenen aus dem Hohlweg, denn die andern Weißen waren Winnetou und den Jägern zu Fuß gefolgt. Man stieg auf, und die Timbabatschen stellten sich als Führer an die Spitze. Es ging die Berglehne vollends hinan. Dann senkte sich der Boden abwärts, und bald sah man Wasser schimmern. Der Silbersee war erreicht!
In der Mitte des Sees lag eine grüne Insel mit einem seltsamen Luftziegelbau. Am Ufer standen mehrere Hütten, in deren Nähe einige Kanus angebunden waren. Die Insel war kreisrund und mochte einen Durchmesser von hundert Schritt haben. Das alte Bauwerk war teilweise mit blühenden Schlingpflanzen überzogen. Der übrige Raum der Insel war wie ein Garten mit Blumen und Stauden bepflanzt.
In und bei den erwähnten Hütten lagen Indianer, jene hundert Timbabatschen. Sie gerieten in Aufregung, als sie den Zug der Weißen kommen sahen. Noch waren die Weißen nicht ganz heran, da traten drüben auf der Insel zwei männliche Gestalten aus der

Hütte. Der Apatsche hielt die Hand an den Mund und rief hinüber: „Nintropan-hauey! Winnetou ist gekommen!"

Ein antwortender Ruf scholl herüber. Dann sah man die beiden in ein Kanu steigen, um ans Ufer zu rudern. Es waren die beiden ‚Bären', Vater und Sohn. Als der Große Bär ausgestiegen war, hob er vor Winnetou grüßend die Hand und sagte: „Der große Häuptling der Apatschen ist überall, und wohin er kommt, erfreut er die Herzen. Nintropan-hauey begrüßt auch Old Shatterhand, den er kennt, und Old Firehand, der mit ihm auf dem Schiff war!"

So ging er von Mann zu Mann, um jeden zu begrüßen. Sein Sohn näherte sich Ellen und sagte in gebrochenem Englisch: „Der Kleine Bär hat es nicht für möglich gehalten, die weiße Miss wieder zu sehen. Wo liegt das Ziel ihrer Reise?"

„Wir wollen zum Silbersee", entgegnete sie.

Freude zuckte über sein Gesicht. „So wird die Miss einige Zeit hier verweilen?", fragte er.

„Längere Zeit sogar", erwiderte sie.

„Dann bittet Nintropan-homosch, bei ihr sein zu dürfen. Wir werden auf dem See fischen und im Wald jagen. Wird sie ihm das erlauben?"

„Gern. Ich freue mich, dass du hier bist." Sie streckte ihm die Hand entgegen, die er mit herzhaftem Druck eine Weile festhielt.

Der Timbabatschen-Häuptling hatte bisher in seiner Hütte gesessen und kam nun langsam hervor, verdrossen darüber, dass man ihm nicht mehr Beachtung schenken wollte. Er blieb von fern stehen und blickte über die Fremden hinweg, als hätte er mit ihnen nicht das Mindeste zu schaffen. Aber er hatte sich verrechnet, denn Tante Droll kam zu ihm und sagte: „Warum tritt das Lange Ohr nicht näher? Will er die berühmten Krieger der Bleichgesichter nicht begrüßen?"

Der Häuptling brummte etwas Unverständliches in seiner Sprache vor sich hin, kam aber da bei Droll an den Falschen, denn der Jäger klopfte ihm wie einem alten, guten Bekannten auf die Schulter und rief: „Verstell dich nicht! Ich weiß, dass du ein ganz leidliches Englisch sprichst."

„No!", leugnete der Häuptling.

„Nicht? Wir waren da drei Weiße und elf Rote und haben ein wenig Karten gespielt und ein wenig getrunken. Die Roten tranken mehr als die Weißen und wussten endlich nicht mehr, wie sie hießen. Sie schliefen dann den ganzen Nachmittag und auch die ganze Nacht. Wir Weißen legten uns auch nieder, im Bretterschuppen bei den Indianern, denn es gab sonst keinen Platz. Als wir erwachten, waren die Roten fort. Weißt du, wohin?"

„No."

„Aber mit ihnen war auch mein Gewehr fort und meine Kugeltasche. Ich hatte ein S. M. D., Sebastian Melchior Droll, in den Lauf stechen lassen. Sonderbarerweise finden sich diese Buchstaben hier auf dem Lauf deiner Büchse. Weißt du vielleicht, wie sie dorthin gekommen sind?"

„No."

„Und meine Kugeltasche war auch mit einem S. M. D. versehen. Wie ich zu meiner Freude bemerke, hat die deinige die gleichen Buchstaben. Weißt du, wie die Buchstaben an deine Tasche gekommen sind?"

„No."

„So weiß ich desto besser, wie meine Waffen in deine Hand gekommen sind. Ich will dich von ihnen befreien."

Im Nu hatte er dem Roten das Gewehr aus der Hand und den Beutel vom Gürtel gerissen und wendete sich von ihm ab. Aber blitzschnell war ihm der Rote nach und gebot ihm in ziemlich gutem Englisch: „Gib her!"

„No!", entgegnete jetzt Droll.

„Dieses Gewehr gehört dem Langen Ohr! Her damit, oder der Häuptling zwingt dich!"

„No."

Da zog der Rote das Messer. Droll schlug ein lustiges Gelächter an und rief: „Du bist das Lange Ohr. Ich kenne dich. Gib der

Wahrheit die Ehre, und du sollst die Sachen behalten können! Also: Kennst du mich?"

„Yes!", erwiderte der Rote wider alles Erwarten.

„Du warst mit mir in Fort Defiance und bist dann mit meinem Gewehr und meinem Beutel verschwunden?"

„Yes."

„Gut, so sollst du beides wiederhaben. Hier! Wollen Freunde sein. Aber mausen darfst du nicht. Verstanden?"

Droll gab ihm die gestohlenen Gegenstände wieder. Der Rote nahm sie, verzog keine Miene, sagte aber im freundlichsten Ton: „Mein weißer Bruder weiß, was recht und billig ist, denn er hat die Sachen beim Langen Ohr gefunden und gibt sie ihm wieder. Er ist ein Freund der roten Männer, und wir lieben ihn."

„Ja, Freundchen, ich liebe euch auch, denn wenn wir nicht gekommen wären, würdet ihr eure Skalpe an die Utahs verlieren."

„Oh, die kommen nicht! Die sind von den Navajos geschlagen worden."

„Da irrst du dich. Die Navajos sind geschlagen worden und geflohen. Die Utahs reiten hinter ihnen her und werden vielleicht heute noch hier am Silbersee erscheinen."

„Uff!", rief das Lange Ohr, während ihm vor Staunen der Mund offen stehen blieb.

„Redet Tante Droll die Wahrheit?", fragte der Große Bär.

„Ja", versicherte Old Firehand. „Das Erscheinen der Utahs ist jeden Augenblick zu erwarten. Es mögen fünfzig Krieger der Timbabatschen sofort hinab in den Cañon reiten. Frank, Droll, Davy, Jemmy, Bill und Uncle, ihr reitet mit! Die Utahs werden den Navajos kräftig nachdrängen, um mit ihnen zugleich den Silbersee zu erreichen. Ihr sollt den Freunden Hilfe leisten und uns, sobald ihr die Feinde nahen seht, einen Boten senden."

Bald waren die fünfzig Mann mit den sechs Weißen zum Aufbruch bereit. Der Kleine Bär führte sie.

Das Gebirgstal des Silbersees zog sich von Norden nach Süden und konnte im Norden nur durch den Cañon und die Felsenenge, aus der die Weißen gekommen waren, erreicht werden, während nach Süden hin der See sein Wasser in eine Schlucht ergoss, die dort den Ausgang bildete.

Wer nach Norden die Umgebung des Silbersees untersuchte, dem musste bald die Ansicht kommen, dass das Wasser früher seinen Abfluss nach Norden in den Cañon gehabt hatte. Jetzt aber lag zwischen See und Cañon eine ziemlich breite, dammartige Erhöhung, die künstlich aufgeworfen war. Zu welchem Zweck hatte man diesen Damm errichtet? Gab es jetzt noch einen Menschen, der diese Frage beantworten konnte?

Die von Old Firehand abgesandte Schar ritt über den Damm hinweg, hinter dem der Cañon begann. Der war hier kaum zehn Meter breit, erst flach und schnitt nur nach und nach tiefer in den Boden ein. Je größer seine Tiefe wurde, desto mehr nahm er auch an Breite zu. Kurz hinter dem Damm hörten die Bäume und Sträucher auf, und bald war selbst kein Grashalm mehr zu sehen.

Nach drei Viertelstunden wurde der Cañon plötzlich doppelt so breit wie bisher. Seine Wände waren nicht nur in der Höhe, sondern auch unten vielfach zerklüftet. Es sah fast aus, als ständen die Felsen auf Säulen, die Laubengänge bildeten.

„Hier sollten wir halten“, sagte der Kleine Bär, der mit den Weißen voranritt. „Es gibt da Löcher und Höhlen genug, in denen wir uns verbergen können.“

Dieser Vorschlag wurde befolgt. Die siebenundfünfzig Mann versteckten sich zu beiden Seiten in den Vertiefungen. Noch hatten sie nicht lange gewartet, da hörten sie das Stolpern eines ermüdeten Pferdes im Geröll. Bald darauf erschien ein einzelner Reiter, ein Navajo, dessen Pferd kaum mehr zu laufen vermochte. Der Mann schien verwundet zu sein, denn sein Anzug war mit Blut befleckt.

Der Kleine Bär verließ sein Versteck. Sobald der Navajo ihn erblickte, hielt er sein Pferd an und rief: „Uff! Mein junger Bruder! Sind die erwarteten Krieger der Navajos schon angekommen?“

„Noch nicht."
„So sind wir verloren! Der Große Geist hat uns verlassen und sich den Hunden der Utahs zugewendet. Wir haben sie im Tal der Hirsche überfallen, aber wir wurden geschlagen. Die Utahs folgten uns, und heute früh ist ein neuer großer Trupp zu ihnen gestoßen. Sie sind nun viermal so stark wie wir und drängen mächtig hinter uns her."
„Uff! So seid ihr vernichtet?"
„Fast. Zehn Gewehrschüsse abwärts von hier wogt der Kampf. Ich wurde abgesandt, um vom See Hilfe zu holen. Nun sind unsre Leute verloren."
„Noch nicht. Steige ab und ruhe dich aus! Es wird Hilfe kommen."
Es galt, den Navajos schleunigst Beistand zu bringen, um ihnen den Rückzug zu ermöglichen. Man schickte einen Boten zum Silbersee und drang dann rasch zum Kampfplatz vor.
Ja, es stand schlecht um die Navajos. Ihre Pferde waren meist erschossen. Die Krieger fanden hinter den Leichen der Tiere die einzige Deckung, die es gab. Ihre Pfeile schienen ihnen auszugehen, denn sie schossen nur noch, wenn sie ihres Zieles sicher waren. Die Gegner waren so zahlreich, dass sie in mehreren Reihen hintereinander die ganze Breite des Cañons füllten.
Jetzt verstummte das Kampfgeheul für kurze Zeit. Man sah die Hilfe kommen. Die Weißen blieben ganz offen in der Mitte des Cañons stehen, legten die Gewehre an, zielten und drückten ab. Ein Geheul der Utahs bewies, dass sie gut gezielt hatten. Die Timbabatschen duckten sich und krochen vorwärts, um auch zum Schuss zu kommen.
Es zeigte sich bald, was sechs tüchtige Schützen mit guten Gewehren vermögen. Jeder Schuss traf seinen Mann. Die Utahs wichen zurück. Da rief der Hobble-Frank dem Kleinen Bären zu: „Wir sechs halten den Platz. Die Navajos mögen sich hinter uns zurückziehen. Sage es ihnen!"
Der Sohn des Häuptlings folgte dieser Aufforderung, und die

Navajos sprangen auf und rannten zurück, um sich hinter den Weißen festzusetzen. Erst jetzt sah man, wie sehr die Navajos gelitten hatten. Sie zählten höchstens noch sechzig Mann.

Allmählich begannen nun aber auch die Retter der Navajos ihren Rückzug. Die Utahs stießen einfach nach. So zogen sich die einen von Punkt zu Punkt zurück, und die andern folgten, bis die Verteidiger in die Nähe der Stelle gekommen waren, wo sie sich vorher versteckt gehabt hatten. Die Weißen rieten, nun schnell die Höhlen und Vertiefungen aufzusuchen. Ein plötzlicher, allgemeiner Rückzug, und die bisher so hart Bedrängten waren verschwunden. Sie befanden sich in Sicherheit, während sich die Utahs nicht verstecken konnten. Wenn nun bald die erwartete Hilfe kam, konnte man getrost dem Kampf entgegensehen.

Und diese Hilfe war schon unterwegs. Old Firehand hatte dem Großen Bären in kurzen Worten erzählt, was geschehen war. Der Rote machte ein bedenkliches Gesicht und meinte: „Nintropan-hauey hat die Navajos gewarnt. Aber sie glaubten, die Utahs hätten sich auch noch nicht vereinigt. Nun haben sie das Schicksal erlitten, das sie den Feinden bereiten wollten. Und selbst wenn es ihnen gelingt zu entkommen, wird doch die Zahl der Verfolger von Ort zu Ort größer werden, und es kann leicht geschehen, dass wir tausend Utahs hier am Silbersee zu sehen bekommen."

„Wie steht es dann mit dir? Werden die Utahs dich als Feind behandeln?"

„Ja."

„So befindest du dich in Gefahr."

„Nein. Nintropan-hauey fürchtet sich vor tausend Utahs nicht, denn er braucht nur die Hand aufzuheben, so sind sie verloren. Ein kurzer Augenblick tötet sie alle."

„Hm! Alle?"

„Du glaubst es nicht? Ja, ihr Bleichgesichter seid sehr klug, aber auf einen solchen Gedanken würde keiner von euch kommen."

Er sagte das mit stolzem Gleichmut. Old Firehand zuckte die

Achseln. Der Blick Old Shatterhands schweifte rund über den See. Dann sagte er, während ein leises Lächeln um seine Lippen spielte: „Du bist es aber auch nicht, der auf diesen Gedanken gekommen ist."

„Nein. Wer sagt dir das?"

„Ich selbst. Wir Weißen sind klug genug, euch in die Seelen zu blicken."

„Du meinst zu wissen, warum sich der Große Bär vor tausend Feinden nicht fürchtet? Sage es!"

„Gut! Du tötest tausend Utahs in wenigen Augenblicken?"

„Ja."

„Wenn sie sich im Cañon befinden?"

„Ja."

„Das kann nur durch eine Naturkraft geschehen. Durch die Luft, durch Sturm? Nein. Also durch das Wasser!"

„Deine Gedanken sind klug und gut. Aber weiter kommst du nicht."

„Wollen sehen! Wo hast du genug Wasser, um so viele Menschen zu töten? Im See. Er muss seine Fluten plötzlich in den Cañon ergießen. Wie ist das möglich? Es liegt doch ein hoher Damm dazwischen. Nun, dieser Damm ist vor alter Zeit gebaut worden, und dabei hat man ihm eine Einrichtung gegeben, wodurch er plötzlich geöffnet werden kann, sodass sich der trockene Cañon augenblicklich in einen reißenden Strom verwandelt."

Da sprang der Große Bär auf und rief: „Bist du allwissend?"

„Nein, aber ich denke nach."

„Du hast es wirklich erraten! Aber wie ist der Große Bär zu diesem Geheimnis gekommen?"

„Durch Erbschaft."

„Aber kannst du auch erraten, weshalb dieser Damm errichtet wurde?"

„Aus zwei Gründen. Erstens zur Verteidigung. Man baute den Damm, um den Weg zu sperren und das Wasser plötzlich loslassen zu können."

„Und der zweite Grund?“

„Der Schatz!“

„Der Schatz?“, fragte der Häuptling, indem er einen Schritt zurücktrat. „Was weißt du von ihm?“

„Nichts. Aber ich sehe den See, seine Umgebung und denke nach. Bevor es den Damm gab, war hier kein See vorhanden, sondern ein tiefes Tal. Eine reiche Nation wohnte hier. Sie kämpfte lange Zeit gegen die andringenden Eroberer. Doch sie erkannte schließlich, dass sie fliehen müsse, vielleicht einstweilen nur. Sie vergrub ihre Kostbarkeiten hier in dem Tal und errichtete den Damm, damit ein See entstehe, dessen Flut der stumme Wächter dieses Schatzes sei.“

„Schweig, schweig!“, rief der Große Bär erschrocken. „Sprechen wir nur von dem Damm! Ja, der Große Bär kann ihn öffnen. Er kann tausend Utahs ersäufen, wenn sie sich im Cañon befinden. Soll er es tun?“

„Um Gottes willen, nein! Es gibt noch andre Mittel, sie zu bezwingen.“

„Welche? Die Waffen?“

„Ja, und dann die Geiseln, die dort im Gras liegen. Es sind die berühmtesten Häuptlinge der Utahs. Die Feinde werden, um ihre Anführer zu retten, auf manche Bedingung eingehen.“

„Dann müssen wir diese Gefangenen in Sicherheit bringen.“

„Hast du einen passenden Ort?“

„Ja. Wir werden sie fortschaffen.“

Die Gefangenen wurden mit Hilfe einiger Timbabatschen in den am Ufer liegenden Kanus auf die Insel gebracht. Old Firehand, Old Shatterhand und Winnetou begaben sich auch hinüber. Sie waren begierig, das Innere des Bauwerkes zu sehen.

Es bestand oberhalb nur aus einem Erdgeschoss, das durch eine Mauer in zwei Abteilungen getrennt wurde. In der einen befand sich der Herd, und die andre bildete den Wohnraum, der jedoch recht dürftig ausgestattet war.

„Und hier sollen die Gefangenen bleiben?“, fragte Old Firehand.

„Nein, denn hier hätten wir sie nicht sicher genug. Es gibt einen viel besseren Ort.“ Der Große Bär schob das Lager auf die Seite. Darunter wurde eine viereckige Öffnung frei, durch die ein gekerbter Baumstamm als Leiter hinunterführte. Der Häuptling stieg hinab. Old Shatterhand folgte ihm, und die andern sollten die Gefangenen hinablassen.

Durch die Öffnung fiel nur wenig Licht in den kellerartigen Raum. Er war größer als die Wohnstube. Die Vergrößerung lag nach der Gartenseite zu. Die entgegengesetzte Seite wurde durch eine Luftziegelmauer abgeschlossen. Als der Jäger daran klopfte, klang es dünn und hohl. Es befand sich also dahinter ein zweiter Keller, der unter dem Herdraum lag. Und doch war dort kein Zugang nach unten zu sehen gewesen.

Die Utahs wurden herabgereicht und nebeneinander gelegt. Dabei trat Old Shatterhand wie unwillkürlich einige Mal fest auf. Der Boden des Kellers klang auch hohl. Jedenfalls war die Insel, ehe man den See entstehen ließ, als hohles Gebäude aufgemauert und dann mit einem festen Lehm- und Steinmantel umgeben worden. Sollte da unten, auf dem Grund der Insel, der Schatz aufbewahrt liegen?

Zu einer weiteren Untersuchung gab es jetzt keine Zeit, denn der letzte Gefangene war untergebracht, und der Häuptling stieg wieder hinauf. Old Shatterhand musste ihm ans andere Ufer folgen. Eben als man drüben anlangte, erschien auf schäumendem Pferd der Bote, der um Hilfe abgeschickt worden war. Alles griff zu den Waffen und eilte zu den Pferden.

Ellen musste natürlich zurückbleiben und mit ihr zu ihrem Schutz ihr Vater. Er erhielt von dem Großen Bären den Rat, mit Ellen hinüber zur Insel zu rudern, da man dort am sichersten sei.

Die Übrigen strengten ihre Pferde weit mehr an als die erste Abteilung. In einer Viertelstunde stießen sie auf deren Pferde. Vor ihnen fielen Schüsse. Sie sprangen ab, verteilten sich schnell nach rechts und links und gelangten unbemerkt in die zerklüfteten Felsgruppen, die ihren Freunden als Versteck dienten.

Die Utahs glaubten, es immer noch nur mit denen zu tun zu haben, die sie gesehen hatten. Sie meinten, dass sie durch rasches Vorgehen dem Kampf längst hätten ein Ende machen können, und wollten das nun nachholen. Plötzlich erscholl ein wildes Geheul und die Utahs drangen vor. Ein kaum zwei Minuten währendes Krachen von beiden Seiten, und sie wichen zurück, während sie eine Menge Tote und Verwundete liegen ließen.

Bald erhob sich unten, wo sich die zurückgeschlagenen Utahs gesammelt hatten, ein Geschrei. Solange der Jäger zwischen den Timbabatschen stand, hatten sie ihn nicht genau sehen können. Nun, da er sich noch allein im Freien befand, erkannten sie ihn, und man hörte sie rufen: „Old Shatterhand! Das Zaubergewehr, das Zaubergewehr!“

Er schritt langsam auf sie zu und rief: „Holt eure Toten und Verwundeten! Wir schenken sie euch.“

Einer der Anführer trat vor und erwiderte: „Ihr werdet auf uns schießen!“

„Nein.“ Dabei drehte sich Old Shatterhand um und kehrte in sein Versteck zurück.

So treulos diese Roten waren, diesem Jäger trauten sie keinen Verrat zu. Darum schickten die Utahs zunächst versuchsweise zwei ihrer Leute ab, die einen Verwundeten aufhoben und forttrugen. Da nichts Feindseliges unternommen wurde, gewannen sie Vertrauen, und es kamen mehrere. Old Shatterhand trat wieder hinaus und rief ihnen zu: „Bleibt! Es geschieht euch nichts.“

Sie blieben stehen. Er näherte sich ihnen vollends und fragte: „Welcher Häuptlinge ist der vornehmste bei euch?“

„Kai-unune[1].“

„Sag ihm, dass ich mit ihm sprechen will! Er mag die Hälfte des Weges machen und ich die andre Hälfte. Die Waffen lassen wir zurück.“

Sie richteten diese Botschaft aus und brachten den Bescheid: „Er wird kommen und die andern Häuptlinge mitbringen.“

[1] Rollender Donner

„Ich bringe nur zwei Gefährten mit. Sobald ihr hier fertig seid, mögen die Häuptlinge erscheinen."

Bald näherten sich die vier von der einen und Old Shatterhand mit Old Firehand und Winnetou von der andern Seite. In der Mitte trafen sie zusammen, begrüßten sich stumm und setzten sich einander gegenüber auf die Erde. Der älteste der Utahs, eben der Rollende Donner, erhob sich, reckte sich in würdevolle Haltung und begann: „Als die weite Erde noch den Söhnen des großen Manitou gehörte und es bei uns keine Bleichgesichter gab, da..."

„...da konntet ihr die Reden halten, so lange es euch beliebte", fiel Old Shatterhand ein. „Die Bleichgesichter aber lieben es, sich kurz zu fassen, und das wollen wir jetzt tun."

Der Utah warf ihm einen zornigen Blick zu, setzte sich wieder und sagte: „Der Rollende Donner ist ein berühmter Häuptling. Er zählt viel mehr Jahre als Old Shatterhand und ist nicht gewohnt, sich unterbrechen zu lassen. Howgh!"

„Ein Mann kann viele Jahre zählen und doch weniger wissen als ein jüngerer. Wenn ich es bin, der dich rufen ließ, so werde ich auch der sein müssen, der zuerst das Wort ergreift, um dir zu sagen, was ich von dir will. Howgh!"

Das war scharf zurechtgewiesen. Die Roten schwiegen, und Old Shatterhand fuhr fort: „Du hast meinen Namen genannt, kennst uns also. Du wirst wissen, dass wir stets die Freunde der roten Männer gewesen sind. Warum verfolgt ihr uns?"

„Weil ihr die Freunde unsrer Feinde seid."

„Das ist nicht wahr. Der Große Wolf hat uns gefangen genommen, ohne dass wir ihm die geringste Feindseligkeit gezeigt hatten. Um unser Leben zu retten, mussten wir uns gegen die Utahs wehren."

„Und jetzt befindet ihr euch bei den Navajos und Timbabatschen, die unsre Feinde sind."

„Ohne böse Absicht. Wir hörten, dass es zum Kampf zwischen euch und ihnen kommen werde, und beeilen uns, Frieden zu stiften."

„Wir wollen Rache, aber keinen Frieden!“

„Es ist ungerecht von euch, euch an Unschuldigen zu rächen. Wäre es auf euch angekommen, so wären wir längst am Marterpfahl gestorben wie die andern Bleichgesichter im Tal der Hirsche.“

„Was wisst ihr davon?“

„Alles. Wir waren mitten unter euch. Wir haben gehört, was die Utahs sprachen, und gesehen, was sie taten. Wir standen unter den Bäumen, als die Navajos kamen, und sahen, dass ihr sie vertrieben habt. Frage die Häuptlinge der Utahs, die dabei waren.“

„Wo sollen wir sie fragen? Sie sind verschwunden.“

„Nein. Der Große Geist hat sie in unsre Hände gegeben. Als wir des Abends im Tal der Hirsche bei euch waren, haben wir die drei Häuptlinge gefangen. Ich will dir beweisen, dass ich die Wahrheit spreche. Was ist das?“

Old Shatterhand zog einen schmalen Riemen aus der Tasche, der mit Knöpfen aus der Schale der Venusmuschel besetzt war, und hielt ihn dem Rollenden Donner vors Gesicht.

„Uff!“, rief der Alte erschrocken. „Der Wampum der Gelben Sonne!“ Er machte eine Bewegung des Entsetzens und stieß in abgerissenen Sätzen hervor: „Kein Krieger gibt seinen Wampum her. Er ist ihm heilig über alles. Leben die drei Häuptlinge noch?“

„Ja. Sie sind in unsrer Gewalt. Macht Frieden mit den Navajos und Timbabatschen, so geben wir die Gefangenen heraus!“

„Auch wir haben Gefangene gemacht. Tauschen wir sie aus, Mann gegen Mann!“

„Meinst du, ich wisse nicht, dass man einen Häuptling nur für wenigstens dreißig Krieger austauscht? Wenn du nicht Frieden mit uns machst, werden die wenigsten von euch ihre heimatlichen Zelte wieder sehen!“

Der Rollende Donner blickte finster und nachdenklich zur Erde nieder. „So rasch können wir uns nicht entscheiden. Wir werden gehen und überlegen, was zu tun ist.“

„Bedenkt, dass es in einer halben Stunde Nacht sein wird!"

„Wir können euch auch des Nachts sagen, was wir beschlossen haben. Wer eine Mitteilung machen will, mag einen Schuss abfeuern. Man wird ihm antworten. Ich habe gesprochen. Howgh!" Der Utah stand auf und entfernte sich. Die andern folgten seinem Beispiel.

„Nun sind wir gerade so klug wie vorher!", zürnte Old Firehand.

Als er, Old Shatterhand und Winnetou bei den andern ankamen, wurden sie von dem Langen Ohr mit der Frage empfangen: „Es waren vier Utahs. Warum gingt ihr nur zu dreien?"

„Weil wir genug Männer waren", erwiderte Old Firehand unwirsch.

„Es gab hier noch andre Männer. Auch das Lange Ohr ist Häuptling und gehört zur Beratung."

„Es ist genug unnütz gesprochen worden. Wir brauchten nicht noch einen vierten."

Das Lange Ohr schwieg. Der Häuptling war ein Feigling, der nicht den Mut besaß, offen zu widersprechen. Aber der Zorn, den er nicht sehen ließ, fraß in seinem Innern umso mehr.

Es wurde bald Nacht und so mussten Maßnahmen getroffen werden, einen etwaigen Überfall zu vereiteln. Man musste Wachen ausstellen. Das Lange Ohr erbot sich freiwillig, sie mit einigen seiner Leute zu übernehmen.

Es waren mit dem Häuptling fünf Mann, die eine Linie quer über den Cañon bildeten. Das Lange Ohr befand sich auf dem äußersten rechten Flügel. Der Groll in ihm nagte fort. Er wünschte, diesen Weißen zeigen zu können, dass er eine wichtige Person sei. Wie nun, wenn die Utahs etwas im Schilde führten und es ihm gelänge, das zu erlauschen! Dieser Gedanke ließ ihm keine Ruhe. Er kroch vorsichtig vorwärts. Aber das war nicht leicht, denn das Steingeröll bewegte sich unter seinen langen Gliedern. Dadurch musste er seine Aufmerksamkeit mehr unter sich als vor sich richten. Wieder kollerte unter ihm ein Stein – neben ihm tauchte etwas Dunkles auf – vor ihm auch. Zwei kräftige Hände legten sich ihm wie Eisenklammern um den Hals. Sein Atem stockte, und er verlor die Besinnung.

Als er wieder zu sich kam, war er gefesselt, und in seinem Mund steckte ein Knebel. Er machte eine Bewegung, die bemerkt wurde. Jemand sagte mit leiser Stimme: „Wir haben das Lange Ohr erkannt. Wenn der Häuptling klug ist, wird ihm nichts geschehen. Er mag dem Rollenden Donner durch ein Nicken zu erkennen geben, ob er seine Worte hört!“

Der Aufgeforderte nickte. Alsbald wurde der Knebel entfernt, doch warnte der Rollende Donner:

„Wenn du ein lautes Wort sprichst, wirst du sterben. Willst du dich aber mit uns verbrüdern, so wirst du teilhaben an unserer Beute. Antworte mir!“

Beute! Bei diesem Gedanken war er der Sache der Utahs plötzlich mit Leib und Seele ergeben. „Langes Ohr hasst und verachtet die Weißen“, erklärte er. „Wenn ihr ihm helft, werden wir sie vernichten.“

„Und die ‚Bären‘ auch?“

„Ja. Doch meine Krieger sollen leben bleiben!“

„Das versprechen wir dir. Doch sage zunächst, ob es wahr ist, dass die Bleichgesichter unsre Häuptlinge als Gefangene bei sich haben!“

„Es ist wahr. Langes Ohr hat sie gesehen.“

„Diese Hunde sind mit dem bösen Geist im Bunde. Wo befinden sich die Häuptlinge der Utahs?“

„In dem Haus auf der Insel des Sees.“

„Von wem werden sie bewacht?“

„Von einem einzigen Bleichgesicht und einem Mädchen, das seine Tochter ist.“

„Ist das wahr?“

„Langes Ohr sagt die Wahrheit. Du musst bedenken, dass die Gefangenen gefesselt sind.“

„Dann wollen wir es glauben. Wie viele Krieger befinden sich am Ufer?“

„Nur wenige Weiße. Sie bewachen den andern Zugang zum Silbersee."

„Uff! Der Weg durch diesen Cañon ist nicht der einzige? Wo ist dieser Pfad?"

„Eine Strecke abwärts beginnt zwischen zwei Felsensäulen eine Spalte, durch die man in einen tiefen Kessel gelangt, aus dem ein Hohlweg zum See führt."

„Wie lange braucht man, um von hier aus auf diesem andern Weg zum See zu gelangen?"

„Drei Stunden."

„Das ist sehr viel!"

„Aber der Lohn ist groß. Es fallen alle Feinde in deine Hände, du befreist deine Häuptlinge und außerdem findest du eine Beute, wie es noch niemals eine gegeben hat."

„Eine Beute? Bei den Navajos?"

„Langes Ohr spricht nicht von den Navajos, sondern von den beiden Bären und ihrem Silbersee, auf dessen Grund ungeheure Reichtümer aufbewahrt liegen."

„Wer hat dir das weisgemacht?"

„Niemand. Langes Ohr hat es von beiden selbst gehört. Er lag des Abends im Dunkel unter den Bäumen. Sie kamen und blieben in seiner Nähe stehen. Da sprachen sie von diesen Schätzen."

„Wie soll man sie heraufbekommen, wenn sie auf dem Grunde des Sees liegen?"

„Wo jetzt der See ist, war früher trockenes Land. Ein Volk, das vor langer Zeit hier wohnte, hat einen Turm gebaut, dessen Spitze jetzt die Insel ist. Von diesem Turm aus wurde ein Gang gebaut, der über das Tal hinlief und da endete, wo jetzt der Cañon beginnt. Dann errichtete man einen breiten Damm, damit das Wasser nicht mehr nach Norden abfließen könne. Das Tal füllte sich mit Wasser, aus dem nun die Spitze des Turmes als Insel ragt. Als das Tal voll war, lief das Wasser nach Süden ab. Das Ende des Ganges aber wurde durch Steine verdeckt."

„Das alles soll wahr sein?"

„Gewiss. Langes Ohr hat sich überzeugt, die Steine heimlich entfernt und den Gang gefunden. Er führt jetzt auf dem Grund des Sees zur Insel, dem Turm, in dessen unterstem Stockwerk die Schätze liegen. Dieser Gang ist zugleich da, um etwaige Feinde zu verderben. Man öffnet eine Stelle des Ganges; das Wasser dringt ein und ergießt sich in den Cañon, und alles, was darin ist, muss ersaufen."

„Uff! Das wäre etwas für uns. Wenn sich alles so verhält, wie du sagst, sind die Weißen verloren. Willst du uns jetzt an den See führen?"

„Ja, Langes Ohr ist bereit dazu."

„Kai-unune wird dich jetzt losbinden und dir ein Pferd geben. Aber beim geringsten Fluchtversuch bist du verloren."

Bald saßen alle Utahs im Sattel und ritten den Cañon zurück. Sie erreichten die Stelle, wo die Weißen aus dem Cañon in den Felsenkessel abgebogen waren, und folgten der gleichen Richtung.

Es ging die schiefe Ebene hinauf, in den Kessel hinab und dann in die Felsenge hinein.

Genau drei Stunden waren vergangen, als die Utahs da ankamen, wo die Bäume begannen. Hier hielt das Lange Ohr an und sagte: „Der Eingang zu dem Tal ist so schmal, dass die Wachen ihn leicht verteidigen können. Aber ihr werdet ihnen in den Rükken kommen."

„Wie ist das möglich?"

„Durch den Gang, von dem Langes Ohr bereits gesprochen hat. Er mündet nur wenige Schritt von hier. Wir öffnen ihn und steigen hinein. So gelangen wir in den Turm und steigen hinauf, um auf die Insel zu kommen. Dort gibt es Kanus, in denen wir an das Ufer rudern. Dann befinden wir uns im Rücken der Feinde und werden sie leicht überwältigen."

„Gut! Die Hälfte meiner Krieger bleibt hier, und die andre Hälfte folgt uns in den Gang. Zeige ihn uns!"

Das Lange Ohr führte sie zur Seite bis an eine Stelle, wo ein

Steinhaufen am Felsen lag. „Diese Steine müssen fort", erklärte der Timbabatsche.

Der Haufen wurde entfernt, und es zeigte sich ein dunkles Loch. Die Häuptlinge traten ein und fanden, als sie um sich tasteten, einen Vorrat von Fackeln. Man steckte sie mit Hilfe von Punks[1] in Brand. Dann drang man in den Gang ein.

Es herrschte eine dumpfe Luft darin, aber feucht war sie nicht. Um nicht allzu lange dieser Luft ausgesetzt zu sein, ging man so schnell wie möglich vorwärts, bis man in eine weite Halle gelangte, an deren Wänden viele in Matten gehüllte Pakete aufgestapelt lagen.

„Das muss das unterste Geschoss des Turmes, also der Insel sein", sagte das Lange Ohr. „Vielleicht befinden sich in diesen Packen die Schätze. Wollen wir nachsehen?"

„Ja", antwortete der Rollende Donner. „Aber wir müssen uns beeilen, nach der Insel zu kommen. Später haben wir mehr Zeit dazu."

Als man dann von einem der Pakete die Hülle entfernt hatte, sah man im Schein der Fackeln eine Götzenfigur golden erglänzen. Ein Weißer hätte vielleicht vor Entzücken laut gejubelt; diese Roten blieben kalt. Man breitete die Matte wieder darüber und schickte sich zum Aufstieg an.

Das Lange Ohr stieg, mit einer Fackel in der Hand, voran. Noch hatte er die oberste Stufe dieses Geschosses nicht erreicht, da hörte er unter sich einen Schrei, dem Angstrufe von vielen Lippen folgten. Er blieb stehen und sah zurück. Aus dem Gang, in dem sich noch viele Utahs befanden, drang, so breit und hoch er war, das Wasser herein. Die Fackeln warfen ihr Licht auf die Flut, die mit entsetzlicher Schnelligkeit stieg. Diejenigen, die sich noch im Gang aufhielten, waren verloren. Alle, die noch auf den Stufen standen, drängten vorwärts; jeder wollte sich nach oben retten; einer riss den andern fort. So kam es, dass es keinem gelang,

[1] Präriefeuerzeug aus einem breiten und einem dünnen, runden Holz. Das breite hat eine Vertiefung, die mit trockenem Moder gefüllt wird. Das dünne Stäbchen wird darauf schnell wie ein Quirl bewegt. Durch die Reibung erhitzt sich der Zunder und gerät schließlich in Brand.

auf den Stufen Fuß zu fassen. Dabei wuchs die Flut so schnell, dass sie eine Minute, nachdem der erste Schrei erschollen war, den Roten schon bis an die Hälse reichte. Sie kämpften gegen den Tod und gegeneinander – vergeblich.

Nur sechs waren bereits so hoch, dass ihnen das Entkommen möglich war. Der Rollende Donner befand sich unter ihnen. Sie hatten nur eine einzige Fackel, die der voransteigende Timbabatsche trug.

„Gib mir das Licht und lass mich voran!", gebot der Rollende Donner dem Timbabatschen. Doch das Lange Ohr weigerte sich. Es entspann sich ein Streit, der lange genug währte, das Wasser herankommen zu lassen. Es drang schon durch die Öffnung in dieses Stockwerk.

Das Lange Ohr war jünger und stärker als der Rollende Donner. Er riss sich von ihm los und warf ihn mit einem kräftigen Stoß zu Boden. Nun aber drangen die andern Utahs auf ihn ein. Er besaß keine Waffe und hatte nur eine Hand frei, sich ihrer zu erwehren. Da rief er: „Halt, sonst schleudert Langes Ohr das Licht ins Wasser, und dann seid ihr verloren!" Das half. Sie sahen ein, dass sie sich nur dann retten konnten, wenn sie Licht besaßen. Schon stand ihnen das Wasser bis zu den Hüften.

„So behalte die Fackel und steig voran, du Hund!", erwiderte der Rollende Donner. „Aber du wirst es büßen!"

Der Timbabatsche stand schon auf den Stufen und eilte weiter. Er gelangte durch eine schmale Öffnung in das nächste Stockwerk. Die Drohung des Alten war ernst gemeint. Das Lange Ohr wusste es. Deshalb blieb er stehen und blickte zurück. Hinter ihm erschien der Kopf des Rollenden Donners.

„Du hast mich einen Hund genannt", rief ihm Langes Ohr zu. „Du bist selbst ein Hund und sollst wie ein Hund sterben. Zurück mit dir ins Wasser!"

Langes Ohr versetzte dem Utah einen Fußtritt ins Gesicht, sodass der Alte zurückstürzte. Einen Augenblick später erschien der Kopf des nächsten Utah. Auch er erhielt einen Fußtritt und fiel zurück, ebenso der dritte. Das Lange Ohr keuchte vor Anstrengung. Aber zugleich glitt eine wilde Siegesfreude über sein Antlitz, denn das Wasser hatte die andern erreicht und von den Stufen geschwemmt. Nur er war übrig geblieben von all denen, die den Tunnel betreten hatten!

Hastig stieg er höher. Da fühlte er, dass die Luft besser wurde. Der Aufstieg war nun ganz eng geworden, und es gab keine Stufen mehr, sondern ein eingekerbtes Holz war als Leiter an die Mauer gelegt. Schon begann er hinaufzuklimmen, da hörte er über sich eine Stimme: „Halt, bleib unten, sonst erschieße ich dich! Die Utahs haben uns vernichten wollen. Nun sind sie alle verloren, und du sollst als der letzte von ihnen sterben!"

Es war die Stimme des Großen Bären. Der Timbabatsche erkannte sie. „Ich bin das Lange Ohr, dein Freund! Schieß nicht!", rief er voller Angst.

„So hast du erst recht den Tod verdient, denn du bist ein Verräter. Du hast dich auf irgendeine Weise in mein Geheimnis geschlichen und es den Utahs mitgeteilt. Nun magst du ertrinken, wie sie ertrunken sind."

„Ich habe nichts verraten!", beteuerte der Rote voller Angst, denn das Wasser stieg ihm schon bis an das Knie. „Lass mich hinauf! Bedenke, dass ich stets dein Freund war!"

Da ließ sich Old Firehands Stimme hören: „Lass ihn herauf! Er wird seine Schuld gestehen."

„Ja, ich werde euch alles sagen!", versicherte das Lange Ohr, denn das Wasser reichte ihm jetzt fast bis an die Hüfte.

„Ich halte dich beim Wort. Komm herauf!"

Der Rote stieg hinauf. Als er oben anlangte, sah er sich in dem Raum des Inselgebäudes, wo sich der Herd befand. Vor der offenen Tür brannte ein Feuer, und bei dem hereinfallenden Lichtschein erkannte er den Großen Bären, Old Firehand und Old Shatterhand.

„Komm her!", gebot der Große Bär. „Du wirst nun erzählen, wie du von deinem Posten weg- und hierher gekommen bist." –

Eine Stunde nach Aufstellung der Wachen, war Old Firehand

der Gedanke gekommen, wieder nach den Posten zu sehen. Er schlich sich hinaus an die Stelle, wo das Lange Ohr sein sollte. Der Platz war leer. Er begab sich zu dem anschließend aufgestellten Timbabatschen und erfuhr von ihm, dass sein Häuptling fortgegangen sei.

„Wohin?“

„Zu den Utahs. Seit einer Stunde fast.“

„Dann muss ihm ein Unfall widerfahren sein. Ich werde nachsehen.“ Der Jäger legte sich nieder und kroch dahin, wo er die feindlichen Wächter gesehen hatte. Sie waren fort. Er kroch weiter. Da, wo die Utahs den ganzen Cañon quer abgeriegelt hatten, war kein einziger von ihnen zu erblicken. Das war Besorgnis erregend. Er drang eine bedeutende Strecke in den Cañon vor, ohne auf einen Feind zu stoßen, und kehrte mit dem Ergebnis zurück, dass die Utahs verschwunden seien. Das wäre an sich nichts Unbegreifliches gewesen, wenn nicht das Lange Ohr mit ihnen verschwunden gewesen wäre.

„Sie haben ihn erwischt“, vermutete der Große Bär. „Nun ist’s um ihn geschehen.“ – „Und wohl auch um uns“, meinte Old Firehand. – „Wieso um uns?“ – „Mir fällt auf, dass sie sich entfernt haben. Das muss einen ganz besonderen Grund haben. Ich traue dem Langen Ohr nicht. Er hat mir nie gefallen.“ – „Nintropanhauey wüsste nicht, weshalb wir ihm misstrauen sollten. Er hat sich niemals feindlich gegen ihn verhalten.“ – „Mag sein. Kennt er die hiesige Örtlichkeit genau?“ – „Ja.“ – „Auch den Weg, der über den Felsenkessel zum See führt?“ – „Er kennt ihn, denn er war mit mir dort.“ – „So weiß ich genug. Wir müssen sofort aufbrechen, um zum See zu gehen.“ – „Warum?“ – „Weil er den Utahs wahrscheinlich diesen Weg verraten hat. Ich bin überzeugt, dass die Utahs seit einer Stunde fort sind und in zwei Stunden am See erscheinen werden.“ – „Das Lange Ohr hat kein gutes Gesicht“, meinte Winnetou. „Meine Brüder mögen schnell mit zum See kommen, sonst sind die Utahs eher dort als wir und nehmen Patterson und seine Tochter gefangen.“

Man stieg zu Pferd und ritt den Cañon hinauf. Es dauerte wohl eine Stunde, bis man den Eingang des Seetals erreichte. Es wurde besetzt, und zwar von Weißen, weil nun, da ihr Häuptling fehlte, den Timbabatschen nicht mehr zu trauen war.

Patterson befand sich nicht mehr auf der Insel. Er hatte mit seiner Tochter in dem Gebäude gesessen. Unter ihnen lagen die Gefangenen. Ihre Stimmen drangen dumpf herauf. Das klang so geisterhaft, dass Ellen sich zu fürchten begann, und sie bat ihren Vater, die Insel zu verlassen. Er erfüllte ihre Bitte und ruderte sie hinüber. Als es Nacht geworden war, brannte er ein Feuer an. Es war für sie unheimlich, allein an diesem einsamen und gefährlichen Ort zu sein, und so war ihre Freude groß, als die Freunde jetzt mit den Timbabatschen auftauchten.

Die Weißen lagerten sich um das Feuer. Die Timbabatschen brannten sich ein zweites an.

Seit der Ankunft am See hatte Watson, der frühere Schichtmeister, keine Gelegenheit gehabt, mit dem Großen Bären zu sprechen. Jetzt aber, als sie am Feuer saßen, meinte der Weiße zu dem Roten: „Mein roter Bruder hat noch nicht mit mir gesprochen. Ich bin eines der beiden Bleichgesichter, die hier oben einen ganzen Winter zubrachten. Damals lebte Ikhatschi-tatli noch, dein Großvater, der von uns gepflegt wurde, bis er starb. Er gab uns ein Geschenk, einen Plan von einem Schatz, der hier verborgen liegt." – „Der alte Häuptling war müde und schwach geworden. Er durfte von diesem Geheimnis, das sich nur auf die Nachkommen zu vererben hat, einzig zu seinem Sohn und Enkel sprechen." – „So meinst du, dass ich nicht das Recht habe, von dieser Sache zu reden?" – „Der Große Bär kann es dir nicht verbieten. Aber auf die Ausnutzung des Geheimnisses musst du verzichten; jeder andre Wunsch aber wird dir mit Freuden erfüllt." – „Ist das dein Ernst?", fragte Old Firehand schnell. „So werde ich an Stelle unsres Gefährten einen Wunsch aussprechen." – „Tu es! Liegt es in der Macht des Großen Bären, dann wird er dir gern erfüllt." – „Wem gehört das Land, auf dem wir uns hier befinden?"

„Nintropan-hauey. Er wird es einst seinem Sohn, dem Kleinen Bären, hinterlassen." – „Und wem gehört der Felsenkessel, durch den wir heute gekommen sind?" – „Den Timbabatschen. Die weißen Häuptlinge haben die ganze Gegend ausgemessen und abgezeichnet. Dann hat der Weiße Vater in Washington unterschrieben, dass sie Eigentum der Timbabatschen ist." – „So will ich dir sagen, dass ich den Felsenkessel von ihnen kaufen will." – „Der Große Bär kann es ihnen nicht verbieten." – „Darum handelt es sich nicht, sondern darum, ob es dir lieb ist, uns in deine Nachbarschaft zu bekommen."

Das Gesicht des Großen Bären nahm einen pfiffigen Ausdruck an, als er fragte: „Warum wollt ihr grad an einer Stelle wohnen, wo es kein Wasser gibt und wo kein einziger Grashalm wächst? Der Große Bär errät eure Gedanken. Es ist der Stein, der Felsen, der Wert für euch hat."

„Das ist richtig. Aber er gewinnt erst dann Wert, wenn wir Wasser bekommen können."

„Nehmt es euch aus dem See!"

„Das ist es, was ich von dir erbitten wollte."

„Du sollst so viel haben, wie du brauchst. Ihr habt Nintropan-hauey einen großen Dienst geleistet. Ohne euch wäre er in die Hände der Utahs gefallen. Dafür wird er euch behilflich sein, die Schätze des Felsenkessels auszubeuten."

Vor dem Eingang ließ sich plötzlich ein Pfiff hören. Das war das mit den Rafters verabredete Zeichen. Die Weißen sprangen auf und eilten zum Eingang des Tals. Dort erfuhren sie, dass man aus der Gegend der Felsenenge Huftritte gehört habe. Es wurden schnell die nötigen Maßnahmen getroffen. Allein, es verging längere Zeit, ohne dass man ferner etwas hörte oder sah. Darum kroch Winnetou vorwärts, um auszuspähen. Nach ungefähr einer Viertelstunde kehrte er zurück und meldete: „Die Krieger der Utahs haben sich geteilt. Die eine Hälfte hält links, wo der Weg aus dem Felsenkessel mündet. Die andern sind rechts am Beginn des Cañon. Dort haben sie ein Loch geöffnet, worin sie verschwinden."

„Ein Loch?", fragte der Große Bär erschrocken. „So kennen sie den unterirdischen Gang, und mein Geheimnis ist verraten. Das kann kein andrer als das Lange Ohr getan haben. Ich muss sehen, ob es wahr ist."

Nintropan-hauey eilte fort, auf der Höhe des Dammes hin, Old Firehand, Old Shatterhand und Winnetou folgten ihm. Bald sahen sie den Anfang des Cañon hell unter sich liegen und beim Schein des Mondes erkannte man die Utahs, die in den Gang eindrangen. „Ja, sie kennen mein Geheimnis", meinte der Große Bär. „Sie wollen zur Insel, um uns in den Rücken zu kommen, und sie wollen meine Schätze haben. Ich muss rasch auf die Insel. Old Firehand und Old Shatterhand mögen mich begleiten! Winnetou aber mag hier bleiben! Ich muss ihm etwas zeigen."

Er führte den Apatschen an eine Stelle, wo der Damm senkrecht in den See fiel. Dort lag ein viele Zentner schweres Felsstück auf kleineren Steinen, die eigentümlich geordnet waren. Der Große Bär deutete auf einen dieser Steine und erklärte: „Sobald Winnetou sieht, dass ich auf der Insel ein Feuer anbrenne, mag er an diesen Stein stoßen, worauf dieser Felsen ins Wasser hinabrollen wird. Mein roter Bruder mag nicht erschrecken, wenn er ein großes Krachen hört."

Nintropan-hauey rannte davon, und die beiden Jäger folgten ihm. Am Feuer riss er einen Brand heraus und stieg in eines der Boote. Sie stießen ab und hielten auf die Insel zu. Drüben eilte der Große Bär in das Gebäude. Auf dem Herd lag dürres Holzwerk. Er schaffte es heraus und steckte es in Brand.

„Meine Brüder mögen horchen!", forderte er dann die Jäger auf, mit der Hand in die Gegend deutend, wo Winnetou zurückgeblieben war.

Da drüben war ein hohles Rollen zu hören, dann das Zischen des unter dem stürzenden Felsen aufbrausenden Wassers, und nun erfolgte ein Krachen, als ob ein Haus einstürze. „Es ist gelungen!", rief der Große Bär. „Der Zugang ist versperrt, die Utahs sind verloren. Kommt mit mir!"

Er ging wieder in das Gebäude. Die Feuerstelle stand, wie die Jäger jetzt sahen, auf einer beweglichen Unterlage. Der Rote schob sie ohne Anstrengung zur Seite. Es wurde eine Öffnung sichtbar, in die der Große Bär hinablauschte. „Sie sind drin!“, sagte er. „Nun schnell das Wasser hinein!“

Er sprang hinaus, hinter das Gebäude. Als er zurückkehrte, deutete er auf eine nahe Stelle des Sees und erklärte: „Seht ihr, dass sich dort das Wasser bewegt? Es bildet einen Strudel und fließt in den Gang, den ich geöffnet habe.“ – „Mein Himmel! So müssen die Utahs ja elend ertrinken!“, rief Old Shatterhand. – „Ja, alle, alle! Es soll keiner entkommen, der mein Geheimnis entdeckte.“ – „Aber du hast deinen eigenen Bau zerstört!“ – „Ja, er ist zerstört und kann nie wieder hergestellt werden. Kommt herein!“

Die beiden Weißen überlief ein Grauen. Das aufsteigende Wasser trieb die dumpfe Luft herauf. Das bedeutete den Tod von über hundert Menschen.

„Aber unsre Gefangenen!“, sagte Old Shatterhand. „Die ertrinken doch auch!“

„Nein. Die Mauer widersteht für einige Zeit. Dann freilich müssen wir sie herausholen. Horcht!“ Man hörte da unten ein Geräusch, und dann sah man einen Roten mit einer Fackel auftauchen. Es war das Lange Ohr. Kaum befand sich der Timbabatsche durch Old Firehands Eingreifen in Sicherheit, so stand im Innern der Insel das Wasser genauso hoch wie draußen.

Das Lange Ohr hatte sich am Feuer niedergesetzt. Der Große Bär setzte sich ihm gegenüber und gebot drohend: „Jetzt mag der Häuptling der Timbabatschen erzählen, wie er mit den Utahs in den Gang gekommen ist. Wenn er Nintropan-hauey belügt, wird er ihm eine Kugel in den Kopf schießen. Wer hat ihm das Geheimnis der Insel verraten?“ – „Du selbst.“ – „Das ist nicht wahr!“ – „Ich saß drüben unter der alten Lebenseiche, als du mit deinem Sohn kamst. Ihr spracht von der Insel, von ihren Schätzen und von dem Gang, aus dem man das Wasser in den Cañon laufen lassen kann. Am andern Morgen öffnete ich den Gang und fand die Fackeln. Da wusste ich genug." – „Und heute gingst du zu den Utahs, um das Geheimnis zu verraten?" – „Nein. Ich wollte sie belauschen, wurde aber ergriffen. Um mich zu retten, sprach ich von diesem Gang und auch von der Insel." – „Das war feig. Habt ihr gesehen, was unten in der Insel lag?" – „Ja." – „Und habt ihr die Pakete geöffnet?" – „Nur ein einziges. Es war ein Gott darin, aus purem Gold gefertigt." – „Kein menschliches Auge wird ihn wieder sehen, auch das deinige nicht. Was, meinst du wohl, hast du verdient?"

Der Timbabatsche schwieg.

„Den zehnfachen Tod! Aber du warst mein Freund und sollst leben bleiben, doch nur, wenn du auf meine Forderungen eingehst." – „Was forderst du?" – „Dass du das tust, was Old Firehand von dir verlangt. Er will in dem Felsenkessel wohnen und ihn euch abkaufen. Du wirst ihm den Platz verkaufen." – „Wir brauchen den Kessel nicht, denn er ist unnütz. Kein Pferd findet Weide dort." – „Old Firehand wird dir zwanzig Gewehre und zwanzig Pfund Pulver, zehn Decken, fünfzig Messer und dreißig Pfund Tabak geben. Wirst du darauf eingehen?" – „Ich stimme bei und werde dahin wirken, dass auch die andern darauf eingehen." – „Du wirst mit Old Firehand zum nächsten Häuptling der Bleichgesichter gehen müssen, damit der Kauf dort seine Gültigkeit erhält. Aber jetzt rufe einige deiner Leute herüber, welche die gefangenen Utahs hinüberschaffen sollen, damit sie nicht auch ertrinken!"

Das Lange Ohr gehorchte dieser Aufforderung.

Die Gefangenen wurden in den Kanus ans Ufer geschafft und den Timbabatschen zur Bewachung anvertraut. Das Lange Ohr musste mit vor zum Eingang, wo die Weißen scharf auf Posten lagen, da die zweite Hälfte der Utahs ihnen gegenüberstand.

Diese Roten wussten nicht, woran sie waren. Die Utahs, die als letztes in den Gang zur Insel eindringen wollten, waren vor den Fluten erschrocken zurückgewichen und zu den anderen geeilt, um zu erzählen, was geschehen war. Man wusste nicht, ob alle, die sich in dem Gang befunden hatten, verloren seien, oder ob es einer Anzahl gelungen sei, nach der Insel zu kommen. War das Zweite der Fall, so mussten diese Krieger die Weißen im Rücken angreifen. Man wartete von Minute zu Minute, aber bald stand es fest, dass alle in dem Gang ein Opfer des Unheils geworden waren.

Es wurde Tag, und noch hielten die Utahs mit ihren Pferden an der gleichen Stelle. Da sahen sie Old Shatterhand unter den Bäumen erscheinen. Er rief ihnen zu, dass er mit ihrem Anführer zu sprechen wünsche. Als sie zusammentrafen, begann Old Shatterhand: „Du weißt, dass sich mehrere eurer Häuptlinge und Krieger als Geiseln bei uns befinden?“

„Ich weiß es“, erwiderte der Gefragte finster.

„Und du weißt, was mit euren Kriegern, die den Gang betreten haben, geschehen ist. Sie sind alle ertrunken. Soeben sind die erwarteten zweihundert Navajos angelangt. Wir sind euch weit überlegen. Aber wir wünschen nicht euer Blut, sondern wir wollen Frieden. Sei klug! Ich führe dich zu euern Häuptlingen. Sprich mit ihnen, und dann kannst du wieder hierher zurückkehren.“

Der Mann blickte eine Weile vor sich nieder sagte dann: „Ich traue dir und gehe mit.“ Er unterrichtete seine Leute von seinem Vorhaben und folgte dann dem Jäger zum See. Dort herrschte reges Leben, denn die Navajos waren tatsächlich angekommen. Es hatte außergewöhnlicher Überredungsgabe bedurft, sie dem Frieden geneigt zu machen.

Die Geiseln waren von ihren Fesseln befreit worden. Sie saßen unter Bewachung beieinander, als Old Shatterhand ihren Kameraden brachte. Ihre Unterhaltung währte lange. Endlich meldete er, dass sie den Entschluss gefasst hätten, auf den Friedensvorschlag einzugehen. Infolgedessen gab es eine feierliche Sitzung, an der die hervorragenden Weißen und Roten sich beteiligten. Sie dauerte mehrere Stunden, bis endlich die Friedenspfeife die Runde machte. Das Ergebnis war ein ‚ewiger‘ Friede zwischen allen Parteien. Die Gefangenen wurden freigegeben, und alle, Utahs, Navajos und Timbabatschen, verpflichteten sich, den

Bleichgesichtern, die im Felsenkessel wohnen und arbeiten wollten, Freundschaft zu erweisen.

Eine schwierige Aufgabe für die Weißen war es, den Großen Wolf freundlich zu behandeln. Er war es, der sich am meisten gegen sie hatte zuschulden kommen lassen; aber auch ihm wurde schließlich vergeben.

Am nächsten Morgen schlug die Trennungsstunde. Die Utahs zogen nord- und die Navajos südwärts. Auch die Timbabatschen kehrten in ihre Dörfer heim. Das Lange Ohr versprach, wegen des Verkaufs des Felsenkessels Beratung zu halten. Er kehrte am dritten Tag zurück und berichtete, dass die Versammlung sich mit dem vom Großen Bären festgesetzten Preis einverstanden erklärt habe.

Das gab ein Schwärmen und ein Hoffen, womit lediglich ein Einziger nicht einverstanden war, der Engländer. Er hatte mit dem Humply-Bill und dem Gunstick-Uncle vereinbart, ihn nach Frisco zu bringen, den beiden aber fiel es gar nicht ein, unter den jetzigen Verhältnissen fortzureiten, und Castlepool musste sich zufrieden geben.

Old Firehand ritt mit dem Großen Bären und dem Langen Ohr nach Salt Lake City, wo der Kauf in Ordnung gebracht wurde. Tante Droll war mitgeritten, um durch Zeugen vor dem Notar erhärten zu lassen, dass der rote Cornel tot sei, worauf Droll in den Besitz der Belohnung gelangte.

Nach fast zwei Monaten trafen Maschinen am Silbersee ein, und der Ingenieur begann seine Tätigkeit. Der Ort bot eine reiche Ausbeute, und der Gewinn mehrte sich von Tag zu Tag. Jeden Abend wurde gewogen, und wenn das Ergebnis recht erfreulich war, flüsterte Droll vergnügt seinem Vetter zu: „Wenn's so fortgeht, werde ich das Bauerngut bald koofe könne."

Und der Hobble-Frank entgegnete regelmäßig: „Und meine Villa is schon fertig, wenigstens im Koppe. Das wird ein großartiger Bau am schönen Strand der Elbe, und der Name, den ich ihm gebe, wird noch viel großartiger werden. Howgh!"

KARL MAY
DURCH DIE WÜSTE

KARL MAY
DURCHS WILDE KURDISTAN

VON BAGDAD NACH STAMBUL

IN DEN SCHLUCHTEN DES BALKAN

DURCH DAS LAND DER SKIPETAREN

KARL MAY
DER SCHUT

KARL MAY
WINNETOU

KARL MAY
WINNETOU

KARL MAY
WINNETOU

KARL MAY
WEIHNACHT

KARL MAY
MENSCHENJÄGER

KARL MAY
DER MAHDI

KARL MAY
IM SUDAN

KARL MAY
AUF FREMDEN PFADEN

KARL MAY
UNTER GEIERN

KARL MAY
DER SCHATZ IM SILBERSEE

KARL MAY
DER ÖLPRINZ

KARL MAY
HALBBLUT

KARL MAY
DIE SKLAVENKARAWANE

KARL MAY
DAS BUSCHGESPENST